VENT DE GLACE

PATRICIA CORNWELL

VENT DE GLACE

UNE ENQUÊTE DE KAY SCARPETTA

Traduit de l'anglais (États-Unis)
par Andrea H. Japp

ÉDITIONS DE NOYELLES

Titre original : THE BONE BED
Éditeur original : G.P. Putnam's Sons, New York

Éditions de Noyelles,
123, boulevard de Grenelle, Paris
www.franceloisirs.com

Édition du Club France Loisirs,
avec l'autorisation des Éditions des Deux Terres

ISBN : 978-2-298-06819-1

À Staci

Tout devient possible et drôle,
grâce à toi.

Prologue

22 octobre 2012

6 h 20

Dans la Peace Region, au nord-ouest de l'Alberta, au confluent des rivières Wapiti et Red Willow, les flots écumants d'un vert profond bouillonnent autour de troncs d'arbres abattus et d'îlots de sable gris aux contours de galets blancs.

Un tapis serré de trembles et d'épicéas noirs recouvre les coteaux, et sur les rives et les falaises, les jeunes arbres poussent à angle abrupt, leurs branches fragiles se tendant de toutes leurs forces vers le soleil, jusqu'à ce que la gravité les courbe, puis les brise en deux.

Le bois mort jonche le rivage, se rassemble en nids formés de troncs fendus et de branches éclatées, que les rapides traversent et soulèvent en tourbillonnant, et les débris descendent le courant dans le rythme éternel de la vie qui s'épanouit puis s'éteint, celui de la décomposition, de la renaissance et de la mort.

Je ne distingue aucune habitation, aucun déchet, pollution ou édifice d'origine humaine, et j'imagine, il y a soixante-dix millions d'années, la violence de la catastrophe, lorsqu'un troupeau de pachyrhinosaures en migration a péri d'un seul coup, que des centaines d'entre eux, se débattant, paniqués, se sont noyés en traversant la rivière en crue.

Leurs carcasses massives ont nourri des carnivores, qui les ont malmenées, désarticulées. Au fil du temps, les glissements de terrain et les courants ont emporté les os, peu à peu recouverts de dépôts glaciaires, devenant des affleurements presque indiscernables des pierres et des veines granitiques.

Les vues qui défilent sur mon écran d'ordinateur pourraient être celles d'une nature sauvage immaculée, demeurée vierge depuis le Crétacé, si l'évidence ne s'imposait : le fichier vidéo a été réalisé par un être humain équipé d'un dispositif d'enregistrement, et qui glisse à la surface des eaux peu profondes, manœuvrant à une vitesse imprudente autour de bancs de sable, de troncs d'arbres et de gros rochers à demi submergés.

Aucun détail reconnaissable de l'intérieur ou de l'extérieur du bateau n'apparaît, ni le pilote ni les passagers à bord. Il n'y a que le bastingage arrière en métal, et une silhouette masquée par l'éclat du soleil, une ombre solide dont le contour se dessine nettement sur un large ciel bleu et un flot éclatant, impétueux.

1

Je consulte ma montre extra-large en titane, au bracelet de caoutchouc, puis ramasse ma tasse de café – noir, sans édulcorant – tandis que l'écho lointain de pas résonne dans le couloir de mon immeuble en forme de balle dum-dum, dressé à la lisière est du campus du Massachusetts Institute of Technology. Le jour n'est pas encore levé, en ce troisième lundi d'octobre.

Au-dessous de mon bureau situé au dernier niveau, six étages plus bas, la circulation est dense sur Memorial Drive. L'heure de pointe démarre bien avant l'aube dans cette partie de Cambridge, quel que soit le temps ou la saison. Semblables à des yeux étincelants d'insectes, les phares se déplacent le long de la berge, la Charles River ondule dans le noir, et de l'autre côté du Harvard Bridge, la ville de Boston forme une barrière scintillante qui sépare les empires terrestres des affaires et de l'enseignement des ports et des baies qui se fondent en océan.

Il est trop tôt pour qu'il s'agisse d'un employé, à moins d'un des enquêteurs médico-légaux, mais je ne vois pas quelle raison Toby ou Sherry, ou qui que ce soit de garde, aurait de se trouver à cet étage.

Je n'ai en réalité aucune idée de qui a pu prendre son poste à minuit et tente de me souvenir des véhicules garés sur le parking lorsque je suis arrivée, environ une heure auparavant. Je me rappelle vaguement les SUV, les utilitaires blancs habituels, et un de nos camions de scène de crime mobile. Trop préoccupée par mon iPhone, par les alertes sonores et les messages de rappel de mes réunions, de mes rendez-vous, sans oublier une intervention au tribunal aujourd'hui, je n'ai pas remarqué grand-chose d'autre. Mauvaise sensibilisation à l'environnement due au *multitasking*, me dis-je avec agacement.

Je me reproche intérieurement de ne pas prêter assez attention à ce qui m'entoure. En revanche, je ne devrais pas avoir à me demander qui est de permanence, bon sang ! Ridicule ! Énervée, je songe à mon directeur des enquêtes opérationnelles, Pete Marino, qui semble ne plus se donner la peine de mettre à jour le planning électronique. Est-ce vraiment si difficile de copier-coller des noms d'une date à une autre, que je puisse voir qui travaille ? Il y a un bon moment qu'il ne s'en est pas occupé, et qu'il s'est renfermé sur lui-même. Il faudrait sans doute que je l'invite à dîner à la maison, que je lui prépare un de ses plats favoris, et que je lui demande ce qui se passe. Cette simple idée me fait perdre patience, et je n'en ai guère, en ce moment.

Un individu psychologiquement perturbé, ou peut-être même diabolique.

Je tends l'oreille pour tenter de discerner qui peut bien rôder dans les parages, mais je ne perçois plus un bruit, tout en surfant sur Internet, cliquant tour à tour sur des dossiers, considérant sans relâche les mêmes détails. Je me rends compte à quel point je me sens désarmée, et à quel point cela me rend furieuse.

Cette fois-ci, tu as eu ce que tu voulais.

Tout ce qui peut exister d'horrible ou de sanglant à voir, je l'ai déjà vu, et d'une façon ou d'une autre, je peux le gérer, mais hier soir, j'ai été prise au dépourvu. Un dimanche soir paisible à la maison en compagnie de mon mari, Benton, de la musique en arrière-plan, le MacBook ouvert sur le plan de travail de la cuisine au cas où il se produirait quelque chose dont je doive être informée aussitôt. D'humeur joyeuse, j'étais occupée à préparer un des plats favoris de Benton, un *risotto con spinaci come lo fanno a Sondrio*. Surveillant les premiers bouillons de l'eau dans la casserole, je dégustais un riesling Geheimrat J qui ravivait le souvenir de notre récent voyage à Vienne, et la raison poignante pour laquelle nous nous y trouvions.

J'étais perdue dans l'évocation de gens que j'aime, cuisinant un bon repas, buvant un vin léger, lorsque l'e-mail avec la vidéo en fichier attaché s'est affiché à 18 h 30, heure standard de l'Est.

L'expéditeur m'était inconnu : BLiDedwood@stealthmail.com.

Aucun message d'accompagnement, uniquement l'objet : À L'ATTENTION DU MÉDECIN EXPERT EN CHEF KAY SCARPETTA, dans une police Eurostile gras majuscule.

J'ai d'abord été un peu intriguée par les dix-huit secondes d'images dépourvues de son, montage d'un tour en bateau hydrojet dans une région qui ne m'évoquait rien. L'extrait paraissait innocent et ne revêtait pour moi aucune signification lorsque je l'ai visionné la première fois. J'étais persuadée qu'il s'agissait d'une erreur d'expédition, jusqu'au moment où l'enregistrement s'est brutalement interrompu, disparaissant au profit d'une image JPG destinée à provoquer un choc.

Je lance un nouveau moteur de recherche dans le cyberespace, sans dénicher grand-chose d'utile sur le pachyrhinosaure, un dinosaure herbivore à l'épais mufle agrémenté d'une collerette osseuse à corne et d'une bosse aplatie qui lui servait probablement à charger et encorner les autres animaux pour les réduire à merci. Une bête à l'apparence étrange, unique, une sorte de rhinocéros courtaud de deux tonnes affublé d'un masque osseux grotesque, si j'en juge par l'interprétation artistique que je contemple. Un reptile avec une tête difficile à trouver sympathique, en dépit de l'appréciation d'Emma Shubert. À présent, la paléontologue de 48 ans a perdu une oreille. Ou bien elle est morte. Ou les deux.

L'e-mail anonyme a été directement envoyé ici, au Centre de sciences légales de Cambridge, que je dirige, dans le seul but de me narguer et de m'intimider, je suppose, et je me représente un bateau hydrojet glissant sur une rivière à des milliers de kilomètres au nord-ouest d'ici, dans un endroit particulièrement reculé. Je scrute la silhouette fantomatique surexposée assise à l'arrière, peut-être sur une banquette, qui fait directement face à la personne qui filme.

Qui êtes-vous ?

Puis la pente rocheuse escarpée, dont je sais maintenant qu'il s'agit d'un chantier de fouilles paléontologiques baptisé « site d'ossements Wapiti », puis le fondu sur une image JPG violente et cruelle.

2

L'oreille humaine tranchée est délicate et bien dessinée, et le cartilage incurvé dépourvu de duvet.

Une oreille droite. Blanche, peut-être. Peau claire, c'est ce que je peux affirmer avec le plus de précision. Peut-être une oreille féminine. Pas une oreille de petit enfant ou d'homme adulte, c'est sûr, mais il n'est pas exclu qu'il puisse s'agir d'un garçon ou d'une fille un peu plus âgée.

Le lobe est percé d'un trou juste au centre, et le morceau de papier journal ensanglanté sur lequel l'oreille a été photographiée aisément identifiable : il s'agit du *Grande Prairie Daily Herald-Tribune*, sans doute le journal local d'Emma Shubert lorsqu'elle travaillait l'été précédent dans la Peace Region, au nord-ouest du Canada. Je ne distingue pas de date, juste un fragment d'article consacré à la destruction des arbres par des dendroctones du pin de montagne.

Que voulez-vous de moi ?

Je suis affiliée au département de la Défense, et plus spécifiquement au bureau du médecin expert de l'armée. Si cela étend ma juridiction au niveau fédéral, le Canada n'en demeure pas moins exclu.

Si Emma Shubert a été assassinée, son dossier ne relèvera pas de mes compétences, à moins que son cadavre n'échoue à des milliers de kilomètres au sud-est de l'endroit où elle a disparu, pour faire surface par ici.

Qui m'a envoyé ça, et que suis-je censée penser ou faire ? Peut-être ce que j'ai déjà fait depuis hier, 18 h 30.

Prévenir les forces de police, m'inquiéter, être en colère et me sentir impuissante.

Une serrure biométrique du laboratoire d'informatique voisin s'ouvre avec un cliquètement. Je comprends brusquement qu'il ne s'agissait ni de Toby ni d'un autre enquêteur, mais de ma nièce Lucy. J'en suis à la fois surprise et ravie, car je pensais qu'elle ne viendrait pas aujourd'hui. Aux dernières nouvelles, elle prenait son hélicoptère pour se rendre à New York, sans aucune certitude. Elle a été très occupée ces derniers temps à aménager sa « maison de campagne », comme elle a baptisé l'immense étendue de terrain dont elle a fait l'acquisition au nord-ouest, du côté de Lincoln. Elle a effectué de multiples allers-retours au Texas pour obtenir sa certification pour le nouvel hélicoptère bimoteur récemment livré. Occupée à des tas de choses pour lesquelles je ne peux lui être d'aucune aide, affirme-t-elle, mais ma nièce dissimule des secrets. Comme elle l'a toujours fait, et comme je le sens toujours.

Je lui expédie un texto : *C toi ? Café ?*

Elle paraît sur le seuil de ma porte ouverte, svelte et remarquablement en forme dans un tee-shirt ajusté, un treillis de soie, le tout noir, et des chaussures de sport de cuir noires elles aussi. Ses veines saillent sur ses poignets et ses avant-bras musclés, et ses cheveux aux nuances d'or rose sont encore humides de la douche. Il est à peine 7 heures du matin, et elle a l'air d'être déjà passée par la salle de sport avant de partir pour un rendez-vous avec quelqu'un que je ne connais pas.

— Bonjour, dis-je en me souvenant à quel point sa présence est agréable. Je croyais que tu avais un vol de prévu.

— Tu es bien matinale.

— Il faudrait que je m'attaque à mon retard en histologie, ce que je ne ferai sans doute pas, et j'ai une audience au tribunal cet après-midi. L'affaire Mildred Lott, ou plutôt le « show » Mildred Lott, devrais-je dire. M'obliger à témoigner se résume à un coup de pub.

— Ce pourrait être bien davantage.

Une intense préoccupation se lit sur le joli visage de Lucy.

— Oui… embarrassant. D'ailleurs, c'est exactement ce à quoi je m'attends.

Je l'observe avec curiosité.

— Assure-toi de te faire accompagner par Marino, ou quelqu'un d'autre, remarque-t-elle en s'arrêtant à mi-chemin de la moquette gris acier pour lever les yeux sur le dôme de verre géodésique.

Je poursuis mon investigation :

— C'est bien toi que j'ai entendue remuer dans les parages tout à l'heure ? Je commençais à me demander si nous n'avions pas un intrus sur les lieux.

Une façon de lui demander ce qui la préoccupe.

— Non, rétorque-t-elle. Je viens d'arriver, j'ai fait un saut pour vérifier un truc.

J'ajoute :

— J'ignore qui d'autre est sur place, de permanence. Mais alors, si ce n'était pas toi… Je ne vois pas très bien pourquoi la personne de garde viendrait se promener à cet étage.

— Il s'agit de Marino. En tout cas, pour cette fois. Je m'étonne que tu n'aies pas vu sa machine à bouffer de l'essence sur le parking.

Je ne lui fais pas remarquer qu'elle est mal placée en la matière pour ce genre de réflexion. Ma nièce ne conduit rien qui fasse moins de cinq cents chevaux, en général un moteur V12, et de préférence italien, encore qu'il me semble que sa plus récente acquisition soit anglaise, mais je me trompe peut-être. Les bolides automobiles ne relèvent pas de mon domaine de compétences, et je ne dispose pas de sa fortune. Et dans le cas contraire, je n'irais pas la dépenser en Ferrari et en machines volantes.

Perplexe, je lance :

— Qu'est-ce qu'il fabrique ici aussi tôt ?

— Il a décidé hier soir de prendre la relève, et il a expédié Toby chez lui.

— Comment ça, il a décidé d'être de garde ? Il est tout juste rentré de Floride hier soir. Pourquoi irait-il se mettre en tête d'assurer la permanence ? Ce n'est pas son boulot. Tout ça ne rime à rien.

— Une chance : nous n'avons pas eu d'affaires importantes qui auraient nécessité l'envoi de quelqu'un sur une scène de crime, parce qu'à mon avis, Marino dormait à poings fermés. Ou bien, il tweetait, poursuit-elle, ce qui n'est pas une bonne idée. Pas la nuit, quand il a tendance à être moins inhibé.

— Je ne comprends rien.

— Il t'a dit qu'il avait installé un matelas gonflable Aerobed au service des enquêtes ?

— Les lits sont interdits. Le personnel de permanence n'est pas autorisé à dormir. Depuis quand est-il de garde ? dis-je de nouveau.

— Depuis qu'il se dispute avec l'autre-là-dont-j'ai-oublié-le-nom.

— Qui ça ?

— Ou bien il fait dans l'ornementation, et préfère ne pas prendre le volant.

Ce qu'elle raconte m'est hermétique.

— Ce qui se produit souvent, ces temps-ci, ajoute Lucy, qui me fixe droit dans les yeux. L'autre-là-dont-j'ai-oublié-le-nom, qu'il a rencontrée sur Twitter, et qu'il a dû « désabonner » de multiples façons. Elle l'a vraiment fait tourner en bourrique.

— Il fait *dans l'ornementation* ?

— Les mignonnettes qu'il transforme en ornements. Après en avoir bu le contenu. Mais je ne t'ai rien dit.

Je repense au 11 juillet, l'anniversaire de Marino, une date qui n'a jamais été faste pour lui, et qui l'est de moins en moins au fur et à mesure qu'il prend de l'âge.

— Il faut que ce soit toi qui lui poses la question, tante Kay, ajoute Lucy tandis que je me souviens de la visite que j'ai rendue à Marino dans sa nouvelle résidence de West Cambridge.

Située sur un tout petit terrain, la maison à bardage de bois possède des cheminées fonctionnelles et d'*authentiques planchers de bois brut*, aime-t-il à se vanter, ainsi qu'un sous-sol complet, où il a installé un sauna, un atelier, et un punching-ball au sujet desquels il adore frimer. Lorsque j'y suis passée, avec un panier anniversaire composé d'une quiche aux asperges maison et d'un Sweet Salami au chocolat blanc, je l'ai trouvé grimpé sur une échelle, en train d'accrocher le long du toit des guirlandes de petits crânes en verre éclairés. Des mignonnettes de vodka Crystal Head qu'il commandait *en direct de la distillerie pour les transformer en ornements*, s'était-il empressé de m'expliquer avant que j'aie le temps de poser la moindre question, espérant sans doute que je croirais qu'il en avait acheté des vides, par centaines. *On se prépare pour Halloween*, avait-il bruyamment ajouté. À cet instant précis, j'aurais dû me douter qu'il s'était remis à boire.

Je repousse le souvenir de toutes les choses affreuses dont Marino s'est rendu coupable quand il était ivre, et déclare à Lucy :

— Je ne me souviens plus de ce que tu avais prévu de faire aujourd'hui. À moins que tu n'aies l'intention d'exiger la fermeture d'une autre exploitation porcine je ne sais où ?

— Sud-ouest de la Pennsylvanie, précise-t-elle en continuant d'examiner mon bureau comme si quelque chose avait changé, dont elle doive être informée.

Cependant, rien n'a changé. Rien qui me vienne à l'esprit. Le bonsaï de genévrier posé sur ma table de réunion en acier brossé est une addition récente, mais c'est tout. Les photos, les diplômes qu'elle passe en revue sont toujours les mêmes, ainsi que les orchidées, les gardénias et le sagoutier. Mon bureau de forme arrondie au plateau de mélamine noire qu'elle scrute n'a pas bougé. Non plus que le meuble de rangement assorti et le comptoir de granit noir derrière mon fauteuil, où elle s'aventure maintenant.

Je me suis effectivement débarrassée il n'y a pas si longtemps de mon système de microdissection, remplacé par un ScanScope, un scanner numérique qui me permet d'examiner des lames de microscope. Lucy vérifie l'écran, qu'elle allume puis éteint. Elle soulève le clavier, qu'elle retourne, puis se rapproche de mon fidèle microscope Leica, dont je ne me séparerai jamais car c'est en définitive à mes yeux que je fais le plus confiance.

— Porcs et volailles dans le Washington County, toujours la même histoire, dit-elle en poursuivant son exploration, détaillant, touchant les objets, les soulevant.

Elle ajoute :

— Les éleveurs paient les amendes, et puis ils recommencent. Tu devrais m'accompagner un de ces jours, t'en mettre plein la vue des stalles à truies, des porcheries qui les entassent comme des sardines. De ces gens qui se comportent de façon monstrueuse avec les animaux, y compris les chiens.

Une virgule sonore annonce un message qui atterrit sur son iPhone, qu'elle déchiffre.

— Des panaches de déchets rejetés dans les ruisseaux et les cours d'eau, poursuit-elle tout en tapant une réponse avec ses pouces, un sourire aux lèvres, comme si l'expéditeur était quelqu'un qu'elle aime bien, ou qu'elle trouve amusant. Avec un peu de chance, on prendra ces connards en flagrant délit, on leur fera fermer boutique.

— J'espère que tu te montres prudente.

Sa toute nouvelle croisade environnementale ne me ravit pas outre mesure.

— Quand tu te mets à saboter le gagne-pain des gens, les choses peuvent sérieusement s'envenimer.

— C'est son cas, à elle ? demande-t-elle en indiquant d'un geste mon écran, et ce que je regardais.

— Je n'en ai pas la moindre idée.

— Quel gagne-pain Emma Shubert sabotait-elle ?

— Tout ce que je sais, c'est qu'elle a trouvé une dent deux jours avant de disparaître. Sans doute la première découverte sur ce site d'ossements de dinosaures, lui-même assez récemment mis au jour. Avec un groupe de chercheurs, elle avait démarré le chantier de fouilles il y a quelques étés.

— Un gisement d'ossements qui pourrait bien s'avérer le plus riche jamais mis au jour, remarque Lucy. Le cimetière d'un troupeau de dinosaures morts tous en même temps, un truc exceptionnel, peut-être même sans précédent. C'est une occasion incroyable de reconstituer des squelettes entiers, de remplir un musée, d'attirer les touristes, les fanas de dinosaures et les amateurs de nature des quatre coins du monde. À moins que l'endroit ne soit tellement pollué que personne n'y mette les pieds.

De fait : impossible de mentionner la ville de Grande Prairie et sa région sans avoir conscience de l'importance économique de sa production de pétrole et de gaz naturel.

— Vingt-sept mille kilomètres de pipeline acheminant du pétrole brut synthétique depuis les sables bitumineux de l'Alberta aux raffineries du Midwest et jusqu'au golfe du Mexique, remarque Lucy en disparaissant dans mon cabinet de toilette, où sont disposées sur un comptoir près du lavabo une cafetière à espresso et une machine à café Keurig. Pollution, réchauffement climatique, bref, catastrophe totale.

Je lui lance :

— Essaye le Illy MonoDose, la boîte argentée. Et pour moi, prépare un double.

— Ce matin me semble un matin à café cubain.

— Alors, le sucre Demerara est dans le placard, lui dis-je en terminant ma dernière gorgée de café froid et en appuyant sur la touche « replay ».

Qu'est-ce qui m'a échappé ? Quelque chose m'a échappé.

Impossible d'évacuer cette sensation qui me noue l'estomac. Je me concentre de nouveau sur la silhouette surexposée dont les traits sont brouillés par l'éclat aveuglant du soleil. La personne ne paraît pas très grande, ce pourrait être une femme, un homme de petite taille, ou bien un enfant un peu grand qui porte une visière avec une protection sur les côtés et un large rebord qu'il ou elle semble retenir de deux doigts de la main droite, peut-être pour l'empêcher de s'envoler. Encore une fois, je n'ai aucune certitude à ce sujet.

Je ne distingue pas un seul trait du visage inondé de lumière, ni rien de ce que porte la personne, à l'exception de la visière contre le soleil et d'une veste à manches longues, à moins qu'il ne s'agisse d'une ample chemise. Un éclat à peine visible près de la tempe droite laisse supposer des lunettes, peut-être des lunettes de soleil. Mais je ne peux être sûre de rien. Je n'en sais guère plus à cet instant que douze heures auparavant, quand le fichier m'a été envoyé.

— Je n'ai pas eu d'autres nouvelles du FBI, mais Benton a organisé une réunion plus tard dans la journée, pourvu que je sois sortie à temps du tribunal, dis-je en haussant la voix pour couvrir le vacarme des jets de vapeur de la cafetière. Plutôt une discussion informelle, puisque à l'exception de l'envoi du fichier vidéo, il ne s'est rien passé.

La voix de Lucy s'élève depuis le cabinet de toilette :

— Si, il s'est passé quelque chose. Quelqu'un s'est fait trancher l'oreille. À moins qu'il ne s'agisse d'un faux.

3

La partie externe de l'oreille coupée, le pavillon, paraît avoir été excisée avec soin du fascia du muscle temporal.

J'ai grossi l'image autant qu'il était possible sans qu'elle se dissolve dans le flou, et les bords visibles de l'incision paraissent réguliers et bien nets. Je ne distingue aucune lividité, aucun signe qui encourage à penser que le tissu sectionné soit retourné ou affaissé, un artefact prévisible lors d'un prélèvement réalisé longtemps après la mort – si l'oreille avait été coupée d'un corps embaumé, ou d'un cadavre destiné aux étudiants en médecine, par exemple. Rien de ce que je vois ne l'évoque. L'oreille et le sang sur le journal paraissent récents.

Toutefois, je ne dispose d'aucun moyen de savoir si le sang est humain, et l'étude des oreilles est ardue. Elles ne sont pas particulièrement vascularisées et il n'est pas inconcevable que l'on puisse trancher une oreille *ante* ou *post mortem* pour la conserver au froid pendant des semaines. Elle pourrait de cette façon paraître suffisamment récente sur un cliché pour qu'il me soit impossible de déterminer si la blessure a été infligée à la victime morte ou vivante.

J'explique donc à Lucy que le fichier JPG est loin de répondre à mes interrogations. Il me faudrait examiner le véritable pavillon, vérifier si les bords tranchés présentent des réponses tissulaires, puis compulser la base de données fédérale de profils d'identification génétique, ainsi que le fichier CODIS, au cas où le profil correspondrait à quelqu'un qui a un dossier criminel.

Nous poursuivons notre échange d'une voix assez forte pour nous entendre, et Lucy me lance depuis le cabinet de toilette :

— J'ai déjà repéré des photos d'elle assez récentes, il y en a pas mal sur des sites Internet variés, y compris quelques clichés pris cet été quand elle travaillait en Alberta. Évidemment, on ne peut pas faire une comparaison parfaite. Il faut que j'ajuste l'angle et la taille, mais la bonne nouvelle, c'est que la superposition permet au moins une conclusion : on ne peut pas exclure qu'il s'agisse bien d'elle.

Lucy est en train de m'expliquer qu'elle a comparé le fichier JPG aux photos d'Emma Shubert en essayant de superposer les images des oreilles de celle-ci à celle de l'appendice sectionné. Une correspondance n'est pas à écarter, malheureusement une comparaison visuelle n'est guère concluante non plus.

— Je vais t'envoyer le fichier, ajoute-t-elle. Tu pourras montrer les comparaisons aux gens qui assisteront à ta réunion.

— Tu seras de retour vers 5 heures ?

— J'ignorais être conviée.

Sa voix résonne par-dessus le bruit de la machine à espresso.

— Bien sûr ! je rétorque.

— En même temps que qui ?

— Deux agents du bureau local du FBI de Boston. Douglas, je pense... dis-je en faisant allusion à Douglas Burke, un agent du FBI de sexe féminin au prénom ambigu. Je ne sais pas qui d'autre. Et Benton.

— Je ne suis pas disponible, réplique Lucy. Pas si elle vient.

— Ta présence serait très utile. Quel est le problème avec Douglas ?

— Il y a un problème. Non, merci.

Chassée du FBI et de l'ATF, le bureau des alcools, tabac, armes et explosifs, dans une vie antérieure d'agent des forces de maintien de l'ordre, ma nièce n'entretient guère de sentiments charitables envers les Fédéraux, ce qui peut s'avérer délicat pour moi, puisque mon mari est profileur, analyste spécialisé en criminologie, et que je dispose d'un statut particulier de réserviste au département de la Défense. Nous sommes tous deux partie prenante de ce qu'elle méprise et de ses rancœurs, les Fédéraux qui l'ont rejetée, virée.

Pour exprimer les choses simplement, Lucy Farinelli, mon unique nièce que j'ai élevée telle ma fille, est convaincue que lois et règlements ne s'appliquent qu'au commun des mortels. Après avoir été un agent franc-tireur, elle est aujourd'hui un génie technique tout aussi franc-tireur, et si elle n'existait pas, ma vie paraîtrait vide et réduite à néant.

— On a affaire à quelqu'un d'assez intelligent, déclare-t-elle en sortant du cabinet de toilette, deux verres à liqueur et un petit pichet en acier à la main.

— Mauvais signe : tu trouves rarement que quelqu'un est intelligent.

— Quelqu'un de malin, suffisamment astucieux dans certains domaines, mais trop content de lui pour avoir conscience de tout ce qu'il ignore.

Elle verse le breuvage corsé et sucré, sur lequel s'enroule une légère couche de mousse brun clair, l'espresso cubain qu'elle a pris l'habitude de préparer il y a des années de cela, lorsqu'elle était à l'antenne locale du bureau des alcools, tabac, armes et explosifs de Miami, avant qu'elle se retrouve impliquée dans une bavure, une fusillade qui a mal tourné.

— L'adresse BLiDedwood est assez transparente.

Elle pose le pichet et un verre à côté de mon clavier.

— Vraiment ?

— Billy Deadwood, fait-elle en épelant le nom.

— D'accord. Et c'est pour moi ? je demande en digérant l'information.

Lucy contourne le bureau pour venir de mon côté et tapote le plan de travail de granit derrière moi, ce qui réveille les deux écrans placés dessus. Les fonds d'écran se matérialisent en couleurs vives, rouge, bleu et or, les armes du Centre de sciences légales de Cambridge et celles du bureau du médecin expert de l'armée côte à côte, un caducée et la balance de la justice d'un côté, de l'autre des cartes à jouer, des paires d'as et de huit, la « main du mort » qu'aurait tenue Buffalo Bill au cours de la partie de poker où il fut abattu en 1876.

— Les armes du bureau du médecin expert de l'armée, fait-elle en désignant « la main du mort » sur les écrans. Et Buffalo Bill, ou *Billy*, a été assassiné à Deadwood, Dakota du Sud. Si c'est pour toi ? Et comment, tante Kay. J'espère juste que cette personne ne joue pas dans ta propre équipe.

— Et pourquoi diable soupçonnerais-tu cela, ne serait-ce qu'une seconde ?

Lucy réfléchit :

— L'utilisation d'une adresse e-mail gratuite temporaire, qui s'autodétruit ou s'efface en une demi-heure ? D'accord, rien d'exceptionnel et il pourrait s'agir de n'importe qui. Mais cette personne t'expédie l'e-mail par l'intermédiaire d'un serveur proxy gratuit, et plus particulièrement, un serveur hautement anonyme avec un nom de domaine indisponible. Localisé en Italie.

— De cette façon, personne ne peut répondre à l'e-mail, puisque le compte temporaire s'efface et disparaît au bout d'une demi-heure.

— C'est le but.

— Et personne ne peut remonter l'adresse IP, ni trouver d'où a été réellement expédié le message, dis-je en poursuivant son raisonnement.

— Exactement ce sur quoi table l'expéditeur.

— Nous sommes censés penser que l'e-mail a été expédié par quelqu'un en Italie.

— Rome, très exactement, approuve-t-elle.

— Mais il s'agit d'une ruse.

— Absolument. Quel que soit l'expéditeur, il ne se trouvait définitivement pas à Rome à 18 h 30 hier.

— Et la police de caractères ?

Je retourne au message et examine l'intitulé :

À L'ATTENTION DU MÉDECIN EXPERT EN CHEF
KAY SCARPETTA

— Tu crois qu'elle revêt une signification particulière ?

— Très rétro. Évocatrice des années 1950 et 1960, de grosses formes carrées aux coins arrondis censées rappeler les postes de télévision de l'époque. *Ton* époque, se moque-t-elle.

— S'il te plaît, pas de ça à une heure aussi matinale.

— L'Eurostile a été créée en 1962 par Aldo Novarese, un Italien, concepteur de caractères, pour une fonderie de Turin, Nebiolo, devenue Nebiolo Printech.

— Selon toi, cela signifie quoi ?

— Aucune idée, dit-elle avec un haussement d'épaules. Ils fabriquent surtout du papier et des machines d'impression de haute technologie, très haut de gamme.

— Une éventuelle connexion italienne ?

— J'en doute. Je pense que la personne qui t'a envoyé cet e-mail a supposé que tu ne pourrais pas remonter l'adresse IP, explique-t-elle.

Je sais ce qui va suivre. Je sais ce qu'elle a fait. Elle reprend :

— En d'autres termes, que nous serions incapables de retrouver la localisation exacte de l'expédition...

Je l'interromps :

— Lucy, je refuse que tu aies recours à des mesures extrêmes.

Mais elle a déjà passé outre.

— Il y a des tonnes de ces kits anonymes gratuits disponibles, poursuit-elle comme si de rien n'était.

— Je ne veux pas que tu ailles fouiner sur un serveur proxy en Italie, ni ailleurs, j'assène catégoriquement.

— L'e-mail t'a été envoyé par quelqu'un qui avait accès au réseau wifi de Logan, annonce-t-elle à ma stupéfaction.

— Il a été expédié de l'aéroport ?

— Le fichier vidéo t'a été envoyé depuis le réseau sans fil de l'aéroport international de Logan, à peine à dix fichus kilomètres d'ici ! confirme-t-elle.

Pas étonnant qu'elle envisage l'implication de quelqu'un de notre équipe.

Je pense à mon administrateur Bryce Clark, à Pete Marino, à plusieurs chercheurs médico-légaux de mon immeuble. Des membres du personnel du Centre de sciences légales se trouvaient la semaine dernière à Tampa, en Floride, pour le congrès annuel de l'Association internationale qui regroupe les spécialistes des méthodes d'identification. Ils sont tous rentrés en avion hier à Boston, à peu près à l'heure où cet e-mail anonyme a été adressé au Centre de Cambridge.

— Un peu avant 6 heures hier soir, explique Lucy, cette personne s'est connectée au réseau Internet wifi gratuit de l'aéroport, à l'instar de milliers de passagers chaque jour. Cela ne signifie pas pour autant que l'expéditeur se trouvait physiquement dans un des terminaux, ou à bord d'un avion.

Celui-ci pouvait effectivement se trouver dans un garage, sur un trottoir, dans un taxi fluvial, peut-être, ou sur un ferry dans le port, là où porte le signal wifi. Une fois connecté, l'individu a créé un compte de messagerie temporaire baptisé BLiDedwood@Stealthmail, a peut-être utilisé un logiciel de traitement de texte pour saisir l'objet en Eurostile, et en effectuant un copier-coller dans le message.

— Il a attendu vingt-neuf minutes avant de l'envoyer, poursuit Lucy. Dommage qu'il ait eu la satisfaction de savoir que le message avait été ouvert.

— Comment est-ce possible ?

— Parce que cette personne n'a pas eu en retour de notification de non-remise, m'explique-t-elle, quelques secondes avant la destruction automatique du compte. Elle n'a donc aucune raison de penser que le message n'a pas été reçu et ouvert.

Son ton a changé, ses paroles sonnent à la manière d'une réprimande.

— Pour toutes les communications expédiées à l'adresse principale du Centre, de l'ordre du harcèlement, ou infectées par des virus, le rejet est immédiat et automatique. Le but est de donner l'impression à l'expéditeur que l'e-mail n'a pas pu être délivré. En réalité, sauf quelques rares et malheureuses exceptions, les e-mails suspects sont directement dirigés vers ce que j'appelle le dossier de quarantaine, pour que je puisse déterminer de qui il s'agit, ainsi que le niveau de menace, souligne-t-elle, tandis que je commence à voir où elle veut en venir. Et je n'ai pas vu cet e-mail en particulier parce qu'il n'a pas été placé en quarantaine.

Je suis la malheureuse et rare exception à laquelle elle fait allusion.

— Les pare-feu que j'ai installés l'ont reconnu comme valable à cause de l'intitulé *À l'attention du médecin expert en chef Kay Scarpetta*, assène-t-elle comme si j'avais commis une erreur, ce qui est le cas. Un message envoyé spécifiquement à ton attention n'est pas considéré comme un spam, ni temporairement mis en quarantaine, en accord avec ton exigence. Contre ma volonté, tu te souviens ?

Elle soutient mon regard. Elle a raison, mais je ne peux rien y faire.

— Quand je t'autorise à tromper les systèmes de sécurité que j'ai mis en place, tu vois quelles peuvent être les conséquences ? insiste-t-elle.

— Lucy, je comprends ta frustration. Néanmoins, c'est le seul moyen de beaucoup de gens, notamment la police et les proches des victimes, pour me joindre lorsqu'ils ne disposent pas de mon contact d'information direct au Centre.

Je répète ce que je lui ai déjà dit :

— Ils expédient un message à mon attention, et je ne tiens pas du tout à ce que celui-ci passe pour un spam.

— Dommage que tu aies été la première à l'ouvrir. Normalement, Bryce s'en serait chargé avant que tu en aies eu l'opportunité.

— Et je suis contente que l'inverse se soit produit.

Mon administrateur est très sensible et impressionnable à l'extrême.

— Bien. Il ne l'a pas fait, rentrant au bercail après un voyage. Lui et plusieurs autres ont été injoignables pendant une semaine de congrès, précise Lucy comme si le choix du moment ne relevait pas d'un simple hasard.

— Le fait que l'expéditeur de cet e-mail puisse savoir ce qui se passe au Centre te préoccupe ?

— En effet.

Elle approche une chaise à roulettes, remplit de nouveau nos verres, et je saisis les effluves de pamplemousse frais de son parfum. Lorsque ma nièce vient de traverser une pièce, ou de prendre un ascenseur, je le perçois immédiatement. Les yeux fermés, je peux identifier n'importe où son parfum caractéristique.

— Il serait imprudent d'éluder l'éventualité que quelqu'un nous observe tous, surveille nos faits et gestes, explique-t-elle. Quelqu'un qui adore jouer, qui se croit plus fort que Dieu. Quelqu'un qui prend son pied à traumatiser les gens et se payer leur tête.

Je comprends parfaitement pourquoi elle fouinait autour de mon bureau ce matin. Elle est venue *vérifier un truc* parce qu'elle se montre très protectrice envers moi, vigilante à l'excès. Depuis qu'elle est en âge de marcher, Lucy a réclamé toute mon attention, et a veillé sur moi comme le lait sur le feu.

— Tu t'inquiètes de ce que Marino puisse être impliqué là-dedans ? Qu'il m'espionne, qu'il essaye de me porter préjudice, d'une façon ou d'une autre ? je résume en me connectant à ma messagerie.

— Dieu sait qu'il fait des choses idiotes, répond-elle comme si elle pensait à quelque chose de bien précis, mais il n'a pas assez de jugeote, et puis, quelle raison aurait-il ? Aucune.

4

Je passe en revue ma boîte de réception, à la recherche d'un message de Bryce ou de Dan Steward, le procureur adjoint, dans l'espoir que ma comparution au tribunal ne sera pas nécessaire.

— Et le procédé de clarification d'image ? Il permettrait peut-être de déterminer qui se trouve sur le bateau hydrojet ?

Je discute du fichier vidéo alors que je me tracasse à propos de Mildred Lott.

— Laisse tomber, réplique Lucy.

Lorsque je ne trouve aucun message susceptible de m'accorder une grâce, je marmonne :

— Cette histoire est grotesque !

Il fut un temps où mon rapport d'autopsie suffisait à la défense, et où ma comparution au tribunal n'était ni nécessaire ni même souhaitable, mais depuis l'arrêt Melendez-Diaz de la Cour suprême, tout a changé pour le moindre expert en sciences légales des États-Unis. Channing Lott veut se trouver confronté à son accusatrice. L'industriel milliardaire est sous le coup d'une inculpation pour meurtre, pour avoir prétendument placé un contrat sur la tête de sa femme, aujourd'hui présumée morte, et il a exigé d'avoir le plaisir de ma compagnie cet après-midi à 14 heures.

— Tu ne verras jamais rien de plus que ce qui est à l'écran, poursuit Lucy en vidant son verre de café. Rien ne l'améliorera davantage.

J'insiste, incapable d'accepter ce verdict :

— On est sûrs qu'il n'existe pas un logiciel plus sophistiqué que ce que nous utilisons ici ?

— Plus sophistiqué que ce que j'ai mis au point ? Elle se lève et se rapproche de l'écran de mon ordinateur.

— Rien n'arrive à la cheville de notre matériel. Le problème, c'est que la scène est grillée.

Elle clique sur la souris pour me montrer. Elle porte au poignet une montre chronographe en acier, et arbore depuis peu à l'index un gros anneau en or. Elle arrête l'enregistrement sur la silhouette sans visage à l'arrière du bateau, et m'explique qu'elle a effectué de multiples calques de la même scène, éliminant la luminosité, utilisant des filtres de netteté, sans aucun résultat.

— Celui ou celle qui a filmé faisait directement face au soleil, explique-t-elle, et rien ne pourra *restaurer* les parties grillées par la lumière. Le mieux consiste à deviner l'identité de la personne compte tenu du contexte et des circonstances.

Deviner ne suffit pas, et je repasse la séquence, retournant à cette portion de rivière située à environ une heure de bateau hydrojet du coteau aride et abrupt où la paléontologue américaine Emma Shubert effectuait des fouilles avec des collègues de l'université d'Alberta lorsqu'elle s'est volatilisée, il y a bientôt neuf semaines. Si on en juge par les dépositions recueillies par la police, elle a été vue pour la dernière fois le 23 août, aux alentours de 22 heures : elle traversait seule, à pied, une zone boisée d'un site de camping du parc de Pipestone Creek, en direction de son mobil-home, qu'elle regagnait après avoir dîné au réfectoire. Le lendemain matin, sa porte était entrouverte, et elle avait disparu.

Lorsque je me suis entretenue hier soir avec un enquêteur de la gendarmerie royale canadienne, il m'a relaté n'avoir constaté aucune trace de lutte, rien qui semble indiquer qu'Emma Shubert ait pu être agressée à l'intérieur de son mobil-home.

— Il faut découvrir qui m'a envoyé ça, et pourquoi. La silhouette à peine distinguée sur le bateau pourrait-elle être Emma Shubert ? Que se passait-il à ce moment-là ? Quelle expression transparaît sur son visage ? Est-elle heureuse ? Triste ? Apeurée ? Se trouve-t-elle à bord de son plein gré ?

— Je n'en ai pas la moindre idée, rétorque ma nièce.

— Je veux la voir.

— Eh bien, pas grâce à cette séquence vidéo. Il n'y a rien de plus à voir !

— Se dirigeait-elle vers le site d'ossements, ou bien en revenait-elle ?

— Si on se fie à la position du soleil et des images satellite de cette partie de la rivière, le bateau filait probablement vers l'est, ce qui laisse supposer que cette scène a été filmée le matin. La journée était manifestement ensoleillée, une rareté dans ce coin du monde au mois d'août dernier. Or, deux jours avant sa disparition, le jour où elle a découvert la dent de pachyrhinosaure, le soleil brillait et je ne crois pas à une coïncidence.

— Tu penses donc, en te basant sur la météo, que ce film a été fait le 21 août.

Lucy me répète les informations qui ont été diffusées :

— De toute évidence, elle s'est rendue sur le site ce matin-là. Elle a rejoint le gisement d'ossements en bateau, sur la Wapiti River. La scène a pu être filmée par un iPhone pendant ce trajet. Elle en possède – ou en possédait – un. Comme tu le sais, celui-ci n'a pas été retrouvé dans son mobil-home. Peut-être le seul objet manquant, puisqu'il semble qu'on n'ait pas touché à d'autres effets personnels.

— La séquence a été prise à l'aide d'un iPhone ? Voilà une nouvelle information.

— Ainsi que la photo de l'oreille tranchée, ajoute Lucy. Un iPhone première génération, comme le sien.

Je ne vais pas demander à Lucy comment elle s'est débrouillée pour obtenir ces détails. Je préfère ne pas le savoir.

— Elle n'en avait pas changé, elle n'avait pas pris la peine de s'équiper d'un modèle supérieur, probablement à cause du forfait négocié avec AT&T.

Lucy se lève et regagne le cabinet de toilette pour rincer nos verres, tandis que résonne l'écho distant de voix dans le couloir.

Puis le son enregistré d'une sirène de police perce ; l'une des sonneries de portable de Marino. Il est en compagnie de quelqu'un, Bryce, me semble-t-il, et les deux hommes se dirigent vers nous. Ils sont tous deux au téléphone. Je ne perçois que des paroles indistinctes, et comprends à leur ton énergique que quelque chose vient de survenir.

— Je t'appelle plus tard, je serai de retour avant que le mauvais temps s'installe, ajoute Lucy en s'éclipsant. La météo va franchement se dégrader plus tard dans la journée.

Marino fait son apparition sur le seuil de mon bureau. Ses vêtements de terrain kaki sont fripés. On dirait qu'il a dormi dedans, il est écarlate et se promène comme s'il était ici chez lui, discutant bruyamment au téléphone. Il est suivi de Bryce, mon administrateur à la beauté délicate, vêtu d'un tee-shirt et d'un jean délavé moulant, ses lunettes de soleil de designer repoussées sur le sommet du crâne, l'air tout droit sorti du plateau de *Glee*. Je remarque qu'il ne s'est pas rasé depuis une semaine, avant son départ pour la Floride, et la présence ou l'absence de pilosité faciale a toujours la même signification chez lui. Bryce Clark passe son temps à endosser des personnalités différentes, et auditionne en permanence pour le rôle principal de sa propre existence.

— Ben, normalement, ce serait « non », lâche Marino à son interlocuteur, mais faut que la dame de l'aquarium prenne la communication, que la chef ici puisse lui parler en direct, pour s'assurer qu'on est tous sur la même longueur d'onde...

— Nous en sommes conscients, et comprenons parfaitement, explique Bryce à quelqu'un d'autre. Personne ne va se battre pour cette corvée, c'est certain ! Vous pouvez peut-être le jouer à pile ou face, avec les pompiers… non, je plaisante. Je suis sûr que le bateau-pompe des pompiers dispose aussi d'un brancard cuillère. Pas besoin des housses sous vide, des minerves ou quoi que ce soit de ce genre, ça tombe sous le sens. Évidemment, les pompiers sont les mieux équipés pour tout nettoyer au jet après, avec leurs sacrés gros canons à eau. Ce que je veux dire ? Nous, on se fiche totalement de qui va s'en charger, mais *quelqu'un* doit aider à le ramener à terre, et on prendra la relève. (Il jette un coup d'œil à sa montre.) Dans trois quarts d'heure ? Peu après 9 heures ? Ce serait vraiment génial.

J'interroge Bryce une fois qu'il a mis terme à sa conversation.

— Que se passe-t-il ?

Mains sur les hanches, il me dévisage.

— Eh bien, on n'a pas vraiment endossé la tenue appropriée pour sortir en bateau ce matin, n'est-ce pas ? remarque-t-il en détaillant le tailleur gris à rayures et les escarpins que j'ai enfilés en prévision de ma comparution au tribunal. J'en ai pour une seconde, je vais chercher quelques trucs, parce que vous n'allez pas sortir avec la garde côtière dans cette tenue. Repêcher un noyé ? Dieu merci, nous ne sommes pas au mois de juillet, encore que l'eau ne soit jamais chaude, par ici. J'espère bien qu'il n'est pas là-dedans depuis tout ce temps. Vraiment pas ma tasse de thé, ça ! Désolé, je préfère être honnête. Qui peut supporter ce genre de truc ? Je sais bien que personne ne fait exprès de se retrouver dans un état aussi dégoûtant… Vous vous rendez compte ? Si je meurs et que je deviens comme ça… par pitié, ne me retrouvez jamais.

Il est passé dans mon vestiaire, où il récupère des vêtements de terrain, et continue de débiter :

— C'est le coup du noyé qui ne ravit pas franchement les garde-côtes, et il faut dire qu'on les comprend. Récupérer un truc pareil sur leur bateau… mais pas de problème, ils vont s'y coller, parce que je le leur ai demandé gentiment, et parce que je leur ai rappelé que vous – et je parle spécifiquement de vous, le médecin expert en chef – étiez quand même la mieux placée pour vous en occuper !

Il fait glisser d'un cintre un pantalon de treillis.

— Vous mettrez une double poche à cadavre, le nécessaire pour que leur bateau ne pue pas à des kilomètres à la ronde, vous vous rappellerez ? Je leur ai promis. Manches courtes ou longues ?

Il me scrute depuis le vestiaire.

— Je dirais longues, parce qu'il va faire frais, là-bas, avec le vent qui souffle, décrète-t-il avant même que j'aie songé à répondre. Alors, voyons, votre doudoune, bonne idée, l'orange vif, celle qui fait vêtement de sécurité, qu'on vous repère à un bon kilomètre. Excellente initiative, quand on est sur l'eau. Tiens, Marino n'en a pas ? Néanmoins, je ne suis pas chargé de sa garde-robe.

Bryce me rapporte des vêtements, tandis que Marino poursuit sa conversation avec quelqu'un qui se trouve de toute évidence à bord d'un bateau.

— Que personne ne touche aux nœuds, s'il y en a, et s'il y a des cordes, il faut les amarrer aux taquets, précise-t-il pendant que Bryce étale sur mon bureau mon uniforme du Centre puis repart chercher des boots. Je vais raccrocher et vous rappeler d'un filaire, la ligne sera peut-être meilleure, et vous pourrez parler vous-même à la Doc, ajoute Marino.

Tout en discutant, il contourne le bureau pour se rapprocher de moi. Dans le couloir, j'entends l'ascenseur, d'autres voix. Lucy descend pour rejoindre son hélicoptère, et d'autres membres du personnel arrivent. Il est 8 heures passées de quelques minutes.

— Une énorme tortue préhistorique qui s'est retrouvée piégée dans le chenal sud, m'explique Marino en s'emparant du téléphone de mon bureau.

— *Préhistorique ?* s'exclame Bryce. Sûrement pas !

— Une tortue luth. Une espèce en voie de disparition, elles existent au moins depuis Jurassic Park, poursuit Marino en l'ignorant.

— Je ne pense pas qu'il y ait eu de *park* à l'époque ! jette Bryce d'une voix plus forte.

Des lunettes loupe de supermarché perchées sur son nez puissant, Marino compose un numéro sur mon téléphone tout en continuant de ne s'adresser qu'à moi :

— Ça peut peser presque une tonne. Un marin qui vérifiait ses casiers à homards l'a découverte au lever du soleil, et a appelé l'équipe de sauvetage de l'aquarium, qui a un accord avec l'unité maritime des pompiers. Quand le bateau-pompe est arrivé, et qu'ils ont commencé à ramener la tortue, il s'est avéré qu'il y avait un infortuné accessoire accroché à la ligne… Pamela ? fait-il à l'adresse de la personne qui répond. Je vous passe le Dr Scarpetta.

Il me tend le combiné, replie les lunettes de ses doigts épais et les fourre dans la poche de poitrine de sa chemise en m'expliquant :

— Pamela Quick. Elle se trouve sur le bateau-pompe, la connexion sera peut-être pas géniale.

Mon interlocutrice se présente comme une biologiste marine du New England Aquarium, son ton est pressant et légèrement agressif. Elle vient de m'envoyer une photo à l'instant, me dit-elle.

— Vous pouvez constater vous-même qu'il faut faire vite, insiste-t-elle. Nous devons la remonter à bord tout de suite !

— Qui ça, « la » ? je demande.

— Un spécimen de tortue luth en danger d'extinction qui traîne du matériel de pêche, d'autres équipements et ce qui est de toute évidence un cadavre, et depuis Dieu sait quand ! Les tortues respirent à l'air libre, et elle arrive maintenant à peine à maintenir les narines hors de l'eau. Il faut la sortir de là *immédiatement* avant qu'elle se noie.

Marino me tend son portable à hauteur des yeux, que je puisse voir la photo qu'il vient d'ouvrir, d'une jeune femme blonde et bronzée vêtue d'un pantalon kaki et d'un coupe-vent vert, penchée par-dessus le bastingage du bateau-pompe. À l'aide d'un grappin à long manche, elle tire une ligne dans laquelle est emmêlée une créature marine d'une taille démesurée, cuirassée et sombre, dont l'envergure dépasse presque la largeur du bateau. À quelques dizaines de centimètres de son énorme tête protubérante, à peine visible à la surface de la houle bleue, on distingue des mains pâles aux ongles vernis et de longs cheveux blancs flottant entre deux eaux.

Bryce pose une paire de boots tactiques noires et légères montant jusqu'à la cheville, dessus nylon avec les extrémités en cuir. Il se plaint de ne pas trouver de chaussettes.

— Essayez mon vestiaire en bas, lui dis-je en me baissant pour ôter mes escarpins, puis, m'adressant à Pamela Quick : Nous ne devons à aucun prix perdre le corps, ou l'abîmer. Normalement, je n'autoriserais jamais…

Elle me coupe la parole, se fichant manifestement pas mal de ma permission :

— Nous pouvons sauver cet animal. Sans tarder !

Son ton ne me laisse guère de doute sur le fait qu'elle ne m'attendra pas, ni moi ni personne, et je ne peux pas vraiment lui en vouloir.

— Allez-y, faites ce que vous devez faire, bien sûr. Toutefois, si quelqu'un peut tout enregistrer en vidéo ou photos, ce serait utile, lui dis-je en me levant.

La sensation de la moquette sous mes pieds déchaussés me rappelle que je dois toujours m'attendre à tout, d'une minute sur l'autre. J'ajoute :

— Essayez de toucher le moins possible aux lignes et au matériel, et assurez-vous qu'ils soient arrimés, que nous ne perdions rien.

5

Maintenant vêtue de ma tenue de terrain de coton bleu foncé, le blason du Centre de sciences légales brodé sur ma chemise, ma veste orange vif sur le bras, je pénètre dans l'ascenseur situé après la salle de repos, et nous nous retrouvons seuls un moment. Marino pose sur le sol deux mallettes Pelican de plastique noir et enfonce le bouton de descente.

— J'ai cru comprendre que vous aviez passé la nuit ici, je remarque tandis qu'il actionne de nouveau le bouton avec impatience, une de ses manies inutiles.

— J'ai éclusé de la paperasse, des trucs en retard. C'était plus facile de rester sur place.

Il fourre ses grandes mains dans les poches de son treillis, et la courbe de son ventre déborde ostensiblement par-dessus sa ceinture de toile. Il a pris du poids, mais sa carrure est impressionnante, et à l'épaisseur de sa nuque, de ses biceps et de ses jambes, je vois bien qu'il pratique toujours la musculation dans cette salle de sport à laquelle il appartient dans Central Square. Il appelle ça un club de sports de combat, ou quelque chose dans ce genre, un lieu fréquenté par les flics, essentiellement ceux du SWAT.

— Plus facile que quoi ?

L'odeur rance de la sueur me parvient, en dépit des effluves de son after-shave Brut. Il a peut-être passé la nuit à boire, à descendre un carton de crânes miniatures de vodka Crystal Head ornementaux, ou je ne sais quoi d'autre. Je poursuis d'une voix douce :

— Il n'était pas prévu que vous soyez de corvée ce week-end, donc hier, dimanche. D'autant que vous rentriez tout juste de voyage. Plus facile en quoi ? Tant que nous y sommes, il y a un moment que je n'ai pas été mise au courant du planning des présences, j'ignorais donc que vous preniez les appels en personne, et que vous avez apparemment…

— Que des conneries, ce planning informatique, m'interrompt-il. Toutes ces foutaises instantanées automatiques… Ce serait super que Lucy nous foute la paix avec ça. Vous savez exactement ce que vous avez besoin de savoir : que quelqu'un fait son boulot. Et ce quelqu'un, c'est moi.

— Ah, parce que le directeur des enquêtes opérationnelles assure les permanences ? Cela n'a jamais fait partie de nos règles, hormis urgence. Non plus d'ailleurs que de fonctionner à la manière d'une caserne de pompiers, de dormir sur place sur un lit gonflable en attendant le déclenchement de l'alarme, pour ainsi dire.

— Bon, y en a une qui a cafté, on dirait. De toute façon, c'est de sa faute, déclare-t-il en mettant ses lunettes de soleil, des Ray-Ban à monture métallique qu'il porte depuis que je le connais – et que Bryce appelle ses lunettes à la Burt Reynolds.

— L'enquêteur de permanence est censé se tenir éveillé à son poste, prêt à répondre au téléphone, dis-je d'un ton égal, sans tomber dans le piège de la controverse. Et puis, qui a commis une faute et laquelle ?

— Cette bourrique de Lucy m'a mis sur Twitter, et c'est ça qui a tout enclenché.

Quand il parle de « cette bourrique de Lucy », il ne le pense pas une seconde, tant ils sont très proches tous deux.

Je contre du même ton affable :

— Si je ne m'abuse, c'est bien vous qui tweetez. Il est donc injuste de l'en rendre responsable. Et elle n'a pas vraiment cafté, sinon, il y a des choses que j'aurais apprises bien plus tôt. Quoi qu'elle ait dit, c'est parce qu'elle tient à vous, Marino.

— Elle a dégagé, et depuis des semaines, et je veux pas en parler, décrète-t-il tandis que nous descendons lentement dans les entrailles de l'immeuble.

J'interroge, perplexe :

— Qui ça ?

— La connasse à qui je tweetais, et c'est tout ce que j'ai à en dire. Et vous croyez vraiment que les gens ne dorment pas quand ils sont de garde ? J'ai rien raté la nuit dernière. J'ai répondu au téléphone à chaque fois qu'il a sonné, et j'ai géré la situation. La seule vraie scène d'intervention sur laquelle il fallait se rendre, c'est ce mec qu'est tombé dans les escaliers, et Toby s'en est chargé. Un simple accident. Ensuite, je l'ai renvoyé chez lui. Ça servait à rien qu'on soit là tous les deux. Et en plus, il me porte sur le système. Soit je n'arrive jamais à lui mettre la main dessus quand j'ai besoin de lui, soit il est toujours dans mes pattes.

— J'essaye juste de comprendre ce qui se passe, rien d'autre. Je veux m'assurer que vous allez bien.

— Et pourquoi j'irais pas bien ? rétorque-t-il en fixant le panneau d'acier brossé, le « RdC » allumé de l'écran digital. J'ai déjà eu des histoires qui marchaient pas.

J'ignore de qui ou de quelles histoires il parle, et ce n'est pas le moment de le presser de questions à propos d'une femme rencontrée sur Internet, si ce que je soupçonne est exact. En revanche, je dois aborder avec lui ce qui m'inquiète, ce qui pourrait constituer une rupture de confidentialité ou un défaut de discrétion professionnelle.

— Puisque nous y sommes, je me demandais pourquoi vous vous étiez inscrit sur Twitter, pour commencer, ou pourquoi Lucy vous aurait encouragé dans une telle démarche ? Loin de moi l'idée de m'immiscer dans votre vie privée, Marino, mais je ne suis pas en faveur des réseaux sociaux, à moins d'utiliser essentiellement les fils d'informations, qui sont la seule chose que je suive sur Twitter. Faire du marketing sur nos activités ou en partager les détails ne fait sûrement pas partie de notre boulot, non plus que de se faire des amis dans le cyberespace.

— Je ne suis pas sur Twitter en tant que moi, Marino, j'utilise rien qui permette de m'identifier. En d'autres termes, vous voyez pas mon nom, juste le compte The Dude...

— *The Dude* ?

— Comme le personnage de Jeff Bridges dans *The Big Lebowski*, j'utilise son avatar. L'intérêt, c'est qu'y a aucun moyen de savoir quel est mon métier, à moins de faire une recherche sur Peter Rocco Marino, et qui va s'amuser à ça ? Au moins, j'utilise pas un avatar générique en forme d'œuf comme vous, ce qui est débile.

— Donc, vous vous représentez sur Twitter avec la photo d'une star de cinéma qui a joué dans un film sur le bowling… ?

— C'est juste le meilleur film de bowling qui existe ! répond-il sur la défensive, alors que l'ascenseur s'arrête, et que les portes s'ouvrent.

Sans m'attendre ni poursuivre, Marino empoigne les mallettes, une dans chaque main, et quitte la cabine, sa casquette de baseball enfoncée sur son crâne chauve et bronzé, le regard masqué par ses Ray-Ban. Depuis toutes ces années que je le connais, plus de vingt ans maintenant, les vexations ou blessures d'amour-propre de Marino sont toujours flagrantes. Cela dit, je ne vois vraiment pas ce que j'ai bien pu faire, cette fois-ci, à l'exception de ma vague tentative de discussion. Cependant, il n'était déjà pas dans son assiette lorsqu'il a débarqué dans mon bureau tout à l'heure. Il se passe autre chose. Bon sang, qu'est-ce que j'ai fait ? Quoi encore, cette fois-ci ?

Il s'est absenté en Floride toute la semaine précédente, il ne s'agit donc pas de quelque chose que j'aurais pu faire dans ce laps de temps. Avant cela, je me trouvais en Autriche avec Benton, et il m'apparaît brusquement que là réside sans doute la source du mécontentement de Marino. Eh merde, évidemment ! Benton et moi nous sommes rendus à Vienne avec mon médecin expert assistant Luke Zenner, pour l'enterrement de sa tante. L'agacement me gagne, puis l'énervement. Toujours la même chose. Marino et sa jalousie, et Benton, lui aussi. Les hommes dans ma vie finiront par avoir ma peau.

Je fais attention à ce que je dis à Marino, car nous ne sommes pas seuls. Chercheurs, employés administratifs, personnel d'enquête sortent du parking pour pénétrer dans l'immeuble, et remontent le large couloir aveugle. Marino et moi n'échangeons guère plus de quelques mots, dépassant l'armoire des télécommunications, puis la porte métallique verrouillée qui mène au vaste local des installations mécaniques, puis le laboratoire d'odontologie médico-légale. L'immeuble du Centre de sciences légales de Cambridge, parfaitement circulaire, me perturbe parfois, surtout quand j'essaye d'orienter les visiteurs. Il n'existe ni premier ni dernier bureau à gauche ou à droite, ni rien au milieu non plus.

Nous contournons les salles de radiographie et d'autopsie, dans l'écho étouffé de nos pieds chaussés de caoutchouc, puis débouchons dans l'aire de traitement à l'arrivée, aux murs ceinturés d'armoires frigorifiques en acier inoxydable destinées aux admissions, sans oublier les freezers pour les corps en décomposition, dont les lourdes portes sont surmontées d'écrans à affichage digital. Je salue les employés que nous croisons, sans m'attarder en bavardages, et informe le vigile, un ancien de la police militaire, que nous allons recevoir un cas potentiellement délicat.

— Quelque chose qui implique des circonstances exceptionnelles, semble-t-il, dis-je à Ron, un homme massif à la peau sombre, et jamais très animé derrière sa vitre. Soyez simplement vigilant, au cas où les médias, ou je ne sais qui, débarqueraient. Impossible de prévoir à quel genre de cirque il faut s'attendre.

— Compris, m'dame, chef.

— On vous préviendra dès qu'on aura une idée de ce qui peut débouler, j'ajoute.

— Bien, m'dame, chef. Ce serait bien.

Il me donne toujours du « m'dame » et « chef », et je crois qu'il m'aime bien, même s'il n'en montre rien.

Je vérifie le journal des entrées, un grand registre noir, et l'un des quelques rares documents dont je refuse qu'il soit électronique. Je passe en revue l'enregistrement des corps amenés depuis mon arrivée vers 5 heures du matin, reconnaissant la petite écriture enchevêtrée de Marino, et constate que ce que m'a rapporté Lucy n'est qu'en partie exact. Inutile, en effet, qu'un enquêteur parte en intervention après la fermeture hier soir. En revanche, quatre des affaires requièrent des autopsies. L'enquêteur de permanence est celui qui a décidé de faire procéder à un examen *post mortem*. Je sais qu'il s'agissait de Toby pour la suspicion de traumatisme contondant à la suite d'une chute, et de Marino pour les autres.

Les cas dont il s'est occupé concernent des décès dans des hôpitaux locaux, ou alors des sujets déjà morts à leur arrivée aux urgences : deux victimes d'accidents de la circulation et un suicide potentiel par overdose médicamenteuse. Dans ces cas-là, à moins que la police ne le demande, nous ne nous rendons pas sur les lieux des événements fatals. Marino a dû obtenir les informations pertinentes par téléphone. Je me retourne pour lui poser des questions sur les cas que nous avons pour l'instant, et suis étonnée de ne pas le sentir à mes côtés. Je sursaute en découvrant Luke Zenner à quelques centimètres de moi, comme s'il venait d'échanger sa place avec Marino, ou de se matérialiser brusquement.

— Je ne voulais pas vous faire peur.

Son porte-documents à la main, il est vêtu d'un jean, de baskets et d'une chemise blanche aux manches relevées sur ses coudes minces, fermée d'une étroite cravate rayée rouge et noir.

— Désolée, je vous ai pris pour Marino.

— Je viens de le croiser sur le parking, passant en revue SUV, fourgonnette ou autre, à la recherche du meilleur véhicule, celui qui a le plus gros moteur. Néanmoins, merci d'avoir pu me confondre avec lui.

Il me lance un sourire ironique. Pourtant, son regard est chaleureux, et son accent britannique dément ses origines autrichiennes.

— Je suppose que, venant de vous, il s'agissait d'un compliment, ajoute-t-il pince-sans-rire.

Je ne jurerais pas que Marino lui déplaise autant que lui déplaît à Marino. Néanmoins, j'ai le sentiment que leur aversion est réciproque.

Le Dr Luke Zenner est à tous points de vue un petit nouveau : titularisé il y a à peine trois ans, et je l'ai embauché en juin dernier, contre la volonté de Marino, dois-je ajouter. Anatomopathologiste de talent, Luke est également le neveu d'une de mes amies, à l'enterrement de laquelle nous venons de nous rendre, le Dr Anna Zenner, une psychiatre avec laquelle j'étais devenue très amie il y a plus de dix ans, du temps où je me trouvais à Richmond. Les objections de Marino à son embauche tiennent à ce lien, du moins est-ce ce qu'il prétend. Il n'en demeure pas moins que le ressentiment paraît bien davantage la cause de son comportement ouvertement désagréable et peu serviable vis-à-vis de ce jeune et beau médecin blond aux yeux bleus, cosmopolite et personnellement lié à moi.

— Vous partez ? Sur une scène de crime ? Une intervention du SWAT ? Au champ de tir ? À un reality show ? demande-t-il à la vue de ma tenue, passant en revue le moindre centimètre de ma personne. Pas de tribunal, en définitive ?

— Nous avons un cas à Boston, un cadavre dans le port. La récupération va peut-être s'avérer difficile, à cause du matériel de pêche ou de quoi que ce soit auquel il est attaché. Quant au tribunal, je serai probablement obligée d'y aller. Nous n'avons pas tellement le choix, ces temps-ci.

— Vous m'en direz tant.

Il observe un groupe de chercheurs médico-légaux qui se dirige vers l'ascenseur, des jeunes femmes qui nous saluent avec timidité, sans guère pouvoir le quitter des yeux.

— Il suffit de parapher un truc, et on se retrouve cité à comparaître, poursuit-il.

Son regard s'attarde sur les jeunes femmes, ce qui me rappelle les accusations de Marino. Selon lui, Luke prend qui lui plaît, qu'importe la femme ou son statut marital. Il continue :

— Surtout du harcèlement.

— En partie, tout du moins, admets-je.

— Si vous avez besoin d'aide, je peux vous accompagner. Quel genre de cas ? Une noyade ? demande-t-il, son regard d'un bleu pénétrant maintenant rivé à moi. Je vous rappelle que je suis plongeur certifié. On peut faire équipe. La visibilité dans les eaux du port doit être exécrable, et l'eau est fichtrement glaciale. Vous ne devriez pas y aller seule. Marino ne plonge pas. Je serais ravi de venir.

— J'ignore ce qui nous attend au juste, mais je pense que nous pourrons nous en tirer. Je compte sur vous pour gérer les tournées de la matinée, et superviser l'attribution des affaires aux autres légistes. Je vous en serais très reconnaissante.

— Entendu. Quand vous aurez un moment, pourrions-nous discuter du planning de permanences, ou plutôt de l'absence de celui-ci ?

Il me fixe tandis que j'ouvre la porte qui mène à la baie de déchargement, et son visage passionné me rappelle sa tante à un point perturbant. À moins que ce ne soit la façon dont il me regarde, dont il m'absorbe sans détours, les sentiments que cela provoque en moi, et les difficultés qui en ont découlé.

— Ça pose un peu problème.

Il fait allusion à Marino, mais peut-être également à autre chose.

Une autre chose que je crains, et il me revient le souvenir de Vienne, lorsque après la cérémonie, Luke nous a guidés, Benton et moi, le long des élégantes allées bordées d'arbres du Zentralfriedhof, pour nous montrer les sépultures de Brahms, Beethoven et Strauss. Le mal-être de Benton est devenu physiquement palpable, sa contrariété aussi cinglante qu'une pluie de neige sur mon visage.

— Je comprends, et j'ai l'intention de régler ça avec lui.

Je promets à Luke que je vais m'occuper du problème de planning électronique, que si besoin est, je chargerai Bryce de prendre le relais, et tout en parlant, je me souviens de ce qui s'est passé.

Ce fut affreux. Le talent de Luke à s'exprimer parfaitement en anglais et en allemand, et à servir de guide attentionné et affectueux en une occasion très triste, l'enterrement de sa tante que j'aimais énormément, voilà ce qui a suffi à provoquer l'évident mécontentement de Benton. Luke, l'unique neveu d'Anna, lui, a fait bonne contenance, s'est montré courtois et imperturbablement charmant, et lorsque nous nous sommes arrêtés devant le mémorial en l'honneur de Mozart, sur les marches duquel les gens avaient placé des bougies et des fleurs, Luke m'a entouré la taille de son bras, pour me remercier d'être venue à Vienne pour l'enterrement d'Anne, une femme qui restera à jamais dans mon souvenir.

Rien d'autre, il m'a serrée contre lui l'espace d'un moment de tendresse. Mais ce fut suffisant.

Lorsque nous sommes rentrés avec Benton à notre hôtel près de la Ringstrasse, nous n'avons rien mangé, mais nous avons bu, puis nous nous sommes querellés.

— Tu as perdu tout amour-propre ?

Mon mari s'est mis à m'interroger comme l'homme du FBI qu'il est. Certes, je savais à quoi il faisait allusion, mais refusais de l'avouer.

— Vraiment, tu ne vois pas ce que je veux dire, Kay ?

Il arpentait la chambre à grands pas furieux en ouvrant une nouvelle bouteille de champagne.

— Ça commence de cette façon, tu sais, a-t-il dit sans me regarder. Le neveu d'une amie, tu le traites comme s'il faisait partie de la famille, tu lui donnes un boulot, et l'étape suivante, c'est... ? a-t-il poursuivi en engloutissant d'un trait la moitié d'un verre de champagne. Il n'est pas Lucy. Tu te projettes, comme si tu étais son unique tante, la remplaçante d'Anna, et d'une certaine manière, cela fait de toi sa mère, *de facto*, comme tu es la mère *de facto* de Lucy, et ensuite... ?

— Et ensuite quoi, Benton ? Je couche avec lui ? Quand je joue le rôle de mentor auprès de quelqu'un, devenant leur mère *de facto*, c'est la conclusion logique ?

Je n'ai pas ajouté que je ne couchais pas non plus avec ma nièce.

— Tu as envie de lui. Tu as envie de quelqu'un de plus jeune. C'est ce qui arrive lorsque nous vieillissons, toujours, parce que nous nous cramponnons à la vitalité, que nous luttons pour la retrouver. C'est cela, le problème ; ce sera toujours un problème, et cela va en empirant. Et les hommes plus jeunes te désirent parce qu'ils te voient comme un trophée à conquérir.

— Je ne me suis jamais vue comme un trophée.

— Et peut-être t'ennuies-tu, aussi.

— Je ne me suis jamais ennuyée avec toi, Benton.

— Je n'ai pas dit avec moi.

Je coupe par la baie de déchargement, de la taille d'un petit hangar recouvert de peinture époxy beige. À nouveau, une pensée me traverse l'esprit, comme à de multiples reprises cette dernière semaine : je n'ai pas l'impression de m'ennuyer dans mon travail ou dans ma vie, et certainement pas avec Benton, jamais. Comment s'ennuyer avec un homme d'une telle élégance et d'une telle complexité ? Il m'a toujours terriblement fascinée cet homme impossible à posséder, car une part de lui demeure inaccessible, quel que soit le degré d'intimité auquel nous puissions parvenir.

Cependant, il est vrai que je remarque les êtres séduisants. Bien entendu, je suis également sensible au fait qu'eux me remarquent aussi. Je ne suis plus aussi jeune qu'auparavant et peut-être le phénomène résonne-t-il davantage en moi. En revanche, il est erroné de prétendre que je n'ai pas conscience de la chose. Bien sûr que si, et je suis assez perspicace pour savoir que la situation est sacrément plus difficile pour les femmes, d'une façon que les hommes ne comprendront jamais. Et je déteste me souvenir de notre dispute, et de la façon dont elle s'est conclue, Benton m'assénant que je ne me montrais pas honnête envers moi-même.

Au fond, la personne avec laquelle je pourrais me montrer complètement honnête est celle qui a involontairement engendré ce problème : Anna Zenner, mon ancienne confidente, qui me contait des anecdotes au sujet de son neveu, Luka, ou Luke, comme nous l'appelons. Luke a quitté l'Autriche pour poursuivre ses études dans une école privée en Angleterre, puis à Oxford, et enfin à la faculté de médecine du King's College de Londres. Il est ensuite parti aux États-Unis, où il a achevé sa spécialisation en anatomopathologie au bureau du médecin expert en chef de Baltimore, un des meilleurs services du pays. Il est venu, bardé des meilleures recommandations, après avoir reçu des offres professionnelles prestigieuses. Tout s'est admirablement passé avec lui et je ne vois vraiment pas pourquoi on pourrait mettre en doute ses références, ou penser que je l'ai engagé par favoritisme. Qui que ce soit.

Le rideau métallique qui ferme la baie de déchargement est remonté, et au-delà de l'étendue de béton et du grand carré de l'ouverture s'étendent le tarmac et le ciel bleu dégagé. Les voitures et les véhicules du Centre, tous blancs, étincellent dans la lumière de ce matin d'automne. Au-dessus de la clôture noire en PVC, impossible à escalader, qui ceint le parking, s'élèvent de part et d'autre de mon building aux flancs de titane les laboratoires de brique et de verre du MIT, aux toits hérissés d'antennes et de paraboles. Vers l'ouest s'étendent Harvard et sa faculté de théologie près de ma maison, que je ne peux pas distinguer au-dessus de la sombre barricade opaque qui tient à l'écart du monde ceux auxquels j'accorde mes soins, mes patients, tous décédés.

J'émerge sur le tarmac à l'instant où un Chevrolet Tahoe blanc vrombit dans ma direction. L'air est frais, aussi pur que du cristal, et j'enfile ma veste en remerciant le Ciel que Bryce ait choisi ma tenue de la journée. Encore une fois, le fait de m'être habituée à ce que mon administrateur se charge de ma garde-robe me paraît totalement inattendu. Après avoir résisté dans un premier temps, j'ai fini par apprécier la chose, en dépit du fait que le soin qu'il prend de moi encourage ma négligence, et accentue mon vertigineux désintérêt pour les détails secondaires qu'il peut gérer ou régler. Mais il avait raison : la doudoune s'impose, il va faire froid sur le bateau, et il est fort probable que je sois mouillée. Si quelqu'un doit se mettre à l'eau, ce sera moi, j'en ai la conviction.

J'insisterai pour constater par moi-même à quoi nous avons affaire au juste, et pour m'assurer que le décès est traité ainsi qu'il convient, avec précision et respect, de façon irréprochable, en anticipant toute mise en cause juridique, puisqu'elles ne manquent jamais. Et ceci que Marino m'apporte son concours ou pas. Il n'est pas doué pour la plongée et se tortille dans une combinaison, affirmant qu'il suffoque. Quant à ses aptitudes de nageur, elles sont fort médiocres. Il pourra rester sur le bateau, et je me débrouillerai seule. Je n'ai aucune intention de me quereller avec lui, ni avec qui que ce soit. J'ai eu mon content de querelles et préoccupations à propos du moindre élément sujet à interprétation. Comme si j'allais entretenir une liaison avec le neveu d'Anna qui, même si j'étais célibataire, serait bien plus compatible avec Lucy, si les goûts de celle-ci la portaient de ce côté-là.

Je ne suis en aucune façon la mère *de facto* de Luke, et dans la remarque de Benton, seule l'insinuation sur mon âge continue de m'affecter profondément.

Cet âge qui me rend aussi vieille qu'une police de caractères Eurostile des années 1950 et 1960, époque dont je me souviens à peine et dont je refuse de croire que je puisse y appartenir, un tant soit peu.

Ce qu'implique Benton m'irrite périodiquement, telle une plaie intérieure, le déprimant symptôme d'une atteinte dont j'étais inconsciente jusqu'à ce qu'il me lance ces paroles furieuses à Vienne. Depuis cette sortie, je me perçois différemment, incertaine de parvenir à surmonter la blessure plus profonde que cela a provoquée.

6

Je soulève le couvercle du boîtier qui abrite un lecteur biométrique installé sur le côté de l'immeuble, et presse légèrement mon pouce gauche sur le scanner vitré. Le couple moteur ronronne, et des chaînes à rouleaux en acier amorcent bruyamment la descente du volet d'une demi-tonne qui ferme la baie.

— La garde côtière doit avoir des combinaisons de plongée, dis-je à Marino en m'installant sur le siège passager du Tahoe.

Je le connais. Il a jeté son dévolu sur la voiture la plus récemment lavée et au réservoir plein, ce dont Luke Zenner a probablement été témoin lorsqu'il l'a remarqué en plein repérage des divers véhicules garés sur le parking. L'habitacle sent agréablement le produit d'entretien, et je constate que le tableau de bord est brillant, les tapis de sol impeccables. Marino aime les moteurs V8. Plus le véhicule est énorme et bruyant, plus il l'apprécie, ce qui me rappelle à quel point il déteste la nouvelle flotte d'utilitaires que j'ai choisie, des Toyota Sequoia pratiques, à la consommation maîtrisée, que je conduis tous les jours, n'ayant rien à prouver à personne.

— On garde toujours deux combinaisons dans les casiers de rangement. J'y veille pour chaque caisse de scène de crime, déclare Marino, m'assurant par là même de sa diligence, et je sens qu'une conversation désagréable se dessine. Y en a deux à l'arrière. J'ai vérifié.

— Bien, dis-je en attachant ma ceinture de sécurité et sortant mes lunettes de soleil pendant qu'il fait marche arrière. Toutefois, on peut espérer que le matériel des garde-côtes soit meilleur que le nôtre, ce qui ne signifie pas grand-chose, étant donné que les nôtres sont plutôt minables. Elles sont destinées à des missions de reconnaissance basique, pas à la récupération d'indices.

— Ouais, des surplus du gouvernement, râle-t-il.

Il a quelque chose derrière la tête, et je le détecte toujours.

— Des merdes bas de gamme, achetées sur appel d'offres pour la Sécurité intérieure et le département de la Défense. Après, ils n'en veulent plus, et ça se refile de service en service pour pas cher, poursuit-il. Comme les boîtes à coupes d'organes marquées *Appâts de pêche* ? À notre époque à Richmond ? Vous vous souvenez ?

— On n'est guère susceptible d'oublier ce genre de choses.

Marino s'est mis à tweeter, peut-être s'est-il remis à boire, peu de temps après que j'ai embauché Luke, et je me demande si celui-ci lui a parlé sur le parking il y a quelques minutes. Je me demande si Luke s'est enquis d'où nous allions, et lui a rappelé qu'il était certifié au niveau professionnel de la PADI, la plus grande organisation internationale de formation à la plongée, qu'il était instructeur et plongeur sauveteur.

— Parce que vous aviez besoin de tonnes de boîtes plastifiées et qu'il y avait eu appel d'offres ? se souvient Marino, d'un ton affectueux.

— Et nous les avons utilisées... pas le choix.

— Ouais. Aujourd'hui, si un truc pareil arrivait, l'avocat de la défense s'en donnerait à cœur joie.

Ce qui me fait penser à Mildred Lott et à ce qui m'attend, je le parierais. Pour l'instant, la comparution au tribunal demeure à l'ordre du jour. Si seulement je m'étais montrée plus prudente. Si seulement je n'avais pas fait une fichue remarque idiote dont je redoute qu'elle s'étale bientôt dans les médias.

— On n'aura peut-être pas du tout besoin de plonger, sauf si elle s'est enfoncée dans l'eau, remarque Marino en faisant halte à la barrière de sécurité de métal noir. Sur la photo que Pam a envoyée, elle est facilement à portée. On pourra sûrement remonter les lignes sans même avoir besoin des combinaisons, si ça se trouve.

— Ne concluons pas hâtivement qu'il s'agit d'une femme.

— Le vernis à ongles, me rétorque-t-il en écartant les doigts comme s'il en portait.

Puis il tend la main vers le pare-soleil et enfonce un bouton sur la télécommande.

— Ça se voyait sur la photo que Pam a envoyée, précise-t-il en faisant allusion à la jeune biologiste marine, au point qu'on pourrait croire qu'ils sont devenus bons amis. Ouais, sûr, du vernis à ongles. Cela dit, j'ai pas réussi à voir la couleur. Rose, sans certitude.

— Il est préférable de ne présumer de rien.

— En tout cas, on a besoin de notre propre foutue équipe de plongeurs. Ça fait un moment que j'y pense, que je pense à passer la certification.

Ce qui n'arrivera jamais.

Marino se plaît à assurer que si Dieu avait voulu que nous puissions respirer sous l'eau, il nous aurait dotés de branchies. Il l'a volontairement répété à portée de Luke. Marino sait-il que Luke vient d'offrir de plonger avec moi ? Ces deux-là ont-ils échangé sur le parking ? Il poursuit :

— Tous ces corps qu'on repêche par ici, avec les baies, les lacs, les rivières, l'océan. Les pompiers, les garde-côtes, et même les plongeurs sauveteurs, ils détestent avoir affaire à des noyés.

— Avouons que ce n'est pas leur but dans ce métier, je souligne.

Chaque fois qu'il se comporte ainsi, qu'il plastronne en parlant sans interruption, je ne suis pas loin de découvrir quelque chose qui ne va pas me faire plaisir.

— Suffirait qu'on s'équipe d'un bateau. J'ai mon permis, ce serait rien de nous y mettre. Un Zodiac Hurricane gonflable à coque rigide de six mètres cinquante, avec cabine et deux cent quarante chevaux de puissance suffirait largement. On pourrait peut-être essayer d'obtenir une subvention pour des combinaisons et un bateau. On les garderait ici sur une remorque, comme ça, on gérerait nous-mêmes les choses, poursuit-il avec assurance. Je pourrais facilement prendre le truc en charge, je connais ça comme le dos de ma main.

Nous nous engageons sur Memorial Drive, où la circulation est dense, et la barrière de sécurité demeure ouverte derrière nous pendant que d'autres membres du personnel du Centre pénètrent sur le parking.

— Je m'assurerais que tout est entreposé et rangé parfaitement, décontaminé. Je ferais tout suivant les règles, pas besoin de s'inquiéter qu'un avocat de la défense aille prétendre qu'il y a eu contamination des indices. Si vous allez toujours là-bas cet après-midi, il faudrait que je sois avec vous. Si vous devez approcher Channing Lott, je veux pas que vous soyez toute seule.

— Avec des marshals partout, je doute qu'il soit en position de me faire quoi que ce soit à l'intérieur du tribunal fédéral.

— Le problème, c'est ceux qu'une ordure de son genre peut avoir à l'extérieur, affirme Marino. Un type qui a autant de fric que lui peut payer n'importe qui pour faire n'importe quoi.

— Apparemment, il ne s'est pas embarrassé de payer quand il a décidé de faire assassiner sa femme.

— Sans blague ! Heureusement pour lui qu'il est enfermé depuis tout ce temps. Je voudrais pas avoir promis cent mille dollars à un tueur et pas casquer ensuite.

— On a un moyen de transport ? je m'informe.

— Ouais. Toby nous attendra à la base des garde-côtes avec un des fourgons. Je lui ai dit qu'il avait pas besoin de se mettre en route avant au moins une heure.

De l'autre côté de la rue animée qui s'enroule autour de notre building, la rivière d'un bleu profond rutile au soleil, et le long de la berge, là où l'eau froide rafraîchit l'air ambiant, les feuilles des arbres commencent à prendre des teintes jaunes et rouges. L'automne se montre tardif, cette année. Il n'y a pas encore eu une seule gelée, et la plupart des feuillus sont encore verts, tirant sur le brun. Je redoute que nous ne passions sans transition dans l'hiver, ce qui peut se produire presque instantanément, à cette latitude.

— Je suis au courant pour l'e-mail, déclare-t-il enfin, et je savais qu'il finirait bien par aborder le sujet.

Il m'aurait paru inconcevable que Lucy ne lui en parle pas, ce que je lui dis.

— Et pourquoi vous ne m'avez pas appelé tout de suite ? me demande-t-il.

De l'autre côté de la rivière s'élèvent les gratte-ciel du centre de Boston, et encore au-delà les arrière-ports et avant-ports, puis la Massachusetts Bay, où nous attend un bateau-pompe. J'espère que la tortue luth s'en est sortie. J'en serais malade d'apprendre qu'elle s'est noyée.

Je lui réponds :

— J'ignorais si vous aviez atterri, et n'avais pas de raison de vous embêter avec ça. Un individu déséquilibré qui voulait se payer ma tête, et qui a réussi. J'espère qu'il ne s'agit de rien de plus qu'une mauvaise plaisanterie.

— Ben, vous auriez dû m'embêter avec ça, parce qu'on pourrait l'interpréter comme une menace. Une menace envers un représentant du gouvernement fédéral. Ça m'étonne que Benton n'ait pas vu ça de cette manière.

Sa remarque est plus inquisitrice qu'autre chose. À son habitude, Marino se demande si Benton fait preuve de vigilance en ce qui concerne ma sécurité, ou si même il fait un mari approprié.

— Lucy vous a également appris d'où le message avait été envoyé ? L'adresse IP ?

— Ouais, j'suis au courant. C'est peut-être pour faire croire que ça venait de l'interne. Bryce, moi, n'importe lequel d'entre nous qui a débarqué à l'aéroport de Logan hier, à peu près à l'heure où vous avez reçu le message. La question à se poser dans ce cas est : qui pourrait souhaiter que vous le pensiez ? Qui pourrait avoir intérêt à ce que vous vous méfiiez de ceux qui sont le plus proches de vous ?

Il prend la file de droite pour tourner sur le Longfellow Bridge, dont les tours centrales ressemblent à une salière et une poivrière. Je repense à Lucy passant mon bureau en revue tout à l'heure. Nous nous fondons dans une longue procession de voitures qui traversent le pont en direction de Beacon Hill. Nous avançons au pas à cette heure de pointe. Aussi loin que je puisse voir, l'embouteillage s'étend au-dessus de la rivière jusque dans Cambridge Street. Ce qu'elle a suggéré à propos d'un expéditeur qui ferait partie de notre propre équipe me revient, et je les imagine en train de discuter, Marino et elle, de spéculer et d'accuser. Un simple détail suffit parfois à lancer ma nièce sur le sentier de la guerre.

— Écoutez, c'est pas un secret que je ne pense pas du bien de lui. Bordel, j'veux dire, qu'est-ce qu'on sait de lui, à part que c'est le neveu d'Anna ? jette alors Marino.

Qu'il s'agisse du sujet sur lequel il comptait me confronter ne me surprend pas. Il poursuit sur sa lancée :

— Lucy et moi, on s'inquiète de mobiles qui vous viendraient peut-être pas à l'idée. On essayait de trouver un lien, et y en a un, avec son père.

— Un lien avec quoi ?

— Peut-être avec plein de trucs, y compris cet e-mail envoyé de Logan. Y compris peut-être le fait qu'entre vous deux, il y a plus que... j'veux dire, c'est évident que vous êtes tombée sous son charme...

Je me refuse à le laisser formuler une telle accusation sur ma relation avec Luke :

— J'aimerais bien que vous n'alliez pas fourrer des idées de cet ordre dans la tête de Lucy, ou de qui que ce soit d'autre.

— Son père est un gros magnat de la finance en Autriche, non ?

— Vous devriez vraiment faire attention à ce que vous insinuez, Marino.

Mais il insiste :

— Vous venez de voir Guenter à l'enterrement d'Anna, non ?

Guenter Zenner est l'unique frère d'Anna encore en vie. Je l'ai brièvement entrevu lors du service au cimetière à Vienne, un vieil homme décharné enveloppé dans un long manteau de cocher de couleur sombre, appuyé sur une canne et incommensurablement triste.

— Il se trouve qu'il est aussi dans le commerce du pétrole, poursuit Marino tandis que nous roulons toujours au pas sur le pont, directement face au soleil, bas sur l'horizon et aussi lumineux qu'une lentille ardente.

— Lucy a découvert cela ?

— Ce qui importe, c'est que c'est vrai, assène-t-il. Et ce pipeline qui doit relier l'Alberta au Texas est un sacré enjeu pour les négociants en pétrole. Ils comptent dessus, ils ont fait des investissements énormes, et ils vont en tirer des millions, et même des milliards.

— Avez-vous idée du nombre de négociants en pétrole de la planète ? j'argumente.

Cela ne peut venir que de Lucy. Elle a peut-être découvert que Marino était resté au Centre la nuit dernière parce qu'elle s'est mise à sa recherche ? Peut-être est-elle allée là-bas pour lui parler, et elle l'a trouvé, buvant et faisant un somme sur l'Aerobed ? Je reconstitue le déroulement des événements après que j'ai reçu l'e-mail anonyme à 18 h 30.

Benton et moi en avons discuté un moment, puis j'ai appelé la police de Grande Prairie. J'ai ensuite été orientée sur l'enquêteur Glenn, de la gendarmerie royale du Canada, qui travaille sur l'affaire Emma Shubert, depuis que celle-ci a disparu au mois d'août. L'hésitation que j'ai perçue chez lui, ce qu'elle impliquait, m'a particulièrement frappée. Je m'en suis d'ailleurs ouverte à Lucy lorsque nous avons évoqué cet e-mail au téléphone.

Le Dr Shubert était une experte dans la reconstitution de squelettes de dinosaures, m'a dit l'enquêteur Glenn, sous-entendant par là que quiconque sait fabriquer et fondre des moules anatomiques parfaits d'ossements dans un laboratoire pourrait bien être capable d'autres genres de réalisations, y compris une oreille tranchée.

Marino, qui continue de tisser sa toile, une toile dans laquelle il a l'intention de piéger Luke Zenner, reprend :

— Ce pipeline revêt une importance capitale pour les prix mondiaux du pétrole.

— Je n'en doute pas.

— C'est un business à des multimilliards de dollars.

— Voilà qui ne me surprendrait pas, j'observe.

— Alors, comment que vous pouvez être certaine qu'y a pas de lien ? fait-il en me jetant un coup d'œil.

Je lui réponds sans ambages :

— Expliquez-moi en quoi le négoce de pétrole de Guenter Zenner, entre autres nombreuses marchandises, je suppose, pourrait avoir un rapport avec la disparition d'Emma Shubert et cet e-mail que j'ai reçu ?

— Elle a peut-être disparu parce qu'elle le voulait bien. Elle est peut-être complice de gens qui ont énormément d'argent. On vous a envoyé la photo de l'oreille, la vidéo, pour que vous en concluiez qu'elle est morte.

— Vous vous basez sur du vent.

— Quoi qu'il arrive, vous le défendrez, et c'est ça qui nous inquiète, Lucy et moi.

— Vous avez veillé toute la nuit, tous les deux, pour essayer de faire rentrer de force ces éléments dans un puzzle que vous avez monté de toutes pièces ? Vous voulez vraiment vous débarrasser de lui à ce point ?

— Doc, tout ce que je demande, c'est que vous essayiez d'être objective. Aussi difficile que ça puisse être dans cette situation.

Je réplique avec calme :

— Je m'y efforce toujours et vous retourne le conseil, à vous et aux autres.

— Je sais à quel point vous étiez proche d'Anna, et je l'aimais vraiment bien aussi. À notre époque à Richmond, Anna faisait partie des rares personnes avec qui j'étais sacrément content que vous passiez du temps en lui accordant votre confiance.

On pourrait croire que Marino choisit mes amis. Il ajoute :

— Mais sa famille a un passé douteux, et j'suis désolé d'avoir à vous le rappeler.

Je sais exactement où il veut en venir et contre :

— La résidence familiale des Zenner a été occupée par les nazis pendant la guerre. Ce n'est pas cela qui rend « douteux » Anna ou sa famille, Luke compris.

— Ouais, ben, les cheveux blonds, les yeux bleus, il est parfait pour le rôle.

— Je vous en prie, ne dites pas des choses pareilles.

— Quand on détourne le regard des horreurs, on est aussi coupable que ceux qui les commettent. Les nazis ont vécu dans le château rupin des Zenner pendant que des milliers de gens étaient torturés et assassinés au bout de la rue, et la famille d'Anna n'a pas levé le petit doigt, assène-t-il.

— Qu'auraient-ils donc dû faire ?

— J'sais pas.

— Un père, une mère, un fils et trois petites filles ?

— J'sais pas. Mais ils auraient dû tenter quelque chose.

— Et quoi donc ? C'est déjà un miracle qu'ils n'aient pas été assassinés, eux aussi.

— Peut-être que j'préférerais être assassiné que de suivre le courant.

— Être retenu en otage dans sa propre maison par des soldats qui violent vos filles, et Dieu seul sait ce qu'ils ont fait au petit garçon, ne signifie pas exactement « suivre le courant ».

Je me souviens d'Anna me racontant ses terribles vérités, les rafales de vent balayant férocement les branches mortes et le lierre brun fragile à travers son arrière-cour, pendant que je l'écoutais assise dans un rocking-chair de bois sculpté, la peur me rongeant.

Je retenais mon souffle, tandis qu'elle me parlait du *Schloss* qui se trouvait dans sa famille depuis des générations, près de Linz, sur le Danube. Jour après jour, les nuages mortels s'élevant du crématorium assombrissaient l'horizon au-dessus de la ville de Mauthausen, où un large cratère s'ouvrait dans la terre, une carrière de granite dans laquelle travaillaient des milliers de prisonniers. Juifs, républicains espagnols, soviétiques, homosexuels.

La voix de Marino me parvient :

— Vous savez pas d'où Guenter Zenner a tiré tout son argent.

Je contemple la matinée resplendissante alors qu'en mon for intérieur, tout est sombre, et je me remémore les soirées à Richmond chez Anna au cours d'une des périodes les plus atroces de ma vie.

— La vérité, continue Marino, c'est que Guenter était déjà riche quand il s'est lancé dans la banque. Anna et lui ont hérité de tonnes de fric de leur père, qui avait eu des nazis installés dans son château de famille. Les Zenner se sont enrichis grâce à l'argent des Juifs et aux carrières de granite, dont l'une dépendait d'un camp de concentration si proche qu'ils pouvaient voir la fumée monter des fours crématoires.

— Il s'agit de terribles accusations, dis-je en fixant l'extérieur par la vitre.

— Ce qui est terrible, c'est tout ce que Luke vous rappelle. Une époque sur laquelle vous n'avez pas besoin de vous attarder, maintenant que les choses vont bien. Bordel, pourquoi est-ce que vous voudriez qu'on vous rappelle ce passé merdique, où vous vous rendiez responsable de la mort de Benton, enfin, ce que vous croyiez être sa mort, où vous vous accusiez de tout, y compris de Lucy ? Elle non plus n'y tient pas. Elle veut pas redevenir une obsession pour vous, que vous vous disiez que c'est votre faute, quelque part.

— Je ne pensais pas à ces choses-là, je réplique, sachant que maintenant, je vais y penser, puisqu'il s'est débrouillé pour les faire remonter à la surface.

Il y a très longtemps que les débuts de Lucy, dans un laboratoire d'ingénierie du FBI à Quantico, ne font plus partie de mes préoccupations premières. Cependant, il est parvenu à évoquer la Lucy de cette époque-là, un souvenir peu agréable. Adolescente perturbée dont les talents informatiques confinaient au surdon, elle avait créé quasiment à elle seule CAIN, le réseau d'intelligence artificielle criminel du FBI, tombant amoureuse d'une psychopathe qui avait bien failli tous nous éliminer.

C'est moi qui lui ai obtenu ce stage au FBI. Je me souviens de ma remarque à Anna, chargée d'amertume, alors que nous étions assises dans son salon au coin du feu, lumières éteintes, la pénombre facilitant mes confidences. *Moi, sa tante influente et puissante.*

Les choses n'ont pas vraiment tourné comme vous l'espériez, n'est-ce pas ?

Carrie l'a manipulée...

Elle a rendu Lucy gay ?

On ne rend pas les gens gays, avais-je protesté, et Anna la psychiatre s'était levée avec brusquerie.

La lueur du feu jouait sur son visage fin et racé, et elle avait quitté la pièce, comme pour se rendre à un autre rendez-vous.

— Je sais que ça vous agace de l'entendre, continue Marino. Mais j'vous fais remarquer que vous avez embauché Luke début juillet, et que cette bonne femme des dinosaures a disparu même pas six semaines plus tard, comme par hasard du secteur où ils extraient le pétrole dans lequel a investi le père de Luke.

Tout le nord-ouest du Canada dépend de la production de pétrole et de gaz naturel, explique-t-il, et si l'achèvement du pipeline est bloqué, le père de Luke va probablement perdre une fortune – un paquet de fric dont Luke n'hériterait donc pas.

— Sans ça, il récupère tout, souligne-t-il, en tant qu'unique héritier restant. Et on sait que l'e-mail avec l'oreille tranchée et une vidéo montrant peut-être Emma Shubert dans le bateau hydrojet vous a été expédié de Boston, de l'aéroport de Logan. Bon Dieu, où se trouvait Luke hier soir à 18 h 30 ?

— En quoi la disparition d'Emma Shubert pourrait-elle être liée au report ou au blocage du pipeline ? Expliquez-moi comment votre hypothèse tient debout et ne se résume pas à autre chose qu'une théorie délirante. À mon sens, s'il s'avère qu'elle a été assassinée et qu'il y a un rapport avec le pipeline, cela ne fera que scandaliser encore plus les détracteurs du projet, les écologistes. Si la mort violente d'une paléontologue est liée à ça, le projet ne va pas remonter dans les faveurs de l'opinion publique.

— Mais c'est peut-être ça le but ! Comme ces investisseurs qui ont parié contre le marché de l'immobilier et ont tiré le jackpot parce qu'il s'est effondré.

— Seigneur, Marino !

Il demeure un moment silencieux et je reprends :

— Écoutez, je suis consciente de ne pas toujours avoir fait les meilleurs choix en matière de personnel.

Je veux bien lui accorder cela, d'autant que le constat est indéniable. Je résiste à l'envie de souligner qu'il y a des gens qui trouvent que le fait que je l'ai embauché, lui, en est un exemple flagrant. Je poursuis :

— Je ne suis pas toujours bon juge des gens qui me sont les plus proches.

Y compris Pete Marino, mais je ne le lui confierai jamais.

Lorsque nous nous sommes rencontrés il y a plus de vingt ans, il était enquêteur criminel à Richmond, transplanté depuis peu du NYPD à l'ancienne capitale confédérée, où je venais d'être nommée médecin expert en chef de Virginie, première femme désignée à ce poste. À nos débuts professionnels ensemble, Marino s'était donné un mal de chien pour se conduire en crétin raciste, sans compter les trahisons qui s'en étaient suivies. Pourtant, par loyauté, je le garde auprès de moi, et n'en voudrais pas d'autre. Je me soucie de lui et ses qualités compensent ses défauts. Tandem improbable, et nous le resterons sans doute jusqu'au bout.

J'ajoute du même ton calme, m'efforçant d'accepter patiemment ses peurs et ses insécurités et de me rappeler que je suis moi-même loin d'être parfaite :

— Je suis tout à fait consciente que mes choix se répercutent sur tout le monde. Mais s'il vous plaît, quand je connais quelqu'un à titre personnel, n'en concluez pas que cela lui dénie toute possibilité d'être un bon employé, ou même un être humain civilisé.

— Quelle super histoire, quand l'équipe des Bruins de Boston a gagné la coupe de Stanley, déclare alors Marino, une façon pour lui de clore une conversation qui ne sert plus ses intentions. Je me demande si ça se reproduira jamais de mon vivant.

Le TD Garden, ou le Garden, comme les locaux baptisent la salle omnisports qui abrite les hockeyeurs des Bruins de Boston, a surgi devant nous sur la gauche, et sur Commercial Street, la base de la garde côtière n'est plus qu'à quelques minutes.

— J'ai vu quelques-uns des joueurs dans le coin avec leur femme, en train de promener leur chien. Des types vraiment sympas, pas snobs ni rien, raconte-t-il.

Plus loin au carrefour, un policier bostonien règle la circulation.

— Je crois qu'il y a un enterrement, dis-je en remarquant des corbillards noirs et des cônes de circulation orange de l'autre côté de la patinoire.

— OK. On va prendre à droite là et couper par Hanover, décrète-t-il en joignant le geste à la parole. J'ai tweeté à deux ou trois d'entre eux, mais quand on est anonyme et qu'on peut même pas utiliser sa propre photo pour son avatar, ils vont sûrement pas vous répondre.

— Et même dans ce cas-là, désolée de vous le dire.

— Ouais, je suppose, quand vous avez cinquante mille abonnés. J'en ai que cent vingt-deux.

— C'est beaucoup d'amis.

— Bordel, j'ai pas la moindre idée de qui c'est. Ils doivent croire que je suis Jeff Bridges. Vous savez, à cause du film. Y a des tonnes de joueurs de bowling qui adorent ce film. Un genre de truc culte.

— Donc, vous suivez des inconnus, et ils vous suivent, vous.

— Ouais, je sais ce que vous voulez dire, et vous avez raison. C'est sûr que j'aurais beaucoup plus de suiveurs et plus de gens qui me répondraient si je pouvais être moi-même au lieu d'avancer masqué.

— Pourquoi est-ce si important pour vous ?

Je le regarde tandis qu'il conduit lentement devant les restaurants italiens et les bars du North End. Les trottoirs sont encombrés. Pourtant, à l'exception des cafés et des boulangeries, très peu de boutiques sont ouvertes.

— Vous savez quoi, Doc ? Arrive un moment où on a envie de savoir où on se situe. Comme un arbre qui tombe dans la forêt.

Ses traits massifs sont pensifs, et sous le soleil qui brille avec force à travers le pare-brise, je distingue les taches brunes sur le dessus de ses mains musclées et bronzées, les minces rides de ses joues tannées par le soleil, les lourds plis de sa bouche, et sa barbe aussi blanche que du sable, en dépit du fait qu'il est rasé de près. Je me souviens de lui quand il avait encore des cheveux à peigner, quand il était un enquêteur vedette et qu'il débarquait toujours à l'heure du dîner au volant de son pick-up. Depuis les débuts, nous sommes ensemble.

— Expliquez-moi l'histoire de l'arbre et de la forêt.

— S'il tombe, y aura-t-il quelqu'un pour l'entendre ? considère-t-il, tandis que nous cahotons sur les pavés dans une voie adjacente à l'étroitesse de ruelle.

Je distingue au bout Canary Wharf et l'arrière-port, puis, au-delà, les immeubles de brique distants d'East Boston.

— Votre question est-elle : cela ferait-il du bruit s'il n'y avait personne pour l'entendre ? Marino, vous vous débrouillez toujours pour faire beaucoup de bruit, et tout le monde l'entend. Selon moi, vous n'avez nulle inquiétude à avoir à ce sujet.

7

Le vent souffle du nord-est en violentes rafales, gonflant les flots de couleur verte dans les eaux peu profondes du port, dont la couleur vire au bleu sombre plus loin. Installée sur mon siège à la gauche du capitaine, un jeune homme aux traits taillés au burin et à la chevelure d'un noir d'encre, j'observe les mouettes s'envoler et plonger autour de la jetée pendant que Marino continue de se rendre ridicule.

Il se montre agressif et bruyant, comme si déclarer la guerre à un harnais cinq points parce que sa sangle sous-cutale avec sa grosse boucle de sécurité rotative doit s'ajuster bien serré à l'entrejambe pouvait rimer à quelque chose. Son gilet de sauvetage ajoute à la démesure de sa carcasse d'un mètre quatre-vingt-dix, et il semble remplir la moitié de la cabine à lui tout seul, alors qu'il refuse l'aide d'un capitaine que je ne connais que sous le nom de Kletty, puisque je viens de rencontrer l'équipage.

— J'peux me débrouiller tout seul ! vitupère-t-il grossièrement.

Faux !

Il n'arrête pas de tripatouiller les sangles, se débat avec la boucle de sécurité comme s'il s'agissait d'un casse-tête chinois à solutionner, actionne celle-ci dans des cliquetis impatients et des claquements secs, tente de faire rentrer de force des maillons de métal dans les mauvaises fentes. Je finis vraiment par me demander ce que Bryce a bien pu raconter lorsqu'il a appelé la garde côtière un peu plus tôt.

De quels arguments et de quelle persuasion a-t-il bien pu user pour que nous nous retrouvions sur ce genre de vaisseau ?

En regard de la mission qui nous attend, un Defender de dix mètres et de neuf cents chevaux, à sièges absorbeurs de chocs qui nous maintiennent comme des pilotes de chasse, semble un peu disproportionné. Quand il n'y a ni arrestation ni sauvetage à effectuer, les grandes vitesses ou la maniabilité ne sont pas nécessaires. Des bribes de ce que mon administrateur décrivait au téléphone me reviennent alors : une évocation morbide de restes humains en putréfaction, des histoires de nettoyage de pont au canon à eau, et de poches à cadavre en double… Mieux vaut une embarcation plus puissante pour regagner le rivage à toute vitesse avec notre cargaison peu ragoûtante, je suppose.

— Un peu compliqué à mettre, commente le capitaine baptisé Kletty en achevant de boucler Marino sur le siège derrière moi.

— J'en ai pas besoin.

— Si, monsieur.

— Bordel, j'vous dis que non !

— Désolé, mais tant que tout le monde n'est pas arrimé, le règlement stipule qu'on ne peut pas partir.

Il vérifie ensuite mon propre harnais, correctement en place, la boucle rotative et la sangle sous-cutale bien calées à l'endroit requis.

— Ce n'est pas la première fois que vous faites ça, on dirait, remarque-t-il.

Peut-être flirte-t-il, à moins qu'il ne soit simplement soulagé que je ne discute pas pied à pied les protocoles de la Sécurité intérieure.

— Je suis prête, lui dis-je.

Il s'installe à côté du machiniste rouquin qui doit s'appeler Sullivan, je pense. Les trois membres d'équipage sont irrésistibles, dans leurs treillis et casquettes bleu marine et leurs gilets de sauvetage orange vif.

Je rencontre tant de jeunes gens très agréables à contempler que cela me rappelle que je vieillis, ou bien que je me conduis comme si je vieillissais, que je me sens *de facto* maternante. Je résiste à la tentation de dévisager le pilote, qui ressemble à un mannequin Armani. Il remarque mon regard et me lance un sourire, comme si nous nous trouvions à bord pour une croisière sans rien d'affreux ou de mortel à l'horizon.

— Secteur un-un-neuf-zéro-sept en route. VOR à un-deux points, annonce-t-il par radio au standard de surveillance du poste de commandement, indiquant par là que le niveau de risque de cette mission, suivant la classification Vert-Orange-Rouge, est pour le moment très bas.

La visibilité est bonne, la mer relativement calme, et l'équipage de trois personnes parfaitement qualifié pour transporter une radiologue médico-légale, anatomopathologiste de surcroît, et son enquêteur principal mal embouché jusqu'à un emplacement au milieu des îles et des bancs redoutés qui parsèment le chenal sud, où un cadavre et un spécimen d'une espèce de tortue marine quasiment disparue ont été découverts il y a plusieurs heures, pris dans un enchevêtrement de cordes et peut-être lestés par un casier à crustacés.

— On y va !

Une poussée sur la manette des gaz, en quelques minutes nous atteignons les trente-six nœuds, et la vitesse continue de grimper. Le bolide fend les eaux, ses gyrophares bleus pulsent, des vagues d'écume blanche s'enroulent de part et d'autre de la proue, où un poste de tir attend son M240. Des interdictions ou confrontations violentes n'étant pas prévues, les armes d'épaule et les mitrailleuses sont absentes du matériel embarqué. À l'exception des Sig Sauer calibre 40 que les membres d'équipage portent au côté, je n'ai pas l'impression qu'il y ait des armes à bord, à moins que Marino ne dissimule un pistolet dans un holster de cheville.

Je jette un œil aux revers de son treillis kaki, à ses larges pieds chaussés de boots, sans rien distinguer qui puisse ressembler à une arme, pendant qu'il continue à rouspéter en contemplant la boucle en forme de palet de hockey confortablement logée dans son entrecuisse.

Tournée sur mon siège pour pouvoir lui parler, j'élève la voix au-dessus du rugissement des moteurs hors-bord :

— Laissez tomber !

— Mais pourquoi est-ce que ce truc a besoin d'être là ? proteste-t-il en plaçant une main protectrice entre la boucle et ses « parties intimes », ainsi qu'il les appelle.

— Le trajet des sangles est conçu de façon à ce qu'elles contiennent les endroits « durs » du corps.

Je parle à la manière d'une scientifique datée, offrant un jeu de mots à des étudiants, consciente de la présence du beau pilote, que l'on m'a présenté sous le nom de Giorgio Labella. Je n'oublie jamais un nom quand il appartient à quelqu'un d'aussi élégant. Tandis que je parle, je sens son grand regard sombre sur moi, je sens ses yeux s'attarder sur ma nuque comme si une langue tiède venait de me frôler à cet endroit précis.

Techniquement parlant, je n'ai jamais trompé mon mari, Benton Wesley, à qui je suis dévouée depuis près de vingt ans. Que j'aie commis l'adultère avec lui alors qu'il était marié à quelqu'un d'autre ne compte pas, ce n'est pas la même chose que de le tromper, lui. Que j'aie brièvement entretenu une liaison avec un agent du bureau des alcools, tabacs, armes et explosifs détaché à Interpol, en France, pendant que Benton, présumé décédé, se trouvait en réalité dans un programme de protection des témoins, n'a pas non plus d'incidence.

Les relations que j'ai pu avoir avant Benton ou après que je l'ai cru mort n'ont aucune importance. Je pense rarement aux personnes concernées, y compris quelques-unes dont je ne confesserai jamais l'identité, car les conséquences en seraient inutilement préjudiciables pour tous les intervenants. Je sais me tenir, ce qui n'implique pas que je ne sois pas intéressée. Être fidèle à mes engagements ne signifie pas que l'idée ne me traverse pas l'esprit, ou que je suis assez insensée pour m'en croire incapable. En tant que femme un peu isolée dans un milieu professionnel essentiellement masculin, les opportunités d'adultère ne m'ont pas manqué, même encore aujourd'hui. Pourtant, je n'ai plus 30 ans et pourrais avoir des enfants adultes.

Je suppose qu'aux yeux des hommes jeunes que je rencontre dans l'exercice de mes fonctions, je représente un fruit mûr servi sur un redoutable plateau. Une grappe de raisins rouges et des figues accompagnées de taleggio sur un plat orné d'armoiries distinguées, peut-être, ou bien un trophée, comme l'a suggéré Benton. Je suis médecin expert en chef, je dirige un centre, j'ai un rang spécial de colonel de réserve dans l'aviation, et de l'influence au Pentagone. Le pouvoir, voilà le hors-d'œuvre interdit auquel les Labella de ce monde aimeraient goûter, si je me montre honnête envers moi-même, alors que Benton affirme que tel n'est pas le cas. Un trophée, effectivement. Un trophée plus si jeune, séduisante aux yeux des gens séduisants en raison de qui je suis.

En réalité, cette séduction n'a rien à voir avec mon apparence ou ma personnalité, même si je sais me montrer diplomate et même charmeuse quand de besoin, et que je ne suis pas aussi défraîchie que je le mériterais : blonde, les traits bien dessinés, mon ascendance italienne formant une robuste carcasse qui continue de me soutenir à travers les décennies d'épreuves et d'accidents évités de justesse. Je ne mérite pas d'être svelte et tonique, et je plaisante souvent en affirmant qu'une vie d'exposition au formol dans des pièces aveugles et des chambres froides m'a bien préservée.

— Je vais vraiment ôter ce truc, décrète Marino en continuant de fixer le gros morceau de plastique comme s'il s'agissait d'une bombe ou d'une sangsue géante.

J'énumère comme si je faisais un cours d'anatomie, et je sens que les hommes d'équipage écoutent :

— Le pelvis, le sternum, les points « durs » qui peuvent supporter une pression importante.

Je vérifie de nouveau ma messagerie et poursuis en surmontant le grondement des moteurs :

— Combien de blessures occasionnées par des ceintures de sécurité avez-vous vues ? Des milliers, surtout quand la sangle ventrale se retrouve autour de l'abdomen au lieu d'enserrer les hanches. Que se passe-t-il en cas de collision ? Toute la pression s'exerce sur les tissus mous et les organes internes. Voilà pourquoi nous portons des harnais de ce genre.

— Sur quoi on va tomber là-bas ? Une foutue baleine ? s'exclame Marino.

— J'espère bien que non.

Nous fonçons à toute vitesse à travers de légères turbulences, remontant des rangées de quais et de jetées semblables à de longs doigts, qui datent du XVIIIe siècle. Un Boeing 777 de la British Airlines vrombit assez bas au-dessus de nos têtes, volant vers l'est en direction de Logan Airport et de ses pistes d'atterrissage entourées d'eau, à peine au-dessus du niveau de la mer. Le quartier des finances de Boston étincelle à tribord sur le ciel bleu dégagé, et derrière nous, s'élevant au-dessus du chantier naval historique de Charlestown, le monument commémorant la bataille de Bunker Hill ressemble à une version en pierre du Washington Monument.

— Voyons, dis-je à Marino. À combien sommes-nous des terminaux ? À peu près quatre cents mètres ?

— Même pas, me répond-il, solidement harnaché sur son siège, regardant à travers le plexiglas aspergé d'embruns.

L'aéroport s'étend sur des milliers d'hectares qui s'avancent sur la mer. Deux colonnes de béton qui m'évoquent des échasses soutiennent la structure de la tour de contrôle avec ses baies vitrées. Deux pistes qui se croisent se faufilent loin à l'intérieur du port, et leurs berges formées de rochers sont remarquablement proches, à peine trois cents mètres, d'après mes calculs.

Je sélectionne les paramètres de mon iPhone et me connecte sur le wifi, en ajoutant :

— Évidemment, tout dépend où est situé le réseau local. En revanche, une chose est certaine : je me suis déjà trouvée coincée dans des avions sur la piste, et j'ai pu accéder au réseau sans fil de Logan. Par ici, plus rien, je commente par-dessus le martèlement du bateau sur les eaux. J'ai perdu le signal de Logan. Donc, si la personne a par exemple expédié l'e-mail depuis une embarcation, je soupçonne qu'elle devait se trouver pratiquement là-haut contre les rochers, près de la piste.

— Il a peut-être été envoyé d'un bateau pourvu d'un routeur, suggère Marino.

— Lucy est formelle : le message provenait d'un iPhone. Cela étant, je suppose qu'il aurait pu être synchronisé avec un routeur, ce qui aurait facilité l'accès à un réseau non sécurisé, dis-je en étudiant cette hypothèse tandis que nous dépassons l'immeuble à la façade de verre incurvée du tribunal fédéral ainsi que son parc public, à Fan Pier.

Je vérifie encore une fois ma messagerie. Rien. J'envoie de nouveau un mot à Dan Steward pour l'informer de ce que je me rends sur un lieu d'intervention, et qu'à mon retour au bureau, je vais devoir me consacrer à ce qui sera, sans doute, une autopsie compliquée. *Merci de me confirmer si je dois faire mon apparition à 14 heures comme prévu.* Je continue d'espérer que ma présence ne sera finalement pas requise. Un espoir qui a de grandes chances d'être déçu.

Mon assignation à comparaître par l'avocat de Channing Lott est absurde, relevant du harcèlement, d'une tentative d'intimidation et d'humiliation, ce dont je ne souffle mot à Steward, bien sûr. Plus jamais je ne dirai grand-chose dans les mails ou quelque communication écrite que ce soit, et je redoute la une de demain que j'imagine :

LA FEMME DE LOTT TRANSFORMÉE EN SAVON,
DIT LA MÉDECIN LÉGISTE

Un dimanche du mois de mars, en fin de soirée, Mildred Lott a disparu de son manoir sur le front de mer de Gloucester, à cinquante kilomètres au nord d'ici. Sur l'enregistrement des caméras de sécurité infrarouges, on la voit ouvrir une porte et émerger de la maison dans la cour à presque 22 heures, environnée d'une nuit d'encre. Vêtue d'un peignoir de bain et chaussée de mules, elle se dirigeait vers le mur adossé à l'océan tout en parlant à quelqu'un. L'enregistrement montre qu'elle n'est jamais rentrée à la maison ensuite. Lorsque son chauffeur est arrivé le lendemain matin pour la conduire à un rendez-vous, elle n'a pas répondu, ni à la sonnerie de l'entrée, ni à son téléphone. En faisant le tour de la maison, il a découvert une porte grande ouverte, et le système d'alarme désactivé.

Des e-mails effacés récupérés par la police ont révélé une cyberpiste qui remontait directement à Channing Lott. L'affaire concernant sa femme ne m'a pas été confiée. Son corps n'a pas été retrouvé, et la seule raison pour laquelle je suis convoquée aujourd'hui au tribunal se résume à une communication électronique du printemps dernier, à laquelle je n'ai pas réfléchi à deux fois, lorsque Dan Steward m'a demandé combien de temps il faudrait à un corps jeté à la mer à cette époque de l'année sur la côte de Gloucester pour se décomposer entièrement, et ce qu'il adviendrait des os.

Je lui ai répondu que la froideur de l'eau conserverait le corps pendant un moment, celui-ci pouvant être abîmé par les poissons et autres organismes marins. J'ai précisé qu'il pourrait s'écouler environ un an avant la saponification, la transformation adipocireuse, provoquée par l'hydrolyse des graisses tissulaires par les bactéries anaérobies. En d'autres termes, j'ai commis l'erreur d'écrire dans mon message qu'un corps demeuré sous l'eau pendant une longue période *se transforme à peu près en savon*, et c'est à cette formulation que l'avocat de Channing Lott veut me confronter aujourd'hui.

— S'il se confirme que je dois comparaître à 2 heures, c'est probablement une bonne idée que vous m'accompagniez, je suis d'accord, Marino. Bryce devrait peut-être venir aussi. J'ai peur que les médias ne débarquent en force.

Je sais déjà ce qui va se passer : je ne parviendrai pas à l'éviter.

— Quel crétin, réplique Marino. Avec tout son fric, il refroidit le tueur ?

— Là n'est pas la question, ni l'objet de ma convocation, je réplique, un peu impatiente.

— Une ordure recrutée par Internet, sur les sites de petites annonces, un truc dans ce genre, et il s'étonne de se faire pincer ?

— Je parle du fait de détourner abusivement le système judiciaire, d'une perversion du principe d'impartialité.

Nous avons franchi les limites du port, et les fortifications massives de pierre de Fort Independence, qui a protégé Boston des Anglais pendant la guerre en 1812. Nous contournons ensuite Deer Island, où les digesteurs de l'usine de retraitement des eaux ressemblent à de gros œufs. Le littoral de sable gris de la péninsule de Hull s'incurve autour d'un port semé de petits bateaux, et une élégante éolienne blanche s'élève dans le paysage. Je conseille à Marino de faire attention, qu'il ne subisse pas le même sort que moi.

— Un rappel bienvenu de ce qui peut arriver, lui dis-je.

Les avocats de la défense requièrent ma présence à la barre parce que Channing Lott veut m'y voir, rien d'autre. Sa seule justification se résume à me contraindre à quelque chose, ce qu'il a le droit d'exiger, le plus légalement du monde. À moins que les deux parties ne s'entendent sur le fait que le technicien médico-légal, le médecin légiste ou l'enquêteur de scène de crime n'a pas besoin de venir témoigner en personne, tout rapport généré par quelque expert médico-légal que ce soit ne se suffit plus à lui-même. Je comprends la logique de l'arrêt de la Cour suprême, selon laquelle seul un être humain, et non un document, peut être soumis à un contre-interrogatoire. Cependant, sa conséquence ne se fait pas attendre : des experts sous-payés et submergés de travail se retrouvent encore plus maltraités et épuisés.

Chaque fois que nous produisons un document qui atterrit au tribunal, une des deux parties peut exiger notre comparution, même si les mots écrits ne sont rien de plus qu'un texte enregistré par reconnaissance vocale ou une note manuscrite sur un Post-it. Le résultat, c'est que certains membres clés de mon personnel tentent d'éviter les dossiers. S'ils échappent à une scène de crime, une autopsie, s'ils n'offrent ni leur opinion d'expert ni la moindre remarque désinvolte, ils ne peuvent être assignés à comparaître. Raison de plus pour que je n'apprécie guère l'idée que Marino autorise l'enquêteur de permanence à rentrer dans ses pénates, juste parce que, lui, souhaite passer la nuit au Centre.

— Si l'on n'y prend pas garde, on finira par ne plus avoir le temps de faire son travail. Aujourd'hui, je suis traînée de force au tribunal simplement pour un message envoyé alors que Steward me demandait mon opinion, rien de plus. Juste un simple avis, mais un commentaire imprudent, je le reconnais, et tout, le moindre caractère saisi sur un clavier laisse une trace. Et vous vous demandez pourquoi je ne m'investis pas à titre personnel dans des réseaux tel Twitter ? Tout peut être et sera retenu contre vous.

Je n'ai pas l'intention d'en dire plus tant que nous sommes à bord d'un bateau de la garde côtière avec un équipage à portée de voix. Au moment propice, j'aurai avec Marino une conversation sur l'*ornementation* et quoi que ce soit qui se passe dans sa vie avec pour résultat de lui faire transformer le service des enquêtes du Centre de sciences légales en Motel 6 au prétexte qu'il ne peut ou ne veut pas rentrer chez lui.

— On arrive ! nous informe Labella, le pilote, tandis qu'il contrôle l'écran de l'échosondeur et que les appels d'autres bateaux résonnent à la radio.

Les eaux s'écartent en geyser devant l'embarcation, bordées par les chenaux nord et sud et leurs nombreuses îles. Nous dépassons des balises de chenal vertes sur notre droite. Le bateau s'élève et s'abaisse tandis que la poussée m'aplatit sur mon siège.

Lorsque le bateau-pompe apparaît, son gyrophare rouge tournoyant, un hélicoptère de la télévision positionné au-dessus en vol stationnaire, Marino déclare :

— Bon, on se prépare un vrai merdier. Bordel, qui a prévenu les médias ?

— Les scanners, répond Labella sans se retourner. Les journalistes surveillent nos fréquences sur l'eau tout autant que sur terre.

Il annonce qu'il va ralentir pendant que nous approchons du *James S. Damrell*, un FireStorm de vingt et un mètres à la coque droite rouge et blanche, aux pare-brise orientés vers l'extérieur, et agrémenté de canons à eau sur le toit et la poupe. Tout autour, des Zodiac gris foncé de la police, des bateaux de pêche et de plaisance, un grand voilier aux voiles rouges ferlées, les flics et les curieux, ou les deux. Je n'apprécie guère ce qui m'attend, surtout lorsqu'il y a un public. Je songe à l'indignité de la situation : un être balancé comme un sac d'ordures, ou bien mort en mer, contemplé par des badauds bouche bée.

Un tanker de gaz naturel liquéfié peint en vert perroquet évite le bateau-pompe en croisant au large, se déplaçant à la vitesse d'un glacier. Labella manœuvre pour rapprocher le bateau, et met les moteurs au ralenti. Je reconnais soudain la biologiste marine d'après le cliché que m'a montré Marino. Pamela Quick et une demi-douzaine de sauveteurs d'animaux marins encombrent le pont inférieur et la plate-forme de plongée, affairés autour de ce qui ressemble au croisement primitif d'un oiseau et d'un reptile, sorte de manifestation de l'évolution depuis l'ère des dinosaures, lorsque la vie sur terre telle que nous la connaissons a débuté.

La tortue luth est longue d'environ deux mètres soixante-dix, peut-être trois. Elle halète douloureusement. Un harnais jaune quadrille sa carapace comme une camisole de force et plaque les puissantes nageoires antérieures contre ses flancs noirs tannés. Arrimé à l'arrière de la plate-forme, un sac de flottaison gonflé équipé sur le dessus d'une sorte de rampe en bois se balance sur l'eau. Je suppose qu'il a servi à hisser à bord l'énorme créature.

— C'est dingue, marmonne Marino, l'air incrédule. Nom de Dieu ! s'exclame-t-il tandis que je m'extrais de mon siège.

8

Les moteurs tournent toujours au ralenti lorsque nous quittons la cabine. Nous sommes accueillis par le vacarme assourdissant d'un hélicoptère, si bas au-dessus de nos têtes que je distingue sans peine sur la queue le numéro de la chaîne de télévision ainsi que le pilote sur le siège de droite. Le ciel est parfaitement dégagé, le soleil brille sur les eaux, mais les cumulus s'amoncellent, évoquant un important troupeau de moutons en direction du nord-est. Le vent souffle avec plus de force et la pression atmosphérique baisse. Plus tard dans la journée, la pluie va tomber et la température chuter.

— Quatre mètres cinquante ! Trois mètres !

Tout en fixant des pare-battages au bastingage, Sullivan et Kletty crient les distances à Labella, qui se sert du vent pour manœuvrer sur bâbord, et nous accostons.

— Attendez, j'y vais en premier, et vous me passez le matériel, annonce Marino, qui se hisse à bord du bateau-pompe puis se retourne pour agripper les mallettes de scène de crime.

D'un geste protecteur, Labella place la paume de sa main dans mon dos, et me conseille de veiller à ne pas me faire écraser les doigts entre les pare-battages et le bastingage, et de faire attention où je mets les pieds. L'espace entre les deux bateaux s'élargit puis se rétrécit tandis qu'il m'aide à franchir la première rambarde, puis la seconde, et j'atterris sur la proue qui tangue. Une lourde chaîne d'ancrage en acier, enroulée dans un coffre à mouillage sur le pont gris antidérapant, court à l'avant entre deux canons à eau rouges et plonge dans l'eau bleue moutonneuse.

Marino pose les mallettes près d'une échelle d'aluminium qui grimpe à la timonerie, et depuis le pont là-haut, le lieutenant Bud Klemens me salue de la main, apparemment ravi de me voir. Il me fait signe de monter tandis que, semblables à des oiseaux marins, les badauds encerclent le bateau-pompe, et que Marino jette un œil mauvais à l'hélicoptère qui tourne à moins de cent cinquante mètres au-dessus de nous.

— Connard ! hurle-t-il en battant des bras avec grossièreté, comme s'il avait le pouvoir de régler la circulation aérienne. Hé ! fait-il en direction du bateau des garde-côtes, s'adressant à Kletty, qui place des combinaisons de plongée et du matériel dans un brancard cuillère. Vous ne pouvez pas les contacter par radio ? Leur faire bouger leur putain de cul d'ici ?

— Quoi ? hurle en retour Kletty.

Marino rugit :

— Ils doivent flanquer une trouille bleue à la tortue, et avec leur bordel de souffle rotor, ils vont tout expédier aux quatre vents ! Ils sont beaucoup trop bas !

Il ouvre les mallettes, et je grimpe parler à Klemens, le commandant de l'unité maritime basée à Burroughs Wharf, non loin de la garde côtière et du New England Aquarium. Au sommet de l'échelle, un deuxième pompier me tend la main, et je reprends mon équilibre sur le pont supérieur, qui tangue dans les eaux ondulantes de la baie.

L'homme trapu, aux cheveux blancs coupés très court et qui porte sur son mollet gauche saillant un ours tatoué, me dit :

— Ça ne va faire qu'empirer, j'en ai peur. On a intérêt à régler ça le plus vite possible !

Les deux hommes arborent les uniformes d'été, tee-shirts et bermudas bleu marine, leurs radios à l'épaule. Klemens porte autour du cou une station de pilotage télécommandée, qui ressemble à une console Playstation high-tech, et qu'il peut utiliser de n'importe quel point du bateau pour manœuvrer les quatre moteurs à réaction lorsqu'ils sont en marche.

— Je suis Jack, dit le pompier au tatouage, me rappelant par là que nous nous sommes déjà rencontrés. Le *Sweet Marita*, le chalutier qui a brûlé près de Devils Back l'année dernière ? Un sale accident.

— En effet.

Une fuite de GPL avait provoqué un incendie causant la mort de trois personnes.

J'interroge Klemens :

— Tout va bien ?

— Un peu trop de cirque à mon goût, répond-il.

Je m'efforce d'ignorer le sentiment de familiarité troublant qu'il fait toujours naître chez moi.

Grand et maigre, les traits anguleux, des yeux bleu vif et une tignasse blond-roux, il incarne exactement mon père tel que j'imagine qu'il serait devenu s'il n'était pas mort avant d'avoir atteint la quarantaine. Lorsque je travaille sur des affaires en compagnie de Klemens, je dois me forcer à ne pas le fixer, comme si la figure dominante de mon enfance était ressuscitée des morts.

— On a attiré une sacrée foule, Doc, et je sais que vous n'aimez pas ça, fait-il en levant les yeux, se protégeant du soleil de la main. Malheureusement, je ne peux rien y faire, mais au moins, ce connard recule, on va peut-être pouvoir s'entendre de nouveau.

Nous observons l'hélicoptère qui remonte à la verticale pour se stabiliser à environ trois cents mètres. Je me demande si les garde-côtes ont contacté le pilote par radio pour lui enjoindre de prendre de l'altitude. À moins que ce ne soit aux pompiers que nous le devions ?

— Bien mieux, dis-je. Mais je préférerais qu'il s'en aille carrément.

— Inutile de compter là-dessus, remarque le pompier nommé Jack, qui scrute l'eau avec des jumelles. C'est un sacré scoop. Un peu comme capturer le monstre du Loch Ness. Et encore, les médias n'en savent pas la moitié !

— De quoi sont-ils au courant ?

— Eh bien, évidemment, ils savent que nous sommes là, et plus vite on remettra cette grande fille à l'eau, mieux ce sera.

— Ils ne devraient pas tarder à la relâcher, une excellente chose, pour des tas de raisons, m'informe Klemens. On est très bas sur l'eau, comme vous pouvez le constater.

La plate-forme de plongée est quasiment au niveau de la mer, à cause du poids de la tortue et des gens qui s'affairent autour d'elle, et à chaque roulis du bateau, des langues d'eau les entourent.

— Estimée à une tonne cent maximum, on n'en a jamais vu de cette taille, remarque Klemens. On tombe souvent sur des animaux échoués ou pris dans des filets... en général trop tard, mais celle-ci a une bonne chance de s'en sortir. Un vrai monstre !

Klemens reprend son équilibre en s'agrippant au canot de ravitaillement, une embarcation gonflable à la coque grise en forme de tube, équipée d'un moteur de soixante chevaux. Je remarque que de l'autre côté, le treuil hydraulique et son châssis triangulaire utilisé pour hisser hors de l'eau humains ou poids morts divers – y compris une gigantesque tortue – est toujours recouvert de sa bâche rouge. Je fais remarquer à Klemens que le treuil n'a de toute évidence pas servi à remonter la tortue, ce qui ne me surprend guère. Qu'il s'agisse d'un phoque gris de trois cent soixante-dix kilos, d'un dauphin ou d'une tortue caouanne, les sauveteurs marins préfèrent ne pas courir le risque de blesser davantage l'animal et refusent toujours de s'aider du treuil.

Je rappelle alors à Klemens que je dois être informée de tout ce qui a été fait :

— Tout ce qui pourrait provoquer le moindre transfert d'indice, ou des artefacts.

— Ma foi, je ne pense pas que la tortue ait assassiné qui que ce soit, me répond-il pince-sans-rire.

— Sûrement pas, mais quand même.

— Nous n'avons utilisé aucune machine, me confirme-t-il. Évidemment, moi, je pense que si l'on peut hisser des êtres humains à bord avec ça sans les blesser, ça ne doit pas poser de problèmes avec une tortue, bon sang ! Mais ils ont procédé à leur habitude. Ils l'ont rapprochée en la tirant, l'ont harnachée, ont glissé une rampe dessous puis gonflé le sac de flottaison. Il a fallu qu'on s'y mette tous, eux et nous, pour la soulever sur la plate-forme. Après avoir maîtrisé les nageoires, bien sûr. Elle se déplace avec ces trucs-là et pourrait mettre le bateau en pièces et faire voir trente-six chandelles à quelques-uns d'entre nous.

J'attire son attention sur un pare-battage jaune qui, non loin du bateau, est fixé à une ligne d'eau, en lui demandant si la tortue était prise là-dedans. Je remarque que rien n'a été amarré.

— Non, me répond-il. Elle était dans ce qui ressemblait à du matériel de pêche, peut-être les avançons d'une palangre ou d'une ligne de traîne qui s'est enroulée autour de sa nageoire avant gauche.

Je demande sans comprendre :

— Elle n'était pas entortillée dans le cordage auquel elle est attachée ?

— Pas directement, non. Elle s'est emmêlée dans environ quinze mètres de lignes monofilament, trois d'entre elles, et des bas de lignes aux hameçons rouillés. Je suppose qu'à un moment donné, le dispositif s'est détaché des flotteurs du pêcheur, qu'il a dérivé avec le courant, puis s'est retrouvé coincé dans cette ligne d'eau.

Il désigne du doigt la ligne de bouées de balisage reliée au pare-battage jaune.

— Et ensuite, la tortue a été piégée dans la ligne de pêche. Juste une supposition de ma part, remarque Klemens. On n'aura aucune certitude tant que tout ne sera pas récupéré, et je suppose vous allez vous en charger ?

— Oui. Quand on en aura fini ici, que la tortue sera de nouveau en sécurité dans l'eau et hors de portée.

— Elle semble n'avoir que des blessures mineures, ils n'essaieront sans doute pas de la transporter. D'ailleurs, comment le pourraient-ils ? Il faudrait un camion à plateau, et elle ne survivrait sûrement pas à la réadaptation. Aucune des tortues luth du coin n'y a jamais survécu. Elles ne connaissent que le grand large, elles nagent de continent à continent. Vous les flanquez dans un aquarium, et elles passent leur temps à foncer contre les parois, jusqu'à se tuer. Les animaux marins pélagiques ne comprennent pas ce qu'est un mur. Un peu comme mon fils de 16 ans.

J'observe l'équipe de sauveteurs équipés de gants de latex et de coupe-vents verts. La tortue halète, sa gorge émet des sons de mauvais augure, mélange de gloussements et de sifflements, et je parcours du regard les eaux claires un peu agitées. Je réfléchis à ce que je dois faire. Au moins une douzaine de bateaux tournent maintenant autour de nous, des gens attirés par les gyrophares rouges et l'étonnante créature à bord. Dieu seul sait ce qui pourrait déjà se trouver sur Internet.

Je ne veux surtout pas d'un public lorsque je dois repêcher un corps, et encore moins que la chose soit filmée par des Smartphones et les médias. Le moment est vraiment mal choisi pour sortir un cadavre de l'eau, et je songe avec gêne à Mildred Lott et à ma remarque stupide sur sa transformation en savon.

Klemens a un hochement de tête en direction du Dr Pamela Quick.

— La blonde, là-bas, elle dit qu'il s'agit de la plus grosse qu'ils aient jamais vue, peut-être même la plus grosse jamais repérée, près de trois mètres de long et plus d'une tonne, et elle pourrait bien avoir cent ans. Regardez-la bien, Doc, parce qu'il est peu probable que vous revoyiez jamais un truc pareil. Elles ne survivent plus assez longtemps pour devenir aussi énormes, à cause des heurts avec les bateaux, des enchevêtrements dans le matériel de pêche ou de l'ingestion d'ordures, comme les sacs en plastique et les ballons gonflables qu'elles prennent pour des méduses. Encore un exemple que nous foutons en l'air la planète.

En contrebas, deux échelles de coupée montent de la plate-forme de plongée au pont inférieur, encombré de quatre biologistes marins, de piles de serviettes et de bâches, de mallettes de plastique rigide, de housses à skis, et d'autres kits de terrain contenant des médicaments d'urgence, du matériel médical et de sauvetage. De là où je me tiens, sous le vent de la tortue, je perçois l'odeur d'eau de mer qu'elle dégage, je l'entends racler la plate-forme tandis qu'elle lutte contre son harnais jaune. Le moindre de ses mouvements est lent, lourd et évocateur d'une énorme puissance physique. Son souffle bruyant résonne comme l'air qui passe dans un régulateur de plongée, sa gorge se gonfle de nouveau, et elle émet un grondement profond et guttural qui me fait penser à un lion, à un dragon, à King-Kong.

— Vous entendez ça derrière vous sur la plage dans le noir, c'est la crise cardiaque garantie, remarque Klemens.

— Qu'ont-ils fait d'autre jusqu'à présent ?

— Ils ont tranché les cordages qui la retenaient.

— J'espère qu'ils les ont gardés.

— Je ne vois pas très bien ce qu'on pourrait en tirer.

Je réplique :

— On ne sait pas tant qu'on n'a pas regardé.

— Les secouristes l'ont pucée avant votre arrivée, et je peux vous garantir qu'elle n'aime pas les piqûres, ajoute-t-il.

Pamela Quick effectue une prise de sang dans la nuque de l'animal à l'aide d'une aiguille spinale qu'elle enfonce profondément, au moment où un second sauveteur, un jeune homme à la chevelure brune hirsute, déchiffre un thermomètre digital et annonce :

— La température a grimpé de deux degrés. Elle frôle l'hyperthermie.

— On va la couvrir et la mouiller, décide le Dr Quick, qui lève la tête, et l'espace d'un instant, nous nous regardons les yeux dans les yeux.

Ils enveloppent la carapace striée dans une bâche blanche détrempée. Le ton sur lequel elle m'a parlé plus tôt au téléphone me revient, sa façon inflexible d'énoncer ce qu'elle avait à faire. J'ai eu distinctement l'impression qu'elle se passerait volontiers de mon autorisation, et ne souhaitait pas mon intervention, et elle vient de me regarder avec ressentiment, m'a-t-il semblé, comme s'il existait entre nous un problème personnel que j'ignorerais.

Elle presse sur le cou de la tortue du gel à ultrason, puis manipule la sonde doppler manuelle à haut-parleur intégré pour contrôler le rythme cardiaque. L'écho de la pulsation du sang du gigantesque reptile ressemble au mugissement d'une rivière ou d'un vent tempétueux.

— Du Normosol, pour reconstituer ses électrolytes, dit-elle en déchirant l'emballage de la solution, une aiguille de calibre 20 reliée à la perfusion. Dix gouttes par millilitre. Elle est stressée.

— Je le serais aussi, à sa place. Elle n'a probablement jamais côtoyé d'humains, observe Klemens.

L'étrange familiarité qui m'envahit à son contact me déroute. Pourtant, elle n'a rien à voir avec lui.

Une curiosité teintée de tristesse me traverse, puis disparaît. J'imagine mon père devant une telle merveille. Quelquefois, je me demande ce qu'il penserait de la personne que je suis devenue.

— Ils disent qu'une tortue comme ça n'a vu la terre ferme qu'une fois dans son existence. Juste après son éclosion sur une plage de l'autre côté de la planète, elle a rampé dans le sable, jusque dans l'eau. Et depuis, elle n'a jamais cessé de nager.

De façon très expressive, Klemens parle avec ses mains, comme le faisait mon père, jusqu'à ce que le cancer le plonge dans un tel état de faiblesse qu'il ne pouvait plus les soulever du lit.

— Reposer sur quelque chose, la plate-forme, dans le cas présent, ne la ravit pas. Je ne voudrais pas paraître grossier, mais la seule occasion où elle monte sur un truc, c'est quand elle s'accouple. Et pour elle, comment voulez-vous qu'on procède ? demande-t-il en faisant allusion au corps, et en regardant la mer qui se soulève, là où danse le gros pare-battage jaune en forme de boudin.

D'ailleurs, je trouve cela bizarre, et je le lui dis.

— Vous pensez qu'il est attaché à un casier à crustacés, ou à un parpaing ? dis-je en pointant l'objet du doigt. Pourquoi ?

— Quand ils ont rapproché la ligne d'eau à l'aide d'un grappin pour trancher le filin de pêche et ramener la tortue à bord, le corps est remonté à la surface, l'espace de deux minutes. Juste la tête.

— Mince, j'espère que ça ne va pas se retrouver à la télé !

Je lève les yeux vers un second hélicoptère qui vient d'arriver, et qui plane directement au-dessus de nous, un bimoteur blanc dont le nez me semble équipé d'une caméra gyrostabilisée.

— Selon moi, ils ne s'intéressent qu'à la tortue et n'ont aucune idée de ce qui se trouve aussi sur la ligne, suggère-t-il en suivant mon regard. Le premier hélico est arrivé juste au moment où nous tirions la tortue à bord, je ne crois pas qu'ils aient filmé le corps, ni même eu conscience de son existence. En tout cas pas pour l'instant.

— Et par radio, quelle a été la communication ?

— Pas d'appel de détresse, pour des raisons évidentes.

Il veut dire que les appels à propos du corps n'ont pas transité par les canaux habituels, qui peuvent être surveillés par les marins et les médias.

— Quelqu'un l'a-t-il touché avec le grappin, ou déplacé d'une quelconque façon ?

— Personne ne s'en est approché. Tout a été enregistré grâce aux caméras embarquées, Doc. Vous avez au moins ça, si des preuves sont exigées au tribunal.

— Parfait.

— Quand le corps a effleuré la surface, on a à peine distingué la forme d'un casier grillagé d'environ un mètre vingt, je dirais, poursuit-il en continuant de fixer la bouée comme s'il voyait encore le casier qu'il décrit. Il est relié à l'aide de six à neuf mètres de corde, et de toute évidence chargé d'un truc sacrément lourd. Cailloux, parpaings, impossible à déterminer.

— Et le corps est attaché à cette ligne ? On est sûrs que c'est toujours le cas ? On est certains qu'il n'a pas pu se dégager quand ils ont ramené la tortue et l'ont libérée ?

— Je ne crois pas que cette pauvre femme puisse aller où que ce soit. Elle était attachée par le bas du corps, sûrement les jambes, les chevilles.

Il fixe le pare-battage jaune qui flotte joyeusement sur l'eau, et la ligne jaune qui plonge droit, bien tendue en dessous, disparaissant dans la baie bleu sombre. Il poursuit :

— J'ai eu l'impression qu'il s'agissait d'une femme âgée aux cheveux blancs, et quand ils ont libéré la tortue, le poids du casier lesté l'a tirée vers le fond, et elle a replongé sous la surface.

— Elle est attachée à la ligne d'eau, qui est peut-être entortillée autour de ses jambes ? Et pourtant, elle est droite ?

J'ai du mal à me représenter ce qu'il décrit.

— Je ne sais pas.

— Si sa tête est apparue en premier, elle est debout.

— En tout cas, elle était incontestablement la tête la première, affirme-t-il.

J'insiste :

— Si le casier, le corps et le pare-battage sont tous reliés au même filin ou matériel, je trouve ça très curieux, contradictoire. Il y en a un qui la tire vers le bas, et l'autre vers le haut.

— Si vous voulez faire un saut dans la timonerie et jeter un œil, tout est sur vidéo.

— Je vous serais très reconnaissante de m'en faire une copie. Pour l'instant, il faut que j'examine la tortue.

La curiosité n'est pas mon unique mobile. De mon poste sur le pont supérieur, j'aperçois une plaie près du cou tacheté noir et gris de la tortue, sur une strie en haut de la carapace, une zone écorchée rose vif que Pamela Quick essuie avec des compresses de Betadine.

— Je vais laisser le corps dans l'eau jusqu'à ce que je sois prête à le récupérer et à le transporter à terre, dis-je à Klemens alors que Marino grimpe à l'échelle, harnaché d'une combinaison de Tyvek, de protège-chaussures et de gants. Plus elle reste au froid, mieux c'est.

J'ajoute, tout en me débarrassant de ma doudoune :

— Je suis loin d'être une passionnée de matériel de pêche, mais pourquoi quelqu'un irait-il utiliser un pare-battage plutôt que des flotteurs spécifiques pour un casier à homards ou à crustacés ?

— Les marins-pêcheurs ressemblent aux pies, ils collectionnent tout un tas de fourbi, me répond Klemens.

— Nous ignorons si un marin a quoi que ce soit à voir là-dedans, je souligne.

— Flacons de détergent, d'eau de Javel, bouteilles de soda, morceaux de polystyrène, pare-chocs détachés des quais, tout ce qui peut flotter, facile à récupérer, bon marché, et mieux encore, gratuit, ils mettent la main dessus pour s'en servir. Mais vous avez raison. À supposer que tout ça ait un rapport avec la pêche.

— Rien à voir avec la pêche, décrète Marino péremptoire.

— Il est plus que probable que le but était d'utiliser un cordage bien lesté, et de la balancer pardessus bord, convient Klemens.

— Ben, dans ce cas, vous n'iriez pas ajouter un quelconque flotteur, affirme Marino avec certitude tandis que nous revêtons des vêtements protecteurs. Vous n'iriez sûrement pas lui attacher un gros pare-chocs jaune, à moins de vouloir qu'on la découvre sacrément vite.

— Et avec un peu de chance, les choses se sont passées ainsi, je remarque. Plus le corps sera en bon état, plus j'aurai de chances de découvrir ce qui m'intéresse.

— Avec un pare-battage ou un flotteur, je suis d'accord, quelqu'un voulait qu'on la retrouve, intervient le pompier du nom de Jack. J'ai déjà joué au bowling contre vous, précise-t-il à Marino. Vous n'étiez pas mauvais du tout.

— Je me souviens pas de vous. Et ce serait l'cas si vous étiez à peu près bon.

— L'équipe des Percuteurs, c'est ça ?

— Ouais. Ah, ça y est, je me souviens, vous c'est les Balles à blanc, c'est ça ? fait Marino en le titillant.

— Non.

— Ah, j'aurais juré, pourtant.

Klemens m'observe tandis que j'enfile de gros gants de nitrile noir.

— Je peux vous demander pourquoi ? Pourquoi vous traitez mon bateau comme une scène de crime ?

— Parce que c'est le cas.

J'entends par là que la tortue en fait partie, et que j'ai la ferme intention de la traiter à l'instar d'une pièce à conviction.

9

Une fois enfilés mes protège-chaussures, je descends l'échelle de coupée, pendant que Marino et Jack continuent de plaisanter.

Je me fraye un chemin au milieu du matériel et des sauveteurs. Sous la houle, le pont se soulève lentement, les vagues se brisent sur le rebord de la plate-forme de plongée et menacent mes pieds. Le battement des pales d'hélicoptère est distant mais continuel, et à travers mes boots de Tyvek, je sens le froid de l'eau, tout en me rapprochant de Pamela Quick, absorbée et guère d'humeur à souffrir ma compagnie. Elle doit avoir entre 35 et 40 ans, me semble-t-il. Jolie, bien que de façon un peu réfrigérante, elle a de grands yeux gris, un menton carré et une bouche dure. Ses longs cheveux blond pâle sont noués en arrière sous une casquette. Elle est étonnamment petite et délicate, face aux gigantesques créatures dont elle s'occupe à longueur de journée. Aussi assurée sur ses jambes qu'un surfeur professionnel sur la plate-forme qui se balance, elle vide une seringue dans un tube à prélèvement Vacutainer à bouchon vert qui contient l'héparine, l'additif destiné à empêcher le sang de coaguler.

Je me présente en lui rappelant que nous avons échangé quelques mots au téléphone plus tôt dans la journée.

— Je suis le Dr Scarpetta. J'ai besoin d'informations de base, de jeter un œil, et ensuite, vous ne m'aurez plus dans les pattes.

— Je ne peux pas vous autoriser à l'examiner, me répond-elle d'un ton aussi sec et glacial que l'eau et le vent. Elle est suffisamment stressée comme ça, et c'est là le premier risque, maintenant. La stresser, insiste-t-elle avec force, comme si j'étais la source de ce stress. Ces animaux ne sont pas habitués à se trouver hors de l'eau, et manipulés par des humains. Le stress les tue. Je vous enverrai mon rapport, qui devrait répondre à toutes vos questions.

— Je comprends, et je vous serais reconnaissante de cet envoi un peu plus tard. Cependant, tout ce que vous pouvez me dire maintenant m'est précieux.

Elle retire l'aiguille du capuchon de caoutchouc et déclare :

— La température de l'eau est de 10,5 degrés Celsius, la température ambiante de 13,8 degrés Celsius.

— Que pouvez-vous me dire d'elle ?

Je n'ai d'autre choix que de me montrer insistante.

— *D'elle ?* fait-elle en levant les yeux sur moi comme si je venais de sortir une énormité. Quel rapport avec votre activité ?

— À cet instant, je considère que tout a un rapport. Elle fait peut-être partie d'une scène de crime.

— Il s'agit d'une tortue gravement menacée, qui a failli mourir par la faute d'êtres humains imprudents et négligents.

— Et je ne fais pas partie de ces humains imprudents et négligents, je rétorque tout en comprenant son hostilité. Tout autant que vous, je souhaite qu'elle s'en sorte bien.

Elle me jette un regard condescendant et furieux.

— Allons-y, lui dis-je. Faites-moi part de ce que vous savez.

Elle ne répond pas.

J'ajoute de façon significative :

— Ce n'est pas moi qui suis en train de perdre du temps.

— Pouls trente-six, RR deux. Par doppler, les deux. La température cloacale est de 23,3 degrés Celsius, ajoute-t-elle en versant goutte à goutte du sang dans une cartouche multiparamétrique i-Stat blanche.

— Est-il normal que sa température corporelle soit supérieure de plus de dix degrés à l'eau dans laquelle elle se trouve ?

— Les tortues luth sont des animaux gigantothermes.

— Et donc capables de maintenir beaucoup plus longtemps une température corporelle différente de celle de leur environnement. Assez remarquable, je ne m'attendais pas à ça.

— Comme les dinosaures, elles sont capables de survivre dans des eaux aussi chaudes que celles des tropiques ou assez froides pour tuer un être humain en l'espace de quelques minutes.

— Voilà qui va à l'encontre de tout ce que je sais des reptiles, dis-je en m'accroupissant près d'elle pendant que le bateau tangue et que l'eau clapote.

— La physiologie des reptiles est incapable d'expliquer la biologie des dinosaures.

— La tortue luth serait un dinosaure ?

Je demeure perplexe et, compte tenu des événements qui ont démarré ma journée, un peu perturbée.

— Ce reptile gigantesque vit sur Terre depuis soixante-cinq millions d'années, c'est-à-dire à l'époque des dinosaures dont il a vu l'extinction, poursuit-elle, de ce même ton d'accusation. Et comme le dinosaure, la tortue luth ne va pas tarder à disparaître.

Elle insère la cartouche dans un analyseur d'hématologie hors laboratoire. L'eau glaciale éclabousse la plate-forme, imbibe les revers de ma combinaison et commence à lécher les jambes de mon pantalon en dessous.

Sans dissimuler son écœurement, elle continue :

— À cause du matériel de pêche, des ignorants qui déterrent leurs œufs, du braconnage, des vedettes rapides, des marées noires, et de la pollution par les plastiques. Au moins un tiers des tortues luth ont du plastique dans l'estomac. Et elles ne nous font absolument aucun mal ! Tout ce qu'elles désirent se résume à nager, manger des méduses et se reproduire.

La tortue relève lentement sa tête grosse comme une pastèque et me regarde droit dans les yeux, comme pour souligner l'argument de sa gardienne. Elle exhale bruyamment, les narines dilatées, et ses yeux saillants ressemblent à deux puits sombres de chaque côté d'une gueule en forme de bec qui m'évoque le sourire grimaçant d'une citrouille d'Halloween.

— Je comprends votre réaction bien mieux que vous ne l'imaginez. Je n'ai qu'une hâte : vous laisser tranquille, dis-je à Pamela Quick. Cependant, j'ai besoin de connaître ses blessures.

— Abrasions modérées circonférentielles le long de la carapace de l'épaule gauche distale, s'étendant sur environ trois centimètres à la marge distale postérieure de la nageoire antérieure gauche, me décrit-elle d'un ton froid. Associées à une zone éraflée sur la pointe distale.

Elle déchiffre les résultats du prélèvement sanguin sur l'écran digital.

— Et ses paramètres ?

— Caractéristiques des tortues luth prises dans des filets. Légère hypernatrémie, mais elle devrait s'en sortir. Jusqu'à ce qu'elle tombe sur d'autres détritus humains, ou qu'elle se fasse tuer par un bateau.

— Je comprends votre réaction…

— J'en doute, tranche-t-elle.

— Avez-vous conservé le matériel de pêche ?

— Vous pouvez le récupérer, dit-elle en fouillant dans un sac de ski.

— En vous fondant sur votre expérience, pouvez-vous reconstituer ce qui s'est passé ?

— Toujours la même chose ! réplique-t-elle. Elles se heurtent à un filin vertical, prennent peur, se mettent à tourner sur elles-mêmes et s'entortillent dedans. Plus elles se débattent, plus elles s'emmêlent, et dans ce cas précis, elle a traîné un lourd casier et un corps sur Dieu sait quelle distance.

— Plus la ligne d'eau.

— Oui, ça aussi.

Elle me tend un sac en plastique transparent qui contient du monofilament enchevêtré, plusieurs plombs et des hameçons rouillés.

— Qu'est-ce qui vous fait dire que le corps et le casier ont été traînés ? Vous semblez certaine qu'ils viennent d'ailleurs, je ne sais où. N'aurait-elle pas pu s'entortiller ici, où on l'a retrouvée ? j'argumente en étiquetant le sac à l'aide d'un marqueur indélébile.

— Les tortues luth se déplacent en permanence. La ligne monofilament s'est probablement emmêlée dans la ligne d'eau. En revanche, la certitude est que la tortue s'est heurtée à la ligne de pêche, qui s'est enroulée autour de sa nageoire gauche. Ces animaux sont programmés pour continuer à nager. Et plus elle nageait, plus les lignes se sont enroulées autour d'elle. Lorsque nous sommes arrivés, elle pouvait à peine remuer sa nageoire et allait sombrer.

— En vous basant sur la vitesse à laquelle elles se déplacent, pouvez-vous estimer la distance qu'elle a parcourue ?

— Nous pourrions discuter de tout cela plus tard, remarque-t-elle en levant à peine le regard vers moi.

Je rétorque avec fermeté :

— La moindre information que je récolte maintenant peut se révéler cruciale... nous aider, par exemple, à déterminer où le corps a pu être immergé.

— Cette personne est morte. La tortue vit.

— Il se peut qu'il s'agisse d'un homicide, avec donc une enquête derrière. À mon avis, personne n'a intérêt à entraver cela.

— Tout ce que je peux vous dire, c'est que la vitesse maximum d'une tortue luth est d'environ trente kilomètres à l'heure, répond-elle d'un ton plat. Cela étant, elle devait être ralentie par le poids accroché à elle. Impossible de dire à quel endroit elle a pu se heurter à la ligne. Mais je dirais qu'elle n'a guère pu parcourir une grande distance. Quelques kilomètres, tout au plus, jusqu'à ce qu'elle soit complètement essoufflée et tirée vers le fond par le poids, à peine capable de maintenir la tête hors de l'eau.

— Il est peu probable qu'elle se soit empêtrée en pleine mer.

Je parcours l'horizon du regard. L'avant-port est séparé de l'océan Atlantique par une centaine de kilomètres de baies, de péninsules et d'îles.

— C'est trop éloigné.

— Impossible, en effet, renchérit-elle. Selon moi, l'événement remonte à quelques heures, même pas une journée, en me basant sur ses blessures et son bon état général. Elle ne souffre de rien qu'un peu d'eau de mer ne soignera. De légères écorchures sur cette nageoire et une autre sur le dos, comme vous pouvez le voir. Il ne faut pas confondre cette tache rose avec une blessure, là.

Pamela Quick tapote de sa main gantée de latex une marque rosâtre au sommet de la tête sombre tachetée. Elle paraît s'être un peu détendue, ne plus trouver ma présence aussi horripilante, et m'explique :

— Chaque tortue luth dispose d'une empreinte unique. En fait, on peut les identifier une à une grâce à cette tache sur la tête. On ne sait pas très bien à quoi elle sert, peut-être s'agit-il d'une sorte de senseur qui détecte la lumière, ou bien aide l'animal à déterminer sa position dans l'océan.

— Laissez-moi jeter un coup d'œil à ses meurtrissures, et je vous promets qu'ensuite, je débarrasse le plancher.

Elle découvre la bâche mouillée sur le cou de la tortue. Celle-ci dégage une nette odeur de poisson, et je me rapproche à quelques centimètres de sa nageoire gauche maîtrisée, qui mesure au moins un mètre quatre-vingts. Une forte odeur d'urine ammoniaquée me monte soudain aux narines.

Pamela Quick aussi, de toute évidence, car elle remarque :

— Une bonne chose. Plus elle est active et alerte, mieux c'est. Il faut que tout fonctionne correctement. Comme je vous l'ai déjà dit, il n'y a rien de bien sérieux. Le plus délicat, c'est ça, un morceau de bernacle incrusté dans cette carène, là. Je me préparais à l'extraire.

Elle me montre un fragment de ce qui ressemble à un coquillage ou un morceau de verre blanc fiché dans une zone de peau à l'aspect de cuir éraflée et enflammée.

J'en déduis :

— Vous pensez qu'elle a heurté un objet recouvert de bernacles ?

— Je pense plutôt que c'est cet objet qui l'a heurtée.

Je ne suis pas certaine d'être d'accord avec elle, car je remarque des bernacles éparpillées, ressemblant à des palourdes, qui ont essaimé sur l'extérieur caoutchouteux de la peau épaisse et lisse qui constitue la carapace de la tortue. Elle poursuit :

— Un bateau l'a peut-être frôlée alors qu'elle était empêtrée dans ce filin avec tout ce poids à la traîne, ou bien elle s'est heurtée à une balise de chenal, un rocher, un pilotis, Dieu sait quoi. Une chose recouverte de bernacles. Normalement, je prélèverais ça et le conserverais dans du formaldéhyde.

— Il vaut mieux que ce soit moi.

Elle paraît réticente et s'apprête à protester, mais j'insiste :

— Je vous assure.

Elle se tait, et je fais signe à Marino de m'apporter une mallette, la Pelican 1620, je lui précise. J'assure Pamela Quick que je vais récolter les indices nécessaires le plus promptement possible, et de façon à ne pas faire de mal à la tortue. J'ouvre un sachet de pinces jetables. Le contact de la surface fraîche et lisse de la carapace, semblable à de la pierre polie ou à un cuir séché et huilé, me surprend.

Sa texture dense ne ressemble à rien que j'aie jamais touché, sinon peut-être à du gel balistique. Munie de lunettes loupe, aux lentilles en verre acrylique de 3,5 de grossissement sur une monture poids plume, qui me permettent de garder les mains libres, je me penche plus près. Je ressens la tension vitale qui anime l'animal, ses efforts, la puissance de son souffle. J'imagine sa force, si jamais il réussissait à briser ses entraves. Ses nageoires sont aussi dangereuses qu'une nageoire caudale de baleine, et ses mâchoires en forme de cisailles semblent capables d'écraser ou d'arracher un membre, si jamais elles parvenaient à se refermer dessus.

Grossie par les lentilles, la coquille protubérante blanche m'évoque une palourde aux nuances perlées. De l'extrémité de la pince en plastique, je saisis doucement son pédoncule sombre musclé, tout en posant délicatement ma main droite sur le sommet de l'énorme tête. Celle-ci est fraîche et lisse comme un os pétrifié, et je sens la tortue remuer avec lenteur et lourdeur. En permanence consciente de la position de ses mâchoires par rapport à moi, je perçois ses halètements, je sens contre ma jambe la douceur de son cou rosé. Elle se rengorge et émet un fort gémissement suivi d'un grognement rauque.

— Allons, arrête de te conduire comme une vieille grincheuse, lui dis-je. Personne ne te fait de mal, et tu vas t'en sortir.

Je prends soin de ne pas abîmer ou briser la bernacle que j'extrais de la peau tannée. Je m'écarte ensuite pour que Pamela Quick puisse soigner la plaie. L'aspect de celle-ci n'est pas ce qu'il devrait être si la tortue avait été heurtée par un objet couvert de bernacles, ou si un coquillage semblable à du verre l'avait transpercée. La biologiste nettoie la blessure superficielle à la Betadine, et je pose la bernacle dans ma main gantée. Je distingue dessus la trace d'une substance, sorte de léger trait de peinture d'un vert jaunâtre vif sur la valve la plus éloignée du pédoncule, juste une légère éraflure sur un rebord brisé de la coquille.

J'imagine un objet recouvert de bernacles qui entre en contact avec la tortue : la violence de l'impact suffit à enfoncer le sommet du coquillage dans la dure carène tannée, et à le déloger de ce à quoi il était fixé. Mais le transfert de peinture – ou de ce qui ressemble à de la peinture – ne s'adapte pas à ce scénario. Je repense au tanker de gaz naturel qui nous a dépassés il y a moins d'une heure. J'en ai vu un certain nombre peints de couleurs criardes, vert chartreuse ou sarcelle, bleu électrique ou orange.

— Un truc peint en vert-jaune, je réfléchis à haute voix, tout en plaçant la bernacle dans un petit récipient à indices en plastique. Sûrement pas un rocher ou un pilotis. Il est plus probable qu'elle ait heurté un bateau ou un jet-ski.

Elle remarque, perplexe :

— Si c'est le cas, le coup en oblique est plutôt insignifiant. D'habitude, lorsqu'il y a heurt avec un bateau, ce n'est pas ce qu'on constate. Quand ces animaux remontent à la surface pour respirer et se font percuter par un tanker ou une vedette, les dégâts sont profonds. Le choc, de son fait ou d'autre chose, a été léger.

— Une chose avec de la peinture vert vif ? je répète.

— Aucune idée.

J'étiquette la boîte à indices. La mer grossit, et je sens le bateau tanguer. La température est en train de chuter. Sous la combinaison de Tyvek blanc, mon pantalon est trempé jusqu'aux genoux, et l'eau de mer glacée qui roule sur mes pieds me fait frissonner. Je poursuis :

— Curieux, s'il s'agit d'un bateau, par exemple. La plupart d'entre eux sont protégés par des peintures antisalissures, un enduit qui empêche les bernacles et autres organismes de s'attacher à la coque.

— Ceux qui sont bien entretenus. Oui.

De nouveau, elle se montre laconique, et voudrait me voir déguerpir. Je conclus :

— À mon avis, la bernacle était fixée à la tortue, pas à ce qui a heurté celle-ci. Et de la peinture, ou quelque chose de vert-jaune, a été transféré sur le coquillage.

— Peut-être, répond-elle d'un ton distrait.

À l'évidence, elle n'attache pas d'importance à cet élément et n'attend qu'une chose, que je la laisse tranquille.

— Nous allons faire analyser ça au labo, j'ajoute.

Tandis que j'examine une dernière fois la tortue luth, une main gantée sous sa tête pour l'empêcher d'ouvrir les mâchoires alors que je suis à portée, Marino prend des photos. Je repousse entièrement la bâche, découvrant son corps massif qui, contrairement à celui des autres tortues, n'a pas de carapace à écailles. Elle a une forme de tonneau, les épaules de largeur disproportionnée par rapport au reste du corps, qui va en s'amincissant jusqu'aux nageoires postérieures et à la longue queue. Je ne vois rien d'autre qui puisse présenter un intérêt médico-légal, et informe Pamela Quick que je n'ai pas l'intention de tripoter plus longtemps sa patiente.

— Dites-moi simplement comment vous voulez que nous procédions, parce que je dois plonger, lui dis-je. Je ne veux pas y aller en même temps qu'elle, je ne tiens sûrement pas à ce qu'elle aille s'emberlificoter de nouveau dans la même ligne.

— Vous allez procéder à la récupération depuis ce bateau ? Ou bien depuis là-bas ? demande-t-elle en indiquant la vedette des garde-côtes.

Je me relève et assure mon équilibre, tandis que le bateau-pompe tangue de plus belle. Le vent se fait mordant. L'eau qui a traversé ma combinaison s'infiltre maintenant dans mes boots. Je n'ai nulle intention de récupérer un cadavre sur un bateau encombré de sauveteurs d'animaux marins. Je décide :

— Écoutez, voici comment nous allons procéder. Marino et moi allons regagner le bateau de la garde côtière, et rapprocher suffisamment la ligne d'eau pour poursuivre notre travail. Et à la minute où nous avons vidé les lieux, je suggère que vous demandiez au lieutenant Klemens de s'éloigner à une bonne distance, afin que vous puissiez relâcher notre amie hors de danger.

Je remonte l'échelle de coupée et récupère ma veste sur le pont supérieur, pendant que Marino reprend les mallettes de scène de crime. Puis nous regagnons la proue.

— Jolie à regarder, mais personne ira lui filer un prix de camaraderie, commente-t-il.

— Elle essaye juste de faire son boulot sans interférence. On ne peut pas lui en vouloir.

— Ouais, sauf qu'elle se fout pas mal que quelqu'un soit mort. Ça l'intéresse même pas, dit-il tout en regardant dans la direction de Pamela Quick.

Nous retirons nos gants, nos protège-chaussures et nos combinaisons de Tyvek et fourrons le tout dans un sac à matières contaminées.

— Bof, certains de ces dingues d'animaux se comportent comme elle, poursuit-il. Des fanatiques. Des cinglés patentés, prêts à vous balancer de la peinture rouge ou à vous flanquer une raclée parce que vous portez un col de fourrure ou des bottes en peau de serpent. Je me suis acheté une paire de bottes en cuir de crotale. Dingue, c'que je me prends quand je les porte !

Il tend à Labella les mallettes par-dessus le bastingage. Semblables aux plis d'un accordéon, les bateaux plongent ensemble puis se séparent. Marino continue de ronchonner :

— Du cuir de crotale tanné, acheté sur eBay, du sur-mesure !

— Répugnant, je grommelle en enjambant la rambarde alors que Labella se penche pour m'aider.

Marino, juste derrière moi, réplique :

— Ah, ça, faut pas aller les porter à Concord, ou Lincoln, tous ces bleds en rapport avec Thoreau, là où on vous flanque en taule si vous coupez un foutu arbre ! conclut-il en braillant à pleins poumons.

10

Trois mugissements de sirène retentissent. Le bateau-pompe fait machine arrière depuis son ancrage, pivote sur sa poupe, et met cap en direction de la forme pâle d'un phare qui se dresse à l'horizon. L'eau bouillonne et écume sous la poussée des moteurs, qui abandonnent un sillage semblable à de la dentelle, tandis que les pompiers emportent la tortue luth et ses sauveteurs vers la haute mer, nous laissant prendre soin du reste.

J'espère que les médias et les curieux ignorent tout de la tâche qui m'attend. Sous la lumière du soleil, je parcours les vagues du regard, guettant un signe qui indique que les badauds et les équipes de télévision vont se déplacer pour assister à la libération de la tortue. Que tout le monde parte, à la fin ! Quelle que soit l'identité du mort, qu'il soit récupéré avec discrétion et respect. D'un autre côté, je me sens très protectrice vis-à-vis de l'énorme vieille tortue, en rage contre l'égoïsme et l'ignorance des humains.

Pour l'amour de Dieu, fichez-lui la paix ! Je suis rongée d'inquiétude à son sujet, m'interdisant d'imaginer l'éventail des accidents tragiques qui peuvent advenir à cette créature dont l'espèce a presque disparu, une créature paisible qui ne vit que pour manger, nager et se reproduire. Je ne connais que trop bien les histoires de ces gens qui s'approchent beaucoup trop près des baleines et autres magnifiques animaux pour prendre des photos, tenter de les frôler, de les nourrir, et qui les blessent ou les tuent par inadvertance. La consternation puis l'indignation me gagnent à la vue des plaisanciers qui lèvent l'ancre et remettent les gaz, de l'hélicoptère de la télévision qui grimpe, toujours en vol stationnaire.

— Au moins, ils ne s'éterniseront pas par ici, remarque Labella.

Accroupi à côté du brancard cuillère, il en vérifie le harnais et les sangles de maintien, s'assure que tout fonctionne parfaitement. Il est exclu que le corps bascule de nouveau dans l'eau pendant que nous le hissons à bord.

— Preuve qu'ils ne connaissent pas la raison de notre présence dans les parages, ajoute-t-il.

— Peut-être pas, mais… et ça ? dis-je en tournant le regard vers l'hélicoptère bimoteur blanc à environ trois cents mètres au-dessus de nous. Celui-là semble décidé à s'incruster.

— Ce n'est pas un hélico de la télé, remarque-t-il en levant la tête, se protégeant les yeux. Ni des transports médicaux, ni de la police de Boston ou de l'État, ni de la Sécurité intérieure. C'est peut-être un Sikorsky, un gros appareil, mais sûrement pas un des nôtres. Je suppose qu'il est privé. Quelqu'un qui était en sortie et qui se demande ce qui se passe en bas ?

— Il a une caméra montée.

J'observe l'appareil blanc rutilant en vol stationnaire, aussi immobile qu'un rocher, le nez pointé sur nous, le soleil brillant sur le pare-brise, et un sentiment de malaise m'envahit.

— Peut-être une caméra de la télévision, ou alors une caméra thermique. D'ici, je ne vois pas.

Le seul pilote privé que je connaisse susceptible de disposer d'un système thermique de caméra infrarouge installé sur son hélicoptère est ma nièce, Lucy. Mais je me garde de mentionner cette éventualité. Je n'ai pas vu son nouvel appareil, un bimoteur Bell qui lui a été livré il y a à peine un mois, et ce détail me turlupine. Pourtant, je me rassure : Lucy n'aurait jamais choisi un hélicoptère blanc. Noir ou gris acier, mais pas blanc avec une bande bleu et rouge qui orne la poutre de queue dont je ne reconnais pas non plus le numéro. Marino a-t-il vu le nouvel appareil de Lucy ? Occupé avec Sullivan, il n'a pas l'air de prêter attention à la machine dont le moteur pulse au-dessus de nos têtes.

— Eh bien, ça me révolte. On devrait interdire ce genre de trucs ! j'explose.

Le sort de la tortue me préoccupe de nouveau, et à la vue des badauds qui foncent à la suite du bateau-pompe, la laideur de la nature humaine m'exaspère. Je persiste :

— Les gens n'ont aucun respect, aucun sens commun ! Si une espèce d'abruti écrase cette tortue après tout ce qu'elle a subi…

— Chasser, harceler ou blesser les tortues de mer est illégal, déclare Labella en se relevant, une combinaison de plongée sous le bras. Une amende de cent mille dollars, ça le fait, non ?

— Et pourquoi pas de la prison ?

— Bon, je ne voudrais pas vous énerver un jour, vous...

— Pas aujourd'hui, non.

— Nous allons redémarrer, pour nous mettre à portée de la ligne d'eau, me dit-il tandis que Kletty fixe une échelle de coupée en aluminium au tableau arrière.

Marino ouvre de nouveau les mallettes tout en discutant bruyamment avec Sullivan de motos et de l'état effroyable des routes, ici dans le Nord-Est.

— Évidemment, on sera obligés de couper les moteurs quand vous plongerez, poursuit Labella.

— Merci. Les rencontres du troisième type avec les hélices, je préfère éviter.

— Bien, m'dame. Compris, fait-il avec un sourire.

Je m'efforce d'oublier son apparence, et ce qu'elle provoque en moi.

Il déplie la combinaison, dont le nylon orange et noir bruisse, et me la tend en me demandant si j'ai besoin d'aide pour l'enfiler. Non, merci, lui dis-je avant de m'asseoir sur un banc pour retirer mes boots mouillées et mes chaussettes. La tentation m'effleure d'ôter mon pantalon de treillis humide et ma chemise à manches longues. Le plus raisonnable serait de me mettre en sous-vêtements et de passer une sous-combinaison. Toutefois, c'est exclu sur un bateau sans toilettes, occupé uniquement par des hommes. Je réalise à quel point je me sens brusquement mal à l'aise. La pudeur est un luxe, dans une profession où l'on évolue dans les pires conditions imaginables, y compris des extérieurs dépourvus de toilettes, et des rencontres avec des asticots et des fluides corporels putrides. Je me suis souvent lavée dans des lavabos de stations-service et changée à l'arrière d'une voiture ou d'une fourgonnette, sans jamais prêter attention à qui se trouvait là.

Être stoïque est chez moi un comportement conditionné. Je sais me rendre indifférente ou insensible. J'ai une longue habitude des collègues masculins qui me reluquent en ne pensant qu'à mon cul et mes seins, et ça ne me dérange pas. Plus exactement, cela ne me dérangeait pas parce que j'étais capable de ne pas en avoir conscience, d'être uniquement concentrée sur ma mission.

Voilà qui ne me ressemble pas, d'être tellement centrée sur moi-même, un sentiment qui me déplaît. Bon sang ! Comment puis-je me laisser distraire par des éléments qui n'ont rien à voir avec mes responsabilités, mon domaine de compétences juridiques, ou les choses déplaisantes qui m'attendent sous l'eau, quelles qu'elles soient ? Cependant, les récentes réflexions de Benton, les fanfaronnades irritantes de Marino qui discute bruyamment avec Kletty et Sullivan de bateaux, du fait que ce serait vraiment bien que le Centre en possède un, et de sa vaste expérience de marin, me troublent.

L'insécurité m'a rendue hypersensible. À moins que ce ne soient la peine et la colère. Je passe en revue intérieurement ce qui doit être fait, et comment. Je dresse des stratégies précises, anticipant ce qui pourrait se révéler à la fois utile et nuisible au tribunal. Maintenant, il me faut toujours prendre en compte que les événements puissent déraper.

Je finis par trancher :

— Si je mettais une sous-combinaison ?

— J'allais vous le suggérer.

Labella s'abstient d'ajouter qu'il n'y a pas d'endroit à bord où se changer, mais ses pensées sont limpides.

— Allons-y, dis-je en me levant.

Il ouvre un casier en tôle d'acier quadrillé de la cabine et en extrait des sous-combinaisons grises en polaire. Il vérifie les tailles et sélectionne la plus petite.

— Vous êtes sûre que vous ne voulez pas qu'on vous accompagne ? demande-t-il en s'arrêtant sur le seuil, son regard sombre fixé sur moi. Ça ne me dérange pas d'enfiler une combinaison. Les vivants peuvent puer tout autant que les morts.

— Sûrement pas.

— Ayez confiance. On peut s'en charger.

Je referme le couvercle du casier de rangement, sur lequel je m'assieds en réitérant mon refus. Juridiquement, l'idée est mauvaise. Je lui explique que le décès est de toute évidence suspect, m'encourageant à le traiter à la manière d'un homicide. Plus les éléments extérieurs interféreront, plus le dossier sera modifié, compliqué, compromis et potentiellement gâché. De nos jours, il suffit de peu de choses pour qu'un jury rende la liberté au coupable. Il approuve mes réserves, assure-t-il. Il a suivi nombre de ces parodies de justice à la télévision, et n'entend parler que de récriminations à propos de scènes de crime fichues en l'air par des gens accros aux séries télé qui enquêtent de leur côté et récoltent des indices pour épargner le boulot aux flics. L'effet « Experts », résume-t-il. Tout le monde s'est transformé en expert de scène de crime.

Tout le monde, dis-je en abondant dans son sens avec une ironie désabusée. Mais là où je vais, je vais seule, et ce ne sera pas une première, loin de là : plonger dans ces ténèbres glacées où je distingue à peine quoi que ce soit, me déplacer dans le courant et suivre des filins pour ramener les morts. Je demande à Labella de s'assurer que tout l'équipage revête des combinaisons de Tyvek et des gants, de recouvrir une partie du pont arrière de bâches plastifiées et d'étaler deux poches à cadavre dans le brancard cuillère. Marino dispose de housses et de bâches neuves non contaminées, bien sûr. Mes ordres sont qu'aucun élément susceptible de transférer quoi que ce soit sur le corps ne doit entrer en contact avec celui-ci.

— Accordez-moi quelques minutes. Puis vous pourrez revenir et démarrer le bateau, je termine.

Une fois qu'il est sorti de la cabine et a regagné la proue avec Kletty, Sullivan et Marino, je retire mon treillis et ma chemise, me déshabillant à la hâte, le dos tourné à la porte, puis enfile la sous-combinaison absorbante et moelleuse. La combinaison étanche s'ouvre sur le devant, je passe mes pieds nus à travers le bas des chevilles en néoprène puis tire sur les jambes. Je glisse les bras dans les manches, passe les mains et la tête à travers les manchons, pour finir par remonter la fermeture Éclair métallique en travers de la poitrine.

J'émerge de la cabine alors que Labella revient lancer les moteurs, et lève les yeux sur le gros hélicoptère blanc dont les pales tournent toujours directement au-dessus de nous.

— Je n'aime pas ça, je lance à la cantonade. Bon sang, j'espère que personne n'est en train de filmer.

Je repense à Lucy. Impossible qu'il s'agisse d'elle. Elle vole vers la Pennsylvanie, afin de se mesurer à des éleveurs porcins fraudeurs, sans aucun doute. Je demande à Kletty et Sullivan des chaussettes sèches et des bottines en gore-tex, des gants de protection, un couteau de plongée, une cagoule et un masque. Je boucle un gilet de sauvetage avec harnais de poitrine à système de décrochage rapide, puis étire le manchon caoutchouté autour de mon cou pour purger l'air de la combinaison, de façon à ce que les bulles ne s'accumulent pas à hauteur des mollets et ne me fassent basculer dans l'eau. Labella manœuvre le bateau près du pare-battage jaune qui se balance sur l'eau, coupe de nouveau les moteurs et laisse dériver alors que Marino tend une longue gaffe en aluminium dont il plonge le crochet dans l'eau, accrochant le filin de nylon avant que j'aie pu l'en empêcher.

— Non, non, ne tirez pas ! j'ordonne en secouant la tête. Nous n'allons pas le ramener comme ça, depuis le bateau.

— Vous voulez pas que je le gaffe ? Vachement plus facile et plus sûr que de plonger là-dedans. Ça vous éviterait de le faire.

Je réitère :

— Non. Il faut que je voie, de mes yeux, à quoi nous avons affaire. Le corps ne bouge pas avant.

— OK, comme vous voulez, fait-il en relâchant le cordage.

— Nous devons nous assurer que rien ne vienne au contact du corps.

Il remet la gaffe sur son montant, et je crache dans mon masque pour empêcher la formation de buée.

— Quels que soient les dommages, nous n'en serons pas la cause, je précise.

Kletty fixe un filin à la boucle de sauvetage située à l'arrière de ma combinaison, entre les omoplates, pour que je demeure reliée au bateau. Puis j'ajuste le masque de plongée sur mon nez et mes yeux, et descends l'échelle, tâtant les barreaux de métal de mes bottines de néoprène. Plongée dans les flots jusqu'à hauteur des hanches, je m'écarte d'une poussée de l'arrière du bateau, la combinaison plaquée sur le corps comme une ventouse, me donnant l'impression d'être entortillée dans du film plastique, et je nage en direction du pare-battage jaune.

Le gilet de sauvetage me maintenant à flot et en équilibre, j'agrippe la ligne d'eau de ma main gantée et plonge le visage dans l'eau de mer glaciale. La vue du corps juste sous mes pieds me fait sursauter. Complètement habillée, la morte se tient à la verticale, mais ses bras et ses longs cheveux blancs flottent vers le haut, tournoient en éventail, mimique de vie, tandis qu'elle pivote et s'incline lentement dans le courant. Je sors la tête de l'eau pour respirer puis replonge. Elle est ligotée de façon grotesque, sinistre.

La corde passée autour de son cou est attachée au pare-battage à la surface tandis qu'une seconde, autour de ses chevilles, est tendue vers le bas et disparaît dans l'obscurité, fixée à quelque chose de lourd. Un dispositif de torture, dont la tension extrême étire et disloque la nuque, les articulations, écartèle la personne ? Ou bien le but de cet appareillage est-il autre, ainsi que je le soupçonne ? Et si elle avait été ligotée de cette manière à notre intention ? Je jette de nouveau un regard à l'hélicoptère au-dessus, puis retiens mon souffle et plonge de nouveau sous les vagues.

La lumière du jour filtre depuis la surface. En dessous, l'eau, d'abord verte et claire, vire ensuite au bleu sombre et s'obscurcit, de plus en plus trouble et noir de charbon. J'ignore la profondeur de la baie à cet endroit. Toutefois, la masse à laquelle est reliée la corde qui entrave ses chevilles ne repose probablement pas au fond, sans doute au moins neuf ou dix mètres plus bas. Le cordage plonge tout droit, de toute évidence fortement tendu. Je ressors la tête de l'eau, reprends ma respiration à fond et fais signe à Marino de se tenir prêt avec la gaffe, tout en lui criant :

— Je ne peux rien faire ici ! Il va falloir se débrouiller pour ramener tout l'attirail jusqu'au bateau sans faire trop de dégâts au corps.

— Quel attirail ? demande Marino. Déplacez-la juste en même temps que la ligne d'eau. Ce n'est pas possible, ça ?

— Non. Il faut que nous la tirions par le travers du bateau, jusqu'à la coque, dans le but de la libérer sans perdre quoi que ce soit, avant de la glisser dans le brancard.

La combinaison plaquée contre le corps, je flotte à la surface des eaux agitées, dont je perçois la température glaciale. J'explique :

— Trancher la corde autour de ses chevilles va se révéler compliqué. Je ne veux pas perdre ce qui la leste, casier à homards ou autre.

J'y tiens. Hors de question que je le laisse disparaître et devenir invisible au fond de la baie. Bon sang, dans cette affaire, je veux récupérer le moindre indice, qu'il s'agisse d'une bernacle, d'un casier à crustacés, d'une cage quelconque ou de parpaings ! Je demande quelle est la profondeur du fond, et Labella me répond treize mètres. L'hélicoptère n'a pas bougé. Quelqu'un surveille le moindre de nos gestes et filme probablement, bon Dieu !

— Le filin relié au casier n'est peut-être pas si long que ça, alors, dis-je en recrachant l'eau qui clapote sur mon menton. Il tire le corps vers le bas pendant que l'autre corde le tire vers le haut.

— Quelle autre corde ? beugle Marino. Y en a qu'une, non ?

— Deux lignes la tirent dans deux directions opposées. Celle qui est attachée au pare-battage est séparée, je précise.

— Vous voulez dire qu'elle est entortillée dans autre chose ? s'enquiert Kletty, perplexe.

Je répète lentement, d'une voix forte, tout en crachant de l'eau :

— Non ! Je veux dire qu'elle est ligotée à deux filins distincts. Celui passé autour de son cou est attaché au pare-battage, et celui qui entrave ses chevilles à l'objet qui la leste, un casier ou quelque chose dans ce genre.

Le gilet de sauvetage me maintient à la surface comme un bouchon de liège, mais le clapotement s'accentue, et le vent forcit. Je lutte contre le courant pour ne pas me laisser écarter du bateau.

— Ouais. Donc, si on tire trop fort, sa tête va se détacher, conclut Marino avec sa délicatesse habituelle.

— Si nous ne nous entourons pas de toutes les précautions nécessaires, elle va partir en lambeaux, en effet.

Ma conviction est faite : la personne qui a orchestré la mise en scène du cadavre l'a piégée.

Je n'entretiens aucun doute sur l'aspect délibéré de la chose. Le ou la responsable tenait à ce que la défunte soit découverte, et son intention était d'infliger à quelqu'un comme moi une surprise macabre lorsque le cadavre aurait été écartelé tel un bréchet. Quelle autre raison pourrait-il exister au fait de la ligoter de cette manière ? Nous allions tirer fortement sur la ligne d'eau, ainsi que Marino s'apprêtait à le faire, et décapiter le corps par mégarde. Nous n'aurions récupéré que sa tête, ou même rien du tout.

Nous aurions été alors contraints d'appeler une équipe de plongeurs ou de plonger nous-mêmes pour explorer le fond de la baie, pour ne pas récupérer grand-chose, sinon rien, jusqu'à ce que les restes refassent surface ou s'échouent ou encore ne soient jamais retrouvés. J'imagine l'impact d'un scénario aussi macabre dans un tribunal, surtout si la scène a été filmée par une équipe de télévision embarquée dans l'hélicoptère qui fait du surplace au-dessus de nos têtes. Inenvisageable !

Un jury ne pourrait qu'éprouver de la répulsion, mettant la faute au compte de notre complète négligence, ou parfaite incompétence. À mon avis, personne n'admettrait qu'un individu malfaisant s'est assuré que cette morte ne serait pas retrouvée intacte, ni même peut-être jamais. Un assassin malveillant tenait à ce que nous puissions jeter un œil à son ouvrage avant que celui-ci s'évanouisse devant nos yeux. Il souhaitait peut-être que nous ne découvrions jamais l'identité de la morte, ce qui n'est pas exclu si nous ne parvenons pas à la tirer hors de l'eau sans encombre.

Comment procéder ? Les diverses possibilités défilent à toute vitesse dans mon esprit. Une seule me paraît réellement praticable, et rien de ce que nous tenterons n'est infaillible. Nous devons faire preuve de patience et redoubler de prudence, en ajoutant un zeste de chance.

— Si nous tranchions le filin autour de son cou ? suggère Kletty.

Je remarque qu'ils ont tous revêtu les combinaisons de Tyvek blanches. Vue du ciel, la scène doit être très étrange.

— Pour la libérer du pare-battage, de façon à ce que rien ne tire sur son cou ? ajoute-t-il.

— Non. Impossible de garantir que je parviendrai à la maintenir à flot. Je crains que le lest fixé à la corde enroulée autour de ses chevilles ne l'entraîne vers le fond, hors de portée.

Tout en luttant contre les vagues, je lance à Marino :

— Il faut sécuriser la corde autour du cou sans l'abîmer, elle. Vous et moi, nous allons la déplacer doucement vers le bateau, en restant parfaitement synchrones, et en priant pour qu'elle demeure entière. Je vais la rapprocher suffisamment pour que vous agrippiez la corde avec la gaffe, mais ne tirez pas dessus ! Le but consiste à me tirer, moi, et je vais la pousser en nageant, en essayant de garder la corde autour de son cou aussi lâche que possible. Préparez le brancard et faites-le descendre, et ramenez-nous en me halant, moi, pas elle, j'insiste une nouvelle fois, tout en sentant le filin se tendre entre mes omoplates.

Ils abaissent le brancard, dont le fond est recouvert de deux housses à cadavre grandes ouvertes, et j'aide à guider le crochet de la gaffe jusqu'à ce que Marino harponne la ligne d'eau. Il rapproche doucement celle-ci du bateau, tend la main pour l'agripper. Soudain, les doigts pâles de la morte aux ongles vernis sont visibles juste sous l'eau, ses cheveux blancs flottent à la surface, et l'espace d'un instant, son visage apparaît dans le creux d'une vague.

11

— Doucement ! Attendez ! Attendez ! Ne tirez pas ! Contentez-vous de tenir la ligne et laissez-moi m'occuper du reste ! je m'exclame à l'adresse de Marino, en relevant mon masque.

Le corps de la femme dégage une odeur de moisissure infecte. Tournant le dos au bateau, je me penche pour la saisir sous les bras et la maintiens fermement par-derrière.

Je passe l'épaule gauche sous le pare-battage jaune pour relâcher la tension autour de son cou, et crie :

— Donnez autant de mou que possible à la corde ! Amenez-moi très, très doucement tandis que je nage avec elle. Tirez-moi, pas elle !

Je sens la traction s'exercer sur mon dos ainsi que le poids de la masse fixée à l'autre extrémité du cordage attaché à ses chevilles. Le corps est froid, à la même température que l'eau, sa peau dure et parcheminée. Ses bras sont assez souples, mais le reste est raidi de froid, autant qu'un cadavre peut le devenir. La rigidité cadavérique a disparu il y a des semaines, voire des mois, lorsqu'elle a croupi là où on l'a conservée, dans un endroit très sec et glacé.

Lorsqu'elle va commencer à se réchauffer, aucun artefact *post mortem* n'apparaîtra pour me fournir les indices habituels qui me permettraient de déterminer quand, où et dans quelle position exacte un défunt est mort. Il est beaucoup trop tard pour cela. Je ne trouverai plus rien d'autre que ce que je vois maintenant, et elle va rapidement passer de cet état réfrigéré et en bonne conservation à la putréfaction.

Sous ses cheveux blancs gorgés d'eau, paraît son cuir chevelu semblable à du parchemin recouvert de suif. Ses oreilles et l'extrémité de son nez sont d'un marron décoloré. De discrètes plaques de moisissure blanche recouvrent son visage et son cou. La mort remonte assez loin pour que le processus de momification ait débuté. Elle a séjourné longtemps dans un autre endroit avant de finir sous l'eau. Le sommet de son crâne maintenu sous mon menton, je la déplace avec une infinie lenteur. La ligne d'eau coincée sur l'épaule, dure et rêche contre ma mâchoire, je redoute que des portions du cadavre se séparent.

Je m'échine afin que le pare-battage ne tire pas sur le corps. Il danse devant nous sur l'eau tel un gros poisson jaune paresseusement lancé à notre poursuite. Nous atteignons enfin le brancard cuillère qui se balance le long du bateau, et je manœuvre de sorte que nous nous retrouvions face aux hommes. J'indique à Marino de tenir fermement sa ligne pour que le corps demeure près de la surface, puis demande à Sullivan et Kletty de donner du mou aux cordages reliés à mon dos et au harnais du brancard.

— Il faut que je glisse le brancard sous le corps ! Elle doit approcher au plus près de la surface, pour que je puisse enfoncer le brancard dans l'eau avant de le passer dessous.

Les vagues me giflent, je recrache l'eau qui me rentre dans le nez et la bouche. Je poursuis :

— Mais d'abord, nous devons remonter le casier à crustacés ou autre, puis la libérer des liens pour éviter de l'abîmer davantage, et que je puisse la manipuler.

J'inspire à fond, remets mon masque et plonge, me frayant un chemin sous le corps pour me saisir du filin qui le relie au lest qui repose presque au fond de la baie. Un chemisier et une veste sombre s'épanouissent autour de la taille de la femme, et sa jupe grise est gonflée autour de ses hanches, laissant entrevoir un slip et des jambes qui me paraissent nues, pâles et minces, se balançant dans l'eau. Le filin jaune est entortillé à plusieurs reprises autour de ses chevilles et plonge droit vers le bas, disparaissant dans une eau noire et impénétrable.

En tirant sur le filin, je sens bouger ce qui y est attaché, ce qui ne donne guère une idée précise du poids de l'objet. La flottabilité, si elle ne modifie pas la masse, offre une perception très différente de la lourdeur. Je réussis à passer le filin par-dessus mon épaule et à remonter vers la surface pour reprendre mon souffle à grandes goulées. Je nage jusqu'au brancard, et Marino, sa grande main brandie par-dessus le bastingage, se penche pour m'aider. Kletty maintient la ligne d'eau pendant que Marino arrime celle que je viens de lui tendre. Puis je retourne le corps à plat ventre dans l'eau et manœuvre le brancard de façon à ce que les deux soient côte à côte.

Luttant contre les vagues qui me bousculent et le courant qui me tire, je fais rouler le corps pour qu'il atterrisse sur le dos dans le brancard. Ses yeux troubles desséchés et rétrécis par la déshydratation nous fixent aveuglément dans son visage ratatiné.

— Tenez tout fermement ! je crie en tirant le couteau de plongée de sa gaine de caoutchouc fixée à mon mollet gauche. Je vais la détacher. Je commence par la ligne d'eau, puis l'autre. Tenez-la bien !

Je tranche les deux cordages à trente bons centimètres au-dessus des nœuds de son cou et de ses chevilles, et remonte les fermetures Éclair des deux housses noires à cadavre.

Tandis que le chargement morbide est hissé à bord, je contourne l'arrière du bateau à la nage, relevant les coordonnées GPS, en lançant :

— Notez bien que la ligne d'eau était autour de son cou, et la ligne du casier autour de ses chevilles. Il faut aussi étiqueter les extrémités coupées. Quelqu'un peut-il s'en charger tout de suite, s'il vous plaît ?

Je grimpe à l'échelle de coupée. Le brancard repose sur une bâche, à côté du gros pare-battage jaune en forme de boudin et de son filin jaune tranché, que quelqu'un a soigneusement enroulé. Je retire mon masque, ma cagoule et mes gants pendant que Marino hisse le second cordage jaune. Une forme carrée se dessine, que l'eau fait apparaître argentée. Elle grossit au fur et à mesure qu'elle remonte à la surface, et l'eau dégouline des flancs grillagés d'une sorte de cage. Une corde de manille enchevêtrée et des lignes monofilament sont accrochées à un battant de fermeture à targette tordu vers l'extérieur et empalé sur une perche de bambou brisée.

— Hey, un coup de main serait le bienvenu ! braille Marino.

Kletty et Sullivan se précipitent pour l'aider à hisser une caisse en fil de fer épais, en apparence neuve, dont le fond est recouvert d'un plateau sur lequel s'empilent des sacs vert et noir qui semblent emplis de quelque chose.

— Nom de Dieu ! s'exclame Marino tandis qu'ils déposent ce qui ressemble à une cage ou une niche à chien pliante entortillée dans du matériel de pêche. De la litière pour chat ? commente-t-il, incrédule.

Il déchiffre la mention imprimée sur les sacs vert et noir :

— *La meilleure litière au monde*. Cinq sacs de quinze kilos de putain de litière pour chat agglomérante ? C'est quoi, ça ? Une plaisanterie de taré ?

— Je l'ignore, dis-je, alors que me reviennent les paroles de Lucy dans mon bureau ce matin aux aurores, des lustres plus tôt, me semble-t-il.

Quelqu'un de malin, mais trop content de lui pour avoir conscience de tout ce qu'il ignore.

— Il a peut-être utilisé ce qu'il avait sous la main pour la lester ? suggère Labella. Un propriétaire d'animaux ? Ce genre de trucs est plus facile à dégotter qu'un casier à crustacés. À moins d'un pêcheur professionnel.

— Et beaucoup plus répandu, je renchéris en examinant l'objet de plus près. Si le coupable n'a pas eu l'obligeance de nous laisser l'étiquette du prix, bonne chance pour retrouver la trace de l'achat d'une niche à chien et de litière pour chat ! Cela dit, peut-être ne pensait-il pas que nous parviendrions à récupérer tout ça, ou d'autres éléments. Je n'en jugerai pas, ni du contraire !

— Je ne crois pas, en effet, approuve Marino. Foutu miracle qu'elle ne soit pas partie en petits morceaux. Si vous n'aviez pas plongé pour la ramener, c'est c'qui se serait passé. Ouais, vous avez eu raison de procéder de la sorte.

Je lève la tête vers l'hélicoptère, et le gros oiseau blanc pivote en direction de l'ouest, puis met le cap sur Boston. J'observe la forme qui rapetisse au fur et à mesure qu'il s'éloigne, le bruit qui décroît, et attends de voir s'il pique sur Logan Airport. Non, il poursuit sa course vers la ville, vers la Charles River, puis s'évanouit.

— Et tout ça ? dis-je en pointant du doigt le fouillis de matériel de pêche, plombs, hameçons, émerillons recouverts de rouille. Selon vous, cela fait partie du même équipement que celui dans lequel la tortue s'est emmêlée ?

— On dirait bien. C'est du matériel professionnel de pêche à la palangre, observe Marino.

Il m'explique que la pêche à la palangre se pratique avec une longue ligne-mère horizontale à laquelle des lignes verticales sont fixées par des émerillons. D'après la courbure des hameçons, celles-ci ont l'air destinées à la pêche au maquereau, et la perche de bambou sert de repère.

— Vous voyez le morceau de ferraille fixé à une extrémité ? Ça la maintenait à la verticale dans l'eau, et y avait probablement un paquet de flotteurs attachés à ça à un moment donné, avec un fanion.

Tout cela paraît très vieux, et pourrait provenir d'un lieu très distant d'ici. Marino émet l'hypothèse que la tortue s'est heurtée à cette balise, s'est emmêlée dans quelques-unes des lignes, et a traîné le matériel derrière elle pendant un moment avant de s'accrocher à la ligne d'eau.

— Même qu'elle était peut-être en train de plonger, ou de remonter respirer à la surface quand le cadavre de la femme a été balancé avec la cage, et tout s'est embrouillé ensemble, suppose-t-il.

Je lui demande de sortir mes lunettes loupe de la mallette Pelican et de me donner des gants, puis je prends mon temps pour examiner chaque centimètre carré de la cage et des sacs de litière trempés à l'intérieur. La perche de bambou mesure à peu près un mètre cinquante, et à en juger par son apparence peu entamée par les éléments, son sommet a été cassé d'un coup sec assez récemment. La perche s'est empalée dans la cage, pénétrant par le dessus suivant un angle de trente degrés, et ressortant par le battant de fermeture. Je tente de me représenter ce qui a pu se passer.

J'imagine quelqu'un balançant par-dessus bord la cage pleine de litière, le cadavre attaché à celle-ci et le pare-battage. La cage a dû couler instantanément et le pare-battage flotter, immergeant le corps à la verticale, à peu près comme je l'ai trouvé. Comment et quand s'est produite la collision avec la ligne-mère et la perche de bambou ?

Marino a peut-être raison. La tortue, traînant le matériel de pêche, a pu remonter à la surface exactement au moment où le corps et la cage ont été jetés à l'eau. Je scrute les extrémités à nu de la perche à travers mes binoculaires loupe en acrylique. Je distingue la même peinture vert-jaune, une légère trace sur le bout qui dépasse du sommet de la cage.

Je demande que l'on photographie la cage, le pare-battage et le matériel *in situ*. Ensuite, nous protégerons tout cela par de grands sacs plastique, avant de le transporter au Centre.

J'ouvre la combinaison de plongée et étire les manchons autour de mon cou et de mes poignets, puis m'adresse à Marino :

— Vérifions que Toby nous attend bien avec le fourgon. Il faut la transporter au plus vite. Maintenant qu'elle est sortie de l'eau, elle va se décomposer à toute vitesse. J'ignore si elle a été congelée, mais c'est fort possible.

— Congelée ? répète Labella avec un froncement de sourcils.

— Une supputation de ma part. Congelée totalement, ou presque. Cette femme est morte depuis un bon moment et, à mon avis, nous étions censés la récupérer brièvement pour la perdre ensuite. Le but de cette manœuvre consistait à nous mener droit à l'échec, du moins je le soupçonne. Balancée par-dessus bord après avoir été lestée de cette façon. Ensuite, au moment où nous aurions tenté de la mettre dans le brancard, elle aurait été décapitée et pour ainsi dire écartelée. Un corps démembré, qui nous échappe des mains et disparaît… Eh bien, raté, qui que vous soyez, dis-je en m'adressant au coupable. Nous l'avons repêchée, et bien plus intacte que prévu.

J'ouvre les fermetures Éclair des housses à cadavre, juste le temps de nouer à chaque extrémité des cordes qui la ligotent des étiquettes complétées. Je regagne la cabine, soulagée de ne plus être dans le vent et la température de plus en plus froide. Sans prendre la peine d'enfiler de nouveau mes vêtements mouillés, je garde uniquement la sous-combinaison. J'ai l'impression de porter un sous-vêtement une-pièce gris et trop grand.

J'enfile ma veste et me boucle de nouveau sur mon siège, en informant Labella que je leur pique leur sous-combinaison, mais promets de la leur rendre une fois lavée. Kletty remonte l'ancre, Labella met les moteurs en route, et Marino qui s'installe de l'autre côté essaye de se dépatouiller de son harnais cinq points pendant que je m'efforce, moi, de me dépatouiller de la chronologie des événements.

À bord d'un bateau, quelqu'un entortille autour du cou de la morte un grand pare-battage, puis noue un deuxième cordage autour de ses chevilles, dont il attache l'autre extrémité à une niche à chien bourrée de sacs à litière. Je m'imagine l'ensemble jeté par-dessus bord au moment où un reptile de plus d'une tonne fait son apparition, traînant derrière lui du matériel de pêche, une perche de bambou et des lignes monofilament qui ne représentaient peut-être pour lui qu'un léger irritant, jusqu'à ce qu'il percute la cage, dans laquelle la perche s'empale. Des dizaines de kilos tirent maintenant la tortue vers le bas et resserrent les lignes autour de sa nageoire gauche.

— La vie se montre parfois stupéfiante. Sans doute la seule chose qu'il n'avait pas prévue, je marmonne en faisant référence à l'assassin.

Selon moi, la personne qui s'est débarrassée du corps de cette femme est également à l'origine de sa mort. Je vais considérer cette affaire à la manière d'un homicide, hormis si les faits me contredisent.

Marino hausse la voix par-dessus le grondement des moteurs :

— Vous voulez mon avis ? Je crois qu'elle a été flanquée à la baille très près de là où on l'a retrouvée.

J'approuve tandis que nous fonçons à toute vitesse vers le port intérieur de Boston :

— Vous avez peut-être raison. De la façon dont elle était ligotée, elle n'aurait pas pu dériver très loin sans être mise en pièces.

— Cinq sacs de quinze kilos trempés : quand cette merde est imbibée de flotte, ça pèse encore plus lourd, aussi compact que du béton, remarque-t-il. C'est pas comme un truc qui aurait pu se dissoudre et filtrer des sacs. Ajoutez le poids de la cage. Ça nous fait au moins soixante-dix, peut-être même quatre-vingt-dix kilos qui tiraient sur le corps. Une sacrée tension autour du cou.

Le bateau fonce à toute allure dans la baie, et Labella se retourne sur son siège :

— Depuis combien de temps était-elle dans l'eau, à votre avis ?

— Sans doute pas très longtemps, je réponds en pensant au procès de Channing Lott, et au timing de cet événement. La grande question va consister à déterminer l'endroit où elle est morte, et où elle s'est trouvée depuis.

— Elle ne lui ressemble pas, me dit Marino sans avoir besoin de rentrer dans les détails.

J'ai compris l'allusion, et l'idée m'a également traversé l'esprit au début, fugacement, juste avant de me retrouver face à face avec le corps. Cette femme ne m'évoque rien. J'ai passé au crible des photos de Mildred Lott, à la cinquantaine très juvénile, bien faite et en excellente forme physique, avec une masse de longs cheveux blonds, sans oublier tous les embellissements que sa situation financière pouvait lui offrir. Je suis au courant de la moindre de ses injections, liposuccions, opérations de chirurgie plastique, m'étant familiarisée avec les dossiers que la police m'a fournis après sa disparition de sa résidence de Gloucester au mois de mars dernier.

J'abonde dans le sens de Marino, alors que la ligne des toits de Boston se dessine devant nous :

— Je n'ai pas la moindre idée de son identité. En tout cas, il ne s'agit pas de Mildred Lott. Inutile d'attendre le résultat des analyses ADN pour s'en convaincre.

— Faut que nous en informions clairement tout le monde. Sans ça, y a bien quelqu'un qui va faire tout un foin en prétendant que c'est elle ! prédit le grand flic.

— Absolument pas tant qu'elle ne sera pas identifiée, et tant que nous pourrons craindre de révéler des informations de nature à servir le responsable de tout ça.

— Ouais... Admettons qu'elle soit partie en lambeaux, et qu'on n'ait pas pu la repêcher ? Tout le monde aurait été convaincu qu'il s'agissait de Mildred Lott, remarque Marino en pensant à mon intervention au tribunal aujourd'hui. Les gens en auraient été persuadés, poursuit-il, et par « gens », il entend les membres du jury. Ils auraient cru mordicus qu'on l'avait enfin retrouvée après tout ce temps. Peut-être que c'était le but de cet attirail : manipuler le procès, le piéger pour que l'affaire avorte à la dernière minute.

Il fait allusion au cinéma de Jill Donoghue dans le prétoire, une grande constante avec elle. Si j'ai bien compris, je suis le dernier témoin convoqué par la défense avant la conclusion d'un procès extrêmement médiatisé.

— Reconnaissez que le timing est troublant, et sacrément effrayant, persiste Marino. Y a de quoi se demander si c'est pas délibéré.

Je lui rappelle une évidence :

— Channing Lott est en prison depuis le mois d'avril.

J'insiste :

— Il ne s'agit pas de sa femme disparue, mais de quelqu'un d'autre.

12

Il est 13 heures passées de 3 minutes lorsque nous atteignons le Longfellow Bridge, qui relie Boston à Cambridge.

De l'autre côté, les bâtiments et terrains de sport du MIT ont perdu de leur charme. Ce ne sont plus que des carrés d'herbe sans éclat, des formes de brique sombre et de calcaire délavé sous un épais voile de nuages gris. Les arbres en attente de l'automne semblent se recroqueviller et redouter le pire. Les eaux de la Charles River sont agitées par un vent qui souffle en bourrasques.

Je relis le SMS, tout en songeant que son texte n'a pas soudainement changé depuis ma dernière consultation :

Juste de retour en séance après l'ajournement pour le déjeuner. Toujours prévue à 14 h. Désolé. – DS

Je m'abstiens de répondre à Dan Steward, le procureur adjoint. C'est en partie, ou même presque entièrement par sa faute si je suis aujourd'hui traînée au tribunal, au pire moment, et pour une raison grotesque.

Dorénavant, je ne communiquerai plus avec lui que par téléphone ou face à face. Plus jamais par écrit, je me le promets. Je ne m'en remets pas. Affreux ! De possibles manchettes de journaux défilent dans mon esprit. Surtout, je m'inquiète de la morte dans le fourgon derrière nous. Alors qu'elle mériterait mon attention immédiate, elle ne l'obtiendra pas, ce qui m'ulcère.

Je remarque à l'adresse de Marino en rangeant mon téléphone dans la poche de ma veste :

— Toute ma vie, j'ai vécu penchée sur un microscope, et aujourd'hui, je me retrouve en permanence sous l'objectif. Le plus petit détail est sujet à examen et opinion. Je ne sais pas comment nous allons procéder.

— Bof, on est dans le même bateau, vous et moi. J'ai pas la moindre idée de qui contacter en premier, et je ne vais sûrement pas suivre la suggestion de la garde côtière, faire entrer le FBI d'emblée et leur refiler le truc sur un plateau juste parce que la Sécurité intérieure le dit.

Il parle sans discontinuer, pas du même sujet que moi toutefois. Il poursuit sur sa lancée :

— Bordel ! Quel foutu sac de nœuds juridictionnel. Y a au moins une demi-douzaine de services différents qui pourraient en revendiquer la gestion.

— Ou pas. La probabilité penche plutôt de ce côté-là.

— J'ai jamais vu un sac de nœuds pareil.

Il semble que ce soit là sa nouvelle expression favorite. Dieu sait pourquoi. Lucy lui aurait-elle communiqué ce tic de langage ?

— Le FBI va vouloir l'affaire parce que ça va faire les gros titres... genre super médiatisé, la une nationale. Une vieille pleine aux as ligotée à une niche à chien et balancée dans le port. Supposément Mildred Lott. Et quand il s'avérera que c'est pas elle, ce sera une histoire encore plus énorme.

— Une « vieille pleine aux as » ?

— Ça vous embête pas de me tenir ça ? demande-t-il en me tendant ses Ray-Ban. Vous parlez d'un temps de chiotte ! Il faut que j'aille chez l'ophtalmo, j'y vois que dalle. Y me faut une oronnance au lieu de ces lunettes de supermarché.

J'ai renoncé, depuis des années, à lui seriner qu'on dit « ordonnance ».

Il plisse les yeux au volant et ajoute :

— Même ma vision de loin déconne, maintenant. Ça me fout en rogne, tout est flou... Je me souviens plus comment ça s'appelle. La presbyphie...

— Presbytie. Le vieillissement des yeux. Mais cela concerne la vision de près, je rectifie.

— N'empêche, tout est flou, comme pour le Mister Magoo des dessins animés.

— Et comment savez-vous qu'elle est riche ? Qu'est-ce qui vous fait penser ça ? dis-je en posant ses lunettes de soleil sur mes genoux, puis en ajustant la ventilation, augmentant le débit tandis que nous progressons tels des escargots dans les embouteillages sur le pont. Pourquoi dites-vous « vieille » ?

— Elle a les cheveux blancs.

— Ou blond platine. Il pourrait s'agir d'une teinture. Je ne l'ai pas encore examinée.

— Ben, elle porte de chouettes vêtements, et puis des bijoux. Je les ai pas vus de près, mais ça ressemble à de l'or, et une montre de luxe. Elle est vieille, insiste-t-il. Au moins 70 ans. On dirait qu'elle était sortie déjeuner, ou faire des courses, quand elle a été embarquée.

— Elle a surtout l'air très déshydratée et très morte. Vieille ou riche, je n'en ai pas la moindre idée, mais le vol ne semble pas constituer le mobile.

— J'ai jamais prétendu le contraire, se défend-il.

— Et moi, j'affirme que ce n'était probablement pas le cas. Tirer des conclusions hâtives peut s'avérer dangereux. Surtout dans un cas de ce genre, où nous ne disposerons peut-être que de descriptions physiques que nous allons lancer dans la nature, en espérant que la défunte se trouve dans un fichier quelconque. Si on précise qu'elle est âgée, avec de longs cheveux blancs, alors qu'en réalité, elle a la quarantaine et des cheveux teints en blond pâle, nous nous acheminons vers un gros problème.

— Quelqu'un comme ça a probablement été porté disparu.

— On pourrait le penser, mais nous ne connaissons rien des circonstances.

— Sûr qu'elle doit être signalée disparue, s'obstine-t-il. De nos jours, les gens le remarquent. Les journaux s'empilent devant chez vous, ou la boîte aux lettres déborde. Les factures sont pas payées, les abonnements suspendus. La personne se pointe pas à ses rendez-vous, et en définitive, quelqu'un appelle la police qui se rend sur les lieux.

— La plupart du temps, en effet.

— Sans parler de la famille, qui se plaint de ce que Papy ou Mamy répond plus au téléphone depuis des jours ou des semaines.

— Quand existe une famille qui se fait du souci. Ce que je peux affirmer avec un certain degré de certitude, c'est que nous n'avons pas affaire à une vieille dame recluse atteinte d'Alzheimer qui serait partie en vadrouille, pour se perdre, sans se souvenir de son identité ou de son adresse, et qui aurait fini d'une façon ou d'une autre dans la baie, ligotée à un pare-battage et une cage à chien.

— Sans rigoler ?

— Il s'agit d'une victime d'homicide dont le corps a été dissimulé un bon moment, puis transporté et jeté par-dessus bord. Et de toute évidence, le but réel du *modus operandi* n'est pas clair.

— Un taré quelconque.

— La malveillance paraît établie, je renchéris.

— Combien de temps vous pensez qu'elle a été gardée avant ?

— Tout dépend des conditions. Au moins quelques semaines, voire des mois. Il semble qu'elle ait été habillée de pied en cap au moment de son décès, et oui, je crains qu'elle n'ait été enlevée. Si tel est le cas, pourquoi n'en a-t-on pas entendu parler aux informations ? Du moins rien à ma connaissance et, en général, la police nous prévient en amont.

— Tout juste où j'voulais en venir ! À moins qu'elle soit pas originaire du Massachusetts.

— Une possibilité.

Il déboîte sur la gauche et s'engage sur Memorial Drive, tout en remarquant :

— Ça pourrait ressembler à la spécialiste des dinosaures qui a disparu au Canada.

— Au premier abord, je ne vois pas de point commun. Mais je dispose de peu d'éléments quant à la description physique d'Emma Shubert. Uniquement qu'elle était âgée de 48 ans, avec des cheveux courts bruns grisonnants.

— En plus, cette dame, là, a toujours ses deux oreilles, ajoute-t-il après réflexion.

— Si on tient pour acquis que le cliché de l'oreille n'est pas un montage et que celle-ci appartient bien à Emma Shubert. Beaucoup de « si », selon moi.

Marino jette un œil dans le rétroviseur pour vérifier que le fourgon nous suit toujours, puis conclut :

— Bon, ben, peut-être que celle-ci a été portée disparue, et qu'on aura un peu de bol.

Je doute que quoi que ce soit puisse nous porter chance. Je ne peux m'empêcher de penser qu'il ne s'est rien passé depuis la disparition et la mort de cette femme. La seule raison pouvant expliquer ce silence se résumerait au fait que personne n'est au courant, ni intimes, ni voisins, ni famille ou amis. Vraiment bizarre ! Je trouve tout aussi étrange et contradictoire qu'alors que son identité reste un mystère, la personne qui s'est débarrassée du corps n'ait pas pris soin de lui retirer ses effets personnels. Les affaires de la victime peuvent en général se révéler très utiles à la police.

Pourquoi ne pas se débarrasser des vêtements et des bijoux ?

Pourquoi se débrouiller pour que le corps soit découvert ?

Cela dit, il n'était pas du tout évident que nous récupérions un jour son cadavre. Quel choc j'ai éprouvé à sa vue, à la façon dont cette femme était ligotée. Si les cordages avaient démembré le corps – et je soupçonne qu'il s'agissait de l'intention première – nous aurions très bien pu ne jamais retrouver trace d'elle.

À cet instant, nous pourrions regagner le Centre de sciences légales de Cambridge sans rien de plus pour couronner nos efforts qu'un pare-battage jaune, du cordage, du matériel de pêche rouillé, un fragment de bernacle et un bâton de bambou cassé portant une légère trace verdâtre. Questions et hypothèses qui n'apportent rien d'utile se bousculent dans mon esprit, y semant un surcroît de confusion et un sentiment grandissant d'effroi.

Une manipulation diabolique. Quelqu'un s'amuse de nous. Il s'agit d'un jeu malfaisant et délibéré. Je suis prête à parier qu'il n'y aura ni profil ADN ni rapport de police dans les fichiers. Je suis convaincue que les êtres concernés ignorent que cette femme a disparu. Glacée jusqu'à la moelle, je pousse le chauffage et oriente le souffle chaud vers mon visage.

Marino n'a pas cessé de parler :

— C'est quand même dingue, la façon dont elle était ligotée. Peut-être une variante du pieds et poings liés. Ensuite, on la balance et elle se retrouve embringuée avec une tortue dinosaure. Hey, vous allez me faire crever de chaleur, là !

Il ferme son volet de ventilation et entrouvre sa fenêtre.

— Abstenons-nous d'employer le terme de « dinosaure », s'il vous plaît, je répète une nouvelle fois.

— Et pourquoi que vous êtes d'une humeur aussi merdique ?

— Désolée de vous donner cette impression.

— Ouais, mais assez logique justement puisque vous êtes d'une humeur de chiotte !

— Je cours contre la montre, expliquant ma préoccupation et mon agacement. Je devrais aussitôt travailler sur le corps, et cette fenêtre d'opportunité cruciale se trouve gâchée par un procès où mon intervention est totalement superflue. Oh, et puis, cette circulation qui se traîne !

— Ça change pas dans ce coin. L'heure de pointe de la matinée, celle du déjeuner, et celle de la fin d'après-midi. Le seul créneau jouable, c'est entre 2 et 4 heures du mat'. Et rappelez-vous que plus vous vous énervez, plus ils arrivent à leurs fins.

Que Marino, entre tous, me fasse des leçons sur l'inanité qu'il y a à laisser mes détracteurs entamer mon humeur ne manque pas de sel. Je lui rappelle :

— Elle ne sera jamais en meilleur état que maintenant.

— Y a des trucs qu'on peut faire, vous inquiétez pas, doc.

Mes bureaux se dressent juste devant nous, un bâtiment qui évoque un silo surmonté d'un dôme de verre, en forme de missile, ou de balle dum-dum, une *érection légale*, comme l'ont baptisé certains bloggeurs. Six étages ultramodernes aux flancs de titane renforcé par de l'acier. Les diverses descriptions et plaisanteries, pour la plupart vulgaires et insultantes, sont intarissables, et ne manqueront pas de parsemer les informations du lendemain.

Le Dr Scarpetta est remontée dans son érection légale à Cambridge après avoir témoigné de ce que la femme de Lott s'était transformée en savon.

Je consulte ma montre, et un nouvel accès de colère me submerge. Il est exactement 13 heures et 8 minutes, et je suis censée me trouver dans le box des témoins dans moins d'une heure. Impossible d'entreprendre l'autopsie maintenant, et je ne la déléguerai, sous aucun prétexte, à quiconque. Cette situation me paraît totalement scandaleuse.

— Cela s'appelle une tortue luth, et ainsi devons-nous la désigner, dis-je, reprenant le fil de la discussion en m'efforçant de juguler mon exaspération. Si on continue d'y faire allusion comme à un dinosaure, cela ne sert personne, ni nous ni la tortue.

— Pam dit que les tortues luth sont les derniers animaux de la planète à avoir vu les dinos, rétorque Marino en bifurquant à gauche vers notre parking à l'arrière du bâtiment.

— Le problème, quand on lâche des informations de ce genre, c'est qu'il y a toujours un imbécile qui se mettra en quête de l'animal comme s'il s'agissait du yéti ou du monstre du Loch Ness.

— Je préférerais travailler avec Jefferson, de la police de Boston. Techniquement, l'avant-port est du ressort de Boston, remarque-t-il alors.

Marino pense-t-il que le choix d'un enquêteur de la criminelle comme coéquipier lui revient, lui permettant d'éviter ce qui à mon avis tombera dans le giron du FBI ?

— Je serais bien moins catégorique que vous. Tout dépend de la latitude et la longitude, et je ne m'y connais pas assez en navigation pour déterminer si les coordonnées de l'endroit où nous l'avons repêchée sont dans les eaux de Hull, Cohasset, ou même Quincy. Ajoutez à ça la question du lieu où elle a été immergée, de celui où elle est morte, et de celui où elle a été enlevée, si tel est le cas. Pas besoin d'invitation, tout ça va finir entre les mains du FBI.

— Ils vont mordre là-dedans aussi fort qu'un pitbull enragé, et balancer l'enquête à la une, fait-il en levant la main vers le pare-soleil pour actionner la télécommande qui ouvre notre barrière. Je parie que Benton va adorer prendre ça en main, ajoute-t-il comme si mon mari analyste du FBI spécialisé en criminologie menait une existence bien protégée.

La barrière s'ouvre en glissant, et je réponds :

— L'affaire peut devenir une patate chaude dont personne ne veut et il s'agit de ma plus grande inquiétude. Encore plus important : il nous faut déterminer le plus vite possible son identité. Nous devons entrer sa description physique et celle de ses affaires dans le fichier NamUs.

Le Système national des personnes disparues et non identifiées est un fichier relativement récent qui répertorie les gens évanouis dans la nature. Il représente au moins une chance d'établir un lien entre les disparus et les décès non réclamés ou non identifiés. Cependant, je lutte à nouveau contre le pressentiment que la disparition de cette femme n'a jamais été signalée. Tandis que nous pénétrons sur le parking, je continue de passer en revue la liste des procédures :

— Nous y parviendrons avant ce soir, quoi qu'il arrive. Nous allons également expédier par mail les radios, le dossier dentaire, l'ensemble des traits distinctifs. Appelez Ned ou qui que ce soit de disponible plus tard dans l'après-midi.

Ned Adams est l'un des praticiens des environs diplômé en odontologie. Il travaille pour nous au coup par coup.

— Il nous faut des clichés avant d'aller au tribunal, déclare Marino en garant le Chevrolet Tahoe devant la baie de déchargement.

J'acquiesce en ramassant à mes pieds le sac qui contient mes vêtements de terrain mouillés :

— Absolument.

— Et sa température, puisque nous ne l'avons pas relevée sur le bateau. Sans doute la même que celle de l'eau de la baie, 10,5 degrés, peut-être un ou deux degrés de plus, parce que le bateau des garde-côtes et le fourgon doivent être plus chauds.

— Oui, occupons-nous-en tout de suite, et puis, j'aurai besoin de quelques minutes pour me changer. Je ne vais sûrement pas y aller dans cet état, je déclare en descendant de voiture, vêtue de ma sous-combinaison de polaire grise, de ma doudoune orange et de mes boots mouillées sans chaussettes.

— À moins que vous ne teniez à ce que tout le monde vous prenne pour une cinglée ! plaisante Marino.

Le rideau métallique de la baie se relève bruyamment, et le fourgon blanc dépourvu de fenêtres s'arrête devant.

— Il nous faut des photos et, surtout, des prélèvements. Plus vite nous introduirons son profil ADN dans NamUs et dans la base de données des profils génétiques, mieux ce sera. Il faut procéder à tous les relevés d'indices, utiliser un kit de viol. Puis je me lave à toute vitesse et je file au tribunal.

Je me cramponne à l'idée que, quelque part, un département des forces de l'ordre a enregistré cette femme disparue dans le fichier des profils génétiques. Je poursuis :

— Demandez à Bryce de contacter Dan. Qu'il soit informé que nous revenons d'une scène de crime un peu compliquée, et que je fais aussi vite que possible. Quelle perte de temps… Ridicule… du harcèlement pur et simple, une mise en scène, rien d'autre, je marmonne.

— Ouais, ça fait jamais que la cinquantième fois que vous le répétez, râle Marino en sortant les mallettes de l'arrière du SUV, pendant que je réunis les pochettes à indices contenant le matériel que m'a donné Pamela Quick et la bernacle que j'ai extraite de la carapace de la tortue luth.

Nous pénétrons à pied dans la baie de déchargement et le fourgon nous suit en vrombissant, puis se gare. La porte s'ouvre côté conducteur et Toby en descend d'un bond, dans son uniforme d'enquêteur, une casquette de baseball vissée sur son crâne rasé. Une mode dont je suis certaine que c'est Marino qui l'a lancée, involontairement. L'influence qu'il exerce, sans en avoir conscience, autour de lui me sidère toujours. Au moins la moitié de mes enquêteurs masculins arborent aujourd'hui un crâne rasé lisse et brillant comme une boule de billard, et se font tatouer, y compris Toby, dont le bras gauche est tout entier recouvert de ce qui m'évoque des graffitis urbains.

Personne ne résiste à l'effet Marino, comme j'ai fini par baptiser ce besoin qu'éprouvent ses enquêteurs de l'imiter, pour le meilleur ou pour le pire. On m'a raconté que Sherry s'était fait tatouer dans le dos : *Mortui vivos docent* et s'était mise à la boxe, et Barbara roule maintenant en Harley.

Toby enfile des gants et ouvre les battants arrière du fourgon.

— C'est quoi, le plan ? Vous voulez que je la mette en chambre de décomposition ? Je suppose que c'est un homicide, tuée d'abord puis jetée à l'eau pour qu'elle coule, non ? Un truc tordu, non ? Vous savez qui c'est ?

— On a besoin d'un petit moment avec elle avant de la coller en chambre froide, et pas la peine de tirer des conclusions hâtives, réplique Marino d'un ton bourru.

— Vous ferez l'autopsie demain matin ?

— Je ne vais certainement pas attendre demain matin ! Dès après le tribunal, je fonce ici, lui dis-je. Elle va se détériorer très vite. Amenons-la tout de suite en chambre de décomposition, nous prendrons sa température et des photos. Nous pourrons la peser et la mesurer plus tard.

Toby débloque les roues du chariot, sur lequel la poche à cadavre noire paraît démesurément grande et lamentablement plate, comme si son contenu avait rapetissé pendant le transport.

— Et les autres trucs ? demande-t-il.

L'attirail récupéré dans la baie s'entasse au fond du fourgon, formes indistinctes recouvertes de plastique noir.

— Tout cela est destiné aux laboratoires d'analyse des indices, mais pas tout de suite. Ça file d'abord en salle d'identification.

Je lui donne pour instructions de recouvrir une table de bâches jetables, de disposer tous les éléments dessus, de les répertorier en les photographiant, puis de verrouiller la porte. Après mon retour du tribunal, je retirerai les emballages, et je jetterai un œil pour déterminer l'intérêt ou les questions que la police ou le FBI pourraient poser au sujet du matériel de pêche, du pare-battage et de tout le reste. Demain matin à la première heure, nous transférerons tout cela aux labos des traces, dis-je à Toby, et je lui demande de prévenir Ernie Koppel, le chef de département, de ce qui va lui arriver.

Je répète :

— Tout doit être mis sous clé et sécurisé. Personne ne touche à rien sans mon autorisation.

Ils soulèvent le chariot, referment l'arrière du fourgon en claquant les battants et font rouler le corps à l'intérieur, en direction de la salle de décomposition, pendant que le rideau de la baie redescend derrière nous. Je fais halte au guichet de la sécurité et vérifie de nouveau le registre des entrées, soulagée de constater qu'aucun nouveau cas n'est arrivé depuis ma dernière consultation.

Les deux victimes d'accidents de la circulation ont été autopsiées, et les corps emportés par les pompes funèbres. Il ne reste qu'à remettre les corps du décès par traumatisme contondant et de l'éventuel suicide par overdose médicamenteuse. Je remarque que le Dr Luke Zenner a pratiqué ces autopsies-là, et je n'en attendais pas moins de lui. Il est dans sa nature de réclamer les cas les plus compliqués, ou de s'en charger directement. Il adore les défis et cherche toujours à améliorer son expérience. Je demande à Ron, à travers sa vitre ouverte :

— Du nouveau, dont je doive être au courant ?

— Non, m'dame, chef, répond-il de l'intérieur de son bureau, où les écrans de sécurité scellés sur trois murs sont chacun divisés en quatre parties montrant les zones intérieures et extérieures sous surveillance. Tout a été très calme. Juste deux enlèvements, et un autre qui ne va pas tarder.

— Nous allons passer en chambre de décomposition quelques minutes, puis je file au tribunal. Avec un peu de chance, ils ne me retiendront pas trop longtemps. Je reviendrai directement ici avec Marino pour pratiquer l'autopsie.

— Vous allez vous occuper d'elle aujourd'hui ? demande-t-il à ma grande surprise.

Je n'ai ni mentionné ni indiqué, ni à lui ni à personne dans ce bâtiment, que la victime était une femme. Seuls Marino et Toby sont au courant.

— En effet. Quelle que soit l'heure tardive, je précise en remplissant le registre. Enregistrons-la en tant que femme blanche inconnue retrouvée dans la Massachusetts Bay, puisque nous ignorons son identité.

Il remplit au clavier les champs d'un logiciel qui génère une puce RFID, une étiquette de radio-identification. Après avoir consulté mes notes, je lui fournis également les coordonnées GPS de la scène du crime. Toby réapparaît alors, poussant devant lui à toute vitesse un chariot vide, ouvrant à la volée la porte du niveau d'autopsie pour regagner la baie. Une imprimante laser ronronne, et Ron me tend un bracelet d'identification de silicone jaune accompagné de la radioétiquette comportant les informations que je viens de lui transmettre sur notre dernier cas.

Sur les caméras de surveillance apparaît Toby, manœuvrant le chariot en direction du fourgon blanc, et j'interroge Ron d'un ton désinvolte :

— Qu'est-ce qu'on vous a raconté ?

— Eh bien, Toby a dit qu'on allait recevoir une femme non identifiée, que c'était peut-être la dame qui a disparu, celle pour laquelle vous allez au tribunal... Et puis, vous avez été filmée par des équipes TV pendant que vous étiez sur place.

— Qu'est-ce qui vous donne à croire qu'il y avait plusieurs équipes de télévision ? je l'interroge tout en observant Toby enregistré sous des angles différents et projeté sur les écrans de surveillance.

Il gare le chariot derrière le fourgon, pointe la clé pour déverrouiller celui-ci, et je remarque qu'il remue les lèvres. Je songe d'abord qu'il écoute son iPod et chante à l'unisson, à son habitude. Pourtant, un détail me détrompe. Il paraît parler avec énergie, il a même l'air énervé, en fait, comme s'il se disputait avec son interlocuteur.

— De ce que j'ai vu, vous vous trouviez à des endroits différents, sur des bateaux différents, à des moments différents, me décrit Ron. Les garde-côtes, le bateau-pompe avec un groupe de gens de l'aquarium. Il y avait des images filmées depuis les airs. On entendait l'hélicoptère à l'arrière-plan. Mais je ne suis pas sûr que tout ait été pris d'en haut.

Toby est en conversation téléphonique. Il porte une oreillette interne connectée à son iPhone, rangé dans une poche arrière de son treillis. Peut-être se dispute-t-il à nouveau avec sa petite amie ? Néanmoins, ce n'est guère le moment d'une prise de bec sentimentale, ni d'une conversation personnelle avec qui que ce soit. Il devrait se concentrer sur son travail, sur la façon dont il prend en charge les indices. Que le personnel consacre autant de temps à sa vie privée qu'à son travail est une de mes récriminations les plus constantes, comme s'il était parfaitement normal d'être payé à se disputer avec une compagne, à faire du shopping en ligne ou chatter sur Facebook ou Twitter.

— Vous étiez occupée avec la tortue la plus grosse que j'aie jamais vue, ça, c'est sûr, poursuit Ron alors que je l'écoute à peine. Après, vous étiez dans l'eau, en train de la sortir. Une vieille femme, on aurait dit, saucissonnée avec de la corde jaune.

— Vous avez vu des images de moi en train de la sortir de l'eau ?

En même temps, je scrute Toby, qui recouvre le chariot d'un drap et ouvre l'arrière du fourgon, l'air mauvais, à présent, clairement mécontent de sa conversation.

— Vous ne sauriez pas de quelle chaîne de télévision il s'agissait ?

— Non, m'dame, chef, ça, je peux pas vous le dire, parce que ça n'était pas seulement sur les chaînes locales, mais partout, sur CNN, ça, c'est sûr, et puis il y avait un bandeau sur Yahoo à propos d'une monstrueuse tortue préhistorique – les mots exacts – et d'un cadavre attaché à une cage dans laquelle la tortue s'est emmêlée. Je crois que ça se trouve maintenant partout sur Internet, vraiment partout.

13

Les six couloirs du Centre de sciences légales de Cambridge sont peints de blanc, les carreaux de verre recyclé vernis d'une couleur brun-gris baptisée « truffe ». Des rampes LED réfléchissantes créent un doux nuage de lumière apaisante, et des plafonds acoustiques suspendus dissimulent des kilomètres de câbles, tandis que des caméras et des systèmes de suivi RFID surveillent les allées et venues de tous ceux qui passent ici, vivants ou morts.

Nos bureaux circulaires ont été conçus pour une entreprise de biotechnologies qui a fait faillite alors que la construction était presque achevée. À de très rares exceptions, le concept d'origine correspond idéalement à nos activités – il s'agit même du rêve de tout médecin légiste. Nous pouvons voir sans être vus à travers les vitres solaires écoénergétiques, et un système de chauffage, ventilation et climatisation haute performance contrôle l'environnement si précisément que nous disposons de notre propre atmosphère sur mesure. Des chaudières éliminent l'humidité ambiante, que des refroidisseurs rafraîchissent, empêchant par là la condensation et le phénomène gênant connu sous le nom de pluie intérieure, tandis que des automates et des filtres HEPA aspirent et excluent les agents pathogènes, les vapeurs chimiques et les odeurs effroyables qui les accompagnent.

Le Centre de sciences légales de Cambridge est plus propre que la plupart des cliniques de soins, et la salle dédiée à la récupération des tissus, devant laquelle je passe d'un pas alerte, cent fois plus stérile qu'une salle d'opération hospitalière. Les patients déclarés en mort cérébrale peuvent y être transportés toujours sous assistance respiratoire, et les organes, yeux, peau et os, récupérés sans perdre de temps. Les morts au service des vivants et les vivants au service des morts. Les progrès dont j'ai été le témoin dans ma profession n'ont pas suivi la trajectoire bien droite que j'avais imaginée autrefois, mais forment une boucle, comme le couloir le long duquel je déambule, dépassant la salle d'identification, puis plongeant à l'intérieur de celle de radiographie à appareil grand champ, pour vérifier si Anne, ma technicienne, s'y trouve.

Son siège est repoussé et tourné, comme si elle venait de se lever. Sur des écrans plats brillent les images en 3D d'une tête et d'un thorax : les zones d'un blanc scintillant d'une hémorragie récente dans le tissu cérébral et les poumons ; le blanc plus vif des os, d'une fracture du crâne basilaire qui s'étend jusqu'aux sinus ; des omoplates pulvérisées ; et des côtes brisées au point d'être détachées de la cage thoracique. Il s'agit de Howard Roth, le dossier de traumatisme contondant de ce matin. Je lis l'information portée sur les CT scans. Un homme noir de 42 ans, originaire de Cambridge, prétendument tombé dans l'escalier de son sous-sol, et découvert hier en fin d'après-midi.

Je n'ai pas le temps pour ça.

Mais je ne peux laisser tomber, et je clique sur d'autres images, examinant le corps de l'intérieur sous des niveaux différents. Là où il y a hémorragie, les formes grisées des organes et des muscles sont d'un blanc éclatant, et sombres là où l'air est emprisonné. Des points brillants en étoile et des artefacts en forme de traînées affichent une densité de près de quatre mille unités Hounsfield. Un métal très dense, peut-être du plomb. Sans doute d'anciens fragments de balles dans les tissus mous de la hanche gauche, et d'autres encore sur la face postérieure de la cuisse droite. Une éventuelle cartographie de l'existence de cet homme. En revanche, ce n'est pas ce qui l'a tué, et les énormes dommages internes qui ont provoqué sa mort sont en totale contradiction avec une chute dans les escaliers.

Un volet costal est plus répandu dans les blessures d'écrasement que j'associe à des individus renversés par des voitures ou des tracteurs, ou broyés sous des machines. Et la plupart des gens qui tombent à la renverse sur la nuque ne présentent pas de fracture basilaire. Le crâne ne se brise alors pas à hauteur du *foramen magnum*, l'orifice situé à la base du crâne. Je parcours d'autres clichés de l'ensemble du corps, sans remarquer de blessures récentes aux bras, mains, pelvis ou membres inférieurs.

Derrière la paroi de verre plombé, la silhouette indistincte du grand anneau du CT scan se découpe en blanc dans la pénombre. Personne. J'en conclus qu'Anne est sortie prendre un café ou bien aux toilettes. Je griffonne un mot que je place sur son clavier, pour l'avertir que j'ai l'intention de pratiquer l'autopsie du corps tiré de la baie plus tard dans la journée, et que j'aurai besoin de le passer d'abord au scanner.

En post-scriptum, j'ajoute : *Il faudrait discuter de Howard Roth. Localisation déroutante des fractures/blessures ou leur absence. Besoin du background complet et détails de la scène. On le garde pour l'instant. Merci. – KS*

Je jette ensuite un coup d'œil à la salle d'autopsie, silencieuse et rutilante de propreté. Le sol est encore humide du passage de la serpillière, et les longues rangées de tables désertées en acier luisent faiblement dans la lumière naturelle qui filtre à travers le verre sans tain des vitres latérales et de celles qui donnent sur le parking. Les rampes lumineuses de grande intensité installées au plafond de neuf mètres soixante-dix de haut sont éteintes, et les fenêtres d'observation en hauteur donnent sur des labos d'enseignement, vides et plongés dans l'obscurité.

Luke Zenner s'attarde souvent ici. Il aime profiter du calme pour expédier sa paperasse, travailler sur des projets en cours, ou ranger son poste de travail, le numéro 2, juste à côté du mien. Toutefois, je ne le vois pas, ni personne d'autre. Mes cinq autres pathologistes et l'équipe d'enquêteurs sont probablement dans leurs bureaux, ou en rendez-vous, ou encore à l'extérieur.

J'entre le mot de passe de mon iPhone pour envoyer un message à Luke, et m'aperçois que j'en ai reçu un de Benton.

Toujours d'accord pour 5 h, et toi ça va ? Vu les infos.

Je lui réponds que je rentrerai directement au Centre après le tribunal, et travaillerai probablement jusqu'en début de soirée. Dès que j'en aurai fini avec l'autopsie, je pourrai le recevoir avec les autres agents.

Appellerai quand j'ai une minute. Dîner ? S'il est vraiment tard, plats à emporter ici pendant la réunion ?

À peine ai-je fini de lui expédier le texto que mon téléphone sonne, affichant sa réponse : *Passerai chez Armando.*

Je réponds : *Combos avec extra-dose de fromage, tomates, poivrons, oignons. Plus épinards et cœurs d'artichauts, précise que c'est pour moi. J'attends avec impatience de te voir*, j'ajoute.

L'arrivée de Benton me rassurera alors que l'après-midi sera relégué au rang de souvenir. Je consulte ma montre : 13 h 28. J'envoie un texto à Luke à propos du dossier Howard Roth pour lui expliquer que nous devons en discuter, et que le corps ne doit pas être rendu tout de suite. Je tape : *Devrais être de retour dans quelques heures*, tout en continuant mon chemin, passant la salle des déchets, l'antichambre, les vestiaires, la pièce des casiers : personne à l'horizon, rien d'étonnant à cette heure, sauf lorsque nous sommes noyés sous les affaires.

Une fois passé le laboratoire d'anthropologie, le couloir contourne celui du confinement biologique de niveau 4, que nous baptisons de façon informelle la chambre de décomposition, réservée aux corps très abîmés ou présentant des risques potentiels de contamination chimique ou autre, ou encore d'infection. Actionnant un bouton mains libres qui ouvre automatiquement une porte métallique, je pénètre dans un vestibule hermétique, où je suspends ma veste. Je récupère des vêtements de protection sur une étagère, puis pousse un deuxième bouton qui ouvre une seconde porte, derrière laquelle je trouve Marino, revêtu des pieds à la tête de Tyvek blanc. Il vérifie son matériel d'enregistrement vidéo.

La civière sur laquelle repose la poche noire est poussée le long d'une des trois tables en acier inoxydable reliées à des éviers alignés contre le mur. Les fenêtres d'observation au-dessus sont plongées dans l'obscurité. Une pendule à côté de la chambre froide me rappelle de manière déplaisante qu'il est maintenant 13 h 30. Je suis censée me trouver au tribunal dans exactement une demi-heure. De ridicule manière, au point où nous en sommes, je persiste à espérer que mon apparition sera annulée à la dernière minute. Ou bien que le procès a lui aussi pris du retard, et que le juge comprendra donc le mien.

— J'me demandais si vous vous étiez paumée, jette Marino en ajustant un bonnet de chirurgie orné d'un motif de crânes qu'il noue sur la nuque tel un foulard de biker.

— Nous avons un cas peut-être troublant.

— Encore un ?

— L'homme qui est censé être tombé dans les escaliers. Pour moi, cela ne ressemble pas à une chute, sauf s'il est tombé d'un immeuble de dix étages en heurtant un certain nombre de choses au passage. C'est Toby qui était de permanence, non ?

— Il s'est rendu sur les lieux, et a dit qu'il n'y avait rien de spécial.

Je m'appuie contre une paillasse pour enfiler des protège-chaussures sur mes boots mouillées.

— Vous connaissez les détails ?

— Machado est chargé de l'affaire.

— Il a assisté à l'autopsie ce matin ? j'insiste.

— Quand il y a du sang, Machado la Galère portugaise est toujours prêt. Il a dit qu'il allait s'y coller. Je lui poserai la question quand j'aurai une minute, ou bien je passerai frapper à sa porte, plus tard.

— La Galère portugaise ?

— Ouais, ou la Vessie de mer : une espèce de méduse particulièrement vénéneuse.

Marino et le détective Sil Machado vivent dans le même pâté de maisons de la banlieue de West Cambridge et font ensemble des virées à moto. Ils pratiquent tous les deux la boxe et adhèrent au même club de sport. Il semble qu'ils soient devenus de proches amis.

— Hier soir, ce que m'a dit Toby était plutôt maigre. Bon, on savait que dalle ou pas loin, à ce moment-là. La victime était un alcoolique chronique. Il semble qu'en se rendant aux chiottes, il se soit gouré de porte. Et il a fait un vol plané dans l'escalier du sous-sol.

— Espérons que Luke a vérifié son degré d'alcoolémie. Vous avez des nouvelles de Bryce ? je m'enquiers en me coiffant à mon tour d'un bonnet de chirurgie.

— Il est parti vers 11 heures, répond Marino en me considérant de haut en bas. Vous devriez mettre une combinaison avant d'entrer ici, remarque-t-il, comme si j'avais besoin de lui pour me rappeler le protocole.

— Comment ça, parti ? Parti où ? Ici ?

— Ben, j'ai cru comprendre qu'il devait emmener sa chatte chez le véto, pour une urgence, d'après lui. Il a dit qu'il avait déjà prévenu Steward que nous revenions d'une intervention. Ledit Steward serait en train de cuisiner le témoin convoqué juste avant vous. Il semble que ça se traîne, et qu'après ça, il va demander une suspension d'audience. Mais, penser qu'on va vous faciliter la vie parce que vous êtes en retard, c'est idiot, pas avec la *dream team* de ce connard, ajoute Marino en prenant une règle en plastique de quinze centimètres sur laquelle il colle une étiquette vierge.

Il fait allusion aux avocats de Channing Lott.

— Impossible de ne pas être en retard. Dan doit prévenir le juge que la situation échappe un peu à mon contrôle, pour l'instant.

— Si on partait maintenant, vous seriez à l'heure.

Je me vois pénétrer dans le prétoire avec mes boots mouillées et une sous-combinaison de plongée. Les avocats de Channing Lott s'en donneraient à cœur joie pour me ridiculiser.

Marino ouvre un tiroir, dont il sort des marqueurs indélébiles.

— On a un numéro de dossier ?

Je le lui communique, et il le note en même temps que la date sur la règle de plastique pendant que je déplie une blouse de labo jetable, que j'enfile dans un froissement par-dessus ma sous-combinaison grise. Je préférerais garder celle-ci encore un moment. Je suis toujours transie, me sentant presque en hypothermie.

— Qu'a donc la chatte de Bryce ? Rien de sérieux, j'espère.

— Elle a bouffé des oignons du chili, leur dîner d'hier soir. Enfin, c'est ce que je crois, et j'en démordrai pas, même si Bryce serine qu'ils font vachement attention quand ils cuisinent des oignons. Ils ne laissent jamais rien tomber par terre, ni aucune assiette sale que le chat pourrait atteindre. Ethan et lui. Monsieur Foutoir et Monsieur Propre.

Je tire d'une boîte des gants d'examen, et remarque :

— Je serais curieuse de savoir comment vous êtes au courant de ce qu'ils ont mangé hier soir.

— Bryce m'a apporté des restes de chili ce matin. Je les ai mangés au petit déjeuner, et ça sentait l'oignon. Dès que j'ai été au courant pour la chatte, je lui ai dit, « bingo », maintenant, vous savez ce qu'elle a. Évidemment, lui pense qu'il s'agit d'une espèce de rhume que la chatte a attrapé chez le toiletteur. Elle vomit et a la chiasse.

— Ethan est avec lui ?

— Me lancez pas sur le sujet, grommelle-t-il en se penchant pour ouvrir un placard dont il extrait une grande valise en plastique. Me demandez pas pourquoi il faut qu'ils s'y mettent à deux pour emmener ce sac à puces… comment elle s'appelle, déjà ? Indy Anna ? Pourquoi faut qu'ils soient ensemble pour se précipiter chez le véto. Quoi ? Y a vraiment besoin des deux ?

Les fermoirs claquent bruyamment, Marino entrouvre la valise et se prépare à en sortir une source lumineuse au xénon.

— Pas très gentil de votre part, de parler de cette façon du chat de quelqu'un qui s'est montré assez attentionné pour vous apporter du chili maison aux aurores. Non, je ne vais pas l'utiliser.

Je n'ai pas le temps de passer la source de lumière alternative, et de toute façon, je ne m'en servirai pas dans le cas présent, sur ce corps.

Marino la pose sur la paillasse et la branche quand même, en rétorquant :

— Eh ben, Ethan aurait pu la fourrer dans un de ces paniers pour chat et s'en occuper tout seul, non ? Il travaille dehors la moitié du temps, c'était pas compliqué, quand même ?

— J'en déduis que vous avez fait part de votre théorie à propos des oignons ? dis-je en étiquetant une rangée de tubes de prélèvement dont je n'aurai peut-être pas besoin.

— Ouais.

— Du coup, il devient parfaitement logique qu'ils prennent ça très au sérieux, j'observe en ajustant sur mon nez et ma bouche un masque respiratoire filtrant. L'ail et l'oignon peuvent être toxiques pour les chiens et les chats, et la plupart des propriétaires d'animaux le savent.

— Merde, j'ai l'impression de parler à Dark Vador, fait-il en fixant mon masque. Vous devriez peut-être arriver avec ça au tribunal, voir l'effet produit.

— À l'évidence, si Bryce n'était pas déjà bouleversé et mort d'inquiétude avant votre intervention, maintenant, il doit paniquer.

— Et quand est-ce qu'il n'est pas bouleversé et mort d'inquiétude à propos de tout et n'importe quoi ? poursuit Marino du même ton grincheux.

Pourtant, il est loin de détester Bryce autant qu'il le prétend.

Se lancer des vacheries semble être un des sports favoris de ces deux-là au Centre. Cinq minutes plus tard, ils déjeunent ou prennent un café en franche camaraderie, et au moins une fois par mois, Marino dîne chez Bryce et Ethan.

— Je parierais qu'il n'a pas vu les infos que Ron vient d'évoquer, et qu'il n'en a même pas entendu parler, je souligne en abaissant la fermeture de la première housse. Voilà pourquoi nous ne sommes pas non plus au courant.

Je tire la fermeture de la seconde housse à cadavre.

14

Ses longs cheveux blancs plaqués sur son visage tanné, la femme paraît lamentablement ratatinée dans le plastique noir. Son corps frêle semble disparaître à l'intérieur d'une longue jupe grise, d'un chemisier sombre bordeaux ou violet et d'une veste bleu marine aux boutons de métal ternis. Ses habits ont l'air quatre fois trop grands.

— De quelles infos vous parlez ? demande Marino en baissant son masque de chirurgie.

— Il semble que des images vidéo de moi examinant la tortue luth et repêchant le corps circulent partout, lui dis-je en ouvrant en grand les housses, d'où s'échappe une odeur de vieille chair moisie. Avant d'y toucher, prenons des photos des ligatures. Pour la passer au relevé d'indices, je vais devoir défaire l'entrave des chevilles.

— Un nœud de pêcheur double. Et voilà le nœud de sécurité. Identiques sur chaque corde, observe Marino.

Il entreprend de photographier les longueurs de cordage jaune tranchées enroulées autour des chevilles et du cou de la morte.

— Exactement ce que ça dit, poursuit-il. Vous formez votre premier nœud, celui-ci, là, en fait un nœud plat double, et pour faire bonne mesure, vous ajoutez celui-là, explique-t-il en me montrant le nœud de son doigt ganté de bleu. Une sécurité, pour être sûr que tout va tenir. La personne qui a fait ça a enroulé deux filins séparés autour de ses chevilles et de son cou, et a fait deux nœuds sur chaque, utilisant les extrémités pour les relier à la cage à chien et au pare-battage. Faut vérifier, mais je parierais que tous les nœuds sont identiques.

Il lève les yeux sur la pendule et secoue la tête :

— Doc, vous cherchez vraiment les emmerdes.

J'introduis une lame neuve dans un manche de scalpel tout en demandant :

— À votre avis, existe-t-il une raison précise de choisir ce type de nœuds ?

— Aucune raison logique. D'habitude, on utilise un nœud de pêcheur double pour réunir deux lignes de pêche distinctes, ou pour attacher deux cordages différents l'un à l'autre. Pas le cas ici. Donc, aucune raison valable, sauf que c'est probablement le type de nœuds que cette personne est habituée à faire. Vous allez être sacrément en retard, et vous vous rendez pas chez le coiffeur !

— Un certain schéma d'habitude pourrait nous orienter sur la personnalité de l'individu.

— On a déjà établi qu'elle avait été jetée d'un bateau, je pense. Je veux dire qu'elle n'a pas été balancée d'un avion ou d'un hélicoptère.

— J'ignore d'où elle a été poussée.

J'écarte les vêtements et incise légèrement la partie supérieure droite de l'abdomen.

— Un pêcheur, quelqu'un qui pratique la navigation, déclare Marino tandis que j'introduis un thermomètre dans le foie pour relever la température interne. Quelqu'un qui s'y connaît en cordes et en nœuds. On ne fait pas ce genre de nœuds au pif.

Je me munis d'un scalpel pris sur un chariot et tranche la corde jaune enserrée trois fois autour des chevilles de la défunte. Je scotche les extrémités après les avoir étiquetées, pour savoir quel segment était lié à quoi. Je mesure la longueur et la largeur de la corde, prenant soin de ne pas défaire les nœuds.

— Les marques autour de ses chevilles ne sont que des abrasions superficielles. Ni contusions ni sillons, la ligature a à peine laissé de traces. On remarquera sans doute la même chose pour le cou, mais nous verrons cela plus tard.

— Elle a été ligotée bien après sa mort, conclut-il en photographiant en gros plan les lignes très légères autour des chevilles.

— Aucun doute là-dessus. Ongles d'orteils vernis de rose pâle et écaillés. Bizarre… elle a une espèce de tache rougeâtre sur la plante des pieds.

— Comme si elle avait porté des chaussures ou des chaussettes rouges, quelque chose qui aurait déteint ? demande Marino en se penchant pour photographier le dessous de ses pieds, l'objectif cliquetant à répétition.

— Non, elle était sans doute plutôt nu-pieds, et a marché dans une substance.

J'examine à l'aide d'une loupe et d'une lampe les taches rouge sombre de la pulpe ratatinée de ses orteils, de la partie antérieure de la plante de ses pieds et de ses talons, et poursuis :

— Une substance que l'eau n'a pas délavée, de toute évidence, dans laquelle elle a peut-être marché. C'est l'impression que j'en ai. Quoi que ce puisse être, cela a déteint sous ses pieds, ou bien s'y est incrusté, ou les deux.

À l'aide du scalpel, je gratte légèrement le dessous de son pied gauche, prélevant des particules de peau rougeâtre que je fais glisser de la lame dans une enveloppe, tout en reprenant à l'attention de Marino le récit de Ron :

— Des séquences prises d'assez près, pour certaines aériennes, mais pas toutes, à son avis, et diffusées non seulement sur les chaînes locales, mais aussi nationales. Un hélicoptère des infos nous survolait lorsque nous étions à bord du bateau-pompe, mais *quid* du moment où nous n'avons été que tous les deux avec les garde-côtes ? Si on recouvrait une table de draps ?

Je décolle l'adhésif au dos de la radioétiquette, que je fixe sur le bracelet de silicone jaune. J'attache celui-ci autour du poignet de la morte, à la peau ridée et dure évoquant un cuir mouillé. Le même vernis, d'une nuance rose pêche, recouvre les ongles de ses mains et de ses orteils. Ses ongles sont cassés, le vernis écaillé et éraflé, comme si elle s'était agrippée à quelque chose, ou qu'elle avait creusé de ses mains nues.

— Ben, si on vous voit dans l'eau, j'vous rappelle qu'y avait l'autre hélicoptère. C'est lui qu'a filmé, résume Marino en ouvrant d'un coup sec un drap plastifié.

— À moins que quelqu'un n'ait pris ça d'un bateau. Il y en avait beaucoup aux alentours.

La femme porte à l'index droit une bague, une pièce de trois cents en argent datant de 1862 enchâssée dans une lourde monture d'or jaune.

— Non, tranche Marino, je vote pour ce gros hélico blanc. Il nous a survolés sans arrêt pendant que vous la sortiez de l'eau. Merde ! J'aurais dû relever le numéro de queue.

J'essaye de faire tourner la bague de part et d'autre. Sa taille m'intrigue, ainsi que le fait qu'elle s'ajuste parfaitement à l'index, ce qui ne devrait pas être le cas. Je me demande si elle la portait à l'origine à un autre doigt plus mince, ou même si le bijou lui appartient vraiment. Lorsqu'un corps commence à se momifier, il s'assèche considérablement, et réduit, comme les fruits, les légumes ou la viande à l'intérieur d'un déshydrateur. Si le bijou s'ajuste à présent à son index, elle devait être beaucoup trop étroite au moment du décès. Les vêtements, les chaussures, les bijoux ne sont plus alors à la bonne taille. Je m'imagine quelqu'un sortant le corps de là où il était dissimulé, pour réarranger ses bijoux, ou bien la vêtir d'une façon particulière avant de la ligoter et de la jeter dans la baie.

Pourquoi ?

Pour s'assurer que la bague serait retrouvée ? Tout comme ses effets personnels ?

— J'ai retenu et noté le numéro de queue, j'annonce à Marino en considérant ces éléments. La base de données de l'aviation fédérale peut vérifier l'enregistrement.

— Et on récoltera probablement le nom de la banque qui l'a financé ou d'une quelconque entreprise à responsabilité limitée ; le truc qu'utilise Lucy. Comme ça, quand les flics coursent une de ses batmobiles ou batmotos, c'est pas en vérifiant son numéro d'immatriculation qu'ils vont pouvoir remonter jusqu'à elle, et les contrôleurs aériens peuvent pas relier sa douce voix à un patronyme particulier.

Lorsqu'il se déplace, ses pieds chaussés de Tyvek émettent un bruit de glissement.

— Impossible de remonter à quoi que ce soit qui puisse servir, avec presque tous ces hélicos, même ceux des chaînes de télé. Surtout s'ils sont propriété privée. Quand j'ai commencé dans la police, ce foutu anonymat était pas si généralisé. Et vous allez sacrément être en retard, répète-t-il. À moins d'avoir un réacteur dorsal, vous y serez jamais à 2 heures.

— J'ai eu le sentiment que l'hélicoptère blanc à la bande rouge et bleu sur la poutre de queue appartenait à un particulier, ou à une entreprise, dis-je en soulevant le poignet gauche de la morte de mes deux mains gantées et en examinant sa montre au bracelet de velours noir. Pas très cohérent avec la caméra vidéo ou même un système thermique de caméra infrarouge monté dessus, très inhabituels sur des appareils de particuliers ou d'entreprises, je vous l'accorde.

Marino déplie un deuxième drap.

— Je suis quasiment certain de n'avoir jamais vu ce coucou dans les parages. Étrange, parce que la majorité d'entre eux volent devant nous au-dessus de la rivière, à l'aller et au retour de Logan Airport, sur ce qu'ils appellent l'Autoroute de Fenway. À part ça, j'ai aucune idée de quelle chaîne de télé ça concerne, si c'en est une. Et, bordel, comment qu'ils ont su qu'on se pointerait là-bas, ou ce qu'on y ferait. Doc, je sais que le juge Conry vous aime bien, mais là, vous poussez un peu le bouchon.

— Je ne peux pas procéder autrement. Cette femme ne doit pas attendre.

— Reste plus qu'à espérer qu'le juge soit de votre avis.

La montre paraît de style Arts déco, en platine ou en or blanc, avec une lunette ornée de diamants, ou de pierres claires similaires, à mouvement mécanique. Sur le cadran oblong blanc, les aiguilles sont figées à 06 h 04, sans que je puisse déterminer s'il s'agit du matin ou de l'après-midi. Impossible également de dire à quelle date la montre s'est arrêtée.

— Peut-être d'un autre type de tournage ? Ils étaient peut-être en train de tourner un film ou une publicité dans le coin, le pilote a vu ce qu'on fabriquait et a enregistré la scène, réfléchit Marino.

— De toute évidence, il ne s'agit pas de l'appareil de Lucy.

— J'l'ai pas encore vu. Elle est trop occupée à poursuivre les éleveurs de porcs pour m'emmener en balade.

— On ne va pas lui retirer ses bijoux tout de suite, mais prenons des photos, beaucoup de photos. Quand nous reviendrons, elle ne ressemblera plus du tout à ça.

— J'en ai déjà une tripotée, mais je vais en prendre encore plus.

— Plus nous en aurons, mieux ce sera.

— Pourquoi ce serait celui de Lucy ? remarque-t-il en plaçant la règle près du poignet orné de la montre pour servir d'échelle. Elle bosserait sûrement pas au black pour une chaîne de télé ou une équipe de cinéma, ni ne posterait des vidéos de vous partout sur Internet.

— Bien sûr que non.

— Vous devriez lui donner le numéro de queue et lui demander de vérifier. Je vous garantis qu'elle se débrouillera pour découvrir de qui il s'agit, et pourquoi ils nous espionnaient.

— Encore faudrait-il être certains qu'il s'agissait bien de surveillance. Peut-être une simple curiosité de leur part ? Il y avait également un voilier dans les parages. Un grand bateau aux voiles rouges ferlées. Quand nous avons récupéré le corps et le matériel, il se trouvait à environ quatre-vingt-dix mètres, immobile. Je vais envoyer le numéro de queue à Lucy par e-mail.

Je trempe des écouvillons dans l'eau distillée.

— Si nous parvenons à découvrir l'endroit où elle est morte, nous y récupérerons peut-être des fragments d'ongles. Jusqu'ici, je n'ai remarqué aucune blessure de défense. Néanmoins, elle a fait quelque chose avec pour résultat de casser ses ongles. Ceux des pieds, des mains, tous sont brisés.

Je frotte les embouts de coton sous chaque ongle, et l'écouvillon prend une teinte rougeâtre. Je m'interroge :

— La même tache rouge que sur ses pieds ? Quoi que ce soit, je ne peux pas tout récupérer. Ça remonte très haut dans l'hyponychium.

Je place les écouvillons teintés de rouge sous le scialytique et les examine à la loupe.

— Peut-être quelque chose de fibreux. Cela m'évoque un isolant en fibre de verre, mais plus granuleux, comme de la poussière, et de couleur plus foncée.

À l'aide d'une paire de petits ciseaux, je coupe les ongles de la morte, et les rognures vernies de rose tombent avec un léger son sec au fond de l'enveloppe en papier que je tiens ouverte en dessous. J'ajoute :

— Je jetterai un œil sous le microscope, puis je verrai ce que m'en dira Ernie.

Je suis consciente des secondes qui s'égrènent, du temps qui nous manque à toutes les deux, la morte et moi.

Il se pourrait bien que je me fourre dans les ennuis. J'étiquette les rognures d'ongles et les écouvillons pour le labo des traces et le profil génétique, dispose des seringues de calibres différents sur un chariot tandis que l'aiguille des minutes de la pendule se rapproche en tictaquant des 2 heures. Mon pouls s'accélère, mais impossible de m'arrêter. À l'intérieur d'un placard vitré, je récupère des tubes stériles EDTA et des cartes FTA. Pourtant, prélever du sang sur ce corps va relever du défi. Il y a longtemps qu'il a dû s'écouler des parois des vaisseaux, et si je parviens à en extraire assez pour compléter une carte, j'aurai de la chance.

— Notez et prenez des photos, et nous allons faire ça à toute vitesse.

Je vérifie la flexibilité du cou, des bras, et tente de séparer les jambes, qui résistent. Je dicte à Marino :

— *Rigor mortis* indéterminée.

Puis je retire le thermomètre de l'incision de l'abdomen :

— Température du foie, 5,5 degrés... intéressant. Nous sommes certains de la température de la baie ? Pamela Quick a relevé 10,5 degrés.

— Le GPS du bateau des garde-côtes affichait 10,5 degrés, confirme Marino. Forcément un peu plus froide en profondeur.

J'émets des doutes :

— Cinq degrés de moins à la profondeur où elle était maintenue par les cordages ? Elle n'a pas pu se refroidir dans une eau plus chaude qu'elle. Sa température corporelle était donc plus basse que 5,5 lorsqu'elle a été jetée à l'eau.

— On l'a peut-être conservée quelque part dans un congélateur.

— Elle ne porte aucune trace de dommages dus à des poissons ou des animaux marins, ce qui se serait probablement produit si elle était demeurée submergée un jour ou deux. Je doute qu'elle se soit trouvée assez longtemps dans l'eau pour dégeler, je tranche. Ou bien le dégel avait déjà commencé avant son immersion, ou bien on l'a conservée dans un endroit très, très froid, mais sans la congeler complètement.

J'entreprends de la déshabiller. Ses vêtements sont trempés, sales et rugueux, et elle dégage une odeur de décomposition de plus en plus intense. L'horrible puanteur âcre remonte le long de mes sinus, m'envahit la bouche et ne va pas tarder à me piquer les yeux.

— Merde ! râle Marino, qui échange son masque de chirurgie contre un masque à filtre.

Je repousse sur les épaules de la morte un cashmere bleu foncé doublé de soie, tire des bras récalcitrants de longues manches moulantes, puis lève la veste pour examiner ses deux faces. Je ne distingue ni trous, ni déchirures, rien. Toutefois, les trois boutons métalliques brunâtres du devant sont dépareillés et paraissent très vieux.

J'étale la veste trempée sur une table recouverte d'un drap et remarque le long dos incurvé, la taille fuselée, la broderie ton sur ton sur les manches et les côtés.

— L'étiquette indique Tulle Clothing, taille 36. À cela près qu'elle est plus proche du 32, maintenant.

— Comment que vous épelez Tulle ?

Je le lui indique, et il l'inscrit sur le diagramme des vêtements. J'ajoute :

— Des vêtements très caractéristiques. Dans un style à la Tallulah.

— Et ça veut dire quoi ?

Il entreprend de photographier les boutons pendant que j'explique :

— Coupe rétro, très épaulée avec de larges basques et des broderies chargées de la même couleur que l'étoffe. Le genre que portait l'actrice Tallulah Bankhead dans les années 1940.

— Donc, quelqu'un de friqué avec des velléités d'élégance. Encore une fois, ce serait dingue que personne sache qu'elle a disparu.

— Oh, mais quelqu'un le sait. La personne qui l'a jetée dans la baie, je rectifie en examinant les boutons sous une loupe.

15

Chaque bouton de cuivre terni orné d'un soupçon de dorure porte un motif d'aigle et une queue métallique cousue sur le devant de la veste à l'aide d'un gros fil foncé.

Marino se penche, les détaillant à travers ses lunettes de lecture.

— Guerre de Sécession. Des originaux, à peu près de la même époque que la pièce de monnaie de sa bague. Bordel, pas du pipeau, ça !

Je regagne la civière, et les relents pestilentiels empirent lorsque je commence à déboutonner le chemisier. La décomposition progresse à la manière d'une implacable nuée d'insectes invisibles tandis que nous travaillons et que le temps nous échappe, rapprochant le cadavre de la putréfaction, sans oublier le fait que je me rapproche à grands pas, moi, d'une accusation d'outrage à la cour.

— Sans doute pas un fantassin, plutôt des boutons d'officier.

Marino s'empare d'une loupe, et un soupçon de réprobation teinte sa réflexion :

— La plupart des gens qui collectionnent les boutons anciens ne les cousent pas sur des vêtements. Personne de sensé n'irait faire un truc pareil.

— Je vous concède que cela sort un peu de l'ordinaire. Porter des bijoux anciens ou de famille est une chose, mais je suppose que les coudre sur des habits en est une autre.

— Exactement, et les vrais collectionneurs de boutons font jamais ça ! fait-il d'un ton durci par la désapprobation, comme s'il venait brusquement de juger la personnalité de la victime peu flatteuse. Ils les exposent, les encadrent, les échangent, les vendent, en font quelquefois don à des musées, suivant leurs caractéristiques. J'ai vu des boutons de ce genre partir pour des centaines, des milliers de dollars, même.

Les poussant l'un après l'autre de son doigt ganté, il les étudie tous les trois avec attention.

— Si vous les regardez sur la tranche, me montre-t-il, vous verrez qu'ils sont en parfait état, pas du tout cabossés. Du coup, leur valeur grimpe. Jamais on coud un truc aussi précieux sur une veste. Non, mais qui ferait une chose pareille ?

— Eh bien, elle l'a fait, elle ou quelqu'un d'autre.

Une fois ôté le chemisier, il me paraît plus violet que bordeaux. L'étiquette du col indique Audrey Marybeth, taille 36. J'ajoute :

— Elle côtoyait peut-être le milieu des antiquités. Une collectionneuse, une vendeuse, ou bien les boutons ont appartenu à un membre de sa famille ?

Le soutien-gorge sous le chemisier flotte autour de sa poitrine, les bonnets trop grands de plusieurs tailles. J'estime que le corps a perdu au moins vingt pour cent de son poids dans le processus de dessication. Elle s'est desséchée alors qu'elle était conservée dans un lieu glacial, proche de la congélation, en tout cas assez froid pour empêcher la colonisation par les bactéries et la décomposition qui a maintenant démarré avec une ardeur redoublée. Chaque minute qui s'écoule renforce son odeur, ainsi que le fait que je cours au-devant des ennuis. J'imagine le juge Conry appelant les avocats à le rejoindre, demandant où je suis, avec discrétion dans un premier temps, puis de plus en plus impérieux.

Les traits durs, son humeur ayant viré à l'aigre, Marino poursuit :

— Y a beaucoup de collectionneurs par ici. Dans toutes ces brocantes, parfois minables, vous pouvez acheter des boutons d'époque, de toute sorte. Boutons d'uniformes de police, de pompier, de chemin de fer, militaires. Mais vous les cousez pas sur des vêtements, même les nickelés qu'on trouve à cinq dollars pièce. Même pas ceux en très mauvais état que vous pouvez acheter par lots.

— Et depuis quand êtes-vous devenu expert en boutons d'époque ? je m'étonne.

J'étale le chemisier à côté de la veste.

— Parce que ça vous intéressait ?

Il jette un regard à la pendule. Il est exactement 14 heures.

— Ce qui m'intéresse le plus à cet instant se résume à récupérer ce dont nous avons besoin tant qu'il en est encore temps.

Je pense essentiellement à l'ADN. Dans certains cas, j'ai pu retrouver après un très long laps de temps du sperme dans les orifices, dans l'estomac, les voies respiratoires, au plus profond de la cavité vaginale. Qu'importe le moment du décès de cette femme : je ne partirai pas du postulat qu'il est trop tard pour recouvrer des indices. Les bactéries sont les ennemies de l'ADN, le corps commence à grouiller de celles-ci de façon invisible, et elles vont littéralement le ronger jusqu'aux os.

Je peux mesurer la décomposition des tissus grâce à son odeur. D'abord insidieusement viciée, puis plus forte, et se transformant rapidement en puanteur, frémissante des micro-organismes nés dans ses intestins. Ils sont restés en latence durant le temps où elle a été conservée au froid. Petit à petit, elle s'est réchauffée dans l'eau de la baie, dans le bateau puis le fourgon, et maintenant à l'intérieur de cette pièce, et les bactéries causes de la putréfaction reprennent leur travail de dissolution. Elles ont entamé un processus que je peux légèrement retarder par réfrigération, certainement pas arrêter. Elle se décompose sous nos yeux, à toute vitesse.

— Vous vous souvenez quand j'ai commencé à m'intéresser aux détecteurs de métaux ? demande Marino.

Je n'en ai pas le moindre souvenir, mais biaise :

— Vaguement.

Je descends la fermeture Éclair de sa longue jupe grise, découvrant une partie de la ceinture ramassée en paquet. Trois grosses agrafes replient et retiennent plusieurs centimètres d'étoffe. Des agrafes en acier inoxydable, sans aucune trace de rouille.

— Pourquoi aller faire un truc pareil ? marmonne Marino en se penchant.

— J'ai déjà dit qu'elle ne faisait plus une taille 36.

— Si ça a jamais été le cas.

— Elle était plus charpentée que cela de son vivant, c'est un fait, je réplique.

— Mais si la jupe devenue trop grande glissait, de toute façon, y avait pas moyen qu'elle se perde dans l'eau à cause du cordage et de la niche à chien. Pourquoi aller s'embêter avec ça ?

— Tout dépend du moment où ces agrafes ont été posées. Tout ce que je peux dire avec certitude, c'est que quelqu'un a rétréci la ceinture.

Je tire la jupe le long de ses jambes pâles ridées et nues, surprise de découvrir les restes d'un collant très fin.

Déchirés à mi-cuisse, les bas sont en lambeaux. J'imagine cette femme encore en vie. Je la vois terrifiée, enfermée, tentant de s'évader.

Griffant, assénant des coups contre une porte, s'arrachant les ongles. Se déplaçant frénétiquement pieds nus sur une surface couverte d'une substance rouge.

Puis, plus rien ; la scène mentale s'évanouit. Impossible de deviner ce qui est arrivé au collant, sinon que les jambes n'ont pas été coupées à l'aide d'un instrument tranchant. Le nylon ultra-fin est filé à de nombreux endroits jusqu'à la partie culotte renforcée. Le reste, autour des cuisses, est déchiré de façon inégale, sorte de gaze transparente effilochée sur sa peau morte cireuse. A-t-elle déchiré son collant à mi-cuisses ? Et si oui, pourquoi ?

Ou bien quelqu'un d'autre ?

La même personne qui a agrafé la jupe à la ceinture, et disposé les bijoux de façon à ce qu'ils ne tombent pas du corps.

À l'image de la veste, la jupe est originale, assez élégante, formée de deux couches de jersey qui s'évasent en un ourlet mouchoir irrégulier. Peruvian Connection, taille 36. Je l'étale sur le drap pour qu'elle sèche, alors que Marino s'est lancé dans l'évocation des souvenirs de nos débuts ensemble à Richmond, époque à laquelle il serait devenu expert en chasse aux trésors, gardant dans le coffre de sa Ford banalisée un détecteur de métal pour ratisser les scènes de crime, essentiellement celles en extérieur, à la recherche d'indices métalliques telles des douilles.

— Surtout quand j'étais de permanence la nuit, et que j'étais de congé presque toute la journée, précise-t-il.

Cependant, le souvenir ne lui insuffle pas de gaieté débordante, contrairement à ce qui se passe d'habitude lorsqu'il convoque notre passé commun. Sa voix se mâtine d'une sorte de dureté assez impitoyable.

— Je partais tôt le matin me balader sur des vieux champs de bataille, dans des bois, sur les berges, à la recherche de pièces de monnaie, de boutons, tout ce que je pouvais trouver. J'ai déniché une boucle de ceinture très chouette, une fois nettoyée. Vous vous en souvenez sûrement.

Pas vraiment, mais je me garde bien de le lui dire. Il a toujours aimé les énormes boucles de ceinture, surtout celles de motard.

— Je l'ai apportée au bureau et je vous l'ai montrée. De forme ovale, avec « U.S. » gravé en très grosses lettres de cuivre.

Je dépose sur un drap la culotte couleur chair, le collant et le soutien-gorge, et rapproche le scialytique. Je vérifie l'état de lividité du corps, et Marino éclaire les boutons d'époque pour les examiner de nouveau avec attention.

— Aucun signe de lividité antérieure.

— Peut-être qu'y en a pas, quand un mort reste pas mal de temps dans une chambre froide, ou un congélateur ?

— À l'inverse de la *rigor mortis*, les lividités ne disparaissent pas complètement, mais laissent des signes révélateurs.

Je l'examine des pieds à la tête en prenant tout le temps que je n'ai pas, déplaçant la lampe à la recherche du moindre soupçon de tache abandonné lorsque la circulation sanguine a cessé et que le sang s'est déposé sous l'effet de la gravité.

— J'ai fini par la vendre cinq cents dollars. Aujourd'hui, je regrette, parce que c'est sûr qu'elle valait vachement plus ! reprend-il. À Dinwiddie, j'ai aussi déniché une boucle de soldat confédéré en deux parties. J'aurais pu en tirer deux mille dollars si j'avais pas eu besoin de fric rapidement quand Doris s'est cassée, en me laissant des tonnes de dettes. Elle doit encore être avec ce connard de vendeur de bagnoles, sauf que je crois qu'il vend des assurances-vie, maintenant.

— Vous devriez peut-être vous renseigner.

— Jamais de la vie ! Et Madame est devenue chef d'entreprise, persifle-t-il. Elle recouvre des briques de tissu et elle vend ça comme cale-portes, sans rigoler. Non, mais, vous vous rendez compte ? Tout un symbole, hein ? Un truc qui est dans le passage, qui obstrue le chemin, une pierre d'achoppement, sauf qu'évidemment, c'est pas comme ça qu'elle le formule, bien sûr.

— Vous devriez peut-être lui parler pour voir comment elle le traduit, elle.

— Oh, mais vous pouvez le trouver sur Internet, vitupère-t-il, furieux. *Sésame, ouvre-toi*, c'est le nom de son site Web. *Je garde votre monde ouvert à toutes les possibilités*. Bordel, j'peux pas y croire !

Bien entendu, il fallait qu'il parachute son ex-femme dans la conversation, alors que nous n'avons vraiment pas le temps d'en discuter. Je bascule le corps, si léger qu'il en paraît creux, sur le flanc gauche. Marino en revient à son sujet :

— On peut se faire beaucoup d'argent avec les machins historiques comme les boutons, les médailles, les vieilles pièces, mais y a aussi un truc qui s'appelle le respect. La chose qu'on ne fait pas, c'est coudre des boutons militaires d'époque sur une veste ou un manteau juste pour être à la mode.

— Là, regardez. Le sang hémolysé forme un motif, dis-je en appuyant sur différentes parties du dos. Il n'y a pas de décoloration à la pression de mes doigts dans les zones plus rouges où le sang s'est accumulé. Mais avec ces lividités, là, on peut conclure qu'elle est demeurée à plat sur le dos après son décès, le temps que ladite lividité s'installe, probablement douze heures, peut-être davantage. Il est possible qu'elle soit restée couchée sur le dos depuis sa mort, entreposée quelque part jusqu'au moment où elle a été jetée à l'eau.

— Quand vous avez pour mille dollars de boutons sur une veste, vous allez sûrement pas l'emmener au pressing, poursuit Marino, toujours sur son sujet. Remarquez, c'est pas pour le fric.

Je dicte et il prend en note :

— Momification modérée, peau humide mais dure et desséchée, avec vestiges de moisissures blanches de taille inégale sur le visage et le cou. Yeux enfoncés avec collapsus. Les joues sont creuses, j'embraye après avoir ouvert la bouche du cadavre et procédé à un prélèvement à l'intérieur. Aucune blessure aux lèvres, sur la langue ou les dents, je précise après avoir vérifié à l'aide d'un pinceau lumineux. Aucune décoloration distincte sur le cou.

Je lève les yeux sur la pendule qui indique 14 h 11. Mon examen progresse le long du corps et je trouve d'autres signes de légère momification, mais aucune blessure, puis j'écarte ses jambes. Je demande à Marino de m'apporter un kit de récupération d'indices, que beaucoup de flics baptisent le kit du viol. Je lui jette un regard intrigué tandis qu'il se dirige vers un placard, un air de vif mécontentement et même d'indignation peint sur le visage, au point que l'on croirait que quelque chose chez cette morte l'offense à titre personnel.

— Nous allons incontestablement envoyer des photos de boutons et de ses bijoux au fichier NamUs. Ces éléments paraissent assez caractéristiques pour être significatifs. Surtout s'il est inhabituel de coudre des boutons d'époque de valeur sur des vêtements.

— Ouais, un sacré manque de respect !

Il me tend un spéculum en plastique et ouvre la boîte en carton blanc du kit.

— Quand on trouve des trucs de ce genre, en général, c'est que le type est tombé au combat et que son corps a été abandonné dans les champs ou les bois.

Il dépose sur un drap pochettes, écouvillons et peigne.

— Cent cinquante ans plus tard, quelqu'un se ramène avec un détecteur de métal et déterre ses boutons d'uniforme, sa boucle de ceinture. Quand on trouve ces choses-là, on les traite comme si on avait marché sur une tombe. D'ailleurs, c'est le cas.

Je consulte de nouveau la pendule tout en me répétant ce que je vais raconter à Dan Steward et Jill Donoghue lorsque je les verrai, une excuse dont j'espère que l'un ou l'autre, ou les deux, la transmettra au juge. J'avais le choix entre perdre des indices potentiellement cruciaux ou être en retard au tribunal. J'y ajouterai une bonne couche de contrition.

— Même quand ça sort d'un grenier, poursuit Marino, c'est une question de respect, parce que ça a appartenu à quelqu'un qui a accepté l'ultime sacrifice : donner sa vie.

Il complète des formulaires avec le peu d'informations dont nous disposons, tout en continuant sa diatribe.

— On coud pas des boutons ou des épaulettes sur une veste. On ne trimbale pas à la ceinture l'étui à amorces d'un soldat tué, ou ses foutues chaussettes ensanglantées. On découpe pas en petits morceaux des vieux uniformes qui portent encore le nom de leur propriétaire pour en faire des patchworks !

Il me tend l'enveloppe à prélèvements.

— Quand on est pas passé par Parris Island, le dépôt de recrutement de la Marine, ou par l'école des candidats officiers, eh bien, on se pavane pas avec les camouflages officiels de la Marine, et on n'en fait pas des sacs à main, merde, quoi ! Bordel, quel genre de personne fait des conneries comme ça ?

— *A priori*, aucun signe d'agression sexuelle. Ce qui ne signifie pas qu'il n'y en ait pas eu, bien sûr, je précise en retirant le spéculum et en le jetant à la poubelle. Mais il semble que ses jambes aient été rasées peu de temps avant sa mort.

Je scrute quelques repousses de poils foncés qui, sous la loupe, indiquent qu'un rasoir a été utilisé.

— En me basant sur leur longueur, je dirais quelques jours avant. Bien entendu, les poils paraissent plus longs à cause de la déshydratation. Si elle a été kidnappée, sa détention n'a sans doute pas duré très longtemps.

Le visage de Marino a viré au rouge brique, et il a les yeux écarquillés, comme s'il lui était revenu quelque chose qui le contrarie énormément.

J'insère une aiguille 18 Gauges dans l'artère fémorale gauche et lui demande :

— Mais qu'est-ce qui vous prend ?

— Rien.

Une réponse typique qui indique clairement qu'il y a bien quelque chose.

Je fais ensuite une tentative sur l'artère sous-clavière, insérant une aiguille sous la clavicule. Sans résultat. J'essaye de crever l'aorte avec l'encoche, et réussis à obtenir quelques gouttes. Lorsque j'ouvrirai le corps plus tard dans la journée, je découvrirai que les vaisseaux sont presque complètement vides, et les parois tachées d'hémoglobine semblable à de la rouille. Il ne reste quasiment plus que du fer.

Je laisse goutter un sang épais et noir sur deux zones d'échantillonnage de microcartes FTA, que je place ensuite sous une hotte chimique pour les sécher.

— Vous pouvez la remettre dans la chambre froide, et que cette salle demeure fermée à clé ! Personne ne rentre ici, j'insiste en retirant ma blouse de labo. Appelez le labo des empreintes génétiques, et dites à Gloria qu'ils peuvent venir chercher la carte d'ici une heure. Elle devrait être sèche, et nous avons besoin d'un profil au plus vite, profil qui doit tout aussi rapidement être rentré dans les deux fichiers, le NamUs et la base des profils génétiques.

Je me débarrasse de la blouse, des protège-chaussures et des gants dans une poubelle à déchets rouge vif, pousse la porte qui mène au vestibule hermétique, puis la seconde porte qui débouche dans le couloir. Il est 14 h 20, et je ne me souviens pas de la dernière fois où j'ai été aussi en retard au tribunal. Plus exactement, aussi en retard que je me prépare à l'être. Je calcule qu'il sera au moins 14 h 45, peut-être même 50 lorsque Marino me déposera sur le Fan Pier, sur les quais de Boston. Du moins si la circulation n'est pas trop effroyable.

Les portes de l'ascenseur coulissent à mon étage, et je fonce au trot dans le couloir, indifférente à la vision ridicule que je dois offrir, en sous-combinaison de plongée grise et boots tactiques, un sac poubelle et une doudoune orange à la main. Je passe mon pouce au scanner pour déverrouiller la porte de mon bureau et me précipite à l'intérieur à l'instant où Bryce émerge de mon cabinet de toilette, me faisant sursauter. Il est vêtu de son manteau, ses lunettes de soleil remontées sur la tête, et porte le pichet en acier et les deux tasses dans lesquelles Lucy et moi avons bu un café cubain il y a des années-lumière de cela, me semble-t-il.

— Je croyais que vous étiez chez le véto, dis-je en laissant tomber sur le sol ma veste et mon sac de vêtements mouillés, avant de me baisser pour ôter mes boots. Je suis vraiment, vraiment très en retard. Vous avez eu des nouvelles de Dan Steward ? Comment va votre chatte ?

— Doux Jésus, comment êtes-vous attifée ? s'exclame Bryce en jetant un regard désapprobateur à mon accoutrement. Vous descendez de l'Himalaya ? Vous vous êtes échappée d'un camp de prisonniers ? Vous êtes un objet contaminé ? Ça pourrait être sexy, un peu comme une combinaison doudouneuse, mais pourquoi grise ? Ça, ça va dans le lave-vaisselle. C'est Lucy qui a débarrassé, n'est-ce pas ? Avec ce film de lait mousseux assez collant pour attirer une armée de colibris.

— Je suis en retard, et vous devez filer, que je puisse me changer. Que faites-vous là, et Dan a-t-il compris ce qui se passait ?

— Vous n'avez presque plus de café et d'eau minérale, *avec ou sans bulles*, plus du tout de mélange montagnard, de muesli sans sucre, de boissons protéinées, et de ces affreux petits crackers que vous adorez, censément aux céréales complètes ou au riz, mais ce pourrait être à base de panneau de particules, sans grosse différence gustative. Dan a traîné autant que possible l'interrogatoire du témoin juste avant vous...

— Dieu merci !

Je trottine pieds nus jusqu'à mon bureau et fouille dans mes dossiers.

— Apparemment, le juge a demandé où vous étiez, et Dan lui a expliqué, mais il a ajouté que les juges se foutaient pas mal des excuses, et que vous deviez rappliquer en quatrième vitesse.

— Vous avez vu mon dossier Mildred Lott ?

— Donc, je me suis arrêté à l'épicerie, et je suis rentré il y a à peine une minute, explique-t-il en ouvrant la porte de mon vestiaire. Et bien entendu, j'ai remarqué que votre kitchenette est en bazar, implacable indice qui trahit la présence de Lucy en ce lieu. Il faudrait qu'elle se trouve une gentille petite femme, parce que ses talents domestiques sont nuls. Le dossier attend juste à côté de votre microscope, là où vous l'avez laissé, sous des rapports d'histologie ?

Il sort mon tailleur et mon chemisier.

— Je ne sais pas où vous avez mis vos collants. Je suppose que vous les avez filés. Ils ne restent pas longtemps sur les étagères, en général.

Je n'ai pas la moindre idée de ce que j'en ai fait. Je les ai probablement fourrés dans un tiroir du bureau. Je m'en fiche.

Il étale ma tenue sur la table de réunion.

— Je suis sûr et certain qu'Indy n'a pas pu manger d'oignons. Ethan était tellement ravi de me voir enfin revenir de Floride, depuis tout ce temps, qu'il m'avait préparé mon plat favori. Son chili est fantastique. Évidemment, Marino, et tout le monde, affirme que c'est de notre faute. Enfin, nous ne sommes pas des irresponsables et nous n'avons pas envie de tuer notre chatte !

Il me regarde et paraît épuisé. L'appréhension se lit au fond de son regard.

— Elle a à peine 10 semaines, docteur Scarpetta. J'ai déjà eu des chats, et je sens quand quelque chose ne va vraiment pas.

— Je suis désolée, Bryce, dis-je en posant le dossier sur la table et en refermant la porte qui donne sur le couloir. Nous en parlerons à mon retour.

Depuis le vestiaire, où il semble chercher quelque chose par terre, il poursuit :

— Je sais que cela s'est produit chez le toiletteur. Bon, vos chaussures sont là, mais toujours aucune trace des collants. Samedi dernier, il y a exactement une semaine, nous l'avons emmenée se faire tailler les griffes pour la première fois, et elle s'est retrouvée là-bas au milieu d'une vingtaine d'autres animaux, dont un perroquet qui faisait des bruits secs étranglés, comme une toux de chenil. Il s'agissait peut-être d'une imitation, mais... et s'il avait été malade ?

— Bryce, ne me croyez surtout pas insensible, mais je dois me changer.

Il me tend mes chaussures.

— Vous ne vous rendez pas compte à quel point on fait attention ! gémit-il, au bord des larmes.

— Je vous promets que nous en discuterons plus tard...

— Nous sommes tellement paranos sur les oignons et tout ce qui est toxique, comme les poinsettias, on refuse d'en avoir à la maison, et de toute façon, je ne mange jamais d'oignons crus...

— Il faut que je me prépare. Impossible tant que vous restez planté là...

— C'est pour ça qu'on utilise toujours de l'oignon en poudre. Bien plus judicieux, à tout point de vue, parce que comme ça, il n'y a plus de risque que la plus petite particule s'envole du plan de travail et atterrisse par terre.

Ses yeux s'emplissent de larmes.

— Vous assaisonnez votre chili avec de l'oignon en poudre ?

Je porte mon tailleur et mon chemisier dans le cabinet de toilette et les suspends à la porte de la douche.

— Ce n'est pas le moment de critiquer notre cuisine ! s'indigne-t-il d'une voix frémissante.

— Quand j'étais en fac de droit, j'ai eu un chat qui refusait quelquefois de manger...

— Ils peuvent être hypersensibles. Il vous en voulait peut-être de quelque chose, bredouille-t-il.

— Un véto m'a suggéré de lui donner des petits pots de viande pour bébé, qui contenaient semble-t-il de l'oignon en poudre, qui peut être aussi toxique que les oignons classiques, en provoquant l'oxydation de l'hémoglobine.

— Oh, mon Dieu ! Il est mort ?

— Non. Il faut juste y penser et en parler au véto. Et vous devez sortir, que je puisse me changer, Bryce, s'il vous plaît.

— C'est affreusement perturbant.

— Bon, eh bien, je vais me changer ici, je décide en posant mes chaussures sur le couvercle des toilettes.

— Ah, les médias ont été pendus au téléphone.

Depuis le seuil de la porte qui relie son bureau au mien, sa voix résonne avec force, de façon tragique. Je baisse la fermeture Éclair de la sous-combinaison grise, dont je m'extrais rapidement, l'abandonnant en tas sur le carrelage du cabinet de toilette.

— Ils m'ont même appelé sur mon portable, en tout cas ceux qui ont mon numéro. Tout le monde spécule sur le fait que la vieille femme que vous avez repêchée dans la baie est Mildred Lott...

— Aucun indice ne le laisse supposer.

Je passe un gant de toilette sous l'eau chaude, et me lave du mieux possible. Une douche est exclue à cet instant.

— Du genre, elle a de toute évidence été retenue en otage tout ce temps, ou bien sa disparition au printemps était simulée, elle s'était cachée et a fini par se noyer... Si vous entendiez certaines de leurs théories...

— Rien de ce que j'ai pu constater n'indique qu'il s'agisse d'elle.

Je sors d'un placard une nouvelle paire de collants, que j'enfile.

— Ce qui signifierait que son mari, Channing Lott, ne serait pour rien dans sa mort. Il est en prison depuis le mois d'avril, sans possibilité de caution, parce qu'on craignait qu'il s'enfuie. Comment aurait-il pu la tuer, ou payer quelqu'un pour ça six mois après sa disparition supposée ?

Bryce possède une remarquable capacité : il peut parler sans discontinuer, semblant ne jamais reprendre sa respiration.

J'enfile ma jupe finement rayée et remonte la fermeture Éclair arrière d'un coup sec.

— Vous ne communiquez aucune information, pas un mot sur cette affaire, s'il vous plaît.

Je passe mon chemisier, me débats avec les boutons puis le fourre dans la ceinture de ma jupe, dégoûtée par la vitesse à laquelle démarrent les rumeurs, et la difficulté qu'il y a à les contrecarrer. Je poursuis :

— Pas l'ombre d'un avis sur le fait que cette femme pourrait être Mildred Lott ou Emma Shubert, ou qui que ce soit d'autre. Compris ?

— Bien entendu ! Je ne suis pas tombé de la dernière pluie. Je connais le résultat, quand la presse s'empare du moindre rien.

J'allume la rampe au-dessus du lavabo, et mon reflet dans la glace me consterne. Pâle, l'air épuisée, les cheveux aplatis par la cagoule de la combinaison de plongée et l'eau de mer. Je me mets quelques gouttes ophtalmiques anti-yeux rouges. Bryce continue de parler.

— Je vous préviens juste. Impossible de prévoir ce qui pourrait bien se passer quand vous allez témoigner, parce qu'ils peuvent vous interroger sur tout ce qu'ils veulent.

J'applique un peu de gel sur mes cheveux, que je décoiffe légèrement pour leur donner un peu de bouffant, mais le résultat vire à la catastrophe.

16

La circulation dans Boston est mauvaise, et il n'y a pas l'ombre d'une place de parking disponible au tribunal, le John Joseph Moakley US Courthouse, une merveille architecturale de verre et de brique rouge qui semble étreindre le port de ses bras élégants. Je demande à Marino de me déposer là.

— Garez-vous où vous pourrez, ou bien faites le tour en m'attendant. Je vous appellerai en redescendant, dis-je, la main sur la poignée de la portière.

— Sûrement pas.

— Ici, c'est parfait.

— Pas question. On sait pas quel genre de saloperie de copains il peut avoir dans le coin.

Il parle des saloperies de copains de Channing Lott.

— Je suis parfaitement en sécurité.

Il balaye du regard le parking, où une bicyclette peinerait à se garer, sans même évoquer un gros SUV. Il repère une Toyota Prius, puis jure lorsque le conducteur s'éloigne à pied, au lieu de libérer la place.

— Saleté de merde de bagnole écolo, fulmine-t-il d'un ton belliqueux. Ils auraient dû faire des parkings réservés aux témoins experts.

— Arrêtez-vous, s'il vous plaît. Ici, c'est parfait.

Il cible *The Barking Crab*, avec son auvent rouge et jaune de l'autre côté du vieux pont tournant métallique qui enjambe le canal de Fort Point.

— Je trouverai sûrement là-bas, l'heure du déjeuner est passée et on est loin de l'heure du dîner, déclare-t-il en mettant le cap sur le restaurant.

— Stop ! Je sors.

Cette fois-ci, je suis décidée, et j'ouvre ma portière.

— Garez-vous où ça vous chante. Je suis tellement en retard que je m'en fiche.

— Bon, si je ne suis pas là avant que vous en ayez terminé, vous bougez pas, d'accord ? Si jamais ça se termine rapidement, n'allez pas vous promener je ne sais où.

Je descends d'un pas rapide le HarborWalk, la promenade pavée de briques qui longe le front de mer de Boston, passe devant *The Daily Catch*, le restaurant sicilien, et atteins le parc agrémenté de bancs de bois et d'épaisses haies de *Justicia* en fleurs, un arbuste à feuilles persistantes dont le choix pour un tribunal ne relève sans doute pas du hasard. Après avoir ôté la veste de mon tailleur, je franchis une porte vitrée qui débouche sur le sas de sécurité où m'accueillent les officiers de sécurité du tribunal que je connais par leur nom, des policiers à la retraite appartenant maintenant au corps des US Marshals.

— La voilà !

— On se demandait quand vous alliez tomber comme un cheveu sur la soupe.

— On vous voit sur toutes les chaînes, CNN, Fox, MSNBC, You Tube…

— J'ai un cousin en Angleterre qui a aperçu ça sur la BBC, il m'a dit que la tortue était aussi énorme qu'une baleine.

— Messieurs ? Comment allez-vous ?

Je souris en tendant mon permis de conduire, alors même qu'ils me connaissent tous.

— Ça pourrait pas aller mieux si on racontait des histoires.

— J'me souviens pas de la dernière fois que je me suis aussi bien porté.

Caractéristique des hommes à l'uniforme bleu, de lancer des plaisanteries dont l'absurdité saute aux yeux quand on y réfléchit, et je ne peux m'empêcher de sourire à nouveau. Qui que vous soyez, les équipements électroniques sont interdits dans l'enceinte du tribunal, et je me défais donc de mon iPhone. Je franchis le portique pendant que ma veste est passée aux rayons X : la procédure est respectée à la lettre, en dépit du nombre de mes visites en ces lieux.

— J'ai vu passer le bateau-pompe un peu plus tôt, Doc, puis les garde-côtes et les hélicos, m'informe l'officier du nom de Nate, tout en muscles avec un nez écrasé de boxeur. La dame que vous avez sortie de l'eau ce matin, c'était la mère de quelqu'un, commente-t-il.

— Ou la femme de quelqu'un. Vous croyez que c'est elle, Doc ?

— Il est trop tôt pour déterminer son identité, je biaise.

— Quel truc affreux !

— Tout à fait, dis-je en remettant ma veste.

— Votre téléphone sera là, quand vous sortirez, promis. Ils viennent de faire une suspension de séance, annonce Brian, un officier au visage rubicond.

D'un hochement de tête en direction de la baie vitrée, il attire mon attention sur un couple, une femme et un homme tirés à quatre épingles dégustant un café sur la terrasse pavée de briques. Il ajoute :

— Les deux, là ? Ils ont un rapport avec M. Lott. Peut-être des amis, des parents, des pontes de sa compagnie de navigation, Dieu seul le sait. Il est propriétaire de la moitié de la planète. Comment ça se fait que Marino soit pas avec vous ?

— Il enquête sur un crime d'absence de place de stationnement.

— Eh bien, bonne chance pour résoudre celui-là ! En tout cas, vous promenez pas trop toute seule dans les parages, hein ?

L'homme et la femme de l'autre côté de la baie vitrée contemplent la mer, blottis l'un contre l'autre, le dos tourné comme s'ils percevaient notre intérêt. Je gravis rapidement un escalier de pierre et emprunte un ascenseur aux parois de marbre jusqu'au deuxième étage. Mes talons cliquettent sur le granit brillant comme je longe des baies vitrées du sol au plafond, qui donnent sur le port et les extrémités de la baie. À ma droite, les salles d'audience sont protégées derrière des doubles portes en bois portant des numéros de cuivre. Je me fraye un chemin au milieu des gens qui traînent en discutant, attendant de témoigner. Je reconnais certains avocats, et Dan Steward émerge de la salle numéro 17 à l'instant où j'atteins celle-ci.

Je m'empresse :

— Je suis vraiment désolée...

Il me fait signe de le suivre dans un coin isolé, à l'extrémité du couloir, sous d'immenses panneaux décoratifs colorés.

— J'ai réussi à faire durer les choses, annonce-t-il en traînant sur les mots de façon exagérée, très fier de lui. Vous êtes le dernier témoin, et bien entendu, moi, je n'aurai probablement pas besoin de votre déclaration.

— Les deux parties vont conclure, c'est certain ?

Je ne peux pas m'empêcher d'être préoccupée par le timing.

Il m'assure que je suis vraiment le dernier témoin entendu par le jury, ce que je trouve étonnant. Je tente de me rassurer en songeant qu'il ne s'agit que d'une coïncidence, sans grand succès.

— Après ça, nous commencerons les plaidoiries, assure Dan. Avec un peu de chance, tout sera bouclé aujourd'hui, et le jury entamera ses délibérations avant la suspension de soirée. La bonne nouvelle, c'est que vous n'avez rien retardé, ajoute-t-il en fixant mes seins. J'ai informé le juge de ce qui se passait, et je suis sûr qu'il vous laissera une chance de vous expliquer. Ce qui ne veut pas dire qu'il ne va pas vous bouffer toute crue. Mais sans moi, si je n'avais rien dit ? Parce que je ne crois pas que Jill ait pris la peine de vous défendre, alors même que vous êtes son témoin.

Il ôte ses lunettes à monture métallique, qu'il essuie à l'aide d'un mouchoir, le regard rivé sur ma poitrine. Une habitude chez lui, mais je n'ai jamais pensé qu'il y mette une intention particulière. Dan Steward ignore la grossièreté ou la lubricité. C'est un homme de petite taille très correct mais gauche, âgé d'une trentaine d'années, avec une grosse tête aux cheveux blond filasse et de grandes dents. Il fait preuve d'un goût exécrable dans le domaine vestimentaire. Ainsi, il porte aujourd'hui un costume de velours brun-roux mal coupé, avec une cravate bon marché verte à motif cachemire trop longue et d'une largeur passée de mode. Il apparaît toujours nerveux et éreinté, et son comportement agace les jurys, m'a-t-on raconté, ce que je crois sans peine. Je m'étonne :

— Mais elle est au courant. Elle sait pourquoi je suis en retard.

— Bien sûr ! Vos services ont été assez courtois pour l'appeler...

— Mes services ?

Je ne vois pas à qui il peut faire allusion.

— Quand nous avons requis une suspension il y a quelques minutes, elle a indiqué qu'elle savait que vous étiez en route.

Bryce a informé Dan Steward de mon retard, mais je ne vois vraiment pas quel membre de mon personnel aurait pu laisser un message à Jill Donoghue, dont l'assignation est à l'origine de ma présence ici. Je ne lui ai pas parlé directement. Jamais je ne ferais une chose pareille dans une telle situation, alors que je n'ai rien de substantiel à apporter à l'affaire, uniquement ma présence physique, pour qu'elle puisse à loisir me harceler, manipuler, faire du cinéma.

— Et je lui ai conseillé de ne pas en faire un plat, souligne Steward.

Donoghue remporte sans conteste la médaille de la personne la plus haïe de la planète.

— Mais si je n'ai pas provoqué de retard, il n'y a pas matière, non ?

— Kay, vous êtes au courant de ce qui passe en boucle aux infos, j'en suis bien certain ?

— Le corps que je viens de récupérer n'a rien à voir avec cette affaire. Je ne peux absolument pas en discuter, et je ne le ferai pas.

Loin de moi l'idée de paraître impatiente ou d'avoir droit à quoi que ce soit, mais les singeries de prétoire, et ce que j'appelle les tours de prestidigitation, me fatiguent.

Mon sentiment procède peut-être davantage d'une cuisante désillusion : ce que les avocats de la défense se débrouillent pour sortir de leur chapeau de nos jours est tout bonnement ahurissant. Plus la stratégie est invraisemblable et illogique, plus ça marche ; je ne suis pas loin d'entretenir une vision totalement cynique d'un processus auquel je croyais à une époque. Il m'arrive de douter que le système des jurys populaires fonctionne.

— Bon, elle s'est juste explosé dans les grandes largeurs l'enquêteur de Gloucester, pas Kefe, Dieu merci, parce qu'il est con comme un balai, mais Lorey, qui a quitté le box très contrarié. Je m'en veux un peu de l'avoir laissé aussi longtemps là-haut pendant l'interrogatoire, mais le résultat, c'est que techniquement, il n'y a pas eu de retard, explique-t-il en s'adressant à ma poitrine. Maintenant, la suite ne dépend plus de moi. Et il se trouve que le juge a l'air de bander pour elle.

— Dan, je suis vraiment désolée, mais il n'y a même pas deux heures de cela, j'étais en masque et combinaison de plongée, et je sortais de l'eau un cadavre auquel je voudrais me consacrer au plus vite.

Je contemple le port. Un avion décolle de Logan Airport et un tanker de pétrole peint en rouge brille sur l'océan. Je distingue à peine le phare de Boston dans un ciel sombre et instable, menaçant de pluie. J'explique :

— Le choix était simple : être en retard pour un témoignage totalement superficiel, ou courir le risque de perdre des indices dans une affaire dont je parierais qu'il s'agit d'un homicide.

— Précisément, et je crains que Jill le cobra ne s'apprête à vous le cracher au visage, souligne-t-il en farfouillant dans un dossier où s'entassent des notes gribouillées sur des feuilles de papier jaune.

J'ai l'impression que mon allusion au témoignage superficiel lui reste en travers de la gorge.

— Elle a pulvérisé Lorey avec l'évident problème d'absence de corps dans cette affaire, le manque d'indices médico-légaux, et a semé les doutes habituels dans l'esprit des jurés, puisque plus personne ne semble ajouter foi aux preuves circonstancielles de nos jours.

— Nous en avons déjà discuté, ce genre d'affaires est extrêmement difficile…

— Allons ! Les caméras de surveillance enregistrent sa femme en train de sortir de la maison parce qu'elle a entendu quelque chose. De toute évidence, elle s'adresse dehors, en pleine nuit, une nuit d'encre, à quelqu'un qu'elle connaît, puis se volatilise. Personne ne l'a jamais revue, m'interrompt-il de son énervante voix flûtée. Des éléments retrouvés sur l'ordinateur portable de son mari prouvent qu'il a fait le tour du Net pour trouver quelqu'un acceptant d'assassiner sa femme pour cent mille dollars, et ce serait insuffisant pour l'expédier en prison pour le restant de ses jours ?

— Cette affaire ne relève pas de mes compétences, pour les raisons que vous venez d'énumérer. Son corps n'a pas été retrouvé, et à l'exception d'un coup d'œil à des dossiers médicaux, ainsi que le fait que vous m'avez demandé mon avis, je n'ai en rien participé à l'enquête.

Je me retiens d'ajouter que si je suis là, contre mon gré, c'est de sa faute. Et si quelqu'un devait savoir qu'en me posant par écrit une question à laquelle je répondrais par écrit, la chose serait traçable, c'est bien lui.

Surtout quand l'avocat de la défense se trouve être Jill Donoghue, qui s'avance à cet instant précis dans notre direction, un gobelet de café à la main, resplendissante dans un tailleur vert olive ajusté, veste à larges revers et jupe droite, sa chevelure sombre soigneusement bouclée. Un des avocats de la défense les plus redoutés du Massachusetts, et le fait que ce soit une beauté n'arrange pas les choses. Diplômée de la faculté de droit de Harvard, elle a été l'année précédente présidente du Collège américain des Avocats de première instance.

Elle participe à des ateliers et des séminaires au Centre judiciaire fédéral, où je l'ai croisée à maintes reprises. Elle est spécialisée en recherche informatique, celle-ci incluant bien entendu les messages électroniques. Je ne peux m'empêcher de soupçonner Dan Steward de m'avoir délibérément piégée parce qu'il espère me voir sauter à la gorge de sa Némésis, me confondant avec un pitbull. En réalité, sa manœuvre a probablement offert l'avantage à Donoghue.

— Allons, dites-moi tout. Ne me racontez pas d'histoires. Y a-t-il une chance que ce soit Mildred Lott, la femme que vous avez repêchée dans la baie ?

— Je ne peux rien affirmer avec certitude.

J'observe Donoghue, qui pénètre dans la salle d'audience, et peut-être est-ce un effet de mon imagination, mais j'ai l'impression qu'elle sourit.

— Vous ne pouvez pas certifier qu'il ne s'agit pas d'elle ? Quel dommage, résume Steward.

— J'ai à peine regardé le corps et pas encore pratiqué l'autopsie. À cet instant, je n'ai aucune idée de son identité. Cependant, durant ce bref examen très préliminaire, je n'ai relevé aucune cicatrice consécutive à des opérations de chirurgie esthétique telles qu'implants mammaires, liposuccion, lifting, dont nous savons que Mildred Lott les a subies. Compte tenu des circonstances, je n'ai constaté aucune ressemblance physique.

Je m'arrête net avant de décrire l'état du corps.

— Quelles circonstances, exactement ? s'enquiert Dan.

— Le fait que je n'ai pu pratiquer qu'un examen superficiel avant de me précipiter ici.

— Et l'âge ? La couleur des cheveux ? insiste-t-il.

— Elle n'est pas teinte en blond platine. Ses cheveux sont naturellement blancs.

— Sommes-nous sûrs que Mildred Lott ait été teinte ?

— Je ne suis sûre de rien.

— Ses vêtements, des effets personnels, une bague de fiançailles et une alliance, une chaîne avec un médaillon ancien, dont on pense que Mildred Lott les portait lors de sa disparition, ce genre de choses ?

Je persiste :

— Je n'ai rien trouvé qui corresponde à tout cela.

— Vous avez une idée du moment où cette femme, la nouvelle, a pu mourir, et comment ?

— On ne va certainement pas m'obliger à témoigner à propos d'un cadavre dont je n'ai pas encore pratiqué l'autopsie, Dan, je réplique avec un soupçon de rébellion que je ne parviens pas à gommer de ma voix.

— Hé, tout dépend de ce que permet le copain de Jill, le juge Conry.

— Son *copain* ?

— Vous savez bien... Les rumeurs. Et ce n'est pas moi qui irais les colporter. Je ferais mieux d'y retourner, conclut-il en jetant un œil à sa montre.

J'attends que tout le monde ait pénétré à l'intérieur, puis je patiente debout, seule entre les doubles portes de bois, écoutant la voix forte et bien timbrée du greffier qui intime à l'assistance de se lever à l'entrée du juge. L'écho des gens qui obtempèrent puis se rassoient, le marteau s'abat, et la séance est de nouveau ouverte. Ensuite, une impérieuse voix de femme, ce que je baptise une voix de radio, celle de Jill Donoghue, annonce au micro qu'elle m'appelle en tant que témoin.

La porte à laquelle je fais face s'ouvre sur un plafond à la voûte cintrée ornée de lustres d'albâtre, sur des tables occupées par des avocats, des rangées de sièges encombrées par le public. Au fond, le juge Joseph Conry, drapé de noir, est perché en haut d'une estrade semblable à celle d'un trône, avec en arrière-plan des rangées de volumes juridiques reliés de cuir.

De l'autre extrémité de la salle d'audience, je perçois sa gravité, tandis que je remonte la moquette grise en direction de la barre des témoins, juste en face du box du jury.

Depuis son siège, qui paraît à des kilomètres de là, le juge m'arrête :

— Docteur Scarpetta. Vous étiez censée vous trouver ici il y a une heure et quinze minutes.

Je réponds avec l'humilité appropriée en le regardant directement, et en évitant Jill Donoghue, debout à ma gauche devant un pupitre.

— En effet, Votre Honneur. Et je vous prie de m'en excuser.

— Pourquoi êtes-vous en retard ?

Je sais qu'il ne l'ignore pas, mais je précise :

— Je me trouvais sur le lieu d'une intervention, à plusieurs kilomètres au sud de la ville, dans la baie du Massachusetts, Votre Honneur. Là où un corps de femme a été découvert.

— Vous travailliez donc ?

— Oui, Votre Honneur.

Je sens tous les regards dardés sur moi comme des flèches, et un silence de cathédrale emplit la salle d'audience.

— Eh bien, docteur Scarpetta, j'étais ici à 9 heures ce matin, ainsi qu'il est requis, pour pouvoir accomplir mon travail dans cette affaire.

Il s'exprime d'un ton dur et implacable, et ne ressemble en rien à l'homme que je côtoie dans les prestations de serment et les départs à la retraite, dans les inaugurations de portraits judiciaires et les innombrables réceptions de l'Association fédérale des Barreaux auxquelles j'ai assisté.

Joseph Conry, dont le nom est fréquemment confondu avec celui du romancier anglais Joseph Conrad, est d'une beauté frappante, grand, avec des cheveux d'un noir de jais et des yeux bleus perçants. Parfois baptisé *le juge d'Irlande au cœur de ténèbres*, Conry est un brillant juriste qui m'a toujours traitée avec bonté et respect. Je ne dirais pas que nous sommes amis intimes. Cependant, nous entretenons des relations chaleureuses. Il s'empresse toujours d'aller me chercher un verre, de venir discuter des dernières avancées en médecine légale, ou bien de me demander mon avis sur les études de médecine de sa fille.

— Comme requis, tous les avocats et les jurés étaient présents ce matin dès 9 heures, afin de se consacrer à leur travail, poursuit-il de cette même voix sévère que j'écoute avec une consternation grandissante. Et parce que vous avez décidé de faire passer votre travail en premier, nous avons été obligés de vous attendre, impliquant par là que vous êtes de toute évidence la personne la plus importante de ce procès.

— Je suis désolée, Votre Honneur. Jamais je n'ai eu l'intention d'impliquer une telle chose.

— Vous avez gâché le temps précieux de ce tribunal. Oui, j'ai bien dit « gâché », assène-t-il à ma stupéfaction. Du temps gâché par vous et par M. Steward, qui ne me dupe pas, lorsqu'il se montre de mauvaise foi avec un témoin pour vous permettre d'arriver enfin, parce que vous êtes trop occupée ou trop importante pour obéir à un ordre de la cour.

— Votre Honneur, je suis vraiment navrée. Il ne s'agissait certes pas pour moi de défier quoi que ce soit intentionnellement. J'ai été débordée par...

— Docteur Scarpetta, la défense vous a citée à comparaître comme témoin dans cette salle d'audience à 14 heures aujourd'hui, n'est-ce pas ?

— Oui, Votre Honneur.

Je ne peux pas croire qu'il fasse cela en présence du jury.

— Vous êtes médecin et avocat, n'est-ce pas ?

— Oui, Votre Honneur.

Il aurait dû demander au jury de quitter les lieux avant de se déchaîner contre moi.

— Je suppose que vous savez ce que signifie « citation à comparaître » ?

— Oui, Votre Honneur.

— Veuillez dire à la cour de quoi il s'agit, selon vous.

— Il s'agit d'un acte judiciaire émanant d'une agence gouvernementale qui a autorité pour contraindre quelqu'un à témoigner, sous peine d'une sanction.

— Une décision judiciaire.

Je dissimule mon incrédulité pour répondre :

— Oui, Votre Honneur.

Il va me clouer au pilori. Je sens le regard de Jill Donoghue fixé sur moi, et ne peux qu'imaginer son immense satisfaction, à écouter un des plus éminents juges de Boston me démolir méthodiquement devant un jury, devant son client, Channing Lott.

— Et vous avez violé cette décision judiciaire parce que vous avez fait passer votre travail avant celui de la cour, n'est-ce pas ? demande le juge du même ton impérieux.

— Je suppose que c'est le cas, Votre Honneur. Je vous prie de m'en excuser.

À la distance impossible à laquelle nous nous tenons, je croise son regard bleu acier.

— Eh bien, vos excuses ne nous contenteront pas, docteur Scarpetta. Je vous inflige une amende dont le montant couvrira les coûts horaires de toutes les personnes dont vous avez gâché le temps pendant cette heure et quinze minutes. Une heure et demie, en fait, si nous incluons les minutes que je consacre à la gestion de cette malheureuse et inutile question. Et il s'en ajoutera d'autres, puisque nous allons maintenant être en retard, dépasser les 5 heures du soir, et poursuivre après. J'estime que vous avez coûté au tribunal vingt-cinq mille dollars. À présent, veuillez gagner la barre des témoins, que nous puissions poursuivre.

Il règne un silence de mort dans la salle, tandis que je grimpe les marches de bois, m'installe sur un siège de cuir noir, et que le greffier me demande de lever la main droite. Je jure de dire la vérité, toute la vérité, rien que la vérité. Jill Donoghue attend patiemment devant un pupitre, avec un ordinateur portable et un micro, dans cet immense espace semé de tables en bois et de bancs Windsor, et d'une telle quantité d'écrans plats que j'ai l'impression de contempler les panneaux solaires argentés d'un satellite.

Je jette un regard au ministère public, trois personnes assises côte à côte occupées à écrire ou à parcourir des notes. L'expression sidérée de Dan Steward me révèle qu'il ne s'attendait pas à la réprimande cinglante que je viens d'essuyer. Il évalue fébrilement les ravages qu'elle risque d'entraîner.

17

Je suis rarement appelée à la barre par la défense. Mon intervention n'est presque jamais nécessaire, ni surtout utile aux « sales types », injuste appellation de Marino pour les avocats qui défendent les individus accusés de meurtre.

En revanche, la plupart des fois, je suis témoin pour le ministère public. L'avocat de la partie adverse va de toute façon m'interroger. Un avantage pour lui ou elle, puisqu'il va rapidement faire allusion à ma qualité d'experte avant que le jury ne puisse entendre la longue liste des diplômes qui me légitiment. Ainsi, à chaque rencontre avec Jill Donoghue, son *modus operandi* a consisté à me faire taire avant que j'aie pu prononcer le nom de ma faculté de médecine, ou à s'adresser à moi en me donnant du Mme Scarpetta, ou du Madame, pour inciter les jurés à ne pas me prendre au sérieux.

À cet instant, je ne sais à quoi m'attendre, à cela près que je redoute un manque de soutien de la part de Dan Steward. Après la réprimande dont il vient d'être témoin, il est peu probable qu'il se risque à affronter le juge Conry, dont je ressens la présence tel un menaçant nuage d'orage, prêt à éclater de nouveau au-dessus de ma tête, dans la salle à l'atmosphère chargée d'électricité.

Je ne comprends pas pourquoi il est si en colère contre moi, comme si j'avais agi contre lui intentionnellement, lui infligeant un affront ou un tort que je ne perçois pas. J'ai déjà été en retard au tribunal, peu souvent, et les juges s'en offusquent toujours. Cependant, jamais on ne m'a menacée ou sermonnée de la sorte, et encore moins infligé une amende. Jamais on ne m'a ainsi écharpée en présence du jury. Quelque chose ne va pas du tout. Je suis sans recours possible, puisque je ne puis envoyer un e-mail ou appeler Conry, un juge fédéral, pour lui demander une explication.

Particulièrement si la véritable raison réside dans ce que Steward a laissé entendre. Le *copain* de Jill, a-t-il dit, et son allusion aux *rumeurs* était limpide.

— Bonjour.

Jill Donoghue me sourit comme si nous étions de vieilles amies s'apprêtant à partager un bon moment. Ce n'est qu'à cet instant que je la regarde, elle, puis vers sa gauche le banc de la défense, entre son pupitre et le box du jury. Channing Lott se tient assis très droit, les mains jointes sur un bloc-notes dont les pages sont repliées.

Il a troqué sa tenue de détenu contre un costume croisé noir aux larges rayures, sans doute de chez Versace, une chemise blanche aux boutons de manchette en or, et une cravate en soie brun rouille qui évoque Hermès. Je n'ai jamais rencontré ou même vu l'industriel milliardaire. Toutefois, il est très reconnaissable, bel homme, dans le style bohème, avec de longs cheveux blancs comme neige qu'il porte noués en tresse, les yeux bleu pâle, le nez et les pommettes marqués et fiers de chef indien. L'espace d'une seconde, nos regards se croisent, et il me fixe sans ciller, d'une manière péremptoire. Il n'a pas peur de moi, et je détourne le regard.

— À l'attention du jury, reprend Donoghue du même ton professionnel, comme si nous travaillions ensemble, et que je faisais partie de son équipe, pouvez-vous énoncer votre nom, votre profession, et où vous travaillez ?

— Je m'appelle Kay Scarpetta.

— Avez-vous un deuxième prénom ?

— Non.

— Vous êtes née Kay Scarpetta, sans deuxième prénom ?

— Oui.

— Baptisée d'après le nom de votre père, Kay Marcellus Scarpetta, troisième du nom, c'est cela ?

— En effet.

— Un épicier de Miami décédé lorsque vous étiez enfant.

— Oui.

— Vous avez un nom de femme mariée ?

— Non.

— Mais vous êtes mariée. Plus exactement, divorcée et remariée.

— Oui.

— Vous êtes pour l'instant mariée à Benton Wesley.

À croire que d'ici un mois, je pourrais me retrouver mariée à quelqu'un d'autre. Je réponds :

— Oui.

— Mais vous n'avez pas pris le nom de votre premier mari. Ni le nom de Benton Wesley lorsque vous l'avez finalement épousé.

— Non, dis-je en regardant les hommes et les femmes du jury qui, s'ils sont mariés, partagent très probablement un nom de famille.

Première case : cochée. Me faire apparaître comme différente, qu'ils ne puissent pas se sentir d'affinités avec moi, et peut-être éprouver de la réprobation.

— Quelle est votre profession, et où travaillez-vous ? demande Jill Donoghue du même ton cordial.

— Je suis radiologue médico-légale, anatomopathologiste, médecin expert en chef et directrice du Centre de sciences légales de Cambridge, dis-je en m'adressant aux membres du jury, neuf hommes et trois femmes, deux Afro-Américains, cinq Asiatiques, quatre sans doute Hispaniques, un Blanc.

— Quand vous dites médecin expert en chef et directrice du Centre de sciences légales de Cambridge, que nous dénommerons le Centre dorénavant, cela inclut-il d'autres zones du Massachusetts ?

— En effet. Le Centre gère tous les dossiers médico-légaux et les analyses scientifiques afférentes du Commonwealth du Massachusetts.

— Docteur Scarpetta… ?

Elle fait une pause, et le micro amplifie l'écho des pages qu'elle feuillette.

— Je vous appelle « Docteur », reprend-elle, parce qu'à la base, vous êtes médecin, avec un certain nombre de spécialisations, n'est-ce pas ?

Elle bâtit ma crédibilité professionnelle avant de la démolir.

— Oui.

— Docteur Scarpetta, je ne me trompe pas en ajoutant que vous exercez également à titre officiel auprès du département de la Défense ? demande-t-elle.

À moins qu'elle ne veuille juste me présenter comme une garce de première.

— Oui, tout à fait.

— Donnez-nous des détails, s'il vous plaît.

— En tant que réserviste spéciale du département de la Défense, j'assiste les médecins légistes des forces armées lorsqu'ils en ont besoin, ou qu'ils en font la demande.

— Et qu'est-ce exactement que les médecins légistes des forces armées ?

— Essentiellement des anatomopathologistes disposant d'une compétence fédérale, de même que la juridiction du FBI s'étend au niveau fédéral dans certains types de cas.

— Vous êtes donc le FBI des médecins légistes.

— Je dis qu'en certaines circonstances, je dispose de pouvoirs fédéraux.

— Un exemple, peut-être ?

— Un exemple serait : une catastrophe aérienne impliquant des appareils militaires, qui se produirait dans le Massachusetts ou non loin de la frontière de l'État. L'affaire pourrait m'échoir, au lieu d'être prise en charge par le Havre des morts à la base aérienne militaire de Dover, dans le Delaware.

— Quand vous dites *l'affaire*, il s'agit de la ou des victimes. Dans votre définition, affaire signifie un ou des cadavres, pas le travail sur le crash en lui-même. Vous n'iriez pas examiner l'hélicoptère ou le jet crashé.

Jill Donoghue est un des rares avocats de la défense de ma connaissance qui ose poser des questions dont elle ignore la réponse, tant elle est intelligente et sûre d'elle. Une stratégie qui peut comporter des risques. Je réponds :

— Il ne relèverait pas de mes attributions d'examiner la carcasse d'un avion ou d'un hélicoptère dans le but de déterminer si l'accident relève d'une erreur mécanique, électronique, ou de pilotage. Toutefois, on peut me montrer l'épave et les rapports pour vérifier si les constatations du bureau de la sécurité des transports, par exemple, coïncident avec ce que me dit le corps.

— Les corps des défunts vous parlent, docteur Scarpetta ?

— Pas au sens littéral.

— Pas de la façon dont vous et moi parlons.

— Pas de façon audible, non.

Case numéro deux cochée. Me faire passer pour excentrique. Cinglée.

— Mais ils vous parlent de façon inaudible ?

— Ils me racontent leur histoire, grâce au langage des maladies, des blessures et de beaucoup d'autres nuances.

Dans le jury, une femme, une Afro-Américaine vêtue d'un ensemble rouge foncé, hoche la tête comme si nous étions à l'église.

— Et votre domaine de compétences est le corps humain. Plus spécifiquement, le corps humain mort, demande Jill Donoghue, dont le ton laisse transparaître qu'elle n'a pas apprécié ma réponse.

— L'examen des morts représente une de mes compétences, je souligne en me préparant à l'enfoncer davantage. J'examine chaque détail pour reconstituer la façon dont un être est mort et dont il a vécu, et pour offrir le maximum à ceux qui restent, et que la perte affecte profondément.

La jurée en rouge hoche vigoureusement la tête, comme si j'étais en train de prêcher pour notre salut à tous, et Donoghue change de sujet.

— Docteur Scarpetta, quel est votre grade de réserviste dans l'armée de l'air ?

— Colonel.

Un des jurés, un jeune homme en polo bleu, fronce les sourcils d'incompréhension ou de désapprobation.

— Cependant, vous n'avez jamais servi activement dans l'armée.

— Je ne suis pas sûre de comprendre la question.

— Il ne s'agissait pas d'une question, docteur Scarpetta, et je sens que je la contrarie. J'indique que vous n'avez jamais servi activement dans l'armée de l'air, que vous ne vous êtes pas engagée, n'avez par exemple pas été déployée en Irak.

— À l'époque où j'ai servi activement dans les forces armées, nous n'étions pas en guerre avec l'Irak.

— Aucun réserviste de l'armée de l'air n'aurait été envoyé en Irak ?

— Ce n'est pas ce que je dis.

— Bien, parce que ce serait faux, n'est-ce pas ?

Case numéro trois cochée. Impliquer qu'il faut me pousser dans mes retranchements pour que je dise la vérité.

— Il ne serait pas exact de dire qu'aucun réserviste de l'armée de l'air n'a été déployé en Irak, je conviens en synthétisant ses reparties.

— J'utilisais le déploiement en Irak en tant qu'exemple des missions d'un militaire d'active, contre-t-elle tout en concentrant ses forces pour son prochain jet de venin. Par opposition à quelqu'un, homme ou femme, qui s'engage dans une section de l'armée pour se faire payer ses études de médecine par le gouvernement. Votre cas, n'est-ce pas ?

Case numéro quatre : cochée. Je suis une assistée. Une privilégiée.

— Après la faculté de médecine, j'ai servi à l'état-major de l'Institut d'anatomopathologie des forces armées, et mes frais de scolarité ont en définitive été acquittés de cette façon.

— Donc, lorsque vous avez servi dans l'armée, vous n'avez en fait jamais été envoyée en opération nulle part. Vous avez servi en tant que médecin légiste, à faire essentiellement de la paperasse.

— Les médecins légistes ont beaucoup de paperasse à faire, dis-je avec un sourire à l'adresse des jurés, et plusieurs d'entre eux me rendent mon sourire.

— Le bureau du médecin expert de l'armée dépend de l'Institut d'anatomopathologie des forces armées, n'est-ce pas ?

— Dépendait. L'Institut d'anatomopathologie a été démantelé il y a plusieurs années.

— Lorsqu'il existait encore et que vous en faisiez partie, avez-vous été mêlée aux travaux de la Commission d'études sur les victimes de bombes atomiques ?

— Non.

Seigneur ! Pourquoi diable Dan Steward ne fait-il pas objection ? Je résiste à la tentation de lui lancer un regard.

Ne regarde rien ni personne d'autre que le jury.

— Mais certains de vos collègues ont fait partie de la Commission d'études sur les victimes de bombes atomiques, n'est-ce pas ?

— Il me semble que certains d'entre eux y avaient participé, parmi les légistes les plus âgés toujours à l'Institut à mon époque.

— Pourquoi n'avez-vous pas été impliquée dans les travaux de la Commission d'études sur les victimes de bombes atomiques ? demande-t-elle.

Bon Dieu !

Pourquoi Dan Steward la laisse-t-il poursuivre sur cette lancée, bon sang ? Il me paraît inimaginable qu'un juge ne retienne pas une objection sur le fait que ces questions n'ont rien à voir avec moi ou cette affaire. Elle tente de monter contre moi les jurés d'origine asiatique.

Comme de laisser entendre que j'aurais une responsabilité dans l'holocauste devant un jury de Juifs.

Gardant les yeux fixés sur le jury, je réponds :

— Cette commission date d'avant mon passage à l'Institut.

Je m'adresse à eux, pas à elle. Mais elle persiste :

— À une époque, l'Institut a étudié des spécimens de victimes japonaises de la bombe atomique, c'est exact ?

— C'est exact.

— Cet organisme dans lequel vous avez servi afin de rembourser vos études de médecine, l'Institut d'anatomopathologie des forces armées donc, a été contraint de rendre ces anciens prélèvements d'autopsies aux Japonais, après qu'il eut été jugé irrespectueux que l'armée des États-Unis soit dépositaire de restes humains japonais. D'autant que c'est l'armée des États-Unis qui a tué des civils japonais en bombardant les villes d'Hiroshima et de Nagasaki.

Tu ne vas donc pas prononcer un seul mot, espèce de lâche ?

Livrée à moi-même, je me réfrène de regarder Steward.

— Je n'étais pas née, pendant la Seconde Guerre mondiale, madame Donoghue. Elle s'est achevée quelque quarante ans avant mon passage à l'Institut des forces armées. Je n'ai participé à aucune étude concernant des victimes de bombes atomiques.

— Bien, laissez-moi vous poser une autre question, docteur Scarpetta. Avez-vous jamais été membre de la Société américaine de pathologie expérimentale ?

— Non.

— Non ? Vous n'avez jamais assisté à l'une de ses réunions ?

— Non.

— Et l'Association américaine de pathologie d'investigation ? Avez-vous jamais assisté à l'une de leurs réunions ?

— Oui.

— Il s'agit de la même association, n'est-ce pas ?

— Essentiellement, oui.

— Je vois. Donc, il suffit que le nom change pour que votre réponse change ?

— La Société américaine de pathologie expérimentale n'existe plus, et je n'ai jamais assisté à l'une de ses réunions, ni n'en ai fait partie. Elle est devenue l'Association américaine de pathologie d'investigation.

— En êtes-vous membre... de cette dernière association, l'AAPI, docteur Scarpetta ?

— Oui.

— Donc, quel que soit l'intitulé de cette association, le fait est que vous êtes impliquée dans la médecine expérimentale ?

— L'AAPI étudie les mécanismes des maladies.

Silence. J'observe les visages des jurés. Ils sont vigilants, mais soupçonneux à mon égard. Un homme âgé aux cheveux gris coupés court doté d'un gros ventre paraît intrigué mais perplexe. Jill Donoghue est en train de semer le trouble dans l'esprit du jury, de noircir ma personnalité, par petites touches négatives, avec des allusions insidieuses au fait que je suis habituée à me faire entretenir par l'argent du contribuable, que je suis imprudente, inhumaine, bigote, et que je n'aime peut-être pas les hommes.

Nuance après nuance, elle brosse le portrait d'une scientifique sociopathe, un être méprisable, de façon à me décrédibiliser lorsqu'elle abordera le sujet véritablement important. On ne m'appréciera pas. On me haïra même peut-être.

— Dans quel type d'affaires un médecin légiste des forces armées a-t-il compétence, docteur Scarpetta ? demande-t-elle alors.

Je ne me suis jamais sentie aussi désarmée. J'en viendrais presque à croire que le ministère public n'existe plus, et que Dan Steward me regarderait traîner au poteau d'exécution sans proférer la moindre protestation.

— Tout décès militaire survenu sur le théâtre des opérations.

— « Le théâtre des opérations » ? Pouvez-vous expliquer ce que cela signifie au juste ?

— Le théâtre des opérations est une zone de combat lors d'un conflit, l'Afghanistan, par exemple, j'explique à l'adresse du jury. Un décès sur une base militaire, la mort du président des États-Unis, du vice-président ou de membres de son cabinet, celle de certaines personnes employées par le gouvernement, par exemple des agents de la CIA ou bien des astronautes, s'ils décédaient en mission officielle, relèvent des compétences des médecins légistes des forces armées.

— Une responsabilité très intimidante, remarque Donoghue, l'air pensif.

On pourrait même penser qu'elle est impressionnée, mais je continue de regarder directement le jury, refusant de me tourner dans sa direction.

— Je comprends bien pourquoi vous pourriez en venir à présumer que votre travail est plus important que le mien, ou celui des membres du jury, ou même celui du juge, assène-t-elle.

18

Des éclats de rire fusent des gens assis dans la salle, et elle s'interrompt, mais cela n'a pas fait sourire les jurés. Pas un.

Je réponds :

— Je ne présume pas d'une chose pareille.

— Eh bien, vous étiez en retard d'une heure et quart aujourd'hui, docteur Scarpetta. Une heure et demie, si l'on inclut le temps nécessaire au juge Conry pour vous réprimander, et à cause de vous, cette audience ne sera pas ajournée avant la nuit.

— Et je vous prie à nouveau de m'en m'excuser, madame Donoghue. Il n'a jamais été dans mes intentions de manquer de respect à la cour. Je me trouvais sur un bateau, un décès réclamant mon attention.

— Selon vous, les morts seraient plus importants que les vivants ?

— En tirer une telle conclusion relève de l'inexactitude. La vie a toujours préséance sur la mort.

— Mais vous travaillez avec les morts ? Vos patients sont des défunts, n'est-ce pas ?

Je réponds avec lenteur et calme, tant je devine où elle veut en venir :

— En tant que médecin légiste, mon travail consiste à enquêter sur tout décès subit, inattendu ou violent, et à déterminer les circonstances et les raisons de la mort. En d'autres termes, ce qui a véritablement tué la personne. Était-ce un accident, un suicide, un homicide, par exemple ? Donc, oui, la plupart des gens que j'examine sont décédés.

— Eh bien, espérons qu'ils le sont tous !

Des rires s'élèvent de nouveau, mais les jurés, l'air grave, écoutent attentivement. Une femme corpulente en tailleur-pantalon violet, assise au milieu du premier rang, se penche sur son siège. Elle ne m'a pas quittée des yeux, et à sa gauche, un homme âgé vêtu avec soin d'un pantalon et d'un pull-over incline la tête sur le côté, comme s'il tentait de m'évaluer. Jusqu'à présent, Jill Donoghue ne s'est guère comportée de façon surprenante. Elle essaye de me peindre comme une femme bizarre et insensible, indifférente aux autres, donc à son client, Channing Lott.

— Je n'examine pas que des morts, je rectifie en m'adressant spécifiquement à la jurée en violet, à son voisin et à un autre juré en costume bleu. J'ai également affaire à des vivants, pour déterminer si leurs blessures sont cohérentes avec les informations récoltées par la police.

— Et où avez-vous reçu cette formation destinée à l'examen des morts et des vivants occasionnels ? Où avez-vous fait vos études ? Commençons par l'université.

— À Cornell University. Après avoir obtenu mon diplôme, j'ai suivi les cours de la faculté de médecine Johns Hopkins, puis ceux de la faculté de droit de Georgetown, puis je suis retournée à Johns Hopkins pour achever ma résidence en anatomopathologie. Ensuite, j'ai effectué un séjour d'un an en tant que chercheur en médecine légale au bureau du médecin expert de Miami, Floride.

Et la séance continue, interminable. Jill Donoghue m'interroge pendant presque une demi-heure sur le moindre détail de mes études. Mes activités lorsque j'étais stationnée au Centre médical militaire Walter Reed à Washington, DC, à la fin des années 1980, avant d'être nommée médecin expert en chef de Virginie, et de déménager à Richmond, succèdent à des questions fastidieuses sur le temps passé à l'Institut d'anatomopathologie des forces armées. Ensuite, elle creuse le sujet de mon implication plus étroite avec le Département de la Défense après le 11 Septembre, qui m'a conduite au bout du compte à un séjour de six mois à la base de l'armée de l'air de Dover, où j'ai appris la tomodensitométrie, ou CT scans, destinée à améliorer les autopsies.

Dan Steward ne se manifeste toujours pas, jusqu'au moment où elle aborde frontalement le sujet de Benton, me demandant s'il est vrai que nous nous sommes rencontrés quand je suis devenue médecin expert en chef de Virginie, et que lui dirigeait ce qui s'appelait alors l'Unité des Sciences du comportement de l'académie du FBI à Quantico. Elle demande s'il est vrai que j'étais à ce moment-là divorcée alors qu'il était marié avec trois enfants.

— Objection, intervient enfin Steward.

Incapable de retenir mon geste, je me retourne vers lui. Il est debout, son siège repoussé du banc du ministère public, juste à droite du pupitre sur lequel Donoghue s'appuie de façon détendue et décontractée, pleine d'assurance.

— Les détails de la vie privée du Dr Scarpetta ne relèvent pas du cadre de ses compétences de médecin expert en chef, déclare-t-il.

Dan Steward arrive sans doute en tête de la liste des procureurs adjoints les plus affligeants avec lesquels j'ai travaillé.

Donoghue s'adresse au juge Conry :

— Votre Honneur, j'aimerais respectueusement montrer que s'il peut être prouvé à la cour qu'un témoin s'est livré à une activité criminelle ou immorale ou trompeuse, cela entre dans le cadre de ce qui la ou le qualifie en tant que témoin de faits présumés, ces faits pouvant résulter dans la condamnation du prévenu.

— Objection rejetée. Madame Donoghue, vous pouvez poursuivre.

À cet instant, j'ai la certitude que ce juge tout-puissant a décidé de m'expédier dans son enfer personnel.

Ils entretiennent une liaison, ou aimeraient bien, en tout cas.

Je m'abstiens de jeter un regard dans la direction du juge.

— N'est-il pas vrai, docteur Scarpetta, que vous avez entamé une relation intime avec Benton Wesley alors qu'il était encore marié à une autre femme ? demande Jill Donoghue.

Je n'ai pas d'autre choix que de répondre. Je suis complètement seule.

Je contemple les visages des hommes et des femmes du jury, et lâche :

— Si par relation intime, vous voulez dire que nous sommes tombés amoureux l'un de l'autre, c'est exact. Nous avons passé ensemble l'essentiel de ces vingt dernières années, et nous sommes mariés.

La jurée en rouge hoche la tête, et Donoghue déclare :

— Il serait donc correct de résumer que pour vous, la vérité est ce que vous décidez qu'elle soit.

— Il ne serait pas correct d'affirmer cela.

— Il serait correct de dire que lorsque quelqu'un est marié, ma foi, quelle importance ?

— C'est votre opinion, pas la mienne, je réplique, car Steward ne va pas lever le petit doigt.

— Il serait correct de dire que vous ne respectez pas la loi, mais agissez comme bon vous semble.

— Il ne serait certainement pas correct de dire cela.

— Mais Benton Wesley était marié.

— En effet.

— Et vous l'avez enlevé à sa femme et à ses trois filles.

— Il a divorcé. Je ne l'ai enlevé à personne.

— Docteur Scarpetta ? Serait-il exact de dire que la vérité est ce que vous voulez qu'elle soit ? tente-t-elle de nouveau.

Je répète :

— Non, ce ne serait pas exact.

— Lorsque vous avez déclaré dans un e-mail à Dan Steward que la femme de Channing Lott avait été transformée en morceau de savon, était-ce exact ?

— Ce n'est pas ce que j'ai dit.

— Pardon. Alors, qu'avez-vous dit ?

— À quelle occasion ?

— Eh bien, laissez-moi produire cet e-mail, répond-elle.

Celui-ci apparaît sur les écrans plats. Les champs d'adresses ont été noircis, caviardés, et elle me demande si je reconnais ce que j'ai sous les yeux. J'acquiesce, et elle lit alors à haute voix :

> Dan,
>
> Pour répondre à votre question en général, et en aucun cas spécifiquement à propos de Mildred Lott. Si un corps était jeté dans l'océan près de Gloucester au mois de mars, et qu'il demeure immergé dans l'eau froide pendant des mois, l'hydrolyse et l'hydrogénation des cellules graisseuses qui composent les tissus adipeux sous-cutanés auraient pour résultat la formation d'une adipocire résistante aux bactéries, un artefact *post mortem* qui transforme un corps en savon, pour faire simple.

— Docteur Scarpetta, vous souvenez-vous avoir envoyé ce courrier électronique à Dan Steward ?

— Je ne me souviens pas de cette formulation exacte.

— De quoi vous souvenez-vous, alors ?

— Je me souviens avoir dit à M. Steward que si un corps demeurait immergé pendant des semaines ou des mois, le processus de décomposition qui en résulterait est connu sous le nom de saponification.

— La transformation en savon, insiste-t-elle.

— C'est une façon de parler.

— Ce n'est pas une façon de parler, docteur Scarpetta. C'est ce que vous avez écrit dans cet e-mail, n'est-ce pas ?

— Je pense avoir écrit « qui transforme un corps en savon, pour faire simple ».

— Afin d'éclaircir les choses, un cadavre peut-il littéralement se transformer en savon dans n'importe quelles circonstances ?

— L'hydrolyse des graisses du corps humain peut véritablement produire un savon grossier. Également connu sous le nom de « gras de cadavre », à cause de son apparence.

— Et la formation de ce savon, gras de cadavre ou adipocire, ne se fait pas en une nuit, n'est-ce pas ?

— En effet. Compte tenu de la température, ainsi que d'autres conditions, cela peut prendre des semaines ou des mois.

— Ce qui m'amène à ce que nous avons vu partout aux informations aujourd'hui.

Évidemment, voilà où elle voulait en venir. Elle poursuit :

— Le corps que vous avez repêché, dans un lieu que l'on pourrait presque apercevoir d'ici. De fait, si on sort de cette salle d'audience, pour regarder à travers ces énormes baies vitrées, on peut presque distinguer l'endroit où vous vous trouviez, sur le bateau des garde-côtes, il y a à peine quelques heures de cela, n'est-ce pas ?

— C'est exact.

— Connaissez-vous l'identité de la femme que vous avez sortie de l'eau il y a plusieurs heures ?

— Non, je l'ignore toujours.

Bien entendu, Dan Steward la laisse poursuivre sans intervenir.

— Connaissez-vous son âge ?

— Non.

— Pouvez-vous l'estimer approximativement ?

— Je ne l'ai pas encore étudiée.

— Mais vous avez de toute évidence vu le corps, insiste-t-elle. Vous devez avoir un avis, une estimation.

— Pas à cet instant, non.

— Il s'agit du corps d'une femme adulte, n'est-ce pas ? poursuit-elle puisque Steward ne l'en empêche pas.

— En effet.

— Elle a plus de 16 ans ? Plus de 18 ans ?

— On peut dire, sans crainte de se tromper, qu'il s'agit du corps d'une femme adulte d'âge mûr.

— La cinquantaine, peut-être ?

— À ce moment précis, je ne connais pas son âge.

— Je répète, *peut-être*. Il est possible qu'elle soit âgée d'une bonne quarantaine ou d'une cinquantaine d'années.

— Ce n'est pas exclu.

— Avec de longs cheveux blancs ou blond platine.

— En effet.

— Docteur Scarpetta, savez-vous que Mildred Lott est âgée de 50 ans et porte de longs cheveux blond platine ?

Elle en parle au présent, comme si celle-ci était encore vivante. Comme si son mari pouvait n'avoir aucun lien avec son assassinat.

— Je suis vaguement au courant de son âge, et du fait que ses cheveux ont été décrits comme blond platine.

— Avec la permission de la cour, j'aimerais maintenant projeter une séquence de Fox News, qui montre le Dr Scarpetta en train de repêcher le corps dans la Massachusetts Bay, plus tôt dans la journée.

Si les jurés envisagent ne serait-ce qu'une seconde qu'il puisse s'agir de Mildred Lott, ils ne croiront jamais qu'elle ait pu être assassinée il y a plus de six mois.

— J'aimerais accéder à cette séquence sur Internet, et la diffuser sur les écrans de cette salle, pour que tout le monde puisse constater mes dires.

Le procès de Dan Steward est fichu.

— Objection, Votre Honneur, déclare celui-ci.

Il s'est de nouveau levé, l'air plus ahuri que furieux.

— Sur quelles bases, monsieur Steward ? rétorque le juge d'un ton contrarié, tout en affichant un visage de marbre.

— Du fait que la diffusion de ces séquences d'informations sont hors de propos et sans rapport avec l'affaire.

— J'affirme le contraire, Votre Honneur, soutient Donoghue. Cet enregistrement est tout à fait pertinent.

Steward poursuit à l'adresse du juge :

— Le fait qu'un extrait de Fox News, ou de n'importe quel journal télévisé d'ailleurs, soit le résultat d'un montage me dérange également beaucoup. Un montage effectué par une chaîne de télévision, et pas par la police.

— Et vous êtes certain que l'extrait que Mlle Donoghue souhaite montrer à la cour a été monté ? demande le juge.

— Je présume qu'il l'a été, Votre Honneur. Les journaux d'information n'ont pas pour habitude de diffuser des séquences brutes non coupées. Je demande à ce que vous interdisiez cette séquence vidéo, de même que toute autre de cette nature durant la durée de ce procès.

Je ne vois pas comment vous pourriez être plus nul ! je songe, exaspérée.

D'un ton plein d'ennui, le juge répond :

— En règle générale, les extraits télévisés ne sont pas recevables. Madame Donoghue, votre argument ?

— Mon argument est très simple, Votre Honneur. Cette séquence, montée ou pas, montre très clairement le corps de ce qui paraît être une femme d'un certain âge immergée dans l'eau froide, et qui ne s'est certainement pas, et je cite, « transformée en savon ».

— Votre Honneur, ceci est ridicule. Une manœuvre, rien d'autre ! proteste Steward de sa voix irritante.

— Puis-je poursuivre, Votre Honneur ? demande Donoghue.

— S'il le faut.

— Donc, ou bien l'assertion du Dr Scarpetta concernant ce qu'il advient d'un corps immergé dans l'eau froide est erronée, ou bien le cadavre qu'elle a repêché ce matin dans la baie est celui d'une femme d'un certain âge dont le décès ou le séjour dans l'eau ne remontent pas à très longtemps. Votre Honneur, parlons franc. Comment savoir si ce corps qui vient de faire surface n'est pas celui de Mildred Lott ? Et si tel est bien le cas, mon client ne peut pas l'avoir assassinée, puisqu'il se trouve en prison depuis cinq mois, sans possibilité de sortie sous caution, M. Steward ayant, fort injustement, convaincu la cour que grâce à sa fortune, Channing Lott pourrait s'évanouir dans la nature.

— Votre Honneur, elle est en train de transformer ce procès en mascarade ! s'exclame Steward.

— L'extrait vidéo dure moins d'une minute, Votre Honneur. La seule chose qui m'intéresse, c'est un gros plan du corps, que le Dr Scarpetta ramène à la nage vers le bateau des garde-côtes.

— Je vais rejeter votre objection, monsieur Steward, décrète le juge. Visionnons ce film, et tâchons d'avancer, pour en finir avant minuit.

19

Il est près de 6 heures du soir lorsque nous atteignons le Longfellow Bridge sous une pluie battante, dans les embouteillages, de retour à Cambridge après une de mes pires expériences dans un tribunal.

— Je m'en cogne de ce que tout le monde peut raconter ! Y a un truc pas clair dans la façon dont il a toléré ce qu'elle faisait !

Marino me rend folle avec ses spéculations, ses théories du complot, ses conspirations. Il continue de marteler la même rengaine :

— Que le juge se comporte comme un connard parce que vous l'avez énervé avec votre retard – et j'vous avais prévenue –, c'est une chose…

Je ne veux pas entendre un mot de plus.

— Vous l'avez pas déjà souligné plus d'une fois ? Depuis ce fichu arrêt de la Cour suprême, on va nous emmerder encore plus que d'habitude, nous traîner toutes les cinq minutes au tribunal pour rien. Mais vous pouvez pas débarquer juste quand ça vous chante.

Je ne suis pas d'humeur à me faire sermonner.

— Mais même si on fait table basse de ça, poursuit-il en massacrant systématiquement cette expression, ce qui m'exaspère, le procureur adjoint est quand même censé être de votre bord.

Ses lunettes de lecture perchées sur l'extrémité du nez, comme si cela pouvait l'aider à distinguer quoi que ce soit dans le déluge, il pousse les essuie-glaces à fond. Je lui rappelle :

— J'étais un témoin de la défense, pas du ministère public.

— Ouais, encore plus suspect. Pourquoi Steward vous a pas citée à comparaître ? Il devait bien savoir qu'à cause de ce message à propos de Mildred Lott transformée en savon, vous deveniez une super-cible. Il aurait dû battre de vitesse Donoghue, et vous auriez été son témoin à lui. Du coup, il aurait démontré votre qualité d'expert, et ça vous évitait d'en entendre des vertes et des pas mûres avec toutes ces questions personnelles qui pouvaient pas donner bonne impression.

— Peu importe qui m'obligeait à témoigner, j'aurais de toute façon fini à la barre, et Donoghue aurait pu me demander ce qui lui chantait.

— Vous êtes *son* témoin, de *son* côté, et elle vous traite comme ça ? insiste-t-il.

Je ne supporte pas quand il se conduit de cette façon, prenant ma défense une fois la bagarre terminée, et de toute façon, il n'aurait rien pu faire.

— Inutile de prendre parti pour qui que ce soit, je souffle, à bout de patience.

— Mais si, justement ! Tout est question de prendre parti, assène-t-il en même temps qu'il enfonce le klaxon en hurlant : Avance, trou du cul !

Il klaxonne de nouveau à l'adresse du taxi devant nous, et le son déchirant me transperce le cerveau.

— Par exemple, de quel côté il se place, Steward ? Vous étiez le dernier témoin de la défense, et il prend pas la peine de vous interroger ? Il se contente de permettre la diffusion de ce foutu extrait télé ?

— M'interroger ? À quel sujet ? J'ignore l'identité du corps repêché dans la baie, et je l'ai répété très clairement.

— Ouais. Enfin... À la façon dont il vous a traitée, j'me demande s'il est pas secrètement en cheville avec Donoghue, il palpe peut-être, ou bien on le lui a promis si Channing Lott s'en sort. Comment savoir si ce sont pas ses millions de dollars qui font pencher la balance de la justice dans cette affaire ? Bon Dieu ! Ce connard freine exprès, pour que je lui rentre dedans ! Avance, enfoiré ! hurle Marino en ouvrant sa fenêtre et en faisant un doigt d'honneur au chauffeur de taxi. C'est ça, vas-y, descends et viens voir ce que je vais faire de toi, sac à merde !

— Pour l'amour du Ciel, est-ce qu'on pourrait se passer de l'agressivité au volant ? Tâchons de rentrer en un seul morceau, s'il vous plaît.

Nous traînant à dix kilomètres à l'heure, nous sommes à peine parvenus au milieu du pont. Les toits de Boston ne sont plus que des traînées de lumière floue, la grosse pluie et les rouleaux incessants des épais nuages bas occultent les balises lumineuses du Prudential Building.

— Bordel, pourquoi il n'a pas soulevé plus d'objections ?

Marino remonte sa vitre et essuie sur son pantalon sa main éclaboussée de pluie.

— Celle qui s'en sort comme une rose, c'est Donoghue, conclut-il.

— Steward est peut-être tout bonnement un avocat exécrable.

Le rythme sourd et frénétique des essuie-glaces devient insupportable. Je demande :

— Je suppose que vous ne pouvez pas arrêter ça ?

— Si vous vous en fichez que je voie rien…

— Laissez tomber.

Je ne me souviens plus de ce que j'ai mangé aujourd'hui, et m'aperçois brusquement que la réponse est : « rien ».

Un café cubain et un estomac vide. Pas étonnant que j'aie mal à la tête, et l'impression de ne plus pouvoir réfléchir.

— À la vérité, Steward n'a pas fourni beaucoup d'efforts pour faire exclure cette séquence de Fox News, on pourrait même dire aucun.

Je n'ai même pas eu le temps d'avaler le Granola et le yogourt à la grecque qui restent dans mon réfrigérateur.

— Ouais, ben, selon moi, il vous a sacrifiés, vous et le procès, et il l'a fait exprès.

— Espérons que ce ne soit pas le cas, je répète.

Ce qui m'inquiète le plus, ce n'est pas que l'extrait de journal télévisé ait été jugé recevable, mais que la scène ait pu être filmée.

Le visage parcheminé et décharné de la morte a été distinctement visible l'espace de quelques secondes, pendant que je la tirais dans le brancard cuillère. Certes, il est possible qu'elle ne soit plus identifiable de cette façon, en raison de son état de déshydratation. Toutefois, je n'en jurerais pas. Quelqu'un qui la connaissait bien, ami proche ou famille, a pu comprendre de qui il s'agissait, terrible façon de découvrir une disparition.

— Il va être acquitté, tranche Marino.

Les essuie-glaces balaient et geignent sur le pare-brise. La pluie glacée tambourine sur le toit, ruisselant de tous côtés, au point que l'on se croirait à l'intérieur d'une station de lavage. Channing Lott pourrait être acquitté, et peut-être devrait-il l'être, je n'en ai pas la moindre idée. Si les jurés ont perçu ce que j'ai remarqué il y a à peine une heure, ils ont dû se former une tout autre image du redoutable industriel. Channing Lott a semblé sincèrement pris au dépourvu par la vidéo qu'il a visionnée en pleine salle d'audience. Il m'a paru tragique et terrifié, véritablement effondré, comme si ce qu'il découvrait à l'écran ne le surprenait pas. Ensuite, il a fermé les yeux et s'est écroulé sur son siège avec un immense soulagement, a-t-il semblé.

S'il a constaté que la morte n'était pas sa femme disparue, il n'aurait pas dû penser qu'on lui accordait un sursis, pas s'il est responsable de ce qui est arrivé à son épouse et quoi que ce puisse être. En effet, la meilleure chose pour lui maintenant serait la découverte du corps de sa femme. Et quoi que je puisse raconter sur la date du décès lors de mon témoignage, cela n'a pas d'importance.

L'idée qu'un corps intact puisse faire surface dans la Massachusetts Bay six mois après que l'intéressée eut soi-disant été assassinée sous contrat ne peut que dérouter les jurés, et les artefacts *post mortem* les embrouilleront davantage. Cependant, Channing Lott peut se révéler un sociopathe parfait, comédien et manipulateur, conscient que tous les regards convergeraient vers lui à l'instant où la diffusion des images a commencé. Son intention était peut-être de se rendre sympathique à qui l'observait. En ce cas, bien joué !

— L'acquittement est possible, et si le jury entretient un doute raisonnable, il s'agirait alors d'un bon verdict, je réplique.

À cet instant précis, je meurs d'envie de rentrer chez moi.

J'ai besoin d'un Advil, d'un bain chaud, d'un whisky glace et de parler à Benton. J'aimerais connaître son sentiment sur ce qui s'est révélé durant l'audience du tribunal fédéral. Quelles sont les rumeurs à propos du juge Conry, qui pourraient expliquer sa colère à mon égard et sa réticence à accepter la moindre objection soulevée par Dan Steward, et Dieu sait qu'elles furent rares ? Mais après tout, veux-je véritablement le savoir ? Cela ne changera rien à ce qui vient de se produire.

— Jamais de la vie, le jury va jamais le condamner, vitupère Marino en se penchant sur le volant, les yeux plissés pour tenter de percer les rideaux de pluie qui s'abattent, aveuglé par les phares des voitures en sens inverse. Donoghue avait qu'une chose à faire, suggérer l'éventualité que le corps de Mildred Lott vient d'être retrouvé, ou le sera plus tard, ou même qu'elle n'est pas morte. Un vrai coup de maître, cet extrait d'infos, une image vaut cent discours, même si ce n'est probablement pas elle.

— Ce n'est pas elle. À moins que ses dossiers médicaux n'aient été trafiqués et qu'elle ait rapetissé.

— Ma foi, tout le reste a l'air d'avoir rapetissé.

— Pas son squelette. Mildred Lott était censée mesurer un mètre quatre-vingts, et cette femme en est loin.

— Faut lui reconnaître un certain mérite, fait Marino en parlant toujours de Jill Donoghue, car il a suivi ses agissements seconde par seconde, ayant déniché un siège au fond de la salle sans que je m'en aperçoive.

Il a assisté à l'intégralité de l'épreuve, la tirade du juge et la sanction d'une amende cinq fois plus sévère qu'à l'accoutumée et bien qu'il s'agisse de ma première. Cet éclat judiciaire constituait une ouverture parfaite à la stratégie de Donoghue : me dépeindre sous les traits d'une experte qualifiée avant d'impliquer que je suis une briseuse de ménage féministe, une médecin légiste coupable par association du vol de restes japonais et peut-être même indirectement responsable du largage des bombes atomiques, pendant que nous y sommes. Marino a assisté à tout, et depuis que nous nous traînons à une allure d'escargot dans cette voiture, au milieu des rafales de vent et d'une pluie battante mêlée il y a quelques minutes d'un peu de grêle, dans ce début de soirée anormalement sombre, il n'a cessé de ressasser cette histoire.

— Elle vous a gardée pour la fin, et c'est avec ça en tête que le jury est parti – les images télé d'une riche morte aux longs cheveux platine tirée de l'eau aujourd'hui.

— Je ne crois pas que ses cheveux soient blond platine. Je suis quasiment certaine qu'ils sont blancs, je rectifie alors que mes mots se forment avec difficulté.

— Le doute raisonnable, rétorque Marino, qui essuie de sa manche l'intérieur du pare-brise avant de monter le dégivrage au maximum. Si les jurés n'entretenaient pas de doute avant, maintenant, c'est plus le cas.

— Que Lott soit déclaré coupable ou pas ne me concerne pas. Je n'ai pas d'avis sur le fait qu'il ait peut-être quelque chose à voir avec la disparition de sa femme, et franchement, vous ne devriez pas en avoir non plus.

— Vous savez ce qu'on dit. Tout le monde a un avis.

Nous atteignons enfin notre destination, mes bureaux cuirassés de métal se dressant dans la tempête telle une tour inquiétante, la tourelle grise d'un château enveloppé dans la brume. Une sensation étrange, très organique, m'étreint progressivement la poitrine, une sorte de gêne glacée, puis atteint mon cerveau, alors que la barrière métallique noire glisse sur ses rails et que Marino pénètre sur le parking, l'éclat des phares haché par la pluie du Chevrolet Tahoe illuminant des véhicules qui ne devraient pas se trouver là. La Porsche SUV noire de Benton est garée à côté de trois berlines banalisées. Lui et ses collègues du FBI seraient-ils quand même passés me voir, alors que nous n'avons vraiment pas le temps ?

Incompréhensible ! À l'instant où je suis sortie du tribunal, j'ai envoyé un texto à Benton pour lui indiquer qu'une réunion ce soir était exclue. Il me restait à pratiquer l'autopsie, sans doute délicate. Je précisai que je n'en aurais sans doute pas terminé avant 9 ou 10 heures du soir.

Marino pointe une télécommande sur l'arrière du bâtiment, et je me creuse la tête :

— Qui est là, et pourquoi ?

— C'est la Crown Vic de Machado. Qu'est-ce qui se passe ?

L'intérieur de la baie de déchargement s'illumine, le lourd rideau métallique remonte, et dans l'ouverture qui va en s'agrandissant, nous découvrons le long capot racé vert de l'Aston Martin de Lucy garée à côté de mon SUV.

— Merde, fait Marino en engageant la voiture à l'intérieur. Vous l'attendiez ?

— Je n'attendais personne.

Nous descendons, l'écho des portières claquées du Chevrolet Tahoe résonne contre le béton, et je passe mon pouce sur le scan biométrique. Nous nous retrouvons à l'intérieur de la zone de traitement à l'arrivée. Aucune trace du vigile de nuit, mais je perçois des voix dans le couloir. De toute évidence, plusieurs personnes discutent. Lorsque Marino et moi atteignons la salle d'identification, la porte de celle-ci est grande ouverte. À l'intérieur, le pare-battage jaune, la niche à chien, ainsi que d'autres indices sont bien en évidence sur des tables, et lorsque nous nous rapprochons de la salle de radiographie, j'entends la technicienne, Anne, ainsi que la voix de Luke Zenner. Le vigile fait son apparition au détour du couloir.

Je l'interroge :

— Qui a ouvert la salle d'identification ? Tout va bien, George ?

— Vous avez de la compagnie, me dit-il en évitant de regarder Marino.

— Il semblerait bien.

— M. Wesley et certains de ses gens sont là avec Anne et le Dr Zenner. Je sais pas pourquoi.

Je ne le crois pas, et il s'éloigne, le regard fixé droit devant lui, les mâchoires serrées. Au-dessus de la porte de la salle de radiologie, la lampe rouge indique qu'on utilise le scanner. Je découvre mon mari dans une tenue inattendue, en vêtements de jogging, ses cheveux mouillés peignés en arrière. Il est en compagnie de l'enquêteur Sil Machado, de la police de Cambridge, de l'agent spécial du FBI Douglas Burke, et d'une autre femme d'une trentaine d'années que je n'ai jamais rencontrée, aux cheveux bruns très courts. Je suis surprise, et me sens trahie.

— Avec le CT scan, c'est pour l'essentiel l'inverse, dit Anne, assise à sa station de travail.

Luke a tiré une chaise et s'est installé à côté d'elle.

De l'autre côté de la paroi de verre plombée, des pieds nus aux orteils ratatinés et aux ongles coupés vernis de rose dépassent de l'anneau du scanner Siemens Somatom Sensation couleur coquille d'œuf. Sur les moniteurs s'affichent des images dont je lis que ce sont celles d'une *Femme blanche non identifiée de la Massachusetts Bay.*

Pourquoi Anne et Luke ont-ils commencé sans moi ? J'avais clairement spécifié que je ne voulais pas que le corps soit sorti de la chambre froide. J'avais donné des directives précises : personne ne devait toucher au corps, et les portes des salles d'identification et de décomposition devaient demeurer verrouillées en attendant mon retour de l'audience.

Je cherche le regard de Benton et ce que je peux y lire :

— Qu'y a-t-il ? Que s'est-il passé ?

Il porte des chaussures de course et un survêtement rouge vif de la faculté de médecine de Harvard, une veste de pluie sur le bras, et je me doute qu'il se trouvait à la salle de sport lorsque quelqu'un l'a interrompu. Sans doute Douglas Burke, me dis-je, la grande brune bien trop jolie et féminine pour les noms qu'elle porte, Doug ou Dougie. Il n'est pas rare qu'elle disparaisse dans la nature avec Benton, sans que personne ait de nouvelles d'eux, à n'importe quelle heure du jour ou de la nuit, en week-end ou en semaine. Bien souvent, on ne me dit rien, et je sais quand ne pas poser de question. Pas maintenant, en tout cas !

Lorsque nous aurons un moment en privé, j'exigerai que Benton me raconte exactement ce qui se passe. La tension de ses traits aquilins et la ligne ferme de sa mâchoire indiquent clairement que quelque chose est survenu. Je m'aperçois qu'il n'a pas adressé la parole à Marino, ni ne l'a regardé. Benton l'évite, de même que l'agent spécial Burke, Machado et la femme que je ne connais pas. Seuls Anne et Luke se comportent comme si la situation était normale, inconscients de la véritable raison de la présence du FBI et de la police, qui n'a certes rien à voir avec leur envie d'assister à un CT scan ou une autopsie.

— Comment allez-vous, tous ? lance Marino.

Seule Anne lui répond, et je devine qu'il a senti que quelque chose ne tournait pas rond.

— J'étais en train d'expliquer que sous certains aspects, le CT scan était complètement l'inverse de l'imagerie à résonance magnétique. Sur le CT, le sang apparaît en surbrillance, alors qu'il est noir sur l'IRM, précise-t-elle en s'adressant à Marino et moi.

Nul ne répond, et l'atmosphère s'alourdit.

Anne embraye à l'adresse de Machado, Burke et la femme que je soupçonne d'appartenir au FBI :

— Mais pas autant avec les autres fluides – l'eau, en particulier –, car l'eau n'est pas très dense.

Je soutiens le regard de Benton, et patiente.

— Vous voyez ces zones, ici et là ? dit Anne en indiquant les sinus, les poumons et l'estomac affichés en 3D sur divers écrans informatiques. S'ils apparaissaient vraiment foncés, quasiment noirs, cela pourrait indiquer la présence de l'eau, caractéristique d'une noyade. Le CT scan est particulièrement utile dans les cas de noyade. Quelquefois, quand on ouvre le corps au cours de l'autopsie, on perd le fluide avant d'avoir pu le voir, surtout qu'il y a de l'eau dans l'estomac. Quand on le passe d'abord au scan, on ne rate rien.

— On ne pourrait pas s'attendre à trouver de l'eau, que ce soit dans les poumons, l'estomac ou ailleurs, je rétorque au profit d'Anne sans quitter

Benton des yeux. Son état de momification reste modéré. Son corps renferme à peine une goutte de fluides, à peine de quoi réaliser une carte pour le profil génétique. En conclusion, s'il s'agit d'une noyade, elle n'est pas récente.

Je reviens toujours en esprit à la façon dont Marino s'est comporté plus tôt dans la journée vis-à-vis de cette morte, comme si elle l'offensait personnellement. Son agacement à propos des boutons d'époque cousus sur sa veste devenait bizarre. Une incroyable et terrible prémonition m'envahit soudain.

— Lorsqu'elle a été lestée et jetée dans la baie, elle était décédée depuis longtemps, dis-je. Et qui a organisé cette réunion ?

— On pense avoir une identification, répond Sil Machado.

20

Il se tourne vers Benton, l'agent spécial Burke et l'inconnue, attendant qu'ils prennent la relève, et je sais ce que cela signifie.

Sil Machado, la Galère portugaise, comme l'a baptisé Marino, est un jeune crack, bâti comme un taureau, aux cheveux et aux yeux bruns, au look très B.C.B.G. Peu fan du FBI, ce n'est pas sans poser de questions, ni quelquefois sans marquer son opposition qu'il leur abandonne une affaire. S'il s'en remet à eux à cet instant, cela signifie que les Fédéraux ont déjà pris en charge cette enquête, pour une bonne raison.

Marino lance à Luke un regard furieux :

— Et pourquoi personne m'a informé ? Une identification basée sur quoi ? balance-t-il d'un ton accusateur. Hein ? On peut pas avoir l'ADN aussi vite, et pas la peine de compter sur une correspondance d'empreintes ! Ce serait possible qu'en réhydratant le bout de ses doigts, ce qui veut dire qu'on va d'abord devoir les prélever, mon intention d'ailleurs…

— Tu sais quoi, Pete ? l'interrompt Machado. Tu devrais venir avec moi, et on va les laisser discuter pendant que nous, on va revoir quelques trucs.

— Quoi ? jette Marino, instantanément paranoïaque.

— On va tout passer en revue.

— Tu veux pas qu'ils parlent devant moi ? fait Marino en élevant la voix. Putain !

— Allons, mon vieux, négocie Machado en lui adressant un clin d'œil.

— C'est quoi, ce bordel ?

— Allons, Pete. Calme-toi.

Machado s'approche de lui, pose une main sur son bras. Marino essaie de le repousser, mais Machado resserre son étreinte.

— On va aller se détendre, que je t'explique. Je sais que vous avez du café, ici, dit-il en l'escortant dans le couloir, j'aurais préféré une bière, en fait, mais tant pis.

Je referme la porte, avant de reprendre la parole :

— Si on remontait un peu en arrière ? Je pensais avoir très clairement indiqué de ne pas commencer ce cas sans moi, dis-je en m'adressant à Anne et Luke.

J'ajoute, d'un ton peu amène :

— Si ceci résulte de l'arrivée du FBI, qui a exigé qu'on accélère, les choses ne fonctionnent pas de cette manière.

— Cela ne s'est pas déroulé ainsi, temporise Luke.

Mais c'est exactement ce qui s'est passé, et je lui réplique :

— La salle d'identification est grande ouverte, et vous avez entrepris le scan, en dédaignant mes instructions.

Luke se retourne sur son siège pour me faire face. Rien n'indique que mon mécontentement le préoccupe, pas plus que le fait que Marino vienne d'être évacué de la pièce comme un prisonnier.

Luke éprouve le sentiment d'être parfaitement justifié, sans doute une conséquence de son inexpérience, et peut-être d'un narcissisme plus profond qu'il n'y paraît, son élégance bien élevée dissimulant un ego qui ne m'étonnerait guère en corollaire de sa beauté blonde et son esprit brillant. Les agences de maintien de l'ordre, le Secret Service et surtout le FBI, qui a réussi à le convaincre d'accélérer l'examen de cette affaire, enchantent mon assistant en chef, et je ne le tolérerai tout simplement pas.

Vêtu de sabots médicaux, d'une tenue médicale avec blouse de labo monogrammée, Luke m'explique d'un ton raisonnable, agréable, matiné d'un accent anglais :

— Mais nous avons pensé qu'il serait opportun de la scanner pendant que vous reveniez du tribunal. De toute façon, je ne m'attendais pas à trouver grand-chose sur le scan, en raison de son état.

— Et de fait, il n'y a presque rien, renchérit Anne d'un ton faible, déconcertée par ma réaction.

Sans doute est-elle également affectée par le traitement réservé à Marino, qui flirte et plaisante avec elle, et l'a accompagnée tous les jours en voiture au travail quand elle s'est cassé le pied.

— Aucune blessure interne, annonce-t-elle dans un murmure sérieux, s'adressant uniquement à moi, sans regarder Luke ou Benton. Rien qui puisse nous indiquer la cause du décès. Un peu de calcifications cardiaques et intracrâniennes assez banales. Ponctuées dans les noyaux gris centraux, plus des granulations arachnoïdiennes, typiques du vieillissement, chez les gens de plus de 40 ans.

— Holà, attention ! Pas d'allusions à la quarantaine, intervient l'agent spécial Burke en se croyant drôle.

Ce soir, elle est en tenue décontractée, jean noir et pull marron, avec un sac de cuir en bandoulière qui dissimule probablement son arme.

Cela ne fait pas rire Anne, qui poursuit :

— Traces d'athérosclérose, de calcification dans certains vaisseaux.

— On peut voir le durcissement des artères sur un CT scan ? Un bon truc à faire avant d'aller m'acheter un autre BigMac.

Pourtant, aucune des interventions de Burke n'allège l'atmosphère.

— Vous pouvez manger ce qui vous chante ; vous ne semblez pas avoir de souci de ce côté-là, lui répond Luke, flirtant peut-être. Vous savez, on a retrouvé de l'athérome sur des momies égyptiennes datant de quatre mille ans, il ne s'agit donc pas d'une conséquence de la vie contemporaine. Nous sommes même très probablement génétiquement prédisposés à l'athérosclérose, poursuit-il, inconscient de ce qui se passe, à moins qu'il se fiche que Marino ait des ennuis.

Burke me lance un regard posé :

— Il nous faut envisager qu'elle ait pu mourir d'une crise cardiaque ou d'un AVC, de mort naturelle, en d'autres termes, et que quelqu'un ait décidé de dissimuler le corps avant de s'en débarrasser.

— Pour l'instant, gardons l'esprit ouvert à toutes les hypothèses.

— À l'exception d'interventions dentaires, rien d'autre qui soit radio-opaque, m'informe Anne. Et elle en a eu pas mal : couronnes, implants, des travaux chers.

— Ned arrive pour comparer les diagrammes, nous informe Luke. D'ailleurs, ce doit être lui, là.

Des phares blancs brillent sur l'écran de vidéosurveillance, et la vieille Honda de Ned Adams, un petit modèle à hayon arrière bleu, se gare sur le parking.

— Dans ce cas, j'imagine que nous disposons de radios *pre mortem* pour la comparaison, je déduis en m'adressant à Benton.

— Des dossiers que nous avons obtenus d'un dentiste de Floride, acquiesce-t-il.

— Et qui serait cette femme ?

— Peut-être une résidente de Cambridge, âgée de 49 ans, du nom de Peggy Lynn Stanton. En général, elle rejoint le lac Michigan tous les étés, Kay, m'informe mon mari comme si nous entretenions d'amicales relations entre collègues. Elle passe le plus clair de son temps ailleurs que dans le Massachusetts. Il semble qu'elle ne séjournait ici que l'automne et l'hiver.

— Étrange de demeurer ici l'hiver. D'habitude, c'est la saison à laquelle partent les gens.

— Elle se rendait quelquefois en Floride, intervient Burke. De toute évidence, nous avons encore beaucoup à découvrir.

— Vous voulez dire que ses amis, peut-être sa famille, ne savaient pas toujours où elle se trouvait ? j'observe d'un ton dubitatif. Et les appels téléphoniques, les e-mails... ?

— Certains de nos agents procèdent à des vérifications, répond Burke, qui s'adresse alors à la femme que je ne connais pas : Prenez donc la suite. Valerie Hahn travaille dans notre cellule de cybersurveillance.

— Et tout le monde m'appelle Val, annonce celle-ci en m'adressant un sourire.

Inutile de se donner cette peine. Je ne me sens pas d'humeur aimable, et l'inquiétude me ronge. Qu'a donc fait Marino ?

— Commençons par l'essentiel, explique Valerie Hahn : il semble acquis qu'elle n'est jamais arrivée à son cottage sur le lac, complètement abandonné. Pas de bagages, rien dans le réfrigérateur. On dirait qu'elle s'est volatilisée aux alentours du 1er mai, peut-être plus tôt, et le Dr Zenner a mentionné que cela pourrait correspondre à l'état du corps ?

— J'en saurai plus lorsque nous l'autopsierons.

Que Luke leur ait dit quoi que ce soit me reste en travers de la gorge.

— Je me demandais si vous aviez entendu mentionner son nom ? me lance alors Valerie Hahn.

J'ouvre la porte donnant sur le couloir. Sa vieille sacoche de médecin en cuir noir à la main, Ned Adams se dirige vers nous. Je réplique vertement :

— Et pourquoi l'aurais-je entendu mentionner ?

— Le nom Pretty Please vous évoque-t-il quelque chose, à vous ou à quelqu'un chez vous ?

— Hello, Ned, je l'accueille en lui tenant la porte ouverte. Elle est dans le scanner, vous pouvez y aller.

— D'accord, je vais procéder là-dedans.

Il repousse la capuche d'un long imperméable jaune qui dégouline au sol.

— Ses radios sont à jour, annonce-t-il. Beaucoup de couronnes, des implants, dévitalisations, et un bon panoramique des sinus. Vous avez ça ?

— Je peux vous les afficher tout de suite, répond Anne en tapant sur son clavier. Vous voulez également une sortie imprimante ?

— Un type vieux jeu tel que moi continue d'apprécier le papier. Cela ne devrait pas être long, elle présente beaucoup de signes distinctifs. L'embarras du choix ! C'est chaud, là-bas ? s'enquiert-il en faisant halte devant la porte qui mène au scanner, comme s'il s'agissait d'une zone d'intervention militaire potentiellement dangereuse.

— Le scanner est hors ligne, je précise. Vous savez comment faire coulisser la table ?

— Tout à fait, affirme-t-il en ôtant son manteau.

Douglas Burke explique :

— Sans doute parce que ses initiales sont P.L.S. Ça se prononce « Please », on peut penser que c'est de là que vient le Pretty Please.

— Vous êtes sur Twitter, n'est-ce pas, Kay ?

Valerie Hahn se comporte à la manière d'une amie.

— Très peu. Je n'utilise le réseau ni pour socialiser ni pour communiquer.

Je commence à comprendre, du moins je le pense.

— En tout cas, je sais que vous n'avez jamais tweeté à Peggy Lynn Stanton, dont l'avatar sur Twitter est Peggy Please, continue Hahn.

— Je n'envoie de tweets à personne.

Marino, qu'avez-vous fait ?

— Il est assez facile de voir que vous deux n'échangiez pas de tweets, déclare Hahn, sûre d'elle-même. Pas besoin de privilèges administrateur pour le vérifier.

— Je ne crois pas que nous ayons besoin d'entrer tout de suite dans ce genre de détails, intervient Benton, qui observe Ned Adams à travers la vitre.

— Je crois bien que si, je contre en le fixant jusqu'à ce qu'il finisse par me regarder.

Dans ses yeux dénués d'expression, je déchiffre sa répugnance à s'expliquer.

— Je me contenterai de dire que tous ces reportages télévisés ont eu au moins un résultat positif. Notre bureau de Boston a reçu des appels, de même que ceux de Cambridge, de Chicago et de Floride, au moins une douzaine de personnes sûres et certaines que la morte est Peggy Stanton. Ces gens certifient qu'ils ne l'ont pas vue ni n'ont eu de ses nouvelles au moins depuis mai, date à laquelle elle était censée se rendre dans son cottage du lac Michigan, ou peut-être à Palm Beach. Les gens d'ici ont supposé qu'elle se trouvait dans l'Illinois, et les gens là-bas ont pensé qu'elle restait dans le Massachusetts. D'autres étaient convaincus qu'elle séjournait en Floride.

— Des gens ? Mais encore ? Des amis ?

Je dissimule mal combien tout cela ne me plaît pas.

— Diverses associations de bénévoles et des églises.

Benton sait très exactement ce que je ressens. Aucune importance. C'est ainsi que nous travaillons. Que nous vivons.

— Elle était apparemment très impliquée dans l'aide aux personnes âgées. Ici, à Chicago et en Floride.

— Elle a de la famille, et ils ne se sont pas demandé où elle se trouvait après tout ce temps ?

Me revient la réflexion de Marino ce matin dans la voiture, alors que nous nous rendions à la base des garde-côtes.

— Son mari et ses deux enfants sont morts dans l'accident de leur avion privé il y a treize ans.

Benton rapporte cette information d'un ton plat, objectif. Il peut avoir l'air tellement froid, alors que le fond de sa personnalité est bien différent.

— Un courtier en investissements, avec une grosse assurance-vie. Elle s'est retrouvée plutôt bien lotie, d'autant qu'elle était déjà aisée.

— Aucun de ses fournisseurs ne s'est plaint d'impayés ? Personne n'a remarqué qu'elle ne répondait ni au téléphone ni aux e-mails ?

Je retiens ce que je pense. Berner Marino dans le cyberespace se résumerait à un jeu d'enfant. Il ne sait pas comment naviguer, et son insécurité le rend vulnérable.

— Elle a continué de payer ses factures, répond Benton. Ses derniers tweets remontent à peine à deux semaines. Et elle a téléphoné de son portable avant-hier…

— Pas la personne allongée là, sûrement pas ! l'interrompt Luke en observant Ned Adams à travers la paroi de verre.

— Quelqu'un l'a fait.

Benton achève sa déclaration, mais sans s'adresser à lui.

À l'intérieur de la salle du scanner, Ned a ouvert sa sacoche de cuir noir et chausse ses lunettes. Il plisse les yeux et détaille un écran sur lequel s'affichent des radios dentaires.

— La mort ne remonte ni à deux jours ni à deux semaines, poursuit Luke alors qu'il devrait vraiment se taire. Il y a sûrement bien plus longtemps qu'elle n'a pas tweeté, rédigé de chèques ou téléphoné. Au moins des mois, je dirais. N'est-ce pas, docteur Scarpetta ?

— Sa maison se trouve sur la Sixième Rue, m'informe Benton. Très près du poste de police de Cambridge, rendant les choses encore plus étranges. Personne n'y a pénétré. L'alarme est activée, la voiture patiente dans le garage. La police passe devant tous les jours.

— Une capsule temporelle, ajoute Douglas Burke. Les pompiers sont prêts à enfoncer la porte de derrière dès que nous serons là.

— Tu pourrais aller chercher ces pizzas que je t'ai demandé de commander, dis-je à Benton d'un ton qui transmet exactement ce que je veux qu'il sache.

Ceci est mon service. Le Centre de sciences légales de Cambridge ne dépend pas du FBI. Je gérerai cette affaire de la façon qui me convient. J'ajoute du même ton :

— Avant toute chose, je vais pratiquer son autopsie. Sa maison peut attendre. Elle attend depuis six mois, et deux heures de plus n'y changeront rien, contrairement au corps.

— Nous espérions que le Dr Zenner se chargerait de l'autopsie, pendant que vous viendriez avec nous jeter un œil, suggère Burke.

— À votre disposition, déclare Luke en se levant, tandis qu'Anne pénètre dans la salle du scanner et tend des sorties d'imprimante à Ned Adams.

— J'apprécierais que vous nous laissiez une chance de faire notre travail ici, je réplique.

La porte de la salle de radiologie s'ouvre à cet instant, et Lucy paraît, me regardant depuis le couloir. Je poursuis :

— Passer au crible une scène de crime potentielle lorsqu'on a une idée de la façon dont la victime est décédée et de ce qu'on cherche se révèle souvent le plus efficace.

— Je peux te voir une minute ? demande Lucy sans pénétrer dans la pièce.

— Excusez-moi. Je crois que nous en avons terminé, dis-je au FBI.

Je retourne en compagnie de Lucy vers la zone de traitement à l'arrivée, et nous nous arrêtons où personne ne peut nous entendre.

— J'ai remarqué ta voiture dans la baie. Je me suis demandé pourquoi.

— Et moi, je me demande beaucoup de choses, réplique-t-elle.

Ma nièce est toute de noir vêtue, comme ce matin, et cela ne lui ressemble pas de débarquer quand le FBI fouine dans les parages.

— Je me demande pourquoi Marino et Machado sont dans la salle de repos, porte fermée. Marino parle fort, et je les entends s'engueuler. Je me demande aussi pourquoi un Sikorsky S-76 appartenant à Channing Lott a pu te filmer en train de repêcher ce corps dans la baie aujourd'hui ?

— L'hélicoptère est à lui ? Ahurissant.

Je ne sais pas quoi dire d'autre.

L'enchaînement des événements explique que je n'ai plus repensé au gros hélicoptère après avoir expédié à Lucy son numéro de queue, pendant que Marino me conduisait au tribunal.

— Totalement incroyable ! j'ajoute en réfléchissant à toute vitesse à ce que je devrais faire.

Dan Steward doit en être informé avant la fin des plaidoiries. Si Channing Lott est derrière cette histoire d'hélicoptère filmant ce que nous venons de visionner au tribunal, et je ne vois pas comment il pourrait en être autrement, le jury doit avoir connaissance de ce fait avant d'entrer en délibération. Mais peut-être est-il trop tard pour cela.

— Le certificat de navigabilité est enregistré au nom de sa compagnie de navigation, dans le Delaware, souligne Lucy.

Si j'appelle Steward avec cette information, et qu'il est obligé de révéler à l'audience ou même au juge qui est la source de cet enregistrement, j'imagine les conséquences. L'information serait préjudiciable à Jill Donoghue.

Ne t'en mêle pas.

— Sa flotte de quelque cent cinquante porte-conteneurs et transporteurs maritimes de véhicules, la MV Cipriano Lines, poursuit ma nièce.

— Pardon ?

Je tente de me concentrer sur ses paroles.

— L'immatriculation de l'hélicoptère, insiste-t-elle. Au nom de la compagnie maritime baptisée comme sa femme disparue, Mildred Vivian Cipriano. Son nom de jeune fille.

21

Le Centre de sciences légales a forgé un gentil sobriquet pour Ned Adams : « le confident des dents », en référence à tout ce que les morts lui confient. Âge, statut socio-économique, hygiène, et comme si cela ne suffisait pas, les dents révèlent également le régime alimentaire, l'addiction à la boisson ou aux drogues, si la personne était enceinte, si elle souffrait d'acné ou d'un désordre alimentaire quelconque.

Âgé de près de 70 ans, voûté, les genoux abîmés et un visage dont les rides profondes sont davantage dues aux sourires qu'aux froncements de sourcils, Ned peut tirer d'une dent d'infimes détails que même la famille ou les amis intimes ignoraient ou n'auraient jamais imaginés. Tandis que nous poussons le corps le long du couloir après l'avoir pesé et mesuré dans la zone de traitement à l'arrivée, il nous confirme que Peggy Lynn Stanton a été de son vivant la victime d'un très mauvais dentiste, qui a dû lui coûter « les yeux de la tête », ainsi qu'il le formule.

— Un certain Dr Extract, vous vous rendez compte du nom ? Mais dans le cas qui nous occupe, il ne s'est pas vraiment montré à la hauteur, comme vous allez pouvoir le constater.

L'imperméable sur le bras, plein d'entrain parce qu'il a parfaitement accompli sa mission et n'est pas pressé de regagner une maison déserte, Ned nous accompagne, Luke et moi, de sa démarche un peu raide, vers un freezer de décomposition. Il poursuit :

— Un dentiste cosmétique à Palm Beach, en Floride, qui ne respectait pas les standards de soin. Je ne prétends pas que cela ait été intentionnel. Peut-être simplement de l'incompétence.

— Ben voyons ! commente Luke, sarcastique. Où est le gros lot ?

— La dent numéro huit. Une incisive centrale supérieure avec une résorption radiculaire considérable associée à une fistule buccale. Impossible de rater cette radiotransparence interne au milieu du canal radiculaire dans ses radiographies *pre* et *post mortem*.

— Tout ça sous une couronne ? je m'étonne en relevant la poignée du freezer.

— Bien vu ! Un traumatisme a entraîné une infection et une inflammation qui n'ont pas été soignées, et il a quand même flanqué une couronne par-dessus. Tout compris, je parie que ce guignol lui a coûté quarante mille dollars, sans compter beaucoup d'inconvénients et de douleurs. Je suis quasiment sûr que sa mastication était mauvaise, mais sans pouvoir le prouver, un des symptômes étant les maux de tête chroniques. Je ne serais pas surpris qu'elle ait souffert de désordre temporo-mandibulaire.

Quand vous fouillerez chez elle, regardez si vous trouvez un protège-dents.

Comme si c'était la chose la plus importante que je puisse découvrir.

— À votre avis, le laps de temps correspondant au début de l'infection ?

Je guide le chariot dans l'atmosphère glaciale et pourtant lourde de l'odeur de la mort, devant un triste public silencieux de housses noires allongées sur des plateaux d'acier, nombre des patients alignés ici attendant toujours qu'on leur restitue leur identité.

— Difficile à préciser, mais en relation avec la dévitalisation. En me basant sur ses diagrammes, je dirais deux ans et demi, suivie de la couronne en porcelaine au mois de mars dernier, déclare Ned, son souffle se matérialisant en buée.

— Elle devait donc se trouver à Palm Beach au mois de mars, j'en conclus alors que nous sortons par la porte arrière du freezer, qui débouche dans la salle de décomposition.

— Sûrement, approuve Ned en nous suivant à l'intérieur. Et je ne peux pas croire que la résorption ne s'était pas déjà étendue au point de toucher le ligament parodontal et la dent. En d'autres termes, cette foutue dent aurait dû être arrachée et pas restaurée.

— Un escroc de plus, remarque Luke.

— Eh bien, si elle avait vécu, une extraction dentaire devenait inévitable, suivie d'un implant et d'une autre couronne.

Ned pose sa sacoche noire sur un plan de travail et installe son imperméable sur une chaise, semblant décidé à nous tenir compagnie un moment, et poursuit :

— De nombreuses dévitalisations – huit, pour être précis –, sans doute à la suite du fraisage de dents saines pour des couronnes dont je doute qu'elle en ait eu besoin. Ses molaires, par exemple ? Pourquoi s'embêter à mettre de la porcelaine sur des dents que personne ne verra ? Prenez de l'or. Plus économique, croyez-moi.

— *Money, money, money*... chantonne Luke.

Il me tend un masque et des gants, et son regard bleu me dévisage calmement, comme s'il avait une explication pour tout ce qui vient de se passer, comme si je n'avais aucune raison de m'inquiéter à son sujet.

Tandis que nous enfilons nos blouses et protège-chaussures, Ned continue :

— Le même dentiste pratiquait également des injections faciales. La nouvelle mode, sur laquelle j'entretiens de sérieux doutes. Des dentistes qui injectent à leurs patients du Perlane, du Restylane, du Juvéderm et autres produits de comblement cutané, et même du Botox. Je suis peut-être vieux jeu, mais je ne pense pas que ce soit le boulot des dentistes de combler les rides du front et de remplir les joues.

Nous faisons glisser le corps sur une table d'autopsie. Elle paraît tragiquement menue, fripée sur le glacial acier inoxydable. J'allume un scialytique que je déplace sur son rail central pendant que Luke étiquette des récipients à prélèvements alignés sur un chariot. J'éprouve à son égard des sentiments mêlés et déroutants, ambivalents et effrayants.

J'essaye de ne pas penser aux accusations grotesques de Marino ce matin dans la voiture. Je me refuse à admettre qu'elles pourraient avoir une certaine valeur.

— Donc ce Dr Extract, qui l'a vue en mars, lui a également injecté du Botox ou des produits cosmétiques au cours du même rendez-vous ? je résume en projetant six mille pied-bougies de lumière sur la face antérieure des bras.

— Oui, il a pratiqué une augmentation des lèvres. Un centimètre cube de Restalyne, confirme Ned. C'est dans son dossier. Au moins, le type tenait ses dossiers à jour.

— Quatre petites contusions, dis-je en attirant l'attention de Luke. Et une autre ici.

— Un bleu dû à un pouce ? suggère-t-il en tendant la main pour rapprocher le scialytique, m'effleurant du bras au passage.

— Peut-être. Et du côté opposé, ce pourrait très bien être une marque de pouce, oui, lui dis-je en lui montrant tandis qu'il se penche contre moi.

— Des doigts qui l'ont agrippée en provoquant des ecchymoses, décrit-il. Quatre doigts ici et le pouce là, qui lui ont saisi le haut du bras.

— Merci, Ned, dis-je alors, de façon à lui faire comprendre que je n'ai plus besoin de lui.

Il ramasse sa sacoche noire usée et éraflée, un cadeau de mariage de sa femme décédée, et commente :

— Au moins, il ne s'agit pas d'une de ces situations que je ne vois que trop. Des tas d'interventions enregistrées qui n'ont en réalité jamais été pratiquées, de façon à ce que le praticien puisse faire des demandes d'indemnisation à l'assurance, ou fasse passer des interventions non couvertes pour des interventions prises en charge. Sans même parler des boulots simplement dégueulasses.

— Étant donné l'état dans lequel elle se trouve, difficile à distinguer, remarque Luke en utilisant une loupe à main pour examiner les contusions légères que j'ai désignées.

La lumière intense fait briller sa chevelure blond pâle, et je suis consciente du bruissement de sa blouse blanche au moindre de ses gestes.

— Il est important d'illuminer des zones sous des angles différents, d'avoir d'abord une vue d'ensemble avant de pratiquer un examen visuel attentif d'un point particulier, je suggère, consciente de la chaleur qu'il dégage, et de celle de la lampe. De la même façon qu'on pénètre sur une scène de crime. D'abord l'ensemble, qu'on réduit ensuite petit à petit. Ne pas faire une fixation sur une seule chose, au point de rater tout le reste.

Il ajuste de nouveau l'éclairage :

— Je ne tiens sûrement pas à faire une fixation telle que je raterais le reste, remarque-t-il.

— Il y a peu, j'ai été appelé pour une consultation, poursuit Ned en reprenant son imperméable sur la chaise, dans le New Hampshire, plusieurs patients avec des instruments dentaires brisés dans les dents.

— Merci beaucoup, Ned, dis-je en levant les yeux sur lui. Vous nous avez sauvé la mise, comme toujours, et je vous en remercie, le FBI vous remercie, tout le monde vous remercie.

Il s'attarde sur le seuil :

— Ce dentiste-là, il a plus de cent procès pour faute professionnelle sur le dos.

— Benton est parti chercher la pizza, je suppose qu'il doit être revenu, je lance.

— Il va probablement écoper de quelques années de prison, et pourrait bien être expulsé vers l'Iran.

— Jetez donc un œil au sixième étage. Je suis sûre qu'ils seraient ravis de votre compagnie, si vous n'êtes pas pressé de rentrer chez vous, je suggère.

— Ici aussi, peut-être ? remarque Luke en indiquant d'autres taches brunes, petites et presque parfaitement circulaires.

Je sens à travers la manche en Tyvek la fermeté de son bras qui frôle le mien.

— Comme si la prise avait été intermittente ? poursuit-il. Ce qu'on constate quand quelqu'un a été maintenu de force, et que la prise se renforce puis se détend, plusieurs fois d'affilée. Vous croyez que des doigts peuvent infliger des ecchymoses de ce genre à travers des couches de vêtements ?

Je m'empare d'un appareil photo et de la règle de quinze centimètres que Marino a étiquetée plus tôt.

— Vous croyez qu'elle pourrait avoir des bleus comme ça à travers un chemisier et une veste de laine ? demande Luke pendant que je commence à prendre des photos, puisque Marino n'est pas revenu.

Je ne sais pas exactement ce qui se passe, mais d'après ce que j'ai compris, il se trouve toujours là-haut, interrogé par Machado et le FBI, qui s'intéressent à Twitter, et à la femme à laquelle Lucy a fait allusion. Quelqu'un que Marino a rencontré sur Internet, et *qu'il a dû « désabonner » de multiples façons*, m'a révélé ce matin ma nièce, lorsqu'elle m'a appris qu'il avait dormi au Centre sur un lit gonflable.

« Connasse » est le mot grossier que Marino a utilisé alors que nous nous rendions à la base des garde-côtes. Quelles que soient les bêtises dans lesquelles il s'est fourré, il est tout simplement impossible qu'il ait tweeté à Pretty Please, ou quel que soit le nom qu'utilisait Peggy Lynn Stanton sur Internet. Marino a peut-être tweeté à quelqu'un se présentant sous cet avatar il y a des jours ou des semaines. Cependant, il ne s'agissait pas de la femme qui repose sur la table d'autopsie. Celle-ci était morte bien avant qu'il adresse des messages à qui que ce soit, avant même qu'il dispose d'un compte Twitter, morte et conservée dans un endroit froid depuis le printemps. Mon esprit trie les informations de façon ininterrompue, le sang pulse dans mes veines.

Mon cœur bat à se rompre, pendant que connections et hypothèses s'enchaînent à toute vitesse dans mon esprit. Je m'efforce de détourner mon attention de ce que je ressens alors que Luke me frôle, et que je ne l'en empêche pas.

— Je ne voulais vraiment pas vous court-circuiter, lâche-t-il, maintenant que Ned est parti. Je vous présente mes excuses les plus sincères. Je pensais aider.

J'incise les marques brunes en haut du bras droit, afin de vérifier si elles sont bien définies sous l'épiderme. Je cherche une trace du fait que l'hémorragie se soit étendue au derme, la couche plus profonde, ce qui est effectivement le cas.

— Bien entendu, reste à savoir quand elle a pu recevoir ces contusions, dis-je en attrapant la poignée du scialytique pour descendre le long des bras jusqu'à l'extrémité fripée de ses doigts aux ongles vernis et abîmés.

Je vérifie le dessous des poignets et le dessus des mains, en ajoutant :

— À cause de son état, il est très difficile, sinon impossible, de dater ces ecchymoses.

Le faisceau lumineux balaye le haut de la poitrine parcheminée, les seins décharnés, illumine l'abdomen ridé.

— Mais, en fonction de la force déployée par la personne qui la maintenait, ces bleus ont pu être infligés à travers les vêtements, je précise pour répondre à la question de Luke.

— Il me paraît important de savoir si elle était habillée ou pas, mais j'ai conscience que cela relève plutôt du domaine de Benton. Je ne suis pas profileur.

J'éclaire les hanches, le haut des cuisses.

— Le FBI peut se montrer très persuasif. Je suis bien certaine qu'ils ont été d'autant plus convaincants à vos yeux que Benton les accompagnait. Cela étant, nous ne travaillons pas pour les représentants de la loi, Luke.

— Bien sûr que non.

— Nous devons répondre objectivement aux questions soulevées par les indices, je poursuis en éclairant maintenant les genoux de la victime. Cependant, et par-dessus tout, nous devons respecter la chaîne de responsabilité, ce qui signifie que nous n'accordons pas au FBI l'accès à notre salle d'indices, et que nous ne les laissons pas nous entraîner dans une frénésie d'activité, quelle qu'en soit la raison ou le sentiment d'urgence.

— Il s'agit de votre mari, j'ai donc pensé que…

— … que le fait que nous soyons mariés changeait la façon dont lui ou moi travaillons ?

— Je vous prie de m'excuser, répète-t-il. Mais après son agacement à Vienne…

Il s'interrompt sans achever sa phrase. Il n'a pas besoin de préciser qu'après l'accès de jalousie flagrant de Benton la semaine précédente, il n'avait guère envie de provoquer davantage sa colère. Luke sait qu'il a la capacité d'énerver Benton, il sait pourquoi. Néanmoins, il n'entre pas dans mes intentions de discuter de mon mariage avec lui, ni de la raison pour laquelle il pourrait constituer une menace pour Benton.

Je ne vais certes pas admettre ouvertement devant Luke Zenner que mon mari et moi avons récemment eu notre content de frictions, une succession d'épisodes d'incertitude et de méfiance qui ne sont pas aussi irrationnels ou sans fondement que j'ai pu l'affirmer. Si tel était le cas, si ces affrontements étaient véritablement dénués de raison, Luke et moi ne pratiquerions pas ce ballet de frôlements, d'effleurements, de gestes qui s'attardent, ce langage subtil de l'attraction passionnée. Étrangement, je ne me montre honnête envers moi-même que dans ces moments-là.

— Je me demande tout de même si on ne lui a pas ôté ses vêtements à un moment quelconque, marmonne Luke tandis que je repositionne la règle de plastique qui sert d'échelle à chaque nouvelle photo. Ma réflexion tient au fait que les contusions sont bien distinctes. Ici et là.

Il se rapproche, son avant-bras touche le mien, son épaule frôle la mienne lorsqu'il se penche, et je refoule mes sentiments.

— L'endroit où il semble que quelqu'un a exercé une pression considérable du bout des doigts se voit bien, et je me demande s'il y avait des couches de vêtements, poursuit-il.

Il se penche, s'appuie contre moi et ne bouge plus.

— Si c'était le cas, les contusions ressembleraient-elles exactement à ça ? s'enquiert-il.

— Impossible de déterminer la chose avec certitude.

— Cela vaut-il la peine d'essayer la source de lumière alternative ? persiste-t-il en désignant l'appareil sur le plan de travail, que Marino a branché des heures auparavant.

— Elle ne nous sera pas d'une grande aide.

— La réponse est donc négative, conclut-il en croisant mon regard.

— Vous voulez l'examiner au cas très improbable où vous pourriez visualiser des ecchymoses légères ou invisibles que nous aurions ratées, à supposer que nous ayons laissé passer des taches brunes qui soient des contusions ?

Je lui parle d'une façon qui le décourage. J'y suis obligée.

— Sans doute ridicule, vous avez raison.

— Pas ridicule, plutôt illogique, je rectifie.

— Tout juste. C'est vrai, quelle serait la probabilité ?

— La probabilité de découvrir les indices pour lesquels la source de lumière alternative est habituellement adéquate est quasiment nulle.

Cependant, ma volonté de le décourager ne s'applique pas vraiment à cela, tant il est évident que nous parlons d'autre chose.

À moins de décider que flanquer en l'air mon existence n'a pas d'importance à mes yeux, je n'aurai pas de liaison avec lui. Au fond, peu importe de savoir s'il a une chance avec moi. En revanche, je suis sidérée d'entretenir ce genre de pensées.

— Fluides corporels, fibres, résidus de poudre, empreintes latentes, contusions profondes ?

Je fais toujours allusion à la source de lumière alternative et à ce qu'elle permet de trouver dans des circonstances différentes, et je lui fais comprendre que je sais ce qu'on ressent à désirer ce qu'on ne peut obtenir.

— OK, on laisse tomber.

— Voilà ma recommandation. Mais je comprends la tentation d'essayer, Luke.

— Elle a été immergée, c'est donc une perte de temps.

— Et puis, il faut pouvoir l'expliquer, j'ajoute. Tout ce que nous faisons doit pouvoir être justifié.

— Je la débranche ? dit-il en tendant la main vers la prise.

— S'il vous plaît. Mettre des lunettes et passer une heure à examiner le corps des pieds à la tête à la Crime-lite juste pour le bonheur de pouvoir dire que nous l'avons fait ne m'intéresse pas vraiment. Pour les vêtements, cela peut en valoir la peine, mais rien ne presse.

Luke regagne la table, tout en poursuivant sa réflexion :

— On ignore si elle était habillée lorsqu'on lui a infligé ces bleus. Mais ce serait un fait important, non ? Dénuder un prisonnier est avant tout un problème de soumission, n'est-ce pas ?

— Tout dépend qui l'inflige à qui et pourquoi.

— C'est dans la logique de la torture. Une idée terrible à envisager, mais, de fait, la torture possède sa propre logique. La volonté d'humilier, d'intimider, de maîtriser votre prisonnier en le déshabillant, en lui recouvrant la tête d'un capuchon. Lui ou elle, ajoute-t-il. Je suppose qu'elle a pu être ligotée à l'aide d'un lien doux, qui n'aurait pas nécessairement laissé de traces sur la peau.

— Possible.

— Je l'imagine la surprenant par-derrière, comme ça, dit-il en levant les mains et en positionnant les doigts et les pouces pour mimer le geste. Peut-être pour la déplacer de force d'un endroit à un autre, par exemple pour la faire entrer dans une pièce, ou bien la traîner si elle était inconsciente. Ou bien si elle était attachée à une chaise, et qu'il essaye de lui extorquer des informations pour usurper son identité, par exemple. Son code PIN, ses mots de passe.

Je déplace la lampe sur le bas des jambes, illuminant le dessus et les côtés de ses chevilles et de ses pieds. Je découvre d'autres marques brunâtres, mais celles-ci sont plus sombres, desséchées et de forme indistincte. Je me prépare à pratiquer de petites incisions à l'aide du scalpel, et découvre que ces zones de peau ont perdu leur élasticité et sont extrêmement dures, sans aucune trace d'hémorragie dans le tissu sous-jacent. Il ne s'agit pas de contusions, mais de traces laissées par quelque chose d'autre, et j'en découvre de nouvelles sur ses cous-de-pied et certaines zones de ses chevilles.

Nous la faisons pivoter sur le flanc pour que je puisse examiner son dos : sous le coude et l'avant-bras droit, je remarque deux autres taches mal définies, dures, de couleur brune.

Je cherche à comprendre, en vain :

— Je n'ai aucune idée de ce que ça peut être. Absolument aucune.

— Un artefact *post mortem* ?

— Qui ne ressemble à rien de ce que j'ai jamais vu.

J'excise une petite section de peau pour l'examen d'histologie, et constate :

— C'est comme de découper du cuir dur. Qu'est-ce qui pourrait provoquer ça, des portions de peau de dix centimètres sur sept ?

— Des brûlures de congélateur, peut-être ?

— Non, si elle s'était trouvée dans un congélateur, elle en aurait partout.

— Mais si seules certaines zones du corps étaient entrées en contact avec les parties métalliques du congélateur ? suggère-t-il.

— La peau serait restée collée, dans ce cas-là.

J'insère la lame du scalpel dans l'épiderme tanné juste au-dessous de la clavicule gauche, puis pratique une incision en descendant vers la droite. Je reproduis le même geste sous la clavicule droite, puis je coupe jusqu'au nombril, que je contourne pour descendre jusqu'à l'os pubien. J'ai l'impression de pratiquer l'incision en Y dans du cuir glissant et humide. Je repousse les tissus, tranche les côtes, retire la partie antérieure de la cage thoracique. Une nouvelle incision sous la mâchoire me permet de retirer les organes du cou et la langue.

— Os hyoïde intact, j'annonce en prenant des notes sur un diagramme corporel, alors que l'odeur de décomposition devient suffocante. Aucune trace de lésion aux muscles infra-hyoïdiens, aux tissus mous. Aucune obstruction des voies respiratoires, ni arôme d'asphyxie chimique, due au cyanure, par exemple. Aucune blessure à la langue.

Luke rabat le cuir chevelu, et l'air résonne des gémissements et grincements perçants de la scie oscillante, tandis que la poussière d'os flotte en suspension dans la lumière blanche et crue. J'incise les principaux vaisseaux, la veine cave inférieure, l'aorte, que je trouve vides, ainsi que je m'y attendais, avec des traces hémolytiques sèches et diffuses. Je ne vois rien qui indique une obstruction, une blessure ou une maladie, juste une calcification modérée, certainement pas assez développée pour la tuer.

— Le cerveau est trop mou pour qu'on puisse en prélever une section, m'informe Luke. Mais je ne vois rien qui puisse évoquer une lésion cérébrale. La dure mère est intacte et dépourvue de taches, conclut-il en notant tout cela.

Les organes de la morte sont décomposés. Rouge-violet, doux au toucher. Collapsus pulmonaire, rien dans les voies respiratoires, ni eau, ni mousse, ni sable ou corps étranger, la vésicule biliaire est sèche et fripée, sans résidus de bile. Avec chaque minute qui passe, il apparaît toujours plus clairement que nous pratiquons une autopsie d'exclusion, éliminant des causes de décès, pour en arriver à la conclusion qu'elle a été asphyxiée ou empoisonnée. Mais avant que nous puissions obtenir les tests complets de toxicologie sur des prélèvements de foie, il va s'écouler un moment – au moins plusieurs jours.

Luke ouvre les yeux de la morte :

— Aucun signe de pétéchie. Pas de zones hémorragiques irrégulières sur le blanc de l'œil ou la conjonctive. Ce qui n'exclut pas l'asphyxie par étouffement ou strangulation, ajoute-t-il, avec raison.

Il n'y a ni abrasions, ni contusions, ni blessures que je pourrais associer à l'étouffement ou à la strangulation, mais l'absence d'hémorragies localisées sur l'œil ou le visage n'exclut pas le fait qu'on ait pu lui mettre un sac en plastique sur la tête, ou bien lui bâillonner le nez et la bouche, ou lui enfoncer un chiffon dans la gorge.

Le contenu gastrique est granulé et sec, évoquant de la nourriture à animaux. J'ajuste le scialytique et à l'aide d'une loupe, je scrute le matériau en le remuant à l'aide d'une pince.

— De la viande desséchée, dis-je. Si je la distingue à l'œil nu, cela implique que la digestion n'était pas très avancée au moment de la mort.

— Il y a très peu de choses dans l'intestin grêle, m'informe Luke. Et presque rien dans le côlon. Il faut combien de temps pour que la nourriture soit complètement évacuée ?

— Très variable. Cela dépend de la quantité et de la nature de nourriture ingérée, si elle a fait de l'exercice, son hydratation. Le temps de digestion peut varier considérablement.

— Donc, si elle a mangé et que la digestion avait à peine commencé avant sa mort, on peut parler de deux heures après son dernier repas ?

— Peut-être. Ou pas.

Je lui demande de peser le bol alimentaire et d'en placer un échantillon dans le formaldéhyde pour l'histologie, avant d'expliquer les tests particuliers auxquels je veux que l'on procède :

— L'iode pour l'amidon, le naphtol pour le sucre, et l'Oil Red O pour les lipides. Avec un peu de chance, on pourra identifier des particules de nourriture au stéréomicroscope.

Dos tourné à la porte, nous travaillons côte à côte.

— Bon, je vais donc faire le tour des labos d'histologie, de toxicologie, des traces, avec des instructions bien particulières, déclare Luke en passant en revue la liste. Et le microscope à balayage électronique ?

— Peut-être pour rechercher des éléments botaniques, dis-je, vaguement consciente d'un courant d'air derrière moi. En vue de comparaisons. S'agit-il de chou nappa, par exemple ? De brocoli chinois, ou bien de bok choy ? Y a-t-il des traces d'arthropodes, de crevettes ? Y a-t-il des structures cellulaires qui pourraient être de l'avoine ? Des grains de céréales qui pourraient être du blé ?

Luke se retourne, et je l'imite.

Depuis le seuil de la porte, qu'il tient ouverte, Benton lance :

— Je me demandais pour combien de temps vous en aviez encore.

— On ne vous a pas entendu entrer, souligne Luke.

— Nous terminions, j'annonce en croisant le regard de Benton, méfiant.

— Vous avez trouvé quelque chose de concluant ? demande-t-il sans bouger de la porte.

— La réponse officielle est pour l'instant indéterminée, suspendue aux examens, toxicologiques et autres, dis-je en détachant ma blouse dans le dos. Mais pour faire court, je ne sais pas.

— Même pas une supposition ?

Benton fixe ce qui repose sur la table d'autopsie, et ce n'est ni à cause de l'odeur ni à cause de la laideur du spectacle qu'il ne se rapproche pas.

Ce genre de choses ne le dérange pas. Quelque chose d'autre le tracasse.

— Je ne vais rien « supposer » sur les raisons de sa mort, je persiste en jetant mes gants et mes protège-chaussures dans une poubelle à déchets biologiques. En revanche, je peux t'offrir la longue liste de ce qui ne l'a pas tuée.

22

L'orage se déchaîne, particulièrement violent pour la saison. La pluie drue est devenue torrentielle, accompagnée de vents qui dépouillent les arbres de leurs feuilles, et le tonnerre gronde comme si nous nous trouvions pris sous un bombardement. Je conduis dans les rues du centre de Cambridge inondées de flaques sombres. L'eau jaillit sous le châssis et éclabousse les vitres. Benton paraît à des années-lumière de moi.

Installé sur le siège passager, attentif à son environnement, il parle sans me regarder :

— Le simple bon sens dicte de ne pas impliquer Marino là-dedans.

— Le bon sens de qui ? je demande en essayant de masquer ma tension.

— Tu voudrais qu'il abandonne son ADN dans la maison de cette femme ?

— Avec un peu de chance, ce ne serait pas le cas, mais bien sûr que non, je réplique, tentant de me montrer raisonnable.

Le téléphone de Benton luit dans l'obscurité, et il tape quelque chose sur le clavier.

— Après avoir éventuellement transféré son ADN aux effets personnels ou aux vêtements de la victime ? dit-il en reposant son téléphone sur ses genoux. Parce que je parie qu'il a manipulé plein de choses.

Le martèlement des essuie-glaces fait écho au souffle du dégivrage à plein volume.

— Je me fous pas mal des trucs de protection qu'il portait, déclare alors Benton. Aujourd'hui, tu peux récupérer de l'ADN dans l'air !

— N'exagérons pas. Toutefois, je suis d'accord, il ne devrait pas participer à la fouille de la maison de la victime. Bien qu'il n'existe aucune preuve qu'il la connaisse, qu'il l'ait jamais rencontrée, ou qu'il ait eu la moindre idée que quelqu'un avait usurpé son identité sur Twitter. Il n'existe pas le plus petit indice démontrant qu'il est coupable de quoi que ce soit.

— Les apparences ne sont pas réjouissantes.

— Les apparences sont exactement ce qu'elles sont, je jette dans un éclat de colère. Quelqu'un l'a délibérément mis en cause.

— Et nous ne devrions rien faire qui puisse renforcer cette mauvaise impression.

— Donc, je perds mon directeur des enquêtes opérationnelles parce que quelqu'un, quel qu'il soit, l'a piégé et ridiculisé ?

Je suis exaspérée, à un cheveu de l'accès de fureur, à l'idée que le FBI décide soudain qu'il a son mot à dire dans la façon dont je gère mes services.

Sous-entendre que mes enquêteurs abandonnent leur ADN un peu partout me met également en colère. J'ajoute :

— Marino était la cible, c'est pourquoi on l'a piégé.

— Il doit rester en dehors de cette affaire, et à l'écart du Centre de sciences légales pendant un moment.

— Qui pense cela, toi ou tes collègues ?

Des éclairs déchirent le ciel, qui paraît contusionné.

— Il ne m'appartient pas de décider comment Marino doit être géré. Au vu de nos relations personnelles, de notre histoire commune, il n'est pas approprié que ce soit moi qui décide, lâche mon mari.

Benton ne me regarde pas, et je sens qu'il est blessé.

— Selon moi, la personne qui le connaît le mieux devrait trancher, j'argumente.

— Oui, c'est vrai, je le connais, admet-il.

— Et comment ! Tel n'est pas le cas de tes collègues.

— Pas de la même façon que moi, tu as raison. Tu devrais peut-être d'ailleurs réfléchir à ce que je sais de lui, ajoute Benton.

— Réfléchir à ce que tu sais des défauts de Marino ?

Je comprends aussitôt l'allusion, et il m'est impossible de rectifier le cours pris par la conversation.

— Des défauts ? Merde !

— Benton, ne fais pas ça.

— Des défauts, c'est ça…

— Arrête, bon sang.

— Quelle drôle de façon de formuler ça, rétorque-t-il d'un ton blessé, tendu de colère.

— Tu es enfin en train de le lui faire payer ?

— Rien qu'un ou deux petits défauts.

— Tu vas finir par lui faire payer cette nuit où il était ivre et bourré de médicaments ? j'articule clairement. Où il avait perdu la tête ?

— L'excuse la plus rabâchée au monde. C'est de la faute des médicaments. De l'alcool.

— Cela ne sert pas à grand-chose.

— Plaider la folie quand on a agressé quelqu'un sexuellement.

— Ne me dis pas que ce qui s'est passé à l'époque influe sur les décisions que tu prends maintenant, lui dis-je. Je sais que tu n'irais pas le jeter aux chiens pour une erreur commise il y a de cela des années, et qu'il regrette amèrement.

— Marino n'a pas besoin de moi pour se jeter aux chiens. Il y arrive fort bien tout seul.

Je dépasse un chantier où les bulldozers parqués dans des rivières boueuses d'eau de pluie m'évoquent des créatures préhistoriques, des inondations, la vie emportée par les flots. La moindre de mes pensées est sombre et morbide, alourdie de peur : je redoute que Benton ne soit demeuré silencieux sur le seuil de la salle de décomposition pour m'adresser un message. Je redoute que les défauts auxquels il fait allusion ne soient pas vraiment ceux de Marino, mais les miens.

— Je t'en prie, ne le punis pas à cause de moi, dis-je doucement. Ce n'est pas un prédateur, ni un violeur.

Benton ne répond rien.

— Et encore moins un meurtrier, j'ajoute.

Il demeure silencieux.

— C'est un coup monté contre Marino. À tout le moins, il a été discrédité et humilié par l'assassin de Peggy Stanton.

Je regarde Benton, les yeux fixés droit devant lui.

— Je t'en prie, ne te sers pas de cela comme d'une opportunité pour punir.

Pour me punir, moi, j'ajoute mentalement.

Le SUV fait jaillir l'eau accumulée dans les nids-de-poule et des branches cassées jonchent la chaussée. Ni l'un ni l'autre ne parlent, et le silence me conforte dans ce que je soupçonne. Une vaste étendue désertique nous sépare. Les feuilles mortes tourbillonnent dans l'obscurité comme des chauves-souris à travers les rideaux de pluie.

— Marino a été piégé, oui. Ça, j'en suis convaincu, articule enfin Benton, presque avec lassitude. Dieu seul sait pourquoi quelqu'un irait se donner cette peine. Il est parfaitement capable de se piéger tout seul, il n'a foutrement besoin de personne !

— Où se trouve-t-il ? J'espère qu'il n'est pas seul, à cet instant.

— En compagnie de Lucy. Son comportement agressif et grossier a davantage compromis sa situation.

Je jette un regard dans les rétroviseurs, et la lueur aveuglante des phares de voitures qui me dépassent me fait monter les larmes aux yeux.

— Il s'est comporté à la manière d'un connard achevé, provocateur et refusant de coopérer, jette mon mari.

Le ton de Benton a changé. On dirait presque qu'il m'a fait savoir ce qu'il voulait, et que le chapitre est clos.

— Qu'il soit hors de lui ne me surprend pas, je m'entends dire alors qu'au même instant, je réalise brusquement quelque chose.

Sur le moment, je n'ai pas pensé aux fenêtres d'observation qui donnent sur la salle d'autopsie. J'ajoute, l'esprit ailleurs :

— J'imagine très bien sa colère et sa honte.

Je n'ai pas pensé aux labos d'enseignement. Avec les lumières éteintes, je n'ai jamais pensé que quelqu'un pouvait s'y trouver. Tandis que mes pensées suivent un autre chemin, je continue :

— Il est certain qu'il peut se révéler son pire ennemi.

Benton était là, observant l'évidence. Je ne me suis pas écartée de Luke. Je n'ai pas cherché à l'arrêter, parce que je ne le pouvais pas, parce que je le voulais. Je le désirais, au milieu de la mort et de l'horreur, quand l'urgence de se sentir vivant peut surpasser la logique.

— Ses accès de rage, ses insultes ; il a complètement refusé de coopérer, énumère Benton alors que je l'écoute à peine.

Luke m'a fait des avances, et je les ai considérées, je me suis demandé où et quand, j'ai brièvement bâti des plans pour savoir comment m'en sortir. J'ai dit « non » tout en pensant « oui », et ce dont Benton m'a accusée à Vienne est vrai.

— À un moment donné, j'ai dû quitter la pièce pour ne pas péter les plombs contre lui.

Benton me dit qu'il a quitté la salle de conférence située aux étages supérieurs. Il s'assure que je comprends qu'il nous a surveillés derrière la vitre obscure d'un labo.

— Tout ça parce qu'il a fallu qu'il initie une relation avec une parfaite inconnue dans le cyberespace, bon Dieu !

Je réponds d'un ton morne :

— Bienvenue dans le monde moderne. Les gens passent leur temps à ça.

— Personne autour de moi, en tout cas.

— Depuis que son ex-femme Doris l'a quitté, l'existence de Marino est effroyablement solitaire, un vrai trou noir. Une période presque plus longue que la durée de leur mariage. Il n'a connu ensuite que des rencontres dénuées de sens, la plupart avec des femmes monstrueuses qui lui ont fait du mal, qui ont profité de lui.

— Il n'est pas le dernier à avoir été monstrueux et à faire du mal aux autres, rétorque-t-il.

Sur ce point, je ne discuterai pas avec Benton. Impossible. Il assène de nouveau :

— Aucune des personnes avec lesquelles je travaille ne fait de rencontres sur ce foutu Internet.

— Ça, j'ai du mal à le croire.

— Aucun de mes collègues n'est assez bête pour ça. Internet, c'est la nouvelle mafia. C'est l'endroit que le FBI infiltre et espionne. On ne va pas s'y balader pour étaler notre putain de vie privée !

— Eh bien, Marino peut se montrer assez bête pour ça, je réplique. Il se sent seul, sa femme lui manque, son boulot de flic aussi, la vieillesse lui fait peur, et le pire, c'est qu'il n'en a aucune conscience.

Je conduis lentement le long de la Sixième Rue, où s'élève le siège de la police de Cambridge, aux contours noyés de pluie. Ses lampadaires extérieurs de style Arts déco répandent une lumière bleue dans le brouillard.

— Un aspect m'échappe : le but recherché par la personne. Pourquoi vouloir donner l'impression que Marino tweetait avec une femme à l'évidence décédée à ce moment-là ? dis-je alors.

— Tout le monde ne sera pas aussi convaincu que toi du laps de temps qui s'est écoulé depuis sa mort.

— Tu as vu le cadavre. Ce qu'il en reste.

— Tout dépend de l'interprétation qu'on en fait, souligne-t-il de façon troublante, comme s'il avait déjà abordé ce point.

Je répète d'un ton plutôt indigné :

— L'« interprétation » ? Il est clair qu'elle est morte depuis des mois !

— Pour moi, oui, pas pour la plupart des gens. Ceux-là, tout dépend des émissions de télévision qu'ils regardent. Quand ils entendent le mot *momifiée*, ils s'attendent à ce qu'on l'ait retrouvée dans une pyramide, enveloppée de bandelettes.

De notoriété publique, l'éclairage est calamiteux dans la plupart des quartiers de Cambridge, et je distingue à peine les bâtiments de biotechnologie et l'école publique autonome.

— Et le fait qu'il se soit trouvé à Logan Airport à peu près à l'heure où tu recevais l'e-mail anonyme en rapport avec la disparition d'Emma Shubert n'arrange pas les choses.

Il en vient donc là, et rien ne m'étonne plus.

— Benton, il n'a jamais mis les pieds en Alberta, au Canada, et n'y connaît rien en serveurs proxy et en *anonymizers*.

— Du moins est-ce ce que l'on croit.

— Et même s'il en était capable, quelle pourrait bien être sa motivation ? je m'acharne.

— L'important n'est pas ce que je pense.

Je le pousse dans ses retranchements :

— D'autres soupçonnent donc qu'il pourrait être impliqué dans l'affaire Emma Shubert.

— Ou avec ce qui t'a été envoyé par e-mail. Tout ça fait partie de la même discussion.

Tout cela est surtout ridicule, et je ne me prive pas de le souligner. Cela étant, j'ai déjà été témoin de choses encore plus grotesques en matière de fausses pistes. Je me garderai bien d'écarter les idées que les enquêteurs peuvent se fourrer en tête.

— Je m'inquiète de ce qu'il puisse s'agir de quelqu'un qui le connaît, Kay.

— De nos jours, tout le monde peut connaître tout le monde, Benton.

— Une paléontologue disparue est présumée morte, et on t'envoie la photo d'une oreille tranchée, récapitule-t-il. Mildred Lott a disparu, son mari est jugé pour son meurtre, et un hélicoptère qui lui appartient te filme en train de repêcher dans la baie le corps de Peggy Stanton quelques heures avant ta comparution en tant que témoin. Mon souci, c'est que quel que soit le responsable…

— Le responsable ? Tu parles d'une seule personne ?

— Trop de liens existent. Je ne crois pas à une coïncidence.

— Tu penses qu'une seule personne est à l'origine de tout cela ?

— Quand on veut réussir son coup, on fait les choses par soi-même, en solitaire. Et je crains que cette personne ne connaisse Marino, ne te connaisse, ne nous connaisse peut-être même tous.

— Pas besoin de « connaître », lui ou nous. Si tu cherches Peter Rocco Marino sur Twitter, tu peux le trouver. Sur Internet, on peut découvrir tant de choses sur n'importe lequel d'entre nous que c'en est terrifiant, je rétorque en marquant mon désaccord.

— Pour commencer, pourquoi cette personne irait-elle le rechercher sur Twitter ? À moins d'une raison personnelle de lui attirer de sérieux ennuis ?

— Lucy lui a créé son compte Twitter au début du mois de juillet, quand il a emménagé dans sa nouvelle maison, je me souviens. Quand a-t-il commencé à échanger des tweets avec Pretty Please ?

— Il affirme que c'est elle qui a commencé. À la fin août, dit-il, peut-être juste avant le week-end de la fête du Travail. Elle s'est présentée comme, et je cite, « une fan ».

— Une fan de Jeff Bridges ou de Marino ?

— Précisément, dit Benton. Parce qu'il est tellement idiot… Utiliser comme avatar un personnage tiré d'un film de bowling, se baptiser The Dude… Marino en a instantanément conclu qu'elle devait être une fana de bowling, et qu'ils partageaient un intérêt commun.

Je ralentis jusqu'à m'arrêter dans le quartier de Peggy Lynn Stanton, et à travers la pluie, le pinceau de mes phares illumine la rue plongée dans l'obscurité et les voitures garées de part et d'autre des trottoirs.

— J'examinerai tous ses tweets, ses e-mails, ses relevés téléphoniques, tout ce qu'il faudra, déclare Benton. Parce que c'est moi qui vais le sortir du merdier qu'il a provoqué. Ironique, non ?

Les maisons sont anciennes, sans qu'il s'agisse de demeures historiques ou chères pour Cambridge, charmantes, parfaitement entretenues, occupées par des familles monoparentales, et si proches les unes des autres qu'il serait difficile de passer à pied entre elles. Je pose une question :

— Il a supposé qu'elle pratiquait le bowling, ou bien elle le lui a dit ?

Les jardins sont minuscules voire inexistants, les places de parking convoitées. Les voisins prêtent sans aucun doute une extrême attention aux véhicules étrangers au quartier.

— J'ignore le détail des tweets échangés entre eux, mais j'en ai gardé l'impression qu'il s'agissait d'une fervente joueuse de bowling.

J'essaye de me représenter la scène : obliger par la force une femme à sortir de chez elle. Sans succès. Impossible qu'il n'y ait pas eu de témoins à une scène de cris ou de tapage quelconque. Nous demeurons assis en silence, la pluie tambourinant sur la carrosserie. Au loin, un éclair zèbre le ciel, à la manière d'un flash, tandis que le tonnerre gronde. Je doute que Benton accorde crédit au scénario selon lequel Peggy Lynn Stanton aurait pu être tuée ou kidnappée chez elle, et lui pose la question.

— Nous n'avons aucune certitude à ce sujet. Doug a son opinion, qui n'est pas nécessairement la mienne.

— Donne-moi la tienne.

— Je vais te dire de qui il s'agit.

— Tu as un suspect en tête ?

Benton parcourt du regard la rue sombre et pluvieuse, et répond :

— Je sais qui il est : il a pas loin de 30 ans, probablement plus. Intelligent, talentueux, bien intégré mais émotionnellement isolé. Il ne se lie pas. Ceux qui pensent le connaître se trompent.

— « Il » ?

— Oui, acquiesce-t-il en examinant les maisons, les voitures. La navigation lui est familière. Il possède probablement un bateau, ou a la possibilité d'en disposer.

L'obsession de Marino pour l'acquisition d'un bateau au Centre me revient, et je me demande à qui d'autre il en a parlé.

— Il n'a pas besoin d'aide pour le manœuvrer, est assez adroit pour se débrouiller seul.

Benton descend sa vitre et fixe l'obscurité.

— Un beau parleur, sûr de lui, assuré de convaincre n'importe qui de n'importe quoi, y compris la police, les garde-côtes.

La pluie qui pénètre à l'intérieur de la voiture le laisse indifférent.

— Si son bateau tombait en panne, ou qu'il était arrêté avec un cadavre à bord, poursuit-il, il serait convaincu de pouvoir s'en sortir au charme, sans que personne découvre rien. Quelqu'un d'intrépide, avec des moyens financiers.

Marino est détenteur d'un permis bateau délivré par la garde côtière.

— Un sociopathe narcissique, dit-il en s'adressant à la pluie et à la nuit. Un sadique sexuel, qui éprouve du plaisir à infliger la peur, les tourments, à dégrader, maîtriser.

— Je n'ai jusqu'à présent découvert aucune trace d'agression sexuelle, je rétorque.

— Il ne les agresse pas sexuellement. Il éprouve pour ses victimes une aversion physique, parce qu'elles lui sont inférieures. Et il met un point d'honneur à ce qu'elles le sachent. Plus j'y songe et plus je crois que tu as raison, concernant l'aspect piégé du corps.

— Un piège destiné à l'écarteler, la décapiter, avec la possibilité de perdre tout ou partie du corps. Mais pourquoi ? Pour qu'on ne parvienne pas à l'identifier ?

— Parce que la tuer ne suffisait pas. Il pourrait la tuer chaque jour, cela ne comblerait pas le vide abandonné en lui par une effroyable dévastation vécue plus tôt dans son existence.

— Une dévastation dont tu sais quelque chose ?

— En effet, parce qu'elles sont à la fois toutes différentes mais semblables. Un monstre que personne n'identifie comme tel. Qui vit sa vie de tous les jours tout en conservant un corps dans son réfrigérateur ou son congélateur, parce qu'il est incapable de renoncer à son fantasme. Il lui faut revivre en permanence ce qu'il lui a fait subir. Et même lorsqu'il s'est enfin décidé à se débarrasser du corps, il fallait qu'il la détruise une dernière fois. Il la voulait déchiquetée, en public, pour que le témoin, quel qu'il soit, soit choqué et passe pour un imbécile. Il s'agit d'un individu qui cherche à ridiculiser.

Benton remonte sa vitre. Je demande :

— Il la connaissait ?

De ses mains, il essuie la pluie qui trempe son visage.

— Il sait très bien qui il tue, répond-il. Peggy Stanton ne représentait qu'une doublure. Toutes ses victimes sont des doublures. Il a déjà tué, et il recommencera, il l'a peut-être déjà fait, d'ailleurs, et il va jouer avec les participants impliqués parce que ça lui procure du plaisir.

Les essuie-glaces balaient le pare-brise tandis que je redémarre et roule doucement en direction des voitures banalisées devant nous.

Benton remonte la fermeture Éclair de son manteau et poursuit :

— À chaque fois, le même type de victime. Une femme. Sans doute une femme d'un certain âge, plus âgée que lui. Une femme mûre, accomplie, à la situation bien établie. Qui pourrait être sa mère, ou une autre femme qui a joué un rôle écrasant et déterminant dans son existence.

— Ce que tu décris n'a strictement rien à voir avec un crime d'impulsion.

Je remarque des rideaux qui bougent aux fenêtres des maisons devant lesquelles nous passons.

Les voisins sont conscients de la présence de notre SUV, qui s'est arrêté puis a remonté lentement leur rue. J'observe :

— Dans ces parages, on ne peut pas enlever quelqu'un, lutter avec lui, ni même faire grand-chose sans être remarqué. Même en pleine nuit, on ne transporte pas un cadavre ou une personne inconsciente hors de la maison pour la fourrer dans son coffre. Le risque serait énorme.

— Ce qui est arrivé à cette femme relève de la préméditation.

— Avec méticulosité, je renchéris.

— Il y a eu une rencontre, peut-être même plusieurs, mais ils ne se connaissaient pas. Ou en tout cas, pas elle, conclut-il.

23

La maison coloniale blanche à un étage est nichée entre trois autres résidences qui la surplombent quasiment. Le petit jardin sur le devant est envahi de broussailles qui obscurcissent les fenêtres du rez-de-chaussée et encombrent une allée pavée de briques menant au garage séparé. Nous remontons un chemin d'ardoises qui disparaissent sous les mauvaises herbes et que les feuilles mortes rendent glissantes. La pluie dégringole à seaux, nous trempant visage et cheveux.

J'élève la voix pour surmonter le vacarme qu'elle produit :

— À l'évidence, le jardin n'a pas été entretenu depuis un moment. Surprenant que personne ne se soit plaint. Il faut déterminer quelles ont été les lumières allumées ou éteintes tout ce temps, c'est important, j'ajoute en remarquant que nombre des fenêtres sont plongées dans l'obscurité.

Nous grimpons à vive allure les marches qui mènent à une véranda illuminée par deux lanternes vitrées suspendues au plafond, et retirons nos manteaux dégoulinants de pluie alors que la porte d'entrée s'ouvre en grand. Revêtue d'une combinaison à capuche blanche qui lui donne une allure monacale, comme si elle appartenait à un ordre supérieur, Douglas Burke nous fait pénétrer dans une entrée petite mais élégante, flanquée de part et d'autre d'un salon et d'une salle à manger, avec au fond un escalier menant à l'étage.

Un lustre à pendeloques doré ancien qui paraît français éclaire un tapis persan sur lequel a été étalée une bâche de lourd plastique transparent. Des piles de vêtements de protection, des boîtes, les chaussures à lacets en daim que j'ai vues plus tôt aux pieds de Burke et des souliers oxford dont je suppose qu'ils appartiennent à Machado reposent dessus. L'air stagnant empeste la poussière.

— Si quelqu'un l'a kidnappée ou tuée ici, il n'a laissé aucune trace que je puisse déceler, déclare Burke en nous tendant des serviettes. Toutefois, je ne suis pas experte dans ce domaine, ajoute-t-elle d'un ton qui retient mon attention.

— C'est vous qui avez allumé la véranda ? demande Benton en se séchant les cheveux et le visage.

— Tout ce qui est allumé, c'est nous. Lorsque nous sommes arrivés, la maison baignait dans une complète obscurité. Beaucoup d'ampoules grillées. Quelle soirée ! fait-elle en refermant la porte. Espérons que Noé soit en train de bâtir une nouvelle arche.

Après avoir essuyé ma mallette de scène de crime, je la dépose à côté d'une boîte de protections pourvues de semelles en PVC que l'on peut porter sans chaussures. Puis j'éponge mes cheveux trempés. Je me sens moite, faible et mal à l'aise.

Surtout, je perçois quelque chose d'indéfinissable dont je me méfie.

— Rien sous tension lorsque vous êtes arrivés ? s'assure Benton.

— La seule chose sous tension ici, c'est moi. J'ai pris du Sudafed, qui fait à peine effet. Cet endroit est idéal pour déclencher plein pot mes allergies, rétorque-t-elle, les yeux larmoyants et le nez apparemment congestionné.

— Les voisins n'ont rien remarqué, ils ne se sont pas demandé pourquoi la maison était plongée dans le noir ? vérifie Benton.

— Avec des lumières qui grillent petit à petit, et pas en même temps ? Les voisins se mêlent peut-être de leurs affaires, ou en tout cas, pas des siennes ? suggère Burke, d'un ton précipité et surexcité. Nous en avons toute une liste à interroger, mais à mon avis, ils ont dû penser qu'elle s'était absentée, comme cela lui arrivait souvent. Elle était typique du quartier, de ces gens qui ne sont pas obligés de travailler pour vivre, qui tâtent du bénévolat et des activités intellectuelles. Vous connaissez ce genre-là, lance-t-elle à Benton comme s'il était concerné, et sans qu'il soit possible de déterminer si elle plaisante, flirte, ou rien de tout cela.

— La plupart des gens laissent au moins quelques lumières allumées, répond-il.

Il tente d'évaluer le degré de distance de Peggy Stanton, si elle encourageait ses voisins à la laisser tranquille, si elle était appréciée ou si on l'évitait.

Les prédateurs choisissent leurs victimes pour une raison particulière.

— Nous avons passé toutes les pièces en revue, nous apprend Burke. Sil est toujours au sous-sol. Il veut vous montrer un truc électrique, ajoute-t-elle à destination de Benton. Le genre de trucs qui me dépasse, je suis à peine capable de brancher le grille-pain. Pour l'instant, rien d'intéressant, sauf que l'endroit est vide depuis au moins plusieurs semaines.

Plusieurs semaines.

Je n'aime pas l'impression qui se dégage de tout cela.

— Nous avons demandé les relevés de l'entreprise qui gère l'alarme, qui nous fourniront probablement la meilleure indication de sa dernière présence ici, ajoute Burke.

Je ne suis pas d'accord, et le souligne :

— La personne à avoir pénétré ici pour la dernière fois n'était pas nécessairement Peggy Stanton.

Je retire mes boots tactiques, la nouvelle paire enfilée après avoir insisté pour prendre une douche et me changer avant de repartir où que ce soit.

— Et je peux vous affirmer avec un degré de certitude raisonnable qu'elle ne se trouvait pas ici ces dernières semaines, pour la bonne raison qu'elle était morte. Peut-être la femme de ménage ?

— Il n'y en a pas eu ici depuis des semaines, c'est évident.

Des semaines, me dis-je. La tournure que prennent les choses ne me plaît pas du tout. Burke va remettre en question la moindre de mes conclusions sur des faits qu'elle juge contestables, et Benton n'a pas l'intention d'intervenir. Je demande :

— Nous savons si elle a une femme de ménage ? Ou bien peut-être assurait-elle elle-même l'entretien de sa maison ?

— Aucune certitude jusque-là. En tout cas, le jardinier ne s'est pas montré, vous avez dû le remarquer, me dit-elle.

Je la connais vaguement depuis quelques années, et la considération que je lui porte n'a guère changé. Ex-procureur, assez intelligente et agressive, l'agent spécial Douglas Burke s'est toujours montrée convenablement attentive à l'épouse de l'homme avec lequel elle travaille en secret et de façon très proche. Je l'apprécie, sans bien l'aimer pour autant. Je n'ai jamais su déterminer quelle opinion elle avait véritablement de moi, ou ce qu'elle ressentait vis-à-vis de mon mari. Ses émotions et ses intérêts demeurent secrets, et à cet instant, je commence à ressentir fortement quelque chose.

— À Cambridge, les gens ont tendance à remarquer ces choses-là, observe Benton en essuyant son manteau et ses chaussures. Si l'entretien du jardin ou de la maison est négligé, au bout d'un moment, inévitablement, quelqu'un appelle la mairie pour se plaindre.

— Nous nous renseignons aussi à ce sujet, répond Burke en nous tendant des combinaisons. Nous avons découvert qu'elle avait interrompu la livraison du journal le 3 mai.

— Elle ou quelqu'un d'autre, rectifie Benton en déposant avec soin manteau et chaussures sur la zone protégée par le plastique. La démarche peut se faire en ligne. En cas d'enlèvement, lorsqu'on ne tient pas à ce que la disparition soit découverte trop tôt, on suspend la livraison par Internet. On s'assure de passer des coups de fil occasionnels, grâce au portable de la victime, à un service de renseignements qui conservera un enregistrement de l'appel. Ou bien on téléphone à des gens qui sont sur sa liste de contacts à des heures indues, et on raccroche sans laisser de message.

— Elle avait l'habitude de suspendre la livraison du journal au printemps ou au début de l'été, nous informe Burke. Le *Boston Globe*, plus spécifiquement. Chaque fois qu'elle quittait Cambridge. De nos informations, elle n'aurait jamais passé les étés ici, après l'accident d'avion qui a tué sa famille. Je n'arrive même pas à imaginer une pareille épreuve. Je ne peux même pas y penser. Perdre tout le monde d'un seul coup.

Benton continue sa tentative d'évaluation de la personnalité de Peggy Stanton :

— Un tel événement a dû profondément la modifier. Pour le meilleur ou pour le pire, elle n'était sans doute plus la même.

— Lorsqu'elle séjournait dans son cottage du lac Michigan, elle se faisait livrer le *Chicago Tribune*, mais l'abonnement n'a pas été renouvelé cet été.

Burke nous tend des gants. Ses mains tremblent. Sans doute les effets du Sudafed, ou bien l'excitation de la chasse.

Si c'est moi que tu veux chasser, vas-y.

— Ainsi que je l'ai précisé, jusqu'ici, tout indique qu'elle n'est jamais arrivée en Illinois.

Elle me fixe mais je soutiens son regard.

Je foule le plastique en protège-chaussures et pointe vers le sol :

— En dessous, c'est le tapis ?

— On n'a rien fait.

Elle a compris ma question.

Les revêtements de sol des entrées recèlent une importance toute particulière. Lorsqu'un criminel entre ou sort d'une maison, c'est en général par la porte. J'ose espérer que Burke ou Machado n'ont pas piétiné le tapis, la pluie dégouttant de leurs vêtements, et en ramenant de la terre de l'extérieur. J'ose espérer qu'ils ne l'ont pas recouvert de plastique avant d'avoir vérifié les indices, cherché des cheveux, des fibres, de la terre, des débris végétaux, n'importe quoi.

— Vous n'avez rien fait ?

Je m'avance sur la portion de sol à découvert, et remarque le porte-parapluie en fonte dans le coin à droite de la porte.

Le plateau inférieur porte une inscription : *À la Ménagerie du Jardin des plantes*, le zoo parisien. Un anneau de plastique bleu foncé tortillé est coincé derrière, entre le mur et le support.

— Nous sommes là depuis une heure. Le plan consiste à faire un tour général avec vous avant de toucher à quoi que ce soit, explique Burke comme si j'avais exigé cette visite, qui n'en est pas une.

Il s'agit plutôt d'une chasse.

— Ensuite, Sil récoltera les indices, pourvu qu'il y en ait, poursuit-elle. Si on trouve des empreintes, il fera des relevés. Mais à mon avis, personne d'intéressant n'est venu ici. Je ne crois pas que nous ayons affaire à une scène de crime. Difficile de dire pour l'instant qui est entré et sorti, et à quel moment. Nous obtiendrons sûrement les réponses, mais je doute qu'elles servent vraiment.

Sa conviction est faite et selon moi elle remonte avant son arrivée sur les lieux.

— Aucun signe de lutte, de violence, mais après tout, c'est vous l'experte, me balance-t-elle sur un ton d'avocat de la défense. Dans l'hypothèse d'un cambriolage, rien ne semble avoir disparu. Il y a des bijoux de prix dans un tiroir de la commode, dans sa chambre, rien n'aurait été fouillé ou dérangé. Sa voiture est bouclée dans le garage.

— Il va falloir l'examiner, déclare Benton. Vérifier les jauges, le réservoir d'essence, le GPS, si elle en possède un.

— Sil a appelé un camion, précise Burke.

— Parfait, car la voiture ne doit pas être passée au crible ici, mais transportée au labo, dans la baie d'examen, j'approuve.

Elle a requis ma présence en tant qu'experte, je me comporterai comme telle. Je pourrais tourner les talons et repartir, mais non.

Benton remarque :

— La batterie est sûrement à plat.

— Merde, fait Burke en se tamponnant le nez avec un mouchoir en papier. Je vais m'arracher les yeux, avec cette foutue poussière.

— Et la clé de la voiture ? je m'enquiers.

— Sur la table, là, dans la coupe, probablement là où elle la laissait habituellement.

— Un sac à main, un portefeuille ? demande Benton, dont le beau visage aux traits anguleux est maintenant encadré de polypropylène blanc.

— Aucune trace, répond Burke. On dirait qu'elle est partie, et qu'un autre événement s'est produit. Évidemment, nous ignorons s'il s'agit d'un homicide. L'hypothèse d'un meurtre n'est pas établie, n'est-ce pas, Kay ?

Il ne s'agit pas d'une question, mais d'une mise à l'épreuve. Je remarque sèchement :

— Si elle ne conduisait pas, comment supposez-vous qu'elle se soit débrouillée pour disparaître ? À un moment précis, elle a physiquement quitté cette maison. Et pourtant, son véhicule et sa clé sont ici.

Je m'accroupis près du porte-parapluie et scrute l'anneau de plastique sans y toucher.

— Le problème, dit Burke tout en m'observant, c'est qu'il n'est pas établi que sa disparition se soit produite à Cambridge, ou même dans le Massachusetts.

— Sauf que c'est dans le Massachusetts qu'on a retrouvé son corps, je rétorque en me relevant.

— Elle aurait pu se faire enlever en Floride, dans l'Illinois, Dieu sait où.

Elle fait mine d'envisager cette hypothèse. Pourtant, je suis convaincue qu'elle n'y croit pas.

— Vous avez raison, nous ne disposons pas de tous les faits, je remarque. En revanche, fait indéniable, son corps a atterri ici.

— Quand bien même, nous ignorons complètement où elle a disparu.

Au moins, Burke m'enfonce dans le crâne la légitimité de l'implication du FBI. Elle me rappelle que la compétence du Bureau s'étend aux crimes dépassant la frontière d'un État, et que si j'éprouve le sentiment qu'on marche sur mes plates-bandes et qu'on me défie, leur action est parfaitement bien fondée. Elle poursuit :

— Elle a pu quitter la ville de son plein gré, faire des allers-retours, se retrouver dans le coin. Peut-être était-elle accompagnée ? Peut-être son décès est-il naturel, et pour une raison quelconque, se débarrasser du corps a constitué une priorité pour une autre personne ?

— Rien n'indique qu'elle soit décédée de cause naturelle.

— Pas plus que le contraire, réplique-t-elle.

— Il est probable qu'elle a été gardée prisonnière, que son cadavre a été conservé à une température très basse pendant des mois, puis ligoté de telle façon qu'il serait déchiqueté lorsque nous tenterions de le sortir de l'eau. Il s'agit, selon moi, d'un signe qui tendrait à prouver que sa mort n'a pas été naturelle.

— Mais d'après ce que j'ai compris, vous ne savez pas ce qui l'a tuée ?

La question demeure suspendue dans les airs.

— Pas pour l'instant.

— Vous ne supposez rien ?

— J'évite les suppositions.

— Donc vous ne savez pas, insiste-t-elle.

— Pour l'instant, je n'ai aucune certitude, non.

— N'est-ce pas inhabituel, quand le corps est dans un état relativement bon ?

Burke ne m'a pas quittée des yeux, et je songe brusquement qu'elle pense peut-être que je mens.

— Si. Ce cas est particulièrement compliqué et peu usuel. Sans doute aboutirons-nous à un diagnostic d'asphyxie, ou d'empoisonnement, bref un cas relevant de la toxicologie. Le déterminer prendra du temps, selon moi.

— Nous allons donc rechercher ici ce qui pourrait indiquer une overdose, un empoisonnement ou une asphyxie, dit-elle. Drogues, médicaments, quelque chose comme un sac en plastique de pressing qui aurait pu servir à l'étouffer.

— Et puis après ? Vous croyez qu'on a pu sortir son corps d'ici sans que personne voie rien, pour aller la jeter dans la baie ?

— J'espère que vous allez me le dire. Elle a été conservée au froid, vous en êtes certaine ? persiste Burke.

Ses questions commencent à ressembler à un interrogatoire. Benton, quant à lui, examine les lieux sans nous prêter la moindre attention.

— En effet, un endroit froid. Très froid et sec.

Le plastique de mes protège-chaussures geint sur le plancher en pin, et Burke jette d'un ton sans appel :

— Nous n'avons strictement rien de concret.

— Vous êtes allergique aux chats ? je demande soudain.

— Affreusement. Et moi qui croyais que c'était Benton, le médium !

— L'anneau de plastique tortillé, par terre ? dis-je en lui montrant l'objet derrière le porte-parapluie. Il s'agit d'un jouet de chat.

— Pas de chat visible, mais il semble qu'il y en ait eu un.

— Récemment ? interroge Benton, intéressé.

— Il y a une litière dans la salle de bains de la chambre, explique Burke. Et des bols à eau et à nourriture par terre dans la cuisine.

— Mais aucun chat mort ou vif ?

Benton paraît absorbé par la signification de cette découverte.

— Pas jusqu'à présent le renseigne sa collègue.

— Où est sa clé de voiture ? j'interviens.

J'inspecte la table de l'entrée, taillée dans du bois ancien patiné, serti de cuivre martelé, la coupe de verre opalescent ornée d'un motif de merles bleus posée dessus.

Au dos de celle-ci, je déchiffre « Lalique ». Un autre objet ancien de prix. Je me demande si Peggy Stanton passait beaucoup de temps en France.

— Sil l'a, répond-elle. Il a effectué des prélèvements dessus, et sur le porte-clés, pour l'ADN. Il a vérifié s'il y avait des empreintes, quoi que ce soit, avant d'aller déverrouiller la voiture, si tant est qu'elle soit fermée à clé. Mais quand les pompiers nous ont fait entrer, la clé, ce qui semble être celle de sa Mercedes de 1995, se trouvait là dans cette coupe. Là où on s'attend à trouver les clés quand on rentre dans la maison. L'endroit habituel, juste derrière la porte. Le porte-clés est décoré d'une vieille boussole, genre vieille boussole de scout ?

— À cela près que si elle sort du garage, surtout les bras chargés de courses, il est peu plausible qu'elle fasse tout le tour pour rentrer par-devant, monter les marches, passer par la véranda. Il existe une allée qui mène du garage à une porte sur le côté, probablement la porte de la cuisine, j'argumente.

— Rien d'autre que la boussole et la clé de voiture, sur ce porte-clés ? demande Benton. Des clés de maison, du garage ?

— Non.

— Et le courrier ? insiste-t-il en jetant un regard par les portes, sans pénétrer dans les pièces. J'ai remarqué une boîte aux lettres sur le devant.

— Vide.

— Elle faisait suivre son courrier à une autre adresse ? je m'informe. Sans quoi, la boîte aux lettres devrait déborder.

Je repose la coupe sur le plateau lisse de la table faite main, sans croire une seconde que Peggy Stanton ait pu abandonner ses clés de voiture ou autre dans l'entrée.

— Il n'y avait que quelques prospectus, de la pub, répond Burke. Quelqu'un devait le relever.

— La même personne qui payait ses factures et se faisait passer pour elle, déclare Benton comme s'il le savait de source sûre. J'aimerais d'abord voir le garage, passer en revue la propriété dans son entier avec Machado, puis la maison, tout en laissant de la place à Kay pour œuvrer. Doug, vous pouvez peut-être lui montrer les lieux.

Benton me laisse le champ libre, mais il sait que je ne peux pas rester seule. Je me persuade qu'il se contente de suivre le protocole. Je ne veux croire qu'il m'abandonne ici, entre les mains de Douglas Burke, pour qu'elle puisse poursuivre, l'air de rien, son inquisition que je n'ai pas les moyens d'interrompre.

Je glisse autour de mon cou la sangle de l'appareil photo, ramasse ma mallette de scène de crime, et pour mémoire, lui indique que j'ai l'intention de passer au peigne fin certaines parties de la maison, et qu'il est important qu'elle demeure en permanence avec moi. Je lui explique que, sans témoin, je n'ouvrirai aucun tiroir, placard ou armoire à pharmacie, ni ne récolterai d'indices qui ne soient directement en rapport avec le corps.

Médicaments, matériaux biologiques, par exemple, je lui précise. Mais je lui indique très clairement aussi que j'examinerai tout ce qui concerne mon travail de médecin expert, tenant pour acquis que mon opinion sert.

— Bien sûr, tout est utile, réplique-t-elle. Par curiosité, vous prenez vous-même les photos, d'habitude ?

— D'habitude, non.

— Donc, si Marino n'est pas disponible, vous ne vous faites accompagner par aucun autre enquêteur ? Vous en avez combien ? Six ?

— Je n'amènerais ici ni Marino ni personne. Pas compte tenu des circonstances.

24

La salle à manger s'ouvre à gauche de l'entrée. C'est une petite pièce aux murs peints d'un bleu Wedgwood, avec des moulures ornementées blanches. Une table en acajou, entourée de six chaises anciennes garnies de velours rouge sombre, se dresse devant la cheminée.

Des plats bleu roi lisérés d'or, de la porcelaine de Saxe ancienne, ornent un vaisselier encastré. Des coffrets d'argenterie française, au métal terni, sont rangés dans des petits placards en bois. Sur la table et le manteau de la cheminée, des bougies blanches jamais allumées, et près de la fenêtre garnie de rideaux, des plantes en pot, mortes depuis longtemps. Tout est recouvert d'une couche de poussière à laquelle personne n'a touché depuis des mois, à mon avis. J'actionne un interrupteur, en vain. Les ampoules du lustre et des appliques sont grillées.

— Ils n'ont pas l'air d'être sur minuteur, je remarque en examinant les prises et les interrupteurs de la pièce, à la recherche de blocs multiprises ou d'un dispositif qui aurait permis à Peggy Stanton de programmer l'allumage ou l'extinction de certaines pièces. Lorsque vous êtes arrivés, ces interrupteurs étaient basculés en position allumée ?

— Oui, répond Burke, absorbée par son téléphone portable.

— Et vous les avez laissés tels quels ?

Je pose la question, ce détail s'avérant important.

— Si les ampoules ont sauté, c'est parce que la dernière personne à avoir quitté les lieux les a laissées allumées, dit-elle en faisant défiler ses e-mails.

— On peut en conclure qu'elle a laissé la lumière de la salle à manger la dernière fois qu'elle s'est trouvée chez elle, ou qu'il s'agissait de quelqu'un d'autre.

— La fenêtre ici donne sur la rue, remarque-t-elle en lisant ses e-mails et en s'essuyant le nez avec un mouchoir en papier. Elle avait peut-être l'habitude de laisser allumé dans la salle à manger pour donner l'impression que la maison était habitée.

— En règle générale, on ne laisse pas allumés un lustre et des appliques en cristal, surtout si on s'absente pour une longue période, c'est la galère pour remplacer les ampoules.

J'ai vu ce qui m'intéressait ici, et Burke m'écoute à peine.

Je sors de la salle à manger et traverse l'entrée, attendant la suite. Je me demande dans quelle mesure Benton a planifié le déroulé des événements. Quelle latitude lui a-t-il laissée ? Burke m'accompagne dans la tournée de la maison parce qu'elle a l'intention de m'étudier sous un autre angle.

Même si j'éprouve la même sensation déconcertante qu'en présence de Jill Donoghue, lorsque celle-ci a tenté de jouer au plus fin avec moi à l'audience, je lui fais néanmoins part de mes réflexions :

— Si elle avait l'habitude de se déplacer en voiture, il aurait été plus logique de laisser éclairé du côté du garage.

Dans le salon très classique, je m'arrête près du canapé garni d'un tissu à fleurs et découvre encore d'autres antiquités du vieux continent, probablement françaises. Tout est impeccable, quoique recouvert de poussière. Par terre, près d'une bergère à oreilles, je remarque un sac de toile qui renferme des pelotes de laine, des aiguilles à tricoter, et une écharpe bleu marine à moitié achevée. Si elle était partie pour l'été, aurait-elle négligé d'emporter un ouvrage en cours ? Un insert à gaz décoré de bûches de bouleau est installé dans la cheminée, la télécommande posée sur le manteau.

— La cheminée fonctionne, j'ai vérifié, déclare Burke.

— En général, on éteint la veilleuse l'été, pour ne rallumer qu'à l'automne. La maison est chauffée au gaz naturel ? Il fait chaud ici. Le chauffage est allumé et réglé à 21°, j'observe après avoir trouvé le thermostat.

— Je ne suis pas certaine que ce soit au gaz.

— Sûrement, si. La veilleuse aussi consomme du gaz. Si on laisse en veille pendant cinq ou six mois, il est probable que la réserve va s'épuiser. Peggy Stanton a donc été livrée en combustible.

— Quelqu'un a ramassé son courrier, payé ses factures, s'est assuré des livraisons de gaz, et a interrompu celles du journal, énumère-t-elle sans indiquer ce qu'elle en pense, ni si même elle trouve cela intrigant. Cela étant, il ne m'appartient pas de vous indiquer comment faire votre boulot.

— Vous ne pourriez vraiment pas, c'est donc préférable.

— Je ne cherche pas à vous mettre en doute, se justifie-t-elle.

— Bien sûr que si. Mais allez-y, je contre en contemplant des fleurs tellement fanées qu'il est difficile de déterminer leur nature.

— Vous êtes certaine qu'elle n'est pas morte dans l'eau ?

— Sûre et certaine !

Peut-être des tulipes et des lys, que j'associe au printemps, avec un porte-cartes en plastique fourré dans le vase.

— Impossible qu'elle se soit noyée après avoir été ligotée et jetée par-dessus bord ? persiste Burke.

— Impossible. Elle était déjà morte lorsqu'elle a été ligotée. Pourquoi aurait-elle laissé un bouquet de fleurs fraîches sur une table, si elle s'absentait pour l'été ? Pourquoi ne pas le jeter ?

Mais Burke ne s'intéresse pas aux fleurs :

— Et depuis combien de temps était-elle dans l'eau ?

— J'estime que lorsqu'on l'a retrouvé, le corps se trouvait dans l'eau depuis moins de vingt-quatre heures.

— Et sur quoi basez-vous votre estimation ? Si ma question ne vous ennuie pas.

— Du tout !

Et quelle importance dans le cas contraire ? Elle posera toutes les questions qui lui passent par l'esprit, et je me demande si elle a couché avec mon mari.

Jusqu'à quel point son attitude relève-t-elle de la rivalité personnelle ?

— Je base mon estimation sur le fait qu'il n'existe aucune trace de modifications induites par l'immersion, ni de déprédations marines, par exemple.

— « Déprédations marines » ?

— Les crabes, les poissons. Rien n'avait commencé à la dévorer.

— D'accord. Donc, elle est morte ailleurs, admet-elle.

— Oui.

— Et d'après l'autopsie, qu'est-ce que vous pensez ?

— À mon avis, il est probable qu'elle ait été retenue prisonnière dans un endroit dont elle a tenté de s'échapper. Les constatations *post mortem* indiquent qu'elle était morte depuis des mois.

— Aucune chance que le décès remonte moins loin que vous ne le pensez ?

Burke m'étudie comme si j'étais un puzzle qu'elle est capable de défaire et de reconstituer. Je réponds :

— Je ne puis affiner le délai, pas à la semaine, au jour ou à l'heure près, si c'est l'objet de votre question. Toutefois, d'après ce que j'ai pu voir ici, il me semble qu'elle se soit absentée, si je puis dire, alors qu'elle chauffait toujours la maison parce qu'il faisait frais. C'est-à-dire mars, avril, dans la région. Je suppose qu'il n'y avait pas de carte dans ce bouquet ?

— Je n'y ai pas touché, et Sil non plus. Donc, non.

L'air maussade et irritable, elle se pince le nez de son mouchoir.

— On sait quand ces fleurs ont été livrées, et par qui ?

— Nous allons vérifier les fleuristes du coin, voir s'ils conservent trace des commandes. Et nous consulterons ses facturettes de carte de crédit, au cas où elle les aurait achetées elle-même.

— Et une autre personne qui aurait également payé cela ?

— Quelqu'un qui avait accès à son compte en banque, à ses chèques, renchérit-elle. Une personne étrangère à la famille, puisqu'elle n'en a plus.

— En général, on n'ôte pas la carte d'un bouquet pour la jeter. Pas si les fleurs proviennent de quelqu'un qui a une importance dans votre vie.

— Je n'ai pas encore vérifié les poubelles, précise-t-elle.

— Pour en revenir à votre question, et y répondre de façon aussi fiable et précise que possible… En me basant sur l'état de son corps, j'estime qu'elle est morte depuis plusieurs mois, je précise en parcourant les magazines empilés sur la table basse, *Antiques & Collecting*, *Antique Trader*, *Smithsonian*, des revues d'antiquités dont les numéros s'échelonnent de décembre à avril.

— Il est vraiment important que nous soyons certains du délai, me dit Burke.

Voilà ce qu'elle veut de moi, avec la ferme intention de le contester. Elle ne cherche que ce qu'elle veut trouver et croit pouvoir prouver.

Je ne comprends pour l'instant rien à la théorie qu'elle s'est forgée. Néanmoins, on ne m'a pas demandé de faire le tour de cette maison pour les raisons que je supputais. C'est maintenant une certitude pour moi. Je ne suis pas là pour rechercher des traces de violence, d'asphyxie ou d'overdose. Je suis là à cause de Marino.

C'est à son propos que Burke veut m'interroger. Un sentiment d'inéluctable m'envahit, la sensation que s'étend sur moi une chape de plomb à laquelle je ne peux échapper, que la fuite ne servirait à rien, sinon empirer les choses. Je comprends là où elle veut me mener, et Benton l'avait prévu. À sa manière, il m'a prévenue tandis que nous étions en route. Burke est au courant de détails du passé de Marino, des détails qui ne se trouvent pas dans des dossiers accessibles.

— Plusieurs mois ? Deux, trois, cinq ? Quand on examine un cadavre, comment ça marche, comment calculez-vous ? demande-t-elle.

Je m'applique à expliquer des évaluations ardues, tout en pénétrant dans une cuisine dominée par une table en chêne ancienne et un lustre de fer artisanal.

L'évier de porcelaine à deux bacs est vide et sec, la cafetière propre et débranchée, et les stores des fenêtres de part et d'autre de la porte qui mène au garage sont tirés. Burke me suit, me laissant ouvrir la marche. Elle prête à peine attention à ce que je dis, continue de vérifier son téléphone tout en me sondant, attaquant petit à petit ma personnalité et ma fonction. Je ne peux m'empêcher de me sentir trahie. Je ne peux m'empêcher de penser que Benton a choisi son camp. Pas le mien. Pourtant, je le comprends parfaitement, et n'en attendrais pas moins de lui.

Le FBI accomplit son travail de la même façon que j'accomplis le mien, et Burke peut me poser n'importe quelle question sans me lire mes droits puisque je ne suis pas en garde à vue. Je ne suis soupçonnée d'aucun crime, ni même de présenter un intérêt dans cette enquête. Marino, si. Je pourrais couper court n'importe quand à la stratégie de Douglas Burke, mais cela ne ferait que renforcer les soupçons qu'elle entretient à l'égard de Marino.

— À moins de connaître les conditions dans lesquelles s'est déroulé le processus, il est impossible de déterminer précisément la rapidité à laquelle un corps se dessèche.

Je lui explique la momification tandis qu'elle remet en cause tout ce que je lui dis.

— Quelle était la température ? Élevée ? Basse ? Le degré d'humidité ? Stanton n'est pas un nom français, je souligne en regardant autour de moi. Pourtant, cette maison est semée d'antiquités et d'autres objets d'origine française, très beaux et exceptionnels. Son nom de jeune fille ?

— Margaret Lynette Bernard. Peggy Lynn. Née le 12 janvier 1963 à New York. Son père était un antiquaire français qui possédait des magasins à New York, Paris et Londres. Elle a été élevée à New York, préparait une maîtrise en travail social à l'université de Columbia, qu'elle n'a pas achevée, sans doute parce qu'elle s'est mariée et a fondé une famille.

Burke a effectué des recherches, fouillé dans les dossiers, découvert les détails de toute une vie en l'espace d'un clin d'œil, ou sous les touches de clavier d'une experte telle que Valerie Hahn, dont l'absence est notable, je songe soudain. Les messages ont l'air de défiler sans interruption sur le portable de Burke.

— Tous ces sacrifices. Tout ce à quoi elle a renoncé pour lui, et le type décide de voler en dépit des mauvaises conditions météo, me dit-elle, ses yeux larmoyants fixés sur moi, plantée là. Une erreur de pilotage.

Elle éternue, et je songe à l'ironie de la chose. C'est l'ADN du FBI, et pas celui de Marino, qui va arroser cette maison. Je m'enquiers :

— Conclusion du bureau de la sécurité des transports, ou bien la vôtre ?

— Il a décollé dans un avion surchargé, n'a pas réussi à maintenir sa vitesse relative, et il est possible que Sally, leur fille de 9 ans, se soit trouvée aux commandes…

— Une gamine de 9 ans pilotait l'avion ?

— Elle avait pris des leçons et était apparemment très douée, il y avait eu pas mal d'intérêt des médias pour la nouvelle petite Amelia Earhart.

Des infos venues tout droit du quartier général, je déduis. Des moteurs de recherche tournant à plein régime qui téléchargent et envoient leurs trouvailles à Burke, afin qu'elle puisse me tendre un piège tant qu'elle en a la possibilité. Je pourrais partir, quitter les lieux.

— En tout état de cause, l'avion a décroché après avoir décollé de Nantucket. À cent pour cent une erreur de pilotage. À cent pour cent une erreur parentale, énonce Burke d'un ton critique.

— Quelle tristesse. Je suis certaine qu'aucun père ne commet ce genre d'erreur intentionnellement, je réplique. Et qu'a fait Peggy Lynn de sa vie après la perte de sa famille ?

— Elle a reçu des prix, mentionnés dans la presse locale, pour son travail d'intérêt public : du bénévolat avec les personnes âgées, des cours de loisirs créatifs et artistiques. Elle serait morte depuis quand, exactement ? demande-t-elle alors que j'ai déjà répondu à cette question.

Le plan de travail de granit noir est bien rangé, presque désert, avec un bloc de papier et un crayon près du téléphone. Je remarque un sachet de friandises pour chat parfumées au saumon de cent soixante-dix grammes, qui a été ouvert et refermé.

— Je crois qu'il faudrait ramasser ça.

De mon doigt ganté, je déplace le sachet : l'espace en dessous est vierge de poussière.

Son visage marbré totalement dénué d'expression, Burke fixe le sachet sans faire mine de se rapprocher. Je lui rafraîchis la mémoire :

— Il semble que le chat ait disparu. Et on dirait que quelqu'un lui a donné des friandises. En toute logique, il était encore là quand sa maîtresse occupait la maison.

— Où qu'elle aille, elle aurait emmené le chat en partant, articule-t-elle d'une voix nasillarde. Et elle a quitté cette maison, à mon avis de son plein gré et non kidnappée. Et il est évident qu'elle n'avait pas prévu de revenir avant un moment.

Elle me balance tout cela comme si je lui faisais perdre patience.

— Donc elle est partie avec son chat mais sans sa voiture, peut-être pour l'Illinois, à moins que ce ne soit la Floride, et en chemin, il lui est arrivé quelque chose et elle a fini jetée dans la baie du Massachusetts, dis-je en résumant son raisonnement absurde.

Elle tire de sa manche en Tyvek un mouchoir neuf en papier.

— On ne peut pas écarter l'hypothèse selon laquelle elle aurait eu rendez-vous avec quelqu'un qui est peut-être venu la chercher, ce qui explique la présence de son véhicule dans le garage. Ensuite, elle s'est impliquée dans une relation avec la mauvaise personne, qu'elle a rencontrée sur Internet, par exemple.

Les bols du chat sont posés sur un tapis de sol près de la porte qui donne sur l'extérieur. L'un est vide, et l'autre contient un résidu solide, reste d'un aliment humide.

— Vous connaissez Pete Marino depuis longtemps, lâche Burke.

Je réitère ma suggestion à propos des friandises pour chat :

— Moi, je les récupérerais. Elles sont incongrues. Il n'y a rien d'autre ouvert ou abandonné. Il faudrait l'expédier au labo, vérifier l'ADN, les empreintes. Et il vaudrait mieux que vous n'y touchiez pas.

Elle se mouche et éternue, ses gants ne sont pas propres.

— Benton m'a un peu parlé de lui, poursuit-elle, déterminée à ignorer mes remarques à propos du chat.

Mais je n'ai pas l'intention de me laisser faire, et je poursuis :

— Un des récipients est vide parce que l'eau s'est évaporée. Il y avait de la nourriture dans l'autre, et il n'a pas été lavé. Quelquefois, le petit élément qui paraît insignifiant devient important.

— Un mariage mouvementé et explosif. Violent avec sa femme.

— Marino aurait-il été violent avec Doris ? Physiquement ? Je l'ignorais, je rétorque.

J'imagine la stupéfaction de Doris, si elle décrochait son téléphone ou ouvrait sa porte et que le FBI débarque pour l'interroger sur Marino.

— Un fils impliqué dans le crime organisé et assassiné en Pologne, poursuit-elle en consultant son téléphone.

Je préférerais ne pas me charger du sachet, parce qu'il n'a pas de lien avec le corps, d'autant que, pour moi, il ne s'agit pas d'un élément biologique.

J'ouvre néanmoins ma mallette de scène de crime. Burke ne me laisse pas d'autre choix. Je prélève le sachet de friandises, étiquette le sac dans lequel je le place, et appose mes initiales.

— Que l'individu responsable de la fin de Peggy Stanton soit revenu dans cette maison après sa mort constitue une hypothèse que vous ne devriez pas négliger, je persiste.

Je continue de penser au sac à main et aux clés manquantes. Je revois une clé de voiture abandonnée dans une coupe Lalique de grande valeur. Une femme aussi soucieuse de ses affaires n'irait jamais y placer des clés ou quoi que ce soit de ce genre susceptible de briser le verre délicat ou d'érafler le bois ciré ancien.

— Cette affaire en Virginie, il y a environ neuf ans, quand Marino travaillait pour vous ? Vous étiez retournée à Richmond, appelée en tant que consultante sur la mort non résolue d'une petite fille du nom de Gilly Paulson, poursuit Burke implacable et sans plus aucune subtilité.

Ça y est, les moteurs de recherche ont retrouvé cela, je songe.

— Quand vous étiez là-bas avec Marino, un problème est survenu.

Cet aspect ne peut pas se trouver sur Internet, et Marino ne lui en aurait jamais parlé. Benton, alors ? La mère de Gilly Paulson a également pu être interrogée, je suppose. Quant à Lucy, elle connaît toute l'histoire, mais elle ne confierait jamais rien à Douglas Burke, à qui elle n'adresse même pas la parole.

— Une accusation qui s'est révélée complètement infondée, je contre en tentant de ne pas me montrer trop catégorique, dissimulant que je pressens la suite.

— Aucune plainte n'a été déposée à la police, déclare-t-elle en tapant un nouvel e-mail.

— Il n'y a pas eu de plainte parce qu'il s'agissait d'une accusation sans fondement émanant d'une personne perturbée avec laquelle Marino avait eu le tort de nouer une relation, lui dis-je.

— On dirait qu'il a eu plus que son content de liaisons imprudentes.

— Quand on examine les relations de la majorité des gens, on y trouve beaucoup de liaisons imprudentes.

— Mais je ne crois pas que la liste de Marino soit vraiment très classique.

— Non, sans doute pas, je reconnais en ouvrant la porte du réfrigérateur.

25

Le réfrigérateur est vide, à l'exception de condiments et de confitures sans sucre. Pas de jus de fruits, de lait ou de plat portant une date de péremption qui puisse nous renseigner. Peggy Stanton a vidé son réfrigérateur parce qu'elle s'absentait, ou alors quelqu'un d'autre s'en est chargé, pour une autre raison, malveillante. Je sens que Burke surveille le moindre de mes mouvements, de mes expressions. Elle me dissèque, fragment par fragment, et je la laisse manœuvrer. Comme tout enquêteur déterminé, elle ira jusqu'où je la laisserai aller, mais ses intentions vont au-delà. Peut-être son hyperagressivité est-elle due à la pseudo-éphédrine ?

— Vous l'avez connu presque la moitié de votre vie, n'est-ce pas, Kay ?

J'actionne la pédale de la poubelle métallique, sans trouver rien d'autre qu'un sac vide à l'intérieur. J'ouvre un placard sous l'évier, dont je tire un paquet entamé de sacs poubelle, que je pose sur le plan de travail.

— Quelqu'un d'autre qu'elle a peut-être vidé la poubelle ? Une personne qui s'est acquittée d'autres tâches.

— Il est prompt à la colère, a suivi une cure de désintoxication, et s'est remis à boire ces derniers mois.

Debout près de la porte, les bras croisés sur le torse, Burke me fixe.

— Il faudrait vérifier les empreintes là-dessus, l'ADN. Si vous n'avez pas envie de l'emporter comme indice, je peux m'en charger, j'annonce en sortant un sac en papier de ma mallette.

— À peu près au moment où il a commencé d'échanger des tweets avec Peggy Stanton.

— Elle était déjà morte avant la fête du Travail, je rectifie en récupérant le sac vide dans la poubelle. Bien avant cela.

— Quand vous êtes-vous aperçue que Marino avait recommencé à boire ?

— Je ne dispose d'aucun élément concret qui me permette de dire si et quand Marino s'est remis à boire.

— Elle était morte bien avant la fête du Travail ? Une certitude absolue ?

— Tout à fait.

Elle se remet à taper sur son téléphone.

— La façon dont vous en êtes arrivée à ce que vous considérez comme parole d'évangile me déroute, observe-t-elle. Cela me paraît aussi subjectif que trois aveugles décrivant un éléphant.

— La détermination de l'heure du décès dépend de nombreux facteurs, elle est compliquée, j'assène d'un ton plat pour la priver de la satisfaction de me voir sur la défensive.

— Expliquez-moi pourquoi vous êtes tellement sûre que cette femme est morte au printemps. Et en vous basant sur autre chose que les dates des revues, les fleurs fanées, le nombre d'ampoules grillées ou l'état du jardin.

J'actionne les brûleurs de la cuisinière, qui s'allument, et lui répète :

— L'absence de dommages causés par les insectes, la moisissure sur le visage et le cou, la décomposition des organes et sa température interne indiquent qu'elle a été conservée dans une structure fermée où l'air était sec et la température très basse. Elle a peut-être même été congelée.

— D'après des articles que j'ai consultés, une momification complète peut s'effectuer en l'espace de deux semaines. Donc, n'importe qui peut avoir son avis sur la question.

— Pas vraiment, non.

— Vous, vous dites des mois. Quelqu'un d'autre dit des semaines.

J'ouvre le garde-manger, sans rien y trouver de périssable. Les conserves habituelles, toutes sans sel, des céréales complètes, du riz et des pâtes.

— Une opinion experte requiert davantage que de surfer sur Internet.

Je lui montre que je ne suis pas dupe : la personne qui lui envoie ces e-mails est probablement en train de faire collecter des données par ce moyen.

— Je suis bien certaine de trouver des experts de votre niveau avec une opinion très différente de la vôtre, s'obstine Burke.

Je l'ai mise en colère.

— Je m'en doute, dis-je en sentant son regard dans mon dos. Mais ces opinions seraient-elles valides ?

Peggy Stanton devait manger beaucoup de salades. Sur une étagère s'alignent pléthore de flacons de vinaigrette italienne sans matières grasses, à peu près deux douzaines, en promotion chez Whole Foods. Je referme le garde-manger.

Une femme précautionneuse, qui prenait soin d'elle et de son chat. Frugale. Qui maîtrisait de près le monde qui lui restait.

Je reviens à la réflexion de Burke :

— Deux semaines ? Des exemples de corps entièrement momifiés en deux semaines ? Très intéressant.

— Ça se trouve dans la littérature, rétorque-t-elle d'un ton ouvertement chicaneur, ce qui n'est pas plus mal.

Les choses en deviennent plus aisées. Qu'elle continue à passer en revue ce qui atterrit dans sa boîte mail, pour me le balancer à la figure.

Je sors de la cuisine en l'interrogeant :

— Et où donc cela s'est-il produit ? La dessiccation complète de restes humains au bout de deux semaines ?

— Ça, je ne peux pas vous le dire. Mais c'est possible.

— Si vous parlez du Sahara, je commente en me dirigeant vers l'étage. Le désert le plus chaud de la planète. Dans ces conditions, la déshydratation va faire perdre soixante-dix pour cent de sa masse à un cadavre en un rien de temps. Il sera aussi déshydraté que du bœuf séché.

Burke me suit de près.

— Un individu de soixante-trois kilos complètement momifié dans ces conditions ne pèsera plus que dix-neuf kilos, environ, il n'aura plus que la peau sur les os, une peau dure et tannée comme du cuir, qui se déchire. Pas véritablement le cas dans nos régions.

— Les gens peuvent faire preuve de créativité, surtout quand ils sont spécialistes, que cela fait partie de leur métier, rétorque-t-elle en faisant allusion à Marino, bien entendu. Qu'ils sont experts en enquêtes criminelles et toutes sciences légales afférentes.

Une chambre d'amis ouvre à gauche sur le palier, et droit devant, une porte entrebâillée donne sur la chambre principale. J'ignore délibérément son sous-entendu flagrant.

— Tous les médias ont cité vos déclarations au tribunal aujourd'hui sur le fait que le corps de Mildred Lott aurait mis des mois à se transformer en savon.

Je ne suis guère surprise qu'elle aborde le sujet, je me demande si on vient aussi de le lui expédier par e-mail. Elle poursuit :

— Vous avez dit que l'immersion dans l'eau froide constituait un des critères nécessaires.

Le lit à baldaquin *king size* est recouvert d'une couette damassée noire et blanche, moelleuse et soigneusement tirée sous trois oreillers. Le plus proche de la table de nuit, où est branché le téléphone, a été redressé mais froissé, évoquant un dormeur.

— Mais on a aussi retrouvé ce type d'état adipocireux sur des cadavres enfermés dans des caveaux ou des cercueils étanches, n'est-ce pas ?

persiste Burke, alors qu'elle ferait mieux de s'abstenir. L'adipocire peut se former en absence d'eau.

— Étanches... La publicité peut être trompeuse, fais-je remarquer.

— Seriez-vous infaillible ?

— Nul ne peut le prétendre. En revanche, beaucoup de gens disposent d'informations erronées.

Je tire la couette. D'un côté du lit, les draps et les autres oreillers sont parfaitement lisses, et froissés à proximité du téléphone. Je remarque des poils de chat courts, blanc-gris.

— La literie n'a pas été changée après que la dernière personne a dormi ici, j'observe en continuant de prendre des photos. Quelqu'un s'est allongé ou a dormi sur le côté droit, près du téléphone. Le chat s'est trouvé sur le lit à un moment donné. Je vais fouiller le tiroir de la table de nuit.

J'y trouve un protège-dents dans une boîte en plastique bleue dont l'étiquette porte le nom et l'adresse du dentiste de Palm Beach, à l'origine de tant de dégâts et de dépenses inutiles pour Peggy Stanton. Je pose sur la table deux flacons de médicaments sur ordonnance, les photographies, puis les place dans des sachets à indices distincts.

— Des relaxants musculaires prescrits par son dentiste, le Dr Extract, je mentionne au profit de Burke. Tous les médicaments doivent être analysés au labo, et je voudrais prélever le protège-dents. Le Dr Adams peut vouloir y jeter un œil.

— Kay, là où je veux en venir, et ce que je voudrais vous voir commenter de façon objective...

Je l'interromps en ouvrant la porte du placard :

— Et pourquoi ne serais-je pas objective ?

— Admettez que vous saisissez la raison de mon inquiétude.

Son ton n'est plus accusateur ni hostile, mais compatissant, comme si elle comprenait pourquoi j'irais protéger Marino envers et contre tous, pourquoi je pourrais biaiser ou même carrément falsifier des constatations d'autopsie pour lui.

De mes mains gantées, je passe en revue les vêtements suspendus aux cintres, beaucoup de tailleurs-pantalons, de chemisiers et de pantalons convenables et démodés, séparés à intervalles réguliers de plaquettes de cèdre antimites qui pendent de la tringle. Je ne vois ni jupe ni robe, ni blazer ni veste ornée de boutons militaires ou même sortant un peu de l'ordinaire.

— Vous êtes attachée à lui, déclare-t-elle d'un ton appréciateur.

Peggy Stanton a perdu sa famille, et n'a plus jamais évolué. Tout est vieillot, à l'identique, et son avenir a été balayé par cet accident d'avion. Elle protégeait son existence de façon obsessionnelle et rigide, et j'ai du mal à l'imaginer sur Twitter.

— Avez-vous retrouvé un ordinateur ?

— Pas pour l'instant, me renseigne Burke.

Les photos disposées sur les tables et les commodes datent d'une époque où Peggy Stanton était entourée des gens qu'elle aimait : son mari a l'air sympathique, avec un regard noir espiègle et une mèche de cheveux bruns qui lui tombe sur le front, les deux filles à cheval ou en train de nager, l'une d'elles passionnée d'avions. Aucune des photos n'est récente, et Peggy Stanton y est invisible.

— Comment pouvait-elle se connecter à Twitter, si elle n'a pas d'ordinateur ?

— Il s'agissait peut-être d'un portable, qu'elle a emmené. Ou bien avec son téléphone, son iPad, ce qu'elle avait quand elle a quitté la maison.

— Je ne vois rien ici qui laisse supposer qu'elle s'intéressait à la technologie. Plutôt le contraire, si on en juge par la vieille télévision et le vieux téléphone à cadran Princess.

J'ouvre un second placard : des cardigans sont soigneusement pliés sur les étagères, des plaquettes de cèdre glissées au milieu. Sur le présentoir à chaussures, des souliers bas à semelles de crêpe, le confort primant sur le style. Que les cheveux de Peggy Stanton aient blanchi prématurément, qu'elle ne se soit pas souciée de teinture ou de coiffure et que son vernis à ongles ait été rose pâle, presque couleur chair, ne m'étonne guère. À l'exception des travaux de dentisterie, dont je soupçonne qu'on l'a persuadée de les effectuer, je ne vois rien qui indique qu'elle ait fourni un effort particulier pour se rendre séduisante ou attrayante.

— Aucune trace de Tulle, Marybeth, Peruvian Connection, aucune étiquette de ce genre. Presque tous ses vêtements sont de taille 38 ou 40, pas du 36, j'énumère.

J'aperçois par terre, à l'intérieur du placard, une boîte à chapeau de brousse d'homme recouverte d'une épaisse couche de poussière. Sur le couvercle, une inscription en majuscules soignées : *PHOTOGRAPHIES*.

— J'aimerais ouvrir ça.

Je trouve dedans des photographies encadrées qui la représentent toutes, une jolie femme à la chevelure d'un noir de jais et au regard noir étincelant, pleine de vitalité, un être radicalement différent de l'image que je m'en suis faite après avoir examiné son cadavre et ses affaires. En tenue de cheval, en randonnée, en kayak, ainsi qu'un cliché d'elle à Paris, probablement âgée d'une vingtaine d'années, l'image de quelqu'un d'aventureux et plein de vie, avant que son monde s'écroule.

— Je doute sérieusement qu'elle se soit lancée dans la recherche d'une relation amoureuse, ou qu'elle ait été du genre à se connecter sur Internet avec un inconnu baptisé The Dude, je remarque. Pas la moindre indication du fait qu'elle ait été une joueuse de bowling acharnée, pas de chaussures spéciales, de boules, de trophées non plus ? Et aucun des bijoux ou des vêtements des photos ne ressemble de près ou de loin à ce que nous avons récupéré. Rien n'est de la bonne taille. De son vivant, tout aurait été trop petit pour elle.

— Ce que je me demande, c'est si les conditions nécessaires à la momification ont pu être fabriquées, énonce Burke.

J'ajoute :

— Sa tenue lorsque nous l'avons repêchée n'est pas ce qu'elle portait lorsqu'elle a été enlevée, ou qu'elle a disparu. Elle a été vêtue, mise en scène, pour une raison précise.

Pour son plaisir. Je repense aux paroles de Benton. La chorégraphie mise au point par le tueur lui donne un sentiment de puissance et d'importance. Quelle qu'elle soit, il l'exécute avec des victimes qui n'ont rien à voir avec lui. Ce n'est pas elles qu'il kidnappe et tue.

— La momification peut-elle être provoquée artificiellement ? insiste Burke.

Je sais ce qu'elle cherche, et je le lui offre :

— Vous voulez dire en plaçant le corps dans un lieu très sec et chaud, par exemple, où on le laisserait se déshydrater ?

Je pénètre dans la salle de bains, au carrelage de métro noir et blanc, avec une baignoire pattes de lion aux robinets de cuivre à croisillons. Je poursuis sur l'hypothèse qu'elle défend :

— Ce qui impliquerait de disposer d'un endroit adéquat, et d'être sûr qu'on ne sera pas découvert.

Elle me soumet maintenant sa théorie, si mes déductions sont exactes :

— Dans une structure fermée sèche et à température très élevée, le processus de momification peut se dérouler en à peine onze jours, n'est-ce pas ? Et si le coupable avait installé un sauna dans son sous-sol ? Ça pourrait marcher ?

— Celui de Marino, vous voulez dire ?

— Oui. Il en a installé un quand il a acheté cette maison l'été dernier, souligne Burke.

— Son sauna en kit pour une seule personne assise sur un banc à peine plus large qu'un siège de toilette ?

Un carrelage identique décore la douche. Les savonnettes sont desséchées, on n'a touché à rien récemment. J'ouvre l'armoire à pharmacie ornée d'un miroir au-dessus d'un lavabo coquille à colonne en marbre avec robinetterie de bronze et malachite.

— Cette affreuse petite étuve qui ressemble à des toilettes de chantier ? j'enfonce le clou.

Je trouve encore d'autres protège-dents, tous du même dentiste de Palm Beach. Je poursuis, tandis que Burke demeure silencieuse sur le pas de la porte :

— Un sauna avec une minuterie qui ne dépasse pas une heure, et qu'on est obligé de constamment remettre en route ?

Je ramasse des flacons de médicaments, encore des relaxants musculaires, du Flexeril, du Norflex, des anti-inflammatoires dont du Celebrex, de la nortryptiline, un antidépresseur, tout cela prescrit par ce même dentiste, le Dr Extract, bref un traitement du désordre de l'articulation et des muscles temporo-mandibulaires, connu sous le nom de DTM.

Son dysfonctionnement devait être sérieux, provoquant des douleurs chroniques. Elle s'est trouvée happée par une spirale de soins dentaires destinés à soulager une malheureuse affection qui peut provoquer le blocage ou la dislocation de la mâchoire, des bourdonnements d'oreilles et une douleur constante irradiant le long du cou et des épaules, l'ensemble affaiblissant le patient.

— Il l'a donc lentement déshydratée en dégringolant les escaliers toutes les heures pour réinitialiser la rampe infrarouge, y compris la semaine dernière, où il se trouvait en Floride ? je contre en m'efforçant de ne pas sembler sarcastique. Autre détail, dans ce kit que Marino a acheté parce qu'il pensait que cela l'aiderait à perdre du poids, le corps se serait trouvé en position assise.

Je quitte la chambre et descends les escaliers tout en continuant de parler, Burke sur les talons :

— Elle se serait desséchée dans cette position. Et le fait de la redresser pour la mettre à l'eau avec les lests et les pare-battages aurait provoqué des tensions au niveau des articulations. La peau se serait déchirée. Or, elle ne présente aucune déchirure cutanée, et sa température interne était plus basse que celle de l'eau de la baie, ce qui n'est possible que si elle a été réfrigérée, voire congelée.

Nous avons regagné l'entrée. Je fais halte près de la table ornée de la coupe de verre, dans laquelle je suis bien certaine que Peggy Stanton n'a jamais rangé ses clés de voiture. Nous nous faisons face, Burke et moi, encapuchonnées de blanc, sans faux-semblant ni cordialité. Elle tire sa dernière cartouche :

— Il vous a agressée il y a cinq ans, à Charleston, en Caroline du Sud. Il a débarqué chez vous dans la nuit et a tenté de vous violer, et vous ne l'avez jamais signalé à la police.

Il y a dans sa voix une indiscutable note de triomphe lorsqu'elle enchaîne :

— Pourquoi iriez-vous aujourd'hui nous dire quoi que ce soit qui puisse lui attirer des ennuis, puisque vous avez refusé de le faire à l'époque, en dépit de son comportement ?

— Vous ignorez les faits, je rétorque, tout en entendant l'écho de pas sur la véranda.

— Je vous les demande.

Je refuse de lui répondre.

— Connaissez-vous le délai de prescription pour les agressions sexuelles en Caroline du Sud ?

— Non.

— Il n'est pas encore atteint, dans votre cas, insinue Burke.

— Cela n'entre pas en ligne de compte.

— Donc, vous le protégez toujours.

— Vous ne connaissez pas les faits, je répète.

— En voici un, de fait. Il a beaucoup pratiqué la chasse aux trésors. Encore une chose que vous savez de lui, me balance-t-elle.

Voilà donc l'argument de choc qu'elle retenait ! *La raison de ma présence dans cette maison avec vous.*

— Et la veste de Peggy Stanton portait des boutons de la guerre de Sécession. Marino a-t-il jugé utile de vous informer qu'il échangeait des tweets avec une collectionneuse de boutons anciens ?

M'efforçant à l'impavidité, je réponds :

— Aucune trace de collection de boutons anciens dans cette maison.

— Vous n'évoquerez pas avec moi ce qu'il vous a fait subir.

— Non.

— Vous comprenez mon problème ? Je n'éprouve aucun plaisir à aborder ce sujet. Je suis désolée…

À cet instant, la porte s'ouvre à la volée, et la pluie souffle en rafales à l'intérieur.

Benton apparaît, chargé d'un objet emmailloté dans une serviette. Je continue, sans me soucier de qui peut m'entendre :

— S'il avait réellement tenté de me violer, il y serait parvenu. Pete Marino est un homme très imposant, et à cette époque-là, il était armé. S'il avait eu l'intention de me maîtriser physiquement, ou de me pointer un pistolet sur la tempe pour m'obliger à lui obéir, il en avait la possibilité. Il ne l'a pas fait. Il a cessé ce qui n'aurait jamais dû commencer. Il s'est arrêté.

Benton et Machado dégoulinent sur la bâche de plastique, sous la lumière du lustre, la serviette est sale et mouillée, et je remarque qu'il en sort des poils gris.

— Une fenêtre brisée sans moustiquaire, annonce Machado, alors que ma déclaration demeure comme figée dans l'air. Presque au niveau du sol, vous voyez, et il n'y a pas d'alarme dans le garage. Le chat s'est peut-être débrouillé pour l'ouvrir, pour repousser la moustiquaire. Je suppose que tout ce temps, il est entré et sorti du garage de cette façon. Il s'y était installé dans un carton. Il y a sûrement pas mal à manger dans le coin, ou bien les gens l'ont nourri.

Je prends l'animal des mains de Benton. C'est un Scottish Fold gris et blanc à poils courts, aux yeux dorés et aux oreilles repliées, qui ressemble à une chouette. Il porte autour du cou un vieux collier à puces décoloré.

— Pas d'identification, dit Benton tout en jetant à Burke un regard perçant.

— Un chat d'intérieur, de toute évidence. Une fille. Comment t'appelles-tu ?

Je l'enveloppe dans une serviette propre, sans qu'elle m'oppose de résistance.

— Je vois. Tu ne me diras rien.

Elle est maigre et sale, mais paraît relativement en bonne forme. Ses griffes sont longues, recourbées et acérées.

Benton me dévisage, conscient de ce qui vient de se produire.

— En tout cas, elle n'est pas sortie toute seule, remarque-t-il. Et Peggy Stanton ne l'aurait certainement pas abandonnée.

En effet, elle n'aurait pas mis la chatte dehors avant de quitter la ville. La fureur couve chez Benton.

— Qui donc a laissé sortir la chatte, dans ce cas ? dit-il en repoussant son capuchon et en se passant la main dans les cheveux. Quelqu'un qui n'a aucune considération pour la vie humaine, mais ne ferait pas de mal à un animal, poursuit-il en se penchant pour retirer ses protège-chaussures. Si l'animal était resté dans la maison, il serait mort de faim. Il est donc revenu. Il s'est introduit dans la maison. Il connaissait le code de l'alarme, et avait ses clés.

— Il y avait un sac de friandises ouvert sur le plan de travail. Pour l'appâter avant de la laisser sortir, peut-être ?

La chatte a fourré sa tête sous mon menton et ronronne.

— Où sont ces friandises ? demande Machado en ôtant à son tour ses protège-chaussures mouillés et salis.

J'indique les sachets à indices que j'ai déposés sur la table de l'entrée.

— S'il a dû l'appâter, ce n'était pas un familier, réfléchit Benton.

— Elle a cherché à vous échapper ? je demande.

— Non, elle est venue droit vers nous quand nous sommes entrés dans le garage.

— Eh bien, elle se montre très amicale, mais peut-être pas avec lui. Elle a peut-être perçu quelque chose qui l'a rendue méfiante, je remarque, tout en me demandant ce que je vais faire d'elle.

Il est hors de question que je la laisse ici.

Benton s'adresse alors à moi en ignorant Douglas Burke, et je sais qu'il bouillonne de rage :

— On dirait que le tableau électrique a été modifié récemment. Un tableau divisionnaire qui ne correspond pas aux normes. Dans le sous-sol.

— Relié à quoi ?

Le chat se frotte en ronronnant contre mon oreille.

— À rien. Il n'y a plus de place disponible sur le tableau principal. On dirait qu'elle a fait venir quelqu'un, un homme à tout faire ou bien un électricien, mais le résultat est inférieur aux normes. Comme si elle avait l'intention d'installer un appareil qui aurait besoin d'être relié à un disjoncteur, explique Benton qui se refuse à regarder Burke et lui tourne pratiquement le dos. Un câble neuf sort du tableau divisionnaire et court le long du mur jusqu'à une nouvelle prise.

— Des travaux récents, mais à quel point ? demande Burke.

Machado répond, mais en s'adressant à moi. Il m'explique qu'une zone de travail a été installée au sous-sol, une grande table avec des pinceaux, des emporte-pièces, des ustensiles de bois et un rouleau à pâtisserie.

— On dirait qu'elle allait préparer des gâteaux en bas, remarque Burke.

Machado décrit alors également un évier portable à roulettes. Je ne comprends pas :

— Un évier portable ? Relié à un robinet ? Pourquoi irait-elle cuisiner au sous-sol ? Pourquoi ne pas utiliser sa propre cuisine ?

— Ça ressemble plutôt à une cuvette en plastique sur un chariot à roulettes. Je peux vous montrer, propose Machado.

— Volontiers, avant d'enlever tout ça, dis-je en faisant allusion aux vêtements de protection. La chatte ne semble pas inquiète que je la tienne, je pense qu'elle ne verra aucun inconvénient à ce que nous y fassions un petit tour. Une porte du sous-sol mène-t-elle vers l'extérieur ?

— Les pompiers sont rentrés par là.

— Nous pouvons descendre par l'intérieur et ressortir par cette issue.

— Cuvette ou évier, ça a l'air tout neuf, et installé à côté de la nouvelle prise, explique-t-il en enfilant des protège-chaussures propres. Pas mal de fils électriques coupés éparpillés par terre. Noir, blanc, vert, de section 6, du genre qu'on connecte à un fusible, au neutre ou à la terre. Mais quoi qu'elle ait prévu de brancher, le travail n'a pas été achevé. Je pense qu'elle voulait peut-être installer un four, mais je reconnais que c'est un drôle d'endroit pour faire de la pâtisserie ou un truc dans ce genre. Nous devons retrouver qui a réalisé ces travaux d'électricité.

26

Je rentre seule en voiture, avec le chat pour unique compagnie, dans la nuit froide et humide. La pluie a enfin cessé.

Benton a demandé à Burke de le raccompagner au Centre pour qu'il puisse récupérer sa voiture. Selon moi, sa véritable raison est autre. Ils vont se disputer. Il va lui dire ce qu'il pense du fait qu'elle prend de la pseudo-éphédrine, ou autre stimulant, de la façon dont elle m'a agressée, et au diable ses allergies. Elle a totalement dérapé. Je me fiche pas mal de la raison, lui aussi, et ce qu'il a surpris de notre échange l'a mis en colère, quoi de plus normal.

Je comprends pourquoi Burke a besoin de se renseigner sur Marino, mais à sa place, je n'aurais pas poussé aussi loin. Il s'agissait d'intimidation, de harcèlement, inacceptables. Comment savait-elle sur quel point m'affronter ? Une seule réponse s'impose à moi : je l'imagine parler à Benton, qui s'est senti contraint à la révélation. Il ne pouvait bien entendu pas mentir, ni se dérober. Il m'est impossible de lui en vouloir de son honnêteté. Il ne pouvait pas prétendre que Marino n'avait jamais démontré son potentiel violent – surtout de violence sexuelle –, parce que c'est faux.

Mais Burke n'avait pas besoin des détails sordides, elle n'avait pas besoin de m'interroger comme si elle cherchait à visualiser la scène, comme si elle tenait à m'humilier et me dominer, guère différente de Marino en la matière. C'est cela qui me dérange. Je m'inquiète du mobile de Burke et suis stupéfaite de la façon dont les événements s'estompent si loin dans le passé qu'ils finissent par former une boucle qui se referme de nouveau devant nous. Ce que Marino a fait il y a cinq ans est là devant moi, si près que je peux sentir, toucher, entendre les événements, tel un flash-back post-traumatique. Des sensations oubliées se sont réveillées, qui me brûlent, me font frissonner au volant. Je les surmonterai, mais je ne pardonnerai pas à Douglas Burke. Je lui reproche de m'avoir blessée intentionnellement sans justification autre que prouver qu'elle avait raison.

Je remonte Massachusetts Avenue en traversant Harvard Square. La chatte est roulée en boule dans la serviette sur mes genoux. Le fait d'ignorer son nom me turlupine, se transforme en obsession. Elle a dû être baptisée chaton, des années auparavant. Je ne tiens pas à lui donner un autre nom.

Dehors sous la pluie, elle a dû se sentir abandonnée, avoir faim, passer par des moments difficiles. J'imagine Peggy Stanton remplissant d'eau et de nourriture les bols de la cuisine. Je la vois ramasser son sac et ses clés, sortir avec la ferme intention de revenir. Mais lorsque la porte s'est de nouveau ouverte, une autre personne est entrée.

Un étranger a utilisé sa clé, passant probablement par la porte de la cuisine, afin de ne pas être remarqué par les voisins ou les passants. Cet individu qui l'a kidnappée et tuée a désarmé l'alarme et s'est promené de pièce en pièce, laissant la lumière dans certaines d'entre elles. Les fleurs et leur expéditeur continuent de me paraître suspects. La clé de voiture dans la coupe Lalique m'intrigue, je suis certaine qu'il l'a délibérément abandonnée là.

À l'attention de qui ?

Un bouquet sans carte. Des fleurs fraîches jamais jetées. Tout ce qui était périssable dans la cuisine a été nettoyé, pas les fleurs. Je reviens sans cesse à ce détail, tout en pensant à cette clé dans l'entrée, près d'une porte dont je doute que le tueur en ait franchi le pas.

À destination de qui ces éléments ont-ils été abandonnés ?

Je déverrouille mon téléphone et appelle Sil Machado, étant exclu que je joigne Marino.

— Ici le Dr Scarpetta.

— Quelle coïncidence.

— Pourquoi ?

— Que se passe-t-il, Doc ?

— Je réfléchissais à sa voiture dans le garage, je marmonne en me dirigeant vers Porter Square.

— Livrée en bonne et due forme à vos labos. Pourquoi ? Que se passe-t-il ?

— La clé que vous avez trouvée dans la maison… c'est bien celle de la voiture ?

— Oui. J'ai déverrouillé la portière conducteur, juste pour jeter un œil, mais je n'ai touché à rien, même pas tenté de la faire démarrer.

— Bien. Et le porte-clés ?

— J'ai la clé, le porte-clés, tout.

— J'aimerais les examiner.

— C'est juste une clé, et un porte-clés avec une vieille boussole noire qui appartenait à une des petites filles, à mon avis. Une boussole de scoute. Ses gamines étaient peut-être éclaireuses. Ou bien louvettes. À quel âge passe-t-on de louvette à éclaireuse ?

— Nous ignorons si les fillettes étaient scoutes.

— Si, la boussole. Sûr que c'est un truc d'éclaireuse.

— Il a pu ramener sa voiture chez elle, la remettre dans le garage, et laisser la clé là parce qu'il ne savait pas où elle la rangeait d'habitude. Parce qu'il ne la connaissait probablement pas. Plus important encore, il a pu abandonner la clé à cet endroit pour une raison symbolique.

— Intéressant.

Je poursuis :

— Peut-être n'avait-il jamais eu l'occasion de pénétrer chez elle, et a-t-il fait un tour à l'intérieur après sa mort ? Surtout, ne révélons rien de cela. Je voulais être certaine de vous en parler, car à mon avis, il n'a pas pensé que quelqu'un pourrait s'en apercevoir.

— Du fait qu'il était revenu chez elle, vous voulez dire ?

— Ou qu'il y ait tout simplement mis les pieds, même pour la première fois.

— Intéressant, ce que vous dites, parce que je viens de recevoir le journal de l'alarme. À l'exception du forçage de la porte du sous-sol par les pompiers avec le truc hooligan, dit-il en faisant référence à la barre Halligan, la dernière fois que l'alarme a été débranchée, c'était le 29 avril, un dimanche, à 23 h 50. Quelqu'un est resté à peu près une heure dans la maison, puis a rebranché l'alarme. De toute évidence, cette personne n'est jamais revenue, et comme j'ai dit, jusqu'à ce soir, plus aucune activité.

— Même pas de fausses alarmes ?

— Elle n'a que des contacts de portes. Aucun détecteur de mouvement ou de bris de vitres, les trucs habituels qui se déclenchent.

— Et avant le 29 avril ?

— Le vendredi précédent, le 27. Deux entrées et sorties, puis quelqu'un est sorti aux alentours de 18 heures en rebranchant l'alarme, qui n'a été déconnectée que le dimanche 29, à presque minuit.

— Le vendredi soir, c'est peut-être elle qui a quitté les lieux. Elle a pu prendre sa voiture, et c'est quelqu'un d'autre qui est revenu le dimanche.

— Jusqu'ici, nous sommes d'accord, approuve Sil.

— Avez-vous remarqué quelque chose dans ses poubelles ?

— Vides, rien.

— Le ramassage des ordures se fait le lundi. Je me demande si l'individu en question n'a pas vidé le réfrigérateur des denrées périssables, et sorti la poubelle sur le trottoir.

— Puis l'a ramenée sous la véranda ?

— Oui. En même temps qu'il vidait la boîte aux lettres et suspendait la livraison du journal, je poursuis.

— Mince, qui pourrait faire un truc pareil ? Sûrement pas un inconnu.

— Elle ne lui était peut-être pas inconnue, l'inverse n'étant pas certain. Leurs routes se sont peut-être croisées, ce qui n'implique pas qu'elle le connaissait personnellement. Peut-être n'avait-elle même pas conscience de sa présence.

Je repense à tous les détails donnés par Benton sur la personnalité de celui que nous recherchons, et enchaîne :

— J'aimerais qu'on démarre demain matin à la première heure l'examen des traces et des empreintes latentes sur la voiture. Je veux qu'on y aille à l'artillerie lourde, sans se contenter de vérifier le GPS et le kilométrage, mais tout, dans le moindre détail. Vous pouvez venir ?

— Et comment ! s'exclame-t-il.

— Et si jamais vous tombez sur des papiers ou des factures de vétérinaire ? Le nom du chat devrait figurer dessus.

— Elle a peut-être une puce.

— Le vétérinaire vérifiera. Bryce pourra peut-être l'emmener demain. Nous verrons si elle a un numéro d'identification que nous pourrons comparer avec le registre national des animaux domestiques.

Je raccroche et tourne à droite sur White Street, ennuyée de ne pouvoir attribuer un nom à la chatte.

— Je suis vraiment désolée, mais je ne peux pas t'appeler tout simplement « la chatte », lui dis-je tandis qu'elle se met à ronronner avec force. Si tu pouvais parler, tu me dirais qui t'a mise à la porte de la maison, quelle méchante personne t'a fait ça. Pas seulement méchante, mais mauvaise, et à mon avis, tu as peur de lui parce que tu as senti sa véritable nature. Un homme que personne ne remarque. Mais il est cruel. Et tu l'as senti, n'est-ce pas, quand il s'est introduit chez toi ? Tu n'as pas voulu l'approcher, mais il t'a attirée par la ruse, avec ces friandises que j'ai vues dans la cuisine ?

Je caresse sa tête aux oreilles repliées, et elle se frotte contre ma paume.

— Ou bien tu as filé par la porte. Tu t'es peut-être enfuie. Je vais t'acheter des friandises. La même chose, au saumon. C'est ce que t'achetait ta maîtresse. J'ai vu des dizaines de sachets dans le placard. Au saumon et à la dinde sans céréales, en quantité. Elle te nourrissait très bien, avec des produits sains, n'est-ce pas ? Tu n'as pas l'air d'avoir de puces. Néanmoins, je vais te nettoyer et te donner un bain, tu vas probablement me détester.

Il est presque minuit lorsque je pénètre sur le parking du supermarché Shaw's, illuminé par d'immenses lampadaires et bordé d'arbres dépouillés, agités par un vent qui a considérablement faibli.

— Je pourrais t'appeler Shaw, notre première sortie ensemble, je considère en me garant près de l'entrée à colonnades de brique. Je m'excuse de ne pas savoir exactement qui tu es, et je ne veux pas que tu t'inquiètes, mais je vais devoir te laisser quelques minutes dans la voiture. Rien n'est prévu pour les chats chez moi. Uniquement pour un chien qui suit un régime de poisson très ennuyeux, avec des friandises à la patate douce. Un vieux lévrier du nom de Sock, très timide, et à qui tu vas sûrement coller la frousse.

Je la laisse enveloppée dans la serviette sur le siège conducteur et referme la portière. À l'instant où je pointe la télécommande pour verrouiller, les phares d'une voiture qui arrive m'éblouissent. Je suis aveuglée l'espace d'un instant, puis j'entends une vitre qui se baisse, et Sil Machado se fend d'un grand sourire.

— Hé, qu'est-ce que vous faites, Doc ?

— Je vais acheter de la nourriture pour chat, je réplique en me rapprochant de sa Crown Vic. Vous me suivez ?

— On est sûrs que c'est vraiment la chatte de cette femme ? demande-t-il en se mettant au point mort et en posant le bras à la portière. Eh oui, je vous suis. Faut bien que quelqu'un le fasse.

— Je n'ai pas de certitude mais ce serait logique. En tout cas, elle a l'air perdue et sans abri.

Je jette un coup d'œil au parking presque désert, à quelqu'un qui pousse un chariot à l'autre extrémité.

— Vous venez avec moi ?

— Pas besoin de courses. Je m'assure juste que vous rentrez chez vous sans problème.

Curieuse réflexion de sa part.

— Je sais que vous êtes habituée à vous promener partout à n'importe quelle heure. Mais je veux juste être sûr, répète-t-il.

— Vous savez quelque chose que j'ignore, Sil ?

Je remarque des sacs à indices sur le siège arrière plongé dans l'obscurité, y compris ceux que j'ai ramassés moi-même.

— Ce serait quelqu'un qui connaît bien Cambridge, hein, Doc ?

— Un familier de la maison, du quartier. En tout cas, quelqu'un qui s'est rendu familier, j'approuve.

Je recule pour vérifier que la chatte va bien en jetant un coup d'œil à travers la vitre de mon SUV. Elle est assise sur la serviette.

— Il a pris son courrier dans la boîte, hein ? Peut-être vidé ses ordures et sorti sa poubelle ? poursuit Machado, qui me regarde, sérieux et solide tel un roc. Alors, je me dis que ce type est bien trop à l'aise dans les parages. Il sait quand venir prendre le courrier, sans doute au moins une fois par semaine ? Il sait quand passent les poubelles. À part ça, ce truc là-bas, je trouve ça insupportable. Je veux dire, Burke a dépassé les bornes.

Je biaise, tant il est exclu que je discute du point qu'il vient d'aborder :

— J'ignore quelle quantité de courrier elle pouvait recevoir.

— Marino et moi, on fait des virées en Harley ensemble. C'est pour ça qu'on est devenus proches, explique-t-il en détournant le regard. Il passe avec une pizza, prendre le café, quelquefois on va ensemble à la salle de sport. C'est un type bien et qui a un sacré respect pour vous. J'aurais jamais imaginé… Je veux dire, je ne sais pas quoi dire, sauf que je sais ce qu'il éprouve pour vous. Je sais qu'il se ferait tuer pour vous.

Je ne parlerai pas de Marino avec lui.

— Je suppose qu'il relevait son courrier une fois par semaine ou deux fois par mois, à des heures où personne ne le verrait. Il ne voulait pas éveiller les soupçons, que les gens se mettent à la recherche de Peggy Stanton alors qu'il conservait son corps quelque part pendant des mois. Vous avez ce porte-clés avec vous ? j'embraye.

— Ouais.

Il passe le bras par-dessus le dossier de son siège et récupère le sac en papier brun, dont il sort un autre sac plus petit, contenant la clé de voiture, qu'il me tend à travers la vitre.

— J'ai jamais eu une affaire avec quelqu'un d'aussi téméraire. C'est pas normal, Doc.

— Depuis quand le meurtre est-il normal ?

J'éclaire le sachet transparent à l'aide de la lumière de mon téléphone.

— Donc, vous pensez que c'est un taré, qui vit dans son monde de fantasmes tarés, mais qui ressemble à M. Tout-le-Monde, hein Doc ?

— À votre avis ?

La clé de contact est à commande infrarouge, avec une pile, et la boussole y est reliée par un porte-clés à ouverture rapide avec un anneau brisé à chaque extrémité.

— Ouais, aucun doute là-dessus. Quelqu'un qui se fond dans la foule, qu'on ne remarque pas.

— Un porte-clés qui a l'air plutôt neuf, je remarque en lui tendant le sachet. Qui relie la clé d'une Mercedes vieille de dix-sept ans à une boussole *vintage*.

— *Vintage* ? C'est-à-dire ? Aussi vieille que la voiture ? demande-t-il en réintégrant le sachet en plastique dans le sac en papier.

— Vous allez découvrir que les éclaireuses n'ont pas utilisé d'objet de ce genre récemment. Je dirais que cette boussole a au moins cinquante ans.

— Vous rigolez ? Alors, elle appartenait peut-être à Peggy Stanton.

Je rectifie, tout en jetant de nouveau un coup d'œil à la chatte :

— Elle avait 49 ans, donc c'était également antérieur, et tout dépend d'où elle – ou une autre personne – la tenait. Une boussole d'époque, une bague avec une pièce de monnaie ancienne, et des boutons de collection cousus sur sa veste ? Quelqu'un dans le milieu de l'histoire, des collections ? Mais qui ?

— Allez-y, me dit Machado. Je vais vous attendre et vous suivre jusque chez vous. Ça me rassurera.

Je me dirige vers le store vert qui surmonte l'entrée et pénètre à l'intérieur du magasin. Je pousse un chariot jusqu'au rayon pour animaux, où je trouve un bac à litière et une pelle, de la litière agglomérante, des aliments et des friandises Wellness, sans oublier plusieurs jouets. Je prends du shampoing contre les puces et une lotion apaisante aux flocons d'avoine ainsi qu'une pince coupe-griffes, et lorsque je regagne mon SUV et ouvre la portière arrière, Shaw est assise là, les pattes arrière allongées toutes droites, comme seuls le font les Scottish Folds. Consciente de la présence de Machado garé à côté, phares allumés, je la prends dans mes bras :

— Allez, viens, on va te remettre sur mes genoux dans la serviette, d'accord ?

Elle ne se débat ni ne m'oppose la moindre résistance, tandis que je reprends le chemin de la maison, suivie de près par Machado. Je m'interroge sur ce qui l'inquiète, et ne peux m'empêcher de penser qu'il retient quelque chose. En rapport avec Marino ? Il serait aberrant que Machado soupçonne une seconde Marino dans la mort de Peggy Stanton ou la disparition d'une paléontologue. Cela étant, tout dépend de ce qu'on lui a raconté, surtout Burke.

Je poursuis vers le sud, coupant vers Garfield, Oxford, me frayant un chemin vers la faculté de théologie d'Harvard, vers Norton's Woods, où l'Académie américaine des arts et des sciences est plongée dans l'obscurité, blottie dans son parc très boisé.

La chaussée humide grésille sous mes pneus, je quitte Kirkland pour m'engager dans Irving Street, Machado derrière moi. Je ne vois pas si Benton est rentré dans notre maison blanche à deux étages de style fédéral, avec ses volets noirs et son toit d'ardoise. Je remonte l'étroite allée de brique, et me gare sur le côté du garage. Machado s'arrête dans la rue et patiente pendant que je sors les courses et la chatte de la voiture.

Je déverrouille la porte de la véranda vitrée, et l'alarme bipe. Je tape le code, pénètre et repousse le battant d'un coup de hanche. Les griffes de Sock crissent sur le parquet, en provenance du salon. Benton n'est pas là. Je sens la chatte se contracter dans la serviette. Le chien apparaît dans le couloir, mais je ne peux pas l'accueillir comme à l'habitude.

— Nous avons de la visite, dis-je à notre lévrier moucheté au museau grisonnant qui ne manifeste jamais aucune précipitation.

J'allume au fur et à mesure dans toutes les pièces. Arrivée dans la cuisine aux placards de merisier et à l'équipement électroménager en inox, je pose les sacs de courses et enferme Shaw dans l'office, pour qu'elle n'aille pas se cacher ou disparaître. Je sors Sock dans le jardin derrière, où ma roseraie a perdu ses dernières fleurs. Les vitraux de la cage d'escalier sont éclatants, illuminés de l'intérieur. Je m'excuse auprès de Sock de rentrer si tard. Je sais par des e-mails de la femme de ménage qu'elle l'a sorti pour la dernière fois à 17 heures et lui a offert des friandises. Mais à moins que Benton ne l'ait fait, il n'a pas été nourri, et je me sens presque une mère coupable de négligence.

Silhouette mince haute sur pattes, son museau pointu flairant chaque recoin, Sock se déplace telle une ombre à travers le jardin délimité par un mur de brique que les enfants du voisinage aiment escalader, et explore tous ses endroits favoris, dépourvus d'éclairage à détection de mouvement. Puis nous rentrons. Je lui donne à manger et le caresse. Ensuite, j'entreprends de remplir d'eau chaude un des éviers, prépare des serviettes tout en me demandant où est passé Benton.

— Il y a longtemps que je n'ai pas eu de chat, tu sais, je précise à la petite rescapée.

Elle ronronne comme je la sors de l'office.

— Et je sais que tu ne vas pas apprécier, mais essaye d'imaginer ça comme un spa.

Je tire une chaise, l'installe sur mes genoux et lui coupe les griffes.

— Ça, on dirait qu'on te l'a déjà fait, mais le bain, j'ai des doutes... Il paraît que les chats détestent l'eau, mais les tigres nagent, alors... où est la vérité ?

J'enfile des gants de caoutchouc et la plonge dans l'eau chaude, la savonne de shampoing et de lotion aux flocons d'avoine. Elle me fixe de ses grands yeux ronds, et je fonds en larmes, sans savoir pourquoi.

— Tu es un amour, je murmure en l'essuyant dans une grande serviette moelleuse. Je n'ai jamais vu un chat aussi mignon.

Je m'essuie les yeux.

— Tu ressembles plutôt à un chien.

Je contemple Sock, installé dans sa corbeille près de la porte.

— Tous les deux orphelins, à peu près de la même façon.

Je pleure de nouveau.

— Vos maîtres ne sont plus là, je vous ramène avec moi à la maison, mais je sais bien que ce n'est pas la même chose.

Je n'ai aucune idée de ce qu'un animal peut savoir, quels peuvent être ses souvenirs, mais Shaw était peut-être la meilleure amie de Peggy Stanton. Elle a peut-être vu son meurtrier, et ne peut rien me révéler. Ni à moi, ni à personne. Et ce témoin muet est maintenant chez moi, étalé sur le dos sur une serviette, dans une position qu'aucun chat digne de ce nom n'adopterait. Je referme les portes coulissantes, jette un œil dans le freezer pour trouver quelque chose à réchauffer. Rien ne me tente. J'ouvre une bouteille de Valpolicella et me sers un verre, puis décide de préparer des pâtes fraîches avec une sauce tomate toute simple. Je retourne à l'office, la chatte sur mes talons.

Après avoir rapporté des boîtes de tomates entières pelées, je fais fondre du beurre salé dans une casserole, auquel j'ajoute un oignon coupé en deux. La chatte se frotte contre mes jambes en ronronnant.

— Si Benton était là, nous pourrions faire griller des saucisses italiennes dehors, lui dis-je. Oui, je sais, il fait froid et humide... cela ne m'arrêterait pas. Ne t'inquiète pas, je ne le ferai pas. Pas toute seule dehors dans l'obscurité.

Avec un peu de chance, Machado est parti. Je rebranche l'alarme, puis mets de l'eau salée à bouillir. Dans le salon, j'allume le feu et dresse le couvert sur la table basse, bois encore quelques verres et tente de joindre Benton à plusieurs reprises, pour tomber sur la messagerie. Une heure du matin approche. Je pourrais appeler Machado, mais ne tiens pas à lui demander où se trouve mon mari. L'enfer pourrait geler avant que je contacte Burke, et j'éteins la cuisinière. Je m'installe devant la cheminée à gaz, Shaw sur les genoux et Sock blotti contre moi, tous les deux endormis. Je continue de boire, et lorsque j'en ai assez, je téléphone à ma nièce.

— Tu es réveillée ? j'attaque lorsqu'elle décroche.

— Non.

— Non ?

— Ceci est la messagerie. Que puis-je pour toi ?

— Je sais qu'il est tard.

Il me semble entendre quelqu'un en arrière-plan.

— C'est la télévision ?

— Que se passe-t-il, tante Kay ?

Elle n'est pas seule, mais ne me dira rien.

27

J'émerge du sommeil sans l'aide du réveil, et l'espace d'un instant, je ne sais plus où je me trouve, ni avec qui. Je tends la main sous les couvertures, sens le fin poignet tiède et les doigts effilés de Benton. Un gigantesque vide m'envahit, lorsque mon rêve me revient. Je me trouvais avec Luke.

Un rêve tellement vivace que là où sa bouche et ses mains se sont posées, les sensations perdurent, les nerfs à vif, en manque. Je me glisse près de Benton, caresse les muscles de sa poitrine et de son ventre nus. Lorsque j'ai éveillé ses sens, nous faisons ce que nous désirons tous deux, sans un mot.

Nous prenons ensuite une douche, avant de recommencer. Le jet d'eau chaude nous martèle sans ménagement, et Benton est dur, presque en colère, notre désir semblable à celui qui nous animait lorsque nous étions adultères, que nous cherchions désespérément à satisfaire ce qui bouillonnait sous notre calme apparent, fugace soulagement. Nous étions incapables de nous passer l'un de l'autre, jamais rassasiés, et j'aimerais tant retrouver cette sensation.

— Où étais-tu passé ? je murmure contre ses lèvres.

Il me plaque contre le carrelage ruisselant, et je repose la question, par-dessus l'écho bruyant de l'eau.

Sans le formuler, il m'assure qu'il est bien là, je sais que je lui appartiens, sans doute possible. Nous faisons l'amour comme lorsque c'était mal, lorsqu'il était malheureux près de sa femme, de ses filles qui se préoccupaient à peine de lui. Ensuite, pendant longtemps, il n'a plus été à mes côtés.

Perdu je ne sais où, avec moi mais absent. Marino n'a fait qu'empirer les choses, et après cela, nos caresses ne furent plus les mêmes. Tout avait changé, jusqu'à ce que la jalousie et la trahison ne nous fassent repartir, à l'instar d'une fracture mal consolidée qu'il convient de briser de nouveau. Une nécessaire souffrance.

— Reste avec moi cette fois, reste, Benton, je souffle dans sa bouche, et l'eau brûlante ruisselle sur nous.

Alors que nous nous habillons, il me demande à quoi je rêvais.

— Pourquoi penses-tu que je rêvais ?

Je détaille les tenues suspendues dans mon placard, et le geste me rappelle la fouille des vêtements de Peggy Stanton.

— Aucune importance, répond-il en nouant sa cravate devant le miroir en pied.

— Tu ne poserais pas la question, sinon.

— Les rêves restent des rêves, pourvu qu'ils ne prennent pas d'autre forme.

Il m'observe dans la glace, alors que je me décide pour un pantalon démodé, un pull et des boots courtes, pratiques et bien chaudes.

La journée va être longue. Pas autant que la veille, j'espère, mais en pantalon de velours et cardigan à torsades, je serai à l'aise, d'autant qu'il gèle.

Les arbres et les buissons persistants sont couverts de givre. On les dirait vernis ou glacés de sucre. Je déplace le store pour regarder la rue en contrebas, apprécier les conditions de circulation, et Benton traverse la pièce pour m'enlacer par-derrière et m'embrasser le cou.

Ses mains redécouvrent ce qui lui a appartenu si peu de temps auparavant, et il se fraye un chemin sous les vêtements que je viens d'enfiler.

— N'oublie pas, me dit-il.

— Je n'ai jamais oublié.

— Ces derniers temps, si. Hier, tu as oublié.

— Vas-y, je l'encourage.

Je veux qu'il me dise ce qu'il a vu, qu'il le formule enfin. Il pose ses mains au gré de son envie.

— Tu l'as fait ? demande-t-il.

— Fait quoi ?

Je n'entends pas lui faciliter les choses, et explique :

— Tu dois me demander ce que tu tiens à savoir.

— As-tu manifesté ton accord ? Tu l'as laissé penser qu'il y aurait quelque chose ?

— Je lui ai dit qu'il ne se passerait rien.

— Il te touchait, affirme Benton en même temps qu'il me caresse. Il croyait y être autorisé, que tu le souhaitais.

Je réponds, alors qu'il me ramène vers le lit :
— J'ai dit non, point final.
— C'est vraiment tout ? Rien de plus ?
— Rien d'autre, j'affirme en débouclant sa ceinture.
— Parce que s'il y a eu davantage, je pourrais le tuer. Je vais le faire, d'ailleurs, et sans courir aucun risque.
— Non, je contre en baissant sa braguette. Et tu ne t'en tirerais pas.
— À Vienne, j'ai voulu le tuer, parce que je savais.
— Il n'y a rien à savoir. Rien de plus que ce que tu sais déjà. Tu vas froisser ta chemise, je remarque en l'interrogeant sur elle, sur Douglas Burke. Je vais la froisser, elle va être fichue.

Sur ma peau nue, la douceur du coton blanc et de la soie foncée. Je lui repose la question, et puis je me tais, jusqu'à ce que nous nous retrouvions dans la cuisine, où je nourris le chien et la chatte.

Je sers à celle-ci des cuillères de nourriture dans une assiette que je pose sur un tapis de sol près de l'entrée de l'office.

— Shaw s'est adaptée en un clin d'œil, à croire qu'elle a toujours vécu ici, je souris. Toutefois, ce serait une bonne idée de l'enfermer dans la chambre d'amis, dans un espace réduit, le temps qu'elle se familiarise avec la maison. Même si j'ai l'impression que Bryce va vouloir la récupérer. À mon avis, un simple ronron l'emballera.
— Il faudrait la faire examiner par le véto, dit-il en servant du café, grand et mince dans son cos-

tume sombre, ses cheveux argentés encore humides et coiffés en arrière.

Il évite le sujet Douglas Burke. J'ouvre une boîte à chien.

— J'enverrai Bryce la chercher dans la journée et la faire ausculter de la tête aux pieds. Tu viens au Bureau, voir ce que nous dénichons dans la voiture ?

— Je dois m'occuper du problème Marino.

— Tu vas lui parler ?

— Perdu d'avance ! On n'a pas cessé de lui parler, rien à faire. Et il ne s'est rien passé, Kay, ajoute-t-il en faisant allusion à un tout autre sujet. Rien du tout, mais pas à cause d'elle, à cause de moi.

Il m'apprend ainsi qu'il plaît à Douglas Burke, et qu'elle a tenté sa chance. Elle est peut-être amoureuse de lui. Non, au moment où il me confie cela, je comprends qu'elle est terriblement amoureuse de lui.

— Une partie du problème pourrait se trouver là.

Il savoure son café en me regardant poser le bol de Sock à bonne distance de l'assiette de Shaw. Encore que ces deux-là semblent s'entendre. On pourrait presque croire que leurs passés difficiles leur interdisent de refuser à une autre créature la possibilité du sauvetage.

— Que veux-tu dire, *pourrait* ?

— Quand nous avons commencé à travailler ensemble, j'ai cru qu'elle était gay. Ce fut donc très déroutant, explique-t-il en me tendant un café.

— Depuis quand es-tu aussi obtus ? Rappelle-moi ton métier, déjà ? Tu es bouché, brusquement ?

Il esquisse un sourire.

— Peut-être que lorsque le sujet me concerne, je perds ma finesse. Le dernier à comprendre, quoi.

— Foutaises ! Benton.

— Je me refusais peut-être à comprendre.

— Voilà qui paraît plus vraisemblable.

— J'aurais parié qu'elle était gay, Kay.

— Quoi qu'elle soit, elle n'avait pas à se comporter comme hier soir.

— Elle en a conscience. Certes, la situation a été pénible pour toi. Mais sache que c'est terrible pour un agent du FBI de manquer à ce point de maîtrise de soi. Elle a perdu les pédales, gravement. Et pour régler le problème, il faudra davantage qu'une engueulade de ma part.

Je lui offre une nouvelle opportunité d'avouer :

— Tu n'éprouves pas de désir pour elle.

— Je ne la désire pas, pas de cette façon, et pour dire la vérité, j'étais convaincu que Lucy l'intéressait. Doug se troublait de façon invraisemblable en sa présence.

— Lucy serait capable de troubler une sainte !

— Non, je t'assure, je suis sérieux.

Benton ouvre le réfrigérateur, en sort un pichet de jus d'oranges sanguines, dont il nous sert un verre avant de poursuivre :

— J'essaye de me souvenir de la dernière fois, si flagrante que j'en étais gêné. Doug m'avait conduit à Hanscom, où j'avais rendez-vous avec Lucy. Elle venait de poser l'hélicoptère et traversait le tarmac. Doug était tellement distraite que j'ai cru qu'elle allait percuter un avion à l'arrêt.

— En juin dernier, juste avant mon anniversaire, quand Lucy t'a piloté jusqu'à New York, je me souviens. Tu n'avais rien deviné de ce qui se passait jusqu'à une date aussi récente ?

— Elle était rouge, agitée, les mains tremblantes, et elle la dévorait du regard.

— Les effets du Sudafed, ou de quoi que ce soit qu'elle ingurgite.

— Je me pose des questions. En vérité, aujourd'hui, je m'en pose.

— Mais Lucy pourrait porter aussi sa part de responsabilité. Burke réagissait peut-être à sa présence, je considère, tout en cassant des œufs extraits du réfrigérateur. Les gens ne sont pas si strictement déterminés, presque jamais, quand ils veulent bien l'admettre. Hormis le fait que Lucy prend grand soin de l'éviter, comme n'importe quel autre agent du FBI, d'ailleurs, je n'ai pas le sentiment qu'elles se connaissent tant que cela.

— Peut-être des sentiments contradictoires, réfléchit-il en remplissant de nouveau sa tasse et en vérifiant la mienne. Elle m'a posé des questions sur elle.

— Des questions sur Lucy ?

— Le passé de Lucy au FBI l'intéressait. Les raisons pour lesquelles celle-ci l'a quitté, ainsi que le bureau des alcools, tabacs, armes et explosifs.

— Que lui as-tu dit ? j'interroge en allumant la cuisinière.

— Rien.

— De la simple curiosité, ou bien ses interrogations portent-elles le sceau de la critique ? Elle cherche peut-être à dénicher des informations qui lui donneraient un sentiment de supériorité sur Lucy.

— Doug est habitée d'un fort sentiment de compétition.

— Et tu n'en sais probablement pas la moitié ! je renchéris en ouvrant un placard pour choisir un ustensile de cuisine.

— Je ne parle pas de nous, ne me confie pas à elle. Je ne l'ai jamais fait, et ne le ferai jamais.

— Rien de surprenant. Tu te confies à peine à moi.

— Doug avale beaucoup de trucs, elle a des gros problèmes d'allergies, mais je n'y ai jamais réfléchi à deux fois, confie-t-il.

Je bats les œufs et fais fondre du beurre dans une casserole.

— Ce genre de comportement et de symptômes se manifestent-ils depuis le début de votre collaboration ?

— Une fois de temps en temps, puis tout le temps. Notamment ces derniers mois. Elle est en permanence en surrégime, comme un moteur qui s'emballe, explique-t-il en plaçant des muffins dans le grille-pain. Je pensais que son problème naissait de ses humeurs.

— Son problème, c'est toi. Il doit y avoir des asperges émincées et du basilic frais sur la première étagère du premier réfrigérateur. La confiture de figues se trouve dans la porte du deuxième réfrigérateur.

Je remplis, avec un zèle certain, la maison de réserves de nourriture, une manie dont je suis affligée. Je m'assure de ne jamais manquer de provisions de bouche, surtout quand la météo ne s'arrange pas.

— Quand j'ai fini par comprendre ce qu'elle ressentait, son état avait empiré, ce que j'ai attribué au stress et à son angoisse quand elle se trouvait en ma compagnie. Du fromage ? demande-t-il après avoir posé à côté de moi sur le plan de travail le pot de confiture, le basilic et les asperges.

— Le parmesan est déjà râpé. Et c'est toi qui te charges de la confiture, dis-je en faisant glisser le pot dans sa direction. Parfaite sur les muffins.

Il faudrait que j'aille faire des courses dans la journée, mais je n'aurai probablement pas le temps. Je découvre le parmesan que j'ai râpé hier soir et les asperges que j'ai émincées en attendant le retour de Benton. Je fouette de nouveau les œufs en y ajoutant sel et poivre.

— La pseudo-éphédrine a une structure similaire aux amphétamines et a été utilisée comme produit dopant, j'explique en hachant le basilic avant de le mélanger aux œufs. Certains athlètes ont tendance a en abuser. Elle provoque une sensation d'euphorie, engendre une énergie sans bornes, et quand on en prend trois ou quatre fois par jour, sinon plus, on peut développer une dépendance. Comme c'est également un coupe-faim, d'autres l'utilisent pour maigrir.

— Burke n'en a pas besoin.

— Ceci explique peut-être cela, je rétorque.

— Je suggère qu'elle demande un transfert dans un autre Bureau.

— Tu l'as suggéré, ou tu vas le faire ? je demande en baissant le feu au maximum. Et après tout ce temps où tu étais convaincu de son homosexualité, quand la révélation a-t-elle surgi ?

Il vérifie la cuisson des muffins et enclenche à nouveau le grille-pain.

— Lors de votre visite à Quantico en août. Elle voulait venir dans ma chambre, avec un but évident. J'ai été très clair sur le fait qu'il ne se passerait rien.

— Et hier soir ? j'insiste en ouvrant la porte du four pour m'assurer que le gril chauffe. Quand elle t'a raccompagné pour récupérer ta voiture et que tu n'es rentré que deux heures plus tard ? Heure à laquelle j'avais descendu seule une demi-bouteille de vin, et où le dîner était fichu.

— Nous sommes restés à parler sur ton parking, me dit-il, et je le crois. Elle n'arrive pas à s'en remettre.

— Se remettre de toi.

— Je suppose. Oui.

— Même un agent du FBI peut être atteint de troubles de la personnalité, Benton. Narcissique ? Borderline ? Sociopathe ? Un peu des trois ? Qu'est-ce donc ? Allons, tu le sais.

— Kay, je n'attends pas que tu la plaignes.

— Encore heureux, parce que tu courrais audevant d'une déception ! je rétorque en me saisissant de maniques.

Je retire la casserole en inox de la plaque à induction et la place dans le four à l'étage supérieur, en continuant sur ma lancée :

— Encore dix secondes, et les muffins doivent être prêts. Elle tente de séduire mon mari, cherche à expédier Marino en prison, m'accuse en gros de mensonge et a recours à des méthodes d'interrogatoire qui rappellent les matraques en caoutchouc.

— Elle a sans doute besoin d'un congé, admet-il.

— Son intention était d'humilier, sinon d'annihiler sa rivale.

Il fait sauter les muffins, qu'il dépose d'un geste rapide dans une assiette avant de les beurrer, et poursuit :

— Elle a probablement besoin de consulter, de s'éloigner de Boston, et de moi, très franchement. Je dois l'éloigner de moi.

La frittata est prête, légèrement dorée. Je la fais glisser de la casserole dans un plateau et la découpe comme une pizza, pendant que Benton continue de me faire part de ses inquiétudes à propos de Douglas Burke.

— Quand tu as besoin de consulter, et surtout de suivre un traitement, le problème ne relève plus seulement de ta vie privée, énonce-t-il en portant les cafés et les couverts sur la table du petit déjeuner près de la fenêtre. Avec le Bureau, rien ne relève juste de ta vie privée. Alors, même si elle en a besoin, elle refuse toute aide.

— Elle pourrait constituer un danger pour sa propre personne ?

— Je l'ignore.

— Bref, une réponse affirmative, je traduis.

Je tire une chaise. Le jour se lève derrière la fenêtre, et une voiture progresse avec lenteur et prudence sur la chaussée verglacée.

— Résumons : tu ignores si elle peut représenter un danger, pour elle-même ou éventuellement pour les autres. En d'autres termes, tu dois considérer que la réponse est affirmative. Et comment agis-tu partant de là ?

— J'ai bien peur de devoir en discuter avec Jim.

Jim Demar est l'agent spécial responsable du bureau local de Boston.

— Malheureusement, tout un système va se mettre en branle, explique-t-il en me tendant un demi-muffin qu'il a garni de confiture de figues. Elle peut se retrouver en congé administratif, en continuant de toucher son salaire, pas nécessairement une mauvaise chose, si cela lui laisse le temps de faire le ménage dans sa tête. Elle peut aussi être mutée, se voir offrir un nouveau départ.

— Où cela ?

— Je vais recommander Louisville, dans le Kentucky, dont elle est originaire. Un nouveau Bureau s'est ouvert là-bas, des installations superbes et beaucoup d'opportunités. L'Équipe spéciale de lutte contre le terrorisme, la Cellule de fusion du renseignement, le contre-espionnage, ou la corruption dans l'administration…

— Quoi que ce soit qui l'empêche de penser à toi, je résume.

— Je suis sûr qu'elle s'en sortira. L'environnement ne lui convient plus ici, rien d'autre.

Sur le chemin du Centre de sciences légales de Cambridge, les paroles de Benton défilent dans mon esprit. *L'environnement ne lui convient plus.* Le problème de Douglas Burke n'a rien à voir avec Boston, mais tout avec Benton. Cette naïveté de sa part m'inquiète. Il doit paraître très étrange aux yeux de presque tous que mon mari, le profileur, puisse se révéler aussi bête, vraiment bouché. Je ne me suis jamais trouvée dans cette situation fâcheuse. Je n'ai jamais été confrontée à quelqu'un d'obsédé à ce point par mon mari. Nous n'avons pas la même perception de la situation. Douglas Burke est dangereuse, pour elle, et sans doute pour d'autres.

28

Je pénètre sur le parking derrière le Centre de sciences légales de Cambridge. Je déduis des véhicules garés la présence des personnes clés, celles dont je vais avoir besoin. Luke et Anne, Ernie, George et Sybil. Je remarque également le pick-up de Tony, censé être en congé aujourd'hui, puisque de permanence ce soir. Sa Toyota Tacoma rouge occupe une place d'Enquêteur, à côté du Chevrolet Tahoe blanc d'hier, et la conversation que j'ai eue avec Lucy à 1 heure du matin me revient.

Comme pour se justifier, elle m'a expliqué qu'elle était encore debout à cette heure parce que Marino et elle s'étaient violemment disputés. Il avait refusé de rester chez elle. Elle avait à son tour refusé de l'emmener au Centre de sciences légales pour récupérer sa voiture ou de le raccompagner chez lui à Cambridge. J'en ai déduit qu'il avait bu, ou que, pour une raison quelconque, elle ne pouvait pas le laisser partir seul. Tandis qu'elle me narrait leur prise de bec, je percevais en fond les échos d'une autre personne que Marino.

Elle s'exprimait d'une voix calme et basse que je ne parvenais pas à distinguer. Lucy m'a expliqué que Marino avait finalement accepté de rester dormir à l'écurie, une dépendance qui n'a plus rien à voir avec les chevaux, transformée en un espace d'entretien et de lavage de voiture, avec un stand de tir souterrain. À l'étage, Lucy a fait installer un studio pour les invités. Elle s'est déplacée, et je n'ai plus entendu cette personne, sans doute une volonté de la part de ma nièce.

Il y a un moment que je n'ai pas été invitée dans sa maison de campagne, comme elle a baptisé sa propriété de quelque vingt-cinq hectares sur la Sudbury River, à l'ouest de Boston, un domaine équestre qu'elle a passé l'année dernière à rénover et aménager pour y installer sa collection de machines à défier la gravité, transformant la grange en un gigantesque garage et le paddock en un héliport de béton. Marino va *raisonnablement bien*, inutile de t'inquiéter, m'a-t-elle rassurée. À ma connaissance, la dernière fois que ma nièce est sortie avec quelqu'un, c'était au début de l'été. Elle s'est rendue à Provincetown à plusieurs reprises.

Marino est contrarié, en colère, bien sûr, m'a expliqué Lucy, sans que je puisse m'empêcher de penser à la chevalière qu'elle portait hier. Je ne lui ai pas posé de questions. Je sais lorsqu'il vaut mieux que je m'abstienne, mais elle paraissait si mal à l'aise et sur ses gardes. Il m'a traversé l'esprit que l'objet de leur dispute n'avait peut-être rien à voir avec le pétrin dans lequel patauge Marino. Il a pu s'installer dans le studio à cause de la personne avec laquelle elle est là-bas, et dont elle ne veut pas parler. Marino désapprouve peut-être son choix, et il ne s'est jamais gêné, dans le passé, pour lui faire part de son opinion à ce sujet.

Le Centre de sciences légales semble désolé, l'absence de Marino engendre un vide palpable, et je pénètre dans l'immeuble par la baie. Quoi qu'elle conduise aujourd'hui, je ne vois pas la voiture de Lucy, mais elle doit être en route pour m'aider. Je lui ai demandé comment on pouvait traquer un imposteur sur Twitter. Était-il possible de vérifier si l'expéditeur de la vidéo et du cliché d'oreille tranchée ne pouvait pas également être celui qui s'est fait passer pour Peggy Stanton et a échangé des tweets avec Marino ? Une hypothèse pas si invraisemblable qu'il n'y paraît, si on prend en compte le timing, tous ces événements horribles survenant en même temps.

J'ouvre la porte au niveau des salles d'autopsie, marque un arrêt au bureau du vigile pour consulter le journal des entrées. Cinq cas sont arrivés tard dans la nuit : deux éventuelles overdoses, un meurtre par arme à feu, une mort subite dans un parking, un piéton renversé par un chauffard qui a pris la fuite. Les autopsies sont déjà en cours. J'ai demandé à Luke de commencer sans moi, et de trouver un moment pour que nous discutions de Howard Roth. Je tiens à examiner les photos des lieux, ses vêtements, et à jeter un œil à son cadavre avant de demander son enlèvement. Je veux autant d'éléments que possible. Je ne crois pas que sa chute dans l'escalier du sous-sol ait pu provoquer un volet costal.

Après avoir franchi une autre porte, je descends une rampe d'accès. La baie d'examen est un espace entièrement clos, dépourvu de fenêtres, où s'affairent les membres du personnel, tous en combinaison de Tyvek blanc et masques de protection. Des pieds à la tête, ils sont recouverts d'une barrière de polyéthylène obtenue par filage éclair, étanche et antibactérienne, qui sert à tout envelopper, les maisons, les immeubles, les bateaux, les voitures et le courrier. Emmitouflés de blanc éclatant, les traits peu reconnaissables derrière les visières de plastique, ils se déplacent dans des froissements de tissu synthétique, perdant leur forme humaine.

Dans une zone de la baie où l'éclairage a été réduit, ils sont en train d'installer des diffuseurs de cyanoacrylate avec des ventilateurs et des humidificateurs autour de la berline Mercedes 1995 jaune pâle aux portières et coffre grands ouverts. Le légiste spécialiste des traces, Ernie Koppel, lunettes orange sur le nez, passe la source de lumière alternative sur la banquette arrière. Je m'équipe à mon tour, enfile des gants, et lui demande où ils en sont.

— Avant le fumage, je voulais d'abord tout ratisser à l'aide d'un peigne très fin, m'explique-t-il.

Le capuchon dissimule sa calvitie, ajoutant à la rondeur de ses joues déjà poupines, et son nez et ses dents paraissent énormes.

— Mettez ça, si vous voulez regarder, propose-t-il en me tendant, à son habitude, les lunettes, semblant oublier que je connais leur nécessité en cas d'utilisation de ce genre d'ondes.

Accroupi à côté de la portière conducteur, il déplace le manchon de l'appareil, qui ressemble à une lampe en forme de cône reliée à un câble noir. Le faisceau ultraviolet inonde une moquette marron tachée et usée, et je me demande à haute voix si quelqu'un n'a pas retiré les tapis de sol. Peut-être l'assassin, lorsqu'il a ramené la voiture au garage. J'ignore encore la cause de la mort de Peggy Stanton, mais je n'hésite pas une seconde à faire allusion à un meurtrier. Ma décision est arrêtée : même si les examens toxicologiques se révèlent négatifs, je n'en signerai pas moins un certificat de décès pour homicide, avec cause de la mort indéterminée.

— Pas trace de tapis de sol quand la voiture a été amenée, m'informe Ernie. Y en a-t-il jamais eu, je ne sais pas, mais je dirais non, d'après ce que je vois, indique-t-il en braquant la lumière pour me montrer. À cet endroit, essentiellement, ajoute-t-il en parlant du côté conducteur.

Sous la lumière ultraviolette, les fibres ressemblent à des bribes de fil blanc, orange, vert néon et arc-en-ciel. Ernie passe des bandes de film adhésif carbone qu'il me tend au fur et à mesure. Je les place dans des fioles à couvercles vissés, puis les scelle dans des sacs que j'identifie avec la mention de l'endroit où elles ont été prélevées et les informations supplémentaires fournies par Ernie.

La voix assourdie par intermittence lorsqu'il est plongé à l'intérieur de la voiture, il m'explique :

— J'ai déjà examiné l'arrière et le siège passager. D'abord à la lumière blanche, puis à la bleue, au cas où il y aurait des éclaboussures de sang ou des résidus de tir. La verte pour les empreintes latentes, les ultraviolets pour le sperme, la salive, l'urine. Jusqu'à présent, rien n'indique qu'un événement dramatique se soit produit là-dedans. Elle est poussiéreuse et solitaire, si on peut dire ça d'une voiture... On dirait le véhicule d'une personne âgée.

— Peggy Stanton n'était pas vieille, mais menait une existence de personne âgée.

— J'ai trouvé ce qui ressemble à des poils de chat blanc-gris. Par terre à l'arrière, là où on pose en général le panier de transport d'un animal.

— Elle possédait sans doute un chat, je le renseigne.

Je dois d'ailleurs en parler à Bryce, lui demander d'emmener Shaw chez le vétérinaire.

— L'animal a peut-être été son unique passager, suggère-t-il. Tout à fait caractéristique de ce que je constate dans un véhicule toujours conduit par une seule personne, surtout quelqu'un d'âgé. Il y a une grande concentration de fibres, cheveux, débris transférés à la zone du conducteur et écrasés dans le tapis, que je pourrais découper, mais je préfère d'abord prélever le maximum. Voilà ce que j'ai remarqué, et qui va vous intéresser, annonce-t-il en me tendant une nouvelle bande. Il vous faut une loupe pour le distinguer. Un truc qui absorbe les UV, et n'est donc pas fluorescent, mais qui paraît noir, un peu comme le sang, sauf que ça n'en est pas. Sous la loupe, à la lumière normale, ça tire sur le rouge foncé. Il y en a une bonne quantité près de la pédale de frein et de l'accélérateur. On dirait que quelqu'un a trimbalé ça sous ses chaussures.

Je m'écarte de la voiture et retire mes lunettes. Munie d'une loupe récupérée sur un chariot, j'examine la bande. De même qu'Ernie, cela m'évoque du sang. Le matériau ligneux a une apparence familière.

— Il pourrait s'agir de paillis, suggère-t-il.

— Une idée du type de bois ?

— L'analyse du spectre chimique va prendre un ou deux jours. Je suppose que vous voudrez savoir si le tout vient de la même localisation, du même type d'arbres, par exemple ?

George et Sybil, du labo des traces, s'approchent pour demander quand ils vont pouvoir installer la tente qui enfermera complètement la voiture, de façon à ce que personne n'inhale des vapeurs de Super Glue. Dans très peu de temps, leur dis-je.

De l'intérieur de la Mercedes, Ernie poursuit :

— Une détermination à ce degré de précision ? Tout dépend de la fixation par le sol, et de la composition de celui-ci ; nous sommes ce que nous mangeons. Ça se vérifie pour tous les êtres vivants, même les arbres.

Il songe à ce que j'ai prélevé sur le corps de Peggy Stanton. Le matériau fibreux rouge sous ses ongles et la plante de ses pieds paraît identique à ce qu'il a découvert dans la voiture.

— Si vous tenez à ce niveau de détail, je vais peut-être devoir expédier un échantillon à un labo spécialisé dans l'analyse du bois, explique-t-il en continuant de passer la Mercedes au rayon lumineux ultraviolet. Il va sans dire que dans des quantités aussi minimes, on ne peut pas vraiment vous donner le nombre d'anneaux.

— Je me contenterai du type d'arbre. Pin, séquoia, cyprès, cèdre ? Cela ressemble vraiment à du paillis.

Des techniciens déposent à côté de moi des mallettes de transport souples, déballent le monomère de cyanoacrylate et les branchements.

— Du paillis de bois dur, pas d'écorce, je précise.

— Aucune trace d'écorce, confirme Ernie.

— On dirait du blé déchiqueté, je réfléchis en décrivant ce que je vois. Fibreux, poilu, évoquant du coton. Pas de la sciure de bois débité à la machine, un grain très fin. Sans la loupe, on a presque l'impression de terre, de poussière, ou de café moulu, mais rouge foncé.

— Non, pas moulu, c'est trop irrégulier. D'habitude, le paillis est obtenu à partir de débris de palettes et de copeaux de souches, remarque-t-il, la tête enfouie côté passager. Beaucoup de gens n'aiment pas parce que, sous la pluie, on dirait du sang. De plus, la teinture masque la présence de bois traité, ce que personne ne tient à avoir dans son jardin, près de ses légumes. De l'ACC recyclé, l'arséniate de cuivre chromaté. Quelle que soit la nature de ce truc, je peux vous dire qu'il n'y a pas trace d'ACC. Si tant est que ce soit identique à ce que vous avez découvert sur le corps. J'ai trouvé de l'oxyde de fer, qui pourrait provenir d'une teinture, ou de la vieille bonne poussière.

J'insiste sur la nécessité d'étudier le plus rapidement possible tout ce qu'il découvre dans le véhicule. Il promet de passer ses trouvailles au stéréomicroscope, au microscope polarisant et au spectromètre Raman.

Il est sûr de révéler la même empreinte chimique, m'explique-t-il, les mêmes couleurs d'interférence, et la même biréfringence que sur le matériau rougeâtre prélevé du corps de Peggy Stanton.

— Du bois taché de rouge, mais pas jusqu'à cœur, je remarque en étudiant une nouvelle bande. Supposons qu'il soit moulu et simplement pulvérisé de teinture, ressemblerait-il à ça ?

— Peut-être. Lorsque j'ai étudié ce que le Dr Zenner m'a soumis hier, j'ai remarqué que certaines des fibres étaient carbonisées. En règle générale, on n'en trouve pas dans du paillis, mais tout dépend de ce qui a servi à sa fabrication. Du bois de charpente provenant d'un bâtiment démoli après un incendie, par exemple ? J'ai également détecté du charbon de bois et nombre de minéraux.

— Reste à savoir si le charbon de bois et les minéraux appartiennent à ce matériau semblable à du paillis, ou proviennent de la poussière du sol ou d'un tapis, j'observe.

— Tout juste, souligne-t-il en se relevant et en s'étirant comme si une raideur de dos le gênait. Quand on regarde le monde sous un microscope, on voit du sel, de la silice, du fer, de l'arsenic, des débris d'insectes, des cellules de peau, des poils, des fibres, une véritable horreur !

— Il a sans doute conduit la voiture de Peggy Stanton, dis-je, bien que j'en sois certaine. Ces débris rougeâtres doivent joncher le sol ou la terre, là où il l'a emmenée.

— Peut-être une entreprise de jardinage, ou une zone où on utilise beaucoup de paillis de couleur rouge ? Genre parcours de golf, ensembles d'appartements, un parc. Ou alors une entreprise de fabrication de paillis. Vous avez vu quelque chose de ce genre près de chez elle ?

— Non. Où qu'il l'ait emmenée, elle a marché dessus, lui aussi, et il en a transféré dans sa voiture. Les fragments de ce matériau seraient susceptibles de s'introduire partout, dans les vêtements, la moquette, la peau, les cheveux, et adhérer autant que du Velcro.

Continuant de passer la voiture au crible, il m'annonce :

— Des fibres synthétiques sur les sièges de cuir, provenant sans doute de vêtements. Et une bonne quantité de cheveux blancs, un peu partout.

— Elle avait des cheveux blancs, longs jusqu'aux épaules.

— Encore un peu de ces fibres de bois, constate-t-il. Transfert possible depuis les vêtements, les siens ou ceux de quelqu'un d'autre.

Il tourne un bouton sur la source de lumière alternative pour modifier la longueur d'ondes, et l'éclairage prend une teinte vert-bleu.

Je chausse à nouveau mes lunettes, le filtre orange bloquant la lumière non absorbée par les indices, et je regagne la voiture. Ernie parcourt le volant, le tableau de bord, la console centrale, la boucle métallique de la ceinture de sécurité et son embout, les pièces sur lesquelles seront effectués ensuite les prélèvements ADN. Quelques taches apparaissent, rien de bien distinct, aucune empreinte latente dont nous puissions tirer parti, ce dont je ne suis guère surprise.

Nous aurons peut-être davantage de chance lorsque l'intérieur et l'extérieur du véhicule seront passés à la Super Glue, mais je me garde d'un excès d'espoir. Je vois mal un tueur conduire la Mercedes de Peggy Stanton ou explorer sa maison sans porter de gants, ou tout au moins se couvrir les mains et essuyer derrière lui. Cela dit, je m'interdis de projeter mes idées sur quelqu'un d'autre. Les criminels peuvent se comporter de façon incroyablement stupide, surtout les arrogants, ceux qui n'ont jamais été pris et ne se trouvent dans aucun fichier.

Sil Machado arrive en se plaignant :

— J'ai toujours l'impression d'être l'abominable homme des neiges, dans ce truc. Ou alors le bonhomme Michelin.

Ernie résume à son profit ce que nous avons découvert. Un nouveau message atterrit sur mon téléphone. Le troisième émanant de Lucy, qui veut que je la rejoigne là-haut.

— Je n'ai rien vu de ce genre chez elle, confie Machado à Ernie. Ni au sous-sol, ni dans le garage, ni dans le jardin. Aucun paillis rouge, ni même aucun paillis du tout. Vous avez une minute ? me demande-t-il alors. Enfin, plus que ça.

— J'allais monter régler un certain nombre de choses, lui dis-je. Venez.

29

Sil Machado m'explique qu'il serait arrivé plus tôt si Luke ne l'avait appelé ce matin pour l'interroger sur Howard Roth. Il aurait insisté sur l'urgence de sa démarche.

— Il vous a expliqué pourquoi ? je demande tout en retraversant la baie d'examen.

— Ouais, il m'a raconté que vous ne pensiez pas que Howie avait fait une chute dans les escaliers.

— Howie ?

— Son surnom, précise-t-il.

— Je n'ai pas affirmé cela, juste suggéré qu'on l'a peut-être aidé, je précise. Ses blessures ne correspondent pas à une chute typique.

— Le Dr Zenner a dit que vous pensiez que quelqu'un lui avait peut-être flanqué une raclée.

J'espère que Luke ne s'est pas exprimé de cette façon. Je retire ma combinaison de Tyvek, que je jette dans la poubelle.

Machado, lui, se débarrasse de sa combinaison, de ses protège-chaussures et de ses gants avec une évidente aversion, et m'explique :

— Alors, je suis retourné dare-dare sur les lieux. Et je reconnais que la première fois, je n'ai pas regardé les choses sous l'angle de l'homicide. Mais bon, j'ai jamais vu un scénario aussi évident : un alcoolo notoire a un accident, il y a du sang sur les marches... Je vous assure, Doc, je saute jamais aux conclusions, mais là, ça paraissait plié. J'en reviens toujours pas que vous pensiez que ça puisse être un homicide.

— Qui l'a retrouvé ?

— Un copain, un type chargé de l'entretien à Fayth House, à quelques rues de là. Il avait un jour de congé, il est passé prendre une bière. Visiblement, Howie faisait aussi des petits boulots là-bas. Un peu de tout, quand il était assez sobre pour ça.

Machado me tend un sachet de plastique transparent renfermant un chèque. Je presse de nouveau le bouton d'appel de l'ascenseur, qui paraît coincé à mon niveau.

— C'était dans sa boîte à outils. La première fois, je n'ai pas regardé dedans, parce qu'on avait un alcoolo tombé dans l'escalier du sous-sol, hein ? Je veux dire, c'est là que le corps a été retrouvé. Et il était en sous-vêtements, comme s'il avait été couché. Il a des égratignures, une plaie à la tête, des côtes cassées, avec des ecchymoses. Bref, l'idée qu'il a dégringolé les marches semble logique, d'autant qu'il y a du sang sur ces mêmes marches, et tout en bas.

Peggy Stanton a personnalisé ses chéquiers d'une image en filigrane qui représente une maison de brique entourée d'une barrière blanche, avec un buggy attelé devant, dans un style qui rappelle le *folk art* du peintre Charles Wysocki.

— Tout indiquait qu'il avait fait une chute, j'avais aucune raison d'aller fouiller dans une vieille boîte à outils, poursuit Sil. À moins de chercher un truc en particulier, ce qui n'était pas le cas la première fois.

— Il a pu dégringoler les marches, mais après avoir été blessé, je réitère, d'autant plus convaincue à la vue du chèque.

Manuscrit à l'encre noire, le chèque est libellé au nom de Howard Roth, pour un montant de cent dollars. J'ajoute :

— Je ne crois pas que la chute l'ait tué. Il est mort d'hémorragie, et peut-être de détresse respiratoire provoquée par un traumatisme contondant si violent que des fragments de sa cage thoracique ont été séparés de la paroi, avec deux à quatre fractures par côte. Et des lésions pulmonaires sous-jacentes et sévères.

En haut du chèque, sur la partie détachable réservée à la correspondance, est tracé : « Réparations maison ».

— Il a reçu un coup très violent à la nuque. Dans quelles circonstances exactement, nous l'ignorons.

— Ça peut pas être dû aux marches de ciment ? s'informe Machado.

Nous attendons toujours que l'ascenseur veuille bien quitter le dernier étage, et j'avoue :

— Ça m'inquiète beaucoup, d'autant plus maintenant qu'il existe un lien entre Peggy Stanton et lui.

— Rien de plus simple à imaginer. La porte du sous-sol est juste à côté des toilettes. Je me suis dit qu'il s'était levé au milieu de la nuit, bourré, qu'il s'était trompé de porte, et qu'un tout petit pas avait fini en sacrée dégringolade, débite Machado, ressassant son intime conviction.

Le nom du titulaire du compte est imprimé dans le coin supérieur gauche du chèque : Mme Victor R. Stanton. Je demande :

— Où se trouvait la boîte à outils ?

Le chèque ne mentionne ni adresse ni numéro de téléphone, et je continue de le scruter sans parvenir à en détacher les yeux.

— Oh mince, Doc, il faut vous représenter ça, d'accord ? Un endroit vieux et pourri, tout petit, un vrai trou à rats.

— Je vais regarder les photos des lieux.

La signature, Peggy Stanton, est un faux grossier.

— Un trou noir, un taudis, poursuit-il. Une ampoule nue et six marches en ciment, avec une corde en guise de rampe. La boîte à outils était en bas. Je suppose qu'il trimbalait le chèque avec lui dans la boîte.

— Il fait la tournée de Cambridge, et il s'est peut-être arrêté chez elle parce qu'il voulait être payé. Pourtant, il n'a jamais encaissé le chèque.

J'actionne de nouveau le bouton d'appel à plusieurs reprises. L'ascenseur n'a pas bougé, quelqu'un doit maintenir la porte ouverte.

Mon impatience me rappelle Marino.

— Fayth House est une maison de retraite médicalisée. Cela vaudrait la peine de vérifier si Peggy

Stanton y était bénévole. Est-ce ainsi que s'est établi le lien avec lui, et la raison pour laquelle elle a pu lui confier de menus travaux ? Cent dollars ne sont pas une somme insignifiante. Il a sûrement fait plus que ratisser le jardin ou déboucher une canalisation, je suppute.

Je pense à l'installation électrique non conforme réalisée récemment dans le sous-sol de Peggy Stanton, tandis que l'ascenseur met une éternité à descendre.

— Que sait-on d'autre sur lui ?

— Apparemment, il a été mécanicien dans l'armée. Il a servi en Irak pendant la première campagne, et après ça, les choses ont mal tourné. Il est rentré avec une lésion cérébrale traumatique consécutive à une explosion. Il été libéré du service, a réintégré sa maison de Cambridge, incapable de garder un boulot, sa femme l'a plaqué il y a sept ans. Il buvait beaucoup.

Je répète ce que m'a appris Luke un peu plus tôt au téléphone, au cours d'une discussion très brève et frustrante sur ce cas :

— Son taux d'alcoolémie était de 3,2.

L'affaire paraissait tellement évidente que ni Machado ni Luke ne l'ont prise autant au sérieux que je l'aurais souhaité. J'ajoute :

— Son état d'ivresse le rendait vulnérable à quiconque habité par de mauvaises intentions. Et s'il était cirrhotique, l'hémorragie aurait aussi été excessive. Je n'ai pas encore passé en revue les conclusions de l'autopsie, mais je vais y remédier.

— En gros, il dépensait sa pension à boire tous les mois, et gagnait trois sous par-ci par-là. Chez lui, il n'y a pas grand-chose d'autre que des sacs poubelle, sac après sac, comme chez les accumulateurs compulsifs. Pleins de canettes, de bouteilles dont il récupérait la consigne. Il devait fouiller les poubelles de tri sélectif laissées sur le trottoir, complète Machado.

Le chèque est daté du 1er juin, et je doute sérieusement que Peggy Stanton ait été en vie à cette date-là, ainsi que je le confie à Machado, en ajoutant :

— En tout cas, si elle était vivante, elle ne se trouvait pas chez elle, puisque d'après ce que vous m'avez dit, le relevé des alarmes indique que le dernier accès a eu lieu le 29 avril.

— Quelqu'un a réuni assez d'informations personnelles pour se faire passer pour elle. Il a dû voler des chèques vierges, obtenir son code bancaire, puisqu'il y a eu des retraits d'argent dans des distributeurs, rien d'anormal, mais assez pour faire croire qu'elle vivait toujours. Il a mis la main sur le code de l'alarme, et Dieu sait quoi d'autre ? Vous avez trouvé des signes de torture ? s'enquiert-il tandis que les portes de l'ascenseur s'ouvrent enfin devant nous.

— Elle présente des zones brunâtres dont je ne sais pas très bien d'où elles proviennent, je réponds en les lui décrivant. Sans cela, aucune marque ou lésion que j'associerais immédiatement à des actes de torture. Mais beaucoup de pratiques ne laissent pas de traces.

— Il lui a sans doute flanqué une trouille bleue et elle lui a lâché ce qu'il voulait savoir, convaincue qu'il ne lui ferait pas de mal en échange.

L'ascenseur progresse au rythme de l'escargot le plus lent de la planète, une phrase de Marino, et je demande :

— Vous avez parlé à la femme de Howard Roth ?

— Hier. Elle est venue au Centre l'identifier sur une photo, et on a discuté un moment. Je l'ai rappelée ce matin, en chemin. Apparemment, c'était un habitué des rues de Cambridge. D'ailleurs, je pense que je l'ai déjà vu traîner dans le coin, et deux types avec qui je travaille le connaissaient. Il bricolait, genre homme à tout faire plutôt brave, honnête et inoffensif, d'après sa femme. Mais elle ne pouvait pas continuer à vivre avec un ivrogne. Il n'avait pas de voiture, et son permis était expiré. Une histoire vraiment triste.

Je lui rends l'enveloppe, et il m'assure qu'il va vérifier que les chèques et les chéquiers qu'il a trouvés chez Peggy Stanton sont identiques à celui-ci.

— Y a une autre chose très intéressante, ajoute-t-il. Tous ses relevés bancaires se trouvaient dans un tiroir à dossiers suspendus, vous savez, avec ses chèques, renvoyés par la banque après encaissement, sur plusieurs années, mais plus rien après ce dernier mois d'avril.

— Parce que quelqu'un a commencé à intercepter son courrier. Vous envisagez que Howard Roth ait pu la tuer ?

Nous débouchons au sixième étage, où nous apercevons Toby, qui semble éprouver des difficultés à pousser un chariot débordant de cartons.

— Faut toujours tout envisager, me rétorque-t-il. Mais n'empêche… qu'il ait trempé, de n'importe quelle façon, dans cette affaire, ne rime à rien.

— Sans en être conscient, il avait un rapport avec tout ça, je souligne tout en remontant le couloir en direction du labo d'informatique. C'est vous qui avez retenu l'ascenseur une éternité ? je lance à Toby en parvenant à sa hauteur.

— Désolé. Une roue du chariot qui se coince me joue des tours, et il s'est retourné quand je le sortais de l'ascenseur.

— Je croyais que vous étiez en congé aujourd'hui.

— Ben, Marino vient pas. Alors, je me suis dit qu'il valait mieux que je me pointe, répond-il sans me regarder.

Je remarque que les cartons contiennent des fournitures informatiques. Nous poursuivons notre chemin avec Machado, et j'observe :

— Le fait qu'elle ait continué à porter le nom de son mari alors qu'il est mort depuis treize ans en dit long.

Derrière nous, Toby continue de pousser son chariot, s'arrêtant tous les quelques mètres pour décoincer la roue.

— Peut-être ne tenait-elle pas à ce qu'on sache qu'elle vivait seule, suggère Machado. Ma petite amie fait la même chose. Y a ni son adresse ni son numéro de téléphone, sur ses chèques. Elle ne tient pas à voir ses données personnelles dans la nature, pour qu'on puisse débarquer sur le pas de sa porte, que des inconnus viennent lui rendre visite. Évidemment, avec moi, avec toutes les histoires que je lui raconte, ça l'a rendue un peu paranoïaque.

— Selon vous, pourquoi n'a-t-il pas encaissé le chèque ? Si j'en juge par le portrait que vous en faites, il était à un sou près.

— Ce que je pense, c'est qu'il a essayé, et que ça n'a pas marché. Un type qui, à la base, se promenait dans Cambridge à ramasser des bouteilles et des canettes, et à accepter le moindre petit boulot qu'on lui proposait... Je doute sérieusement qu'on l'ait payé par chèque.

Nous pénétrons dans l'antre de Lucy, dont la porte est ouverte. Elle est installée à son bureau, entourée de larges écrans plats. Toby nous suit avec son chariot et entreprend d'empiler les cartons contre le mur.

— Vous les voulez à un endroit particulier ? lui demande-t-il.

— Laissez-les juste là, lui intime-t-elle, sèche, en le fixant.

— Ratissage de feuilles, nettoyage de jardins, petites réparations, même des travaux électriques, et d'après son ex-femme, il n'avait aucune licence pour une activité quelconque. On le payait probablement en liquide, souligne Machado.

— Il ne facturait sûrement rien, je renchéris.

— Aucune trace de ce genre de chose chez lui.

— Mais alors pourquoi devait-elle de l'argent à Howard Roth ? Pourquoi ne l'a-t-elle pas payé quand il a fait les travaux en question ? Peut-être n'avait-il pas terminé ?

— Je pense comme vous, affirme Machado. Les travaux dans le sous-sol. Les raccordements en plan. Il est peut-être passé une ou deux fois pour finir, et personne n'a répondu à la porte. Il a pu alors laisser un mot dans la boîte aux lettres.

— Peut-être.

— Et celui qui se faisait passer pour Peggy Stanton lui a envoyé un chèque. Ça suppose qu'il connaissait l'adresse de Howard, observe Machado tout en regardant Lucy.

Celle-ci débite ce qu'elle vient de dénicher :

— Howard Roth, 42 ans, décédé ce week-end dans sa maison du centre de Cambridge. Bateman Street. Il suffit d'interroger Google.

— Il a pu procéder de la même manière, et Howard a reçu le chèque par la poste, suggère Machado. Il possède pas de compte à la banque de Peggy Stanton, et rien qui puisse encourager un caissier de banque à lui filer cent dollars en liquide.

— La banque de Peggy Stanton doit détenir un exemplaire de sa signature, or l'imitation est grossière, je remarque en m'asseyant à côté de Lucy.

— Là, d'accord avec vous, fait-il en tirant une chaise et en ouvrant sa serviette. Regardez, si vous mettez les deux signatures côte à côte ?

Il glisse vers nous deux pochettes plastique. Toby prend son temps.

— Peut-être qu'un caissier a sorti son exemplaire de signature, a flairé un truc bizarre et a refusé de l'encaisser. En plus, comme j'ai dit, son permis n'était plus valable. Peut-être la raison de l'appel de la banque, ajoute-t-il. Sur le répondeur de Peggy Stanton, y a deux messages de la Wells Fargo, lui demandant de rappeler. Le premier début juin, à peu près au moment où le chèque a dû être expédié à Howie.

— Comment savez-vous qu'il a été expédié ? intervient Lucy, qui parcourt les informations qui défilent sur ses écrans, les dossiers que ses moteurs de recherche découvrent, mais dont j'ignore la nature.

Ce qui apparaît est volontairement indéchiffrable, puisque je ne suis pas seule.

— Grâce à ce qui s'appelle la puissance de déduction, rétorque Machado, qui contemple ma nièce comme s'il ne regrettait pas d'être venu.

Elle porte un jean délavé, un tee-shirt blanc à manches longues ajusté qui aurait besoin d'un coup de fer, et des boots tactiques. Mon attention s'attarde sur le gros anneau à son index, tandis qu'elle déplace la souris sans fil. Son eau de toilette emplit l'atmosphère, et je sais toujours lorsqu'elle n'attend qu'une chose, que les gens nous laissent tranquilles parce qu'elle veut aborder un sujet important avec moi.

— On est bien d'accord que si quelqu'un a pris l'identité de Peggy Stanton, il ne va pas se pointer chez Howie avec un chèque, non ? explique Machado. Le plus sûr consisterait à le poster. Et à mon avis, cette personne a fait la même chose avec les autres factures : rédiger de faux chèques et les expédier par la poste. La banque va pas se poser de question pour des chèques libellés pour payer le gaz, l'électricité ou le téléphone. Mais si un type qui a l'air d'un sans-abri débarque, ils risquent de vérifier la signature.

— Nul, ce faux, même pas une véritable tentative d'imitation, jette Lucy.

J'ai côte à côte deux pochettes de plastique transparent, l'une contenant le chèque jamais encaissé par Howard Roth, et l'autre un chèque antérieur retrouvé par Machado dans les relevés bancaires de Peggy Stanton.

Les yeux rivés sur Toby, qui finit par nous laisser, Lucy se rapproche de moi et déclare :

— Même pas une signature, juste une écriture, un tracé basique.

— J'avais jamais réalisé qu'elle était aussi experte en graphologie, énonce Machado qui flirte maintenant ouvertement avec ma nièce.

— Inutile d'être une experte pour ça, réplique-t-elle en se levant pour aller refermer la porte de son bureau. C'est un boulot de nul.

Machado la regarde comme s'il avait affaire à une guerrière barbare.

— Il s'est peut-être amélioré par la suite, je rectifie. Le 1er juin, c'était relativement tôt.

Lucy se rassied en demandant :

— Depuis quand Toby est-il chargé du courrier ?

— J'ai envoyé Bryce faire une course. Il emmène Shaw chez le vétérinaire. D'ailleurs, je prie pour qu'il en tombe amoureux et décide qu'Indy a besoin d'une petite sœur.

Lucy rapproche les sachets de plastique.

— La hampe du « P » ?

Elle ne parlera pas de Toby devant Machado. Et elle a quelque chose à me confier.

— L'inclinaison est différente, et on distingue l'endroit où l'individu a hésité. Il a réfléchi au lieu d'agir, et la ligne, comme la hampe, est légèrement tortueuse. De plus, le « t » de Peggy Stanton a une barre haut placée, pas l'autre. Son « a » est bien formé, pas l'autre. Son « n » ressemble à un « w », avec les extrémités pointues, alors que sur l'autre, elles sont arrondies, énonce-t-elle en nous les montrant au fur et à mesure, avant de conclure : voilà ce que j'en pense. Mais encore une fois, je ne suis pas une experte.

— Vous avez déjà témoigné à la barre sur ce genre de trucs ? demande Machado, qui la dévore des yeux.

— Je ne témoigne jamais à propos de rien.

— Je comprends pas pourquoi. Vous seriez géniale.

— Ils ne peuvent pas me garantir un certain nombre de points.

— Comment ça ?

Lucy ne répond pas. Elle a été mise à la porte des organismes chargés de faire respecter la loi. C'est une hackeuse. Un bon avocat n'en ferait qu'une bouchée à la barre.

— Que se passe-t-il ? je lui demande, puisque c'est elle qui m'a expédié des messages, qui a besoin de me voir.

— Quand seras-tu disponible ?

C'est sa façon de me faire comprendre que Sil Machado doit sortir.

30

Lucy m'explique qu'il existe un lien entre Peggy Stanton et la paléontologue disparue en Alberta.

La fausse page Twitter destinée à tromper Marino a été créée par celui qui a expédié la vidéo du jetboat sur la Wapiti River, m'apprend ma nièce. La séquence a été enregistrée sur l'iPhone d'Emma Shubert à peu près au moment où celle-ci a disparu, à des milliers de kilomètres au nord-ouest d'ici.

— Le compte Twitter Pretty Please a été créé le 25 août, et Twitter l'a confirmé par un e-mail adressé à BLiDedwood, explique-t-elle en épelant le nom d'utilisateur. L'avatar est une photo d'Yvette Vickers à l'apogée de sa gloire, dans les années 1950.

Je lui indique ignorer tout de cette Yvette Vickers, en examinant l'espace occupé par ma nièce.

— Une actrice de série B que Marino n'aurait sûrement pas pu connaître. Moi non plus, d'ailleurs. J'ai dû utiliser un logiciel de reconnaissance faciale pour le découvrir. On pense qu'elle est décédée de mort naturelle en 2010, mais son corps n'a été découvert qu'environ un an plus tard, dans sa maison délabrée de Los Angeles. Momifié !

— Difficile de voir une coïncidence dans le choix de cet avatar.

Je repense aux paroles de Benton.

Un tueur en série. Un homme d'une trentaine d'années ou plus. Il cible des femmes mûres qui incarnent le pouvoir, qu'il a l'obsession de détruire.

— Quand il reçoit le premier tweet de Peggy Lee Stanton, tout ce que va voir Marino, c'est la photo d'une belle femme sexy, qui se décrit comme *amateur de vieilles choses avec du caractère*, et *qui n'a pas peur de marquer des points parce que son record est impressionnant*.

— Le compte Twitter a été ouvert deux jours après la disparition d'Emma Shubert au campement de Grande Prairie, je note tout en remarquant bien d'autres choses autour de moi.

Le bureau de Lucy est spartiate, très bien éclairé, empli d'équipement électronique argenté qui obéit à ses ordres, avec de multiples écheveaux de câbles en pagaille, des chargeurs divers et variés, des routeurs, des scanneurs, et très peu de papier. Aucun objet personnel, pas de photos, au point qu'on pourrait déduire qu'elle ne possède pas de vie personnelle. Pourtant, je ne suis pas dupe. Quelque chose est survenu dans son existence, et mon regard balaie furtivement la grosse chevalière d'or rose qu'elle arbore à l'index, et dont je doute qu'elle lui appartienne. Je ne l'ai jamais vue porter le bijou d'une autre. Je tiens à élucider la question.

Elle réfléchit :

— Deux jours donc, un laps de temps suffisant pour enlever et tuer Emma Shubert, puis revenir par ici. Mais, bordel, où se situe le lien ? Pourquoi ce mec se trouvait-il là-haut dans le Nord, au pays des dinosaures et des sables bitumineux, et quel est le rapport avec une victime à Cambridge ?

— Tu es certaine qu'il s'agit du téléphone d'Emma Shubert ? Qu'il détenait son iPhone ?

— Ouais, je vais t'expliquer pourquoi.

— Et la police canadienne, le FBI… ?

Il s'agit d'un tueur en série, me dis-je de nouveau, et les instances responsables ne sont pas au courant des détails que me communique Lucy.

— Je ne peux pas leur indiquer qu'Emma Shubert et Peggy Stanton sont liées, me répond-elle.

Je comprends bien, mais moi, je vais devoir prendre des mesures, et elle le sait. Cependant, à moins de détailler la manière dont elle en est parvenue à cette conclusion, elle ne peut rien expliquer à la police ou aux fédéraux.

— Bien entendu, nous ignorons ce qui est arrivé à Emma Shubert. Rien de bon, à mon avis, résume-t-elle d'un ton sombre et dur, révélant son inflexible détermination.

— Victime, ou alors mêlée à tout ceci ?

— Effectivement, puisque personne n'a eu de ses nouvelles depuis deux mois. Elle est morte, ou pas complètement innocente.

— Marino *n'aurait pas pu connaître* la photo de l'actrice utilisée, ou bien *ne la connaissait pas* ? je demande, tentant d'apprendre ce que lui a dit Lucy.

— Il ne sait pas, ne savait pas. Il a expédié vingt-sept tweets à Pretty Please, pensant qu'il communiquait avec une jeune femme sexy du nom de Peggy Stanton. Il est furibard. Nous avons eu une franche explication hier soir, tant il se sent particulièrement crétin. Et à cause de tout ça, il a perdu son boulot, maintenant. Il est fou furieux, prêt à tuer n'importe qui.

— Il n'a jamais essayé de se renseigner sur elle ? De trouver son adresse, son numéro de téléphone, vérifier son identité ? Sacré enquêteur, super-flic !

Sa négligence m'énerve et me frustre au plus au point.

— Ce n'était pas l'enquêteur qui tweetait, mais un homme solitaire.

Dans quel monde vivons-nous ? je songe.

— Sur les réseaux sociaux, beaucoup de gens ne font aucune recherche sur leurs interlocuteurs, ceux à qui ils envoient des messages, des commentaires… Ils se donnent des rendez-vous sans avoir la moindre idée de qui ils vont découvrir. Ils font preuve d'une confiance incroyable.

— Tu veux dire qu'ils sont *désespérés*, oui, je rectifie.

— Non, stupides. Vraiment stupides. Et je le lui ai balancé à la figure.

— Marino devrait faire preuve d'un peu plus de jugeote.

Merde, à la fin !

Lucy me montre ce qui s'affiche sur un écran :

— Rien dans le profil de Peggy Stanton n'indique qu'elle soit du coin, ou même du Massachusetts. À mon avis, Marino ne faisait rien d'autre qu'un peu de cyberflirt.

— Du cyberflirt ? Tu peux te retrouver à flirter avec un foutu tueur en série ou un terroriste ! je fulmine, expliquant le pétrin dans lequel il se retrouve.

— Je ne suis pas sûre qu'il ait sérieusement envisagé de la rencontrer ou de réellement sortir avec elle. Ils n'ont jamais convenu d'un truc qui aurait pu marcher. Il ne s'agissait que de bavardage, il se croyait à l'abri.

— C'est lui qui l'affirme, ou tu peux le déduire des tweets ?

— Vingt-sept, de sa part à lui, me répète-t-elle. Onze de sa part à elle, ou de la personne qui se faisait passer pour elle. Rien ne laisse penser qu'ils se soient jamais rencontrés, même s'il s'est vanté auprès d'elle d'aller à Tampa, tâtant le terrain pour savoir si elle aurait envie de l'accompagner, je cite, *pour un peu de fun et de soleil.*

— A-t-il indiqué quand il partait ? Ses dates d'arrivée et de retour ? je demande en repensant au timing.

La séquence filmée m'a été expédiée à peine une heure après l'atterrissage de l'avion de Marino à Boston dimanche dernier, après un séjour d'une semaine en Floride.

— Tu as compris. Il lui a communiqué l'info dans un tweet, et elle n'a jamais répondu. Comme je te l'ai déjà dit, il ne s'agissait que de conversations. Mais tu comprends pourquoi cela pose problème à la police et au FBI.

— Encore ?

— Je ne sais pas. Il ne l'a jamais appelée, ne l'a jamais rencontrée. Mais pour l'instant, il doit rester terré à l'abri.

— Il est toujours chez toi ?

— Il faut qu'il y reste. De cette façon, personne ne viendra lui chercher des poux dans la tête sans qu'on puisse voir venir.

Je ne suis pas certaine de saisir ce qu'elle sous-entend, qui pourrait voir venir quoi. Elle poursuit :

— Le problème, c'est qu'il insiste pour rentrer chez lui, et que je ne peux pas le retenir contre sa volonté. Le compte n'existe plus, ajoute-t-elle en parlant de l'adresse de messagerie BLiDedwood. Il a été créé par le « sale type » – c'est ainsi qu'elle l'a baptisé –, puis supprimé juste avant qu'il t'expédie la vidéo.

— Je ne comprends pas. Je croyais qu'il avait été créé il y a deux mois, fin août. Pourtant, je viens juste de recevoir le fichier vidéo, l'e-mail, ce dimanche.

— Ça paraît compliqué, alors qu'en réalité ça ne l'est pas. Je vais te brosser le tableau à grands traits, mais je sais ce qui s'est passé, c'est très clair. Le 25 août, le sale type crée un compte avec pour nom d'utilisateur BLiDedwood. L'adresse IP aboutit à un serveur proxy, situé à Berlin celui-ci. Un serveur dans lequel s'est introduite Lucy.

— Et expédié d'où ? je demande. Manifestement pas d'Allemagne.

— De Logan Airport, comme plus tard. Il se connecte sur leur réseau sans fil.

— Il n'a donc pas créé le compte en Alberta, au Canada, le 25 août, je synthétise.

— Absolument pas. Il était de retour dans le coin, et assez proche de l'aéroport pour capter le signal wifi.

Un bateau, me dis-je, ce qui me rappelle la trace qui ressemble à de la peinture verte criarde, et j'expédie un message à Ernie Koppel :

Des résultats sur la bernacle, la perche de bambou ?

Lucy poursuit ses explications :

— Cet individu crée le même jour, le 25 août, le compte Twitter de Peggy Stanton et soumet le nom d'utilisateur BLiDedwood, pour que Twitter puisse s'assurer que cette adresse existe avant de valider le compte.

Quelque chose de vieux, quelque chose de neuf, répond quasi instantanément Ernie.

— Ensuite, très récemment, le sale type efface le compte de messagerie BLiDedwood et utilise une autre application pour créer un nouveau compte anonyme avec le même nom mais une extension différente, stealthmail.

Je reçois un autre message d'Ernie :

Si on trouve le bateau, on pourra incontestablement prouver la correspondance. Je vous appelle quand serai de retour au labo.

— Ensuite, il patiente vingt-neuf minutes, t'envoie l'e-mail et le fichier JPG, et le compte disparaît. Bref, le pont qu'on fait sauter derrière soi. Et encore une fois, il se trouvait physiquement assez près de Logan Airport pour t'expédier l'e-mail par l'intermédiaire de leur réseau.

— C'est-à-dire aussi dans la zone où on a repêché le corps de Peggy Stanton, ou on l'a peut-être jeté, si ça se trouve au moment où je recevais l'e-mail et où l'avion de Marino en provenance de Tampa atterrissait. Son intention m'échappe.

— Le jeu, la manipulation, réplique Lucy avec ce calme qui annonce la tempête. Nous ignorons la nature de ses fantasmes, mais il prend son pied avec ça.

Quelqu'un qui se moque.

— Quoi qu'il inflige à ses victimes, ça ne représente qu'une petite partie du tableau, continue-t-elle sur le même ton. Les préliminaires et les conséquences font partie de ses obsessions. La capture et le meurtre ne sont qu'un composant. Inutile d'être profileur pour le déduire.

Il a déjà tué et il tuera encore, si ce n'est déjà fait.

— Une tentative de coup monté contre Marino ?

— Pour le déstabiliser, en tout cas. Provoquer autant de problèmes doit l'amuser, siffle-t-elle avec colère. J'ai dit à Benton qu'il devrait rappliquer ici.

— Il est au courant, pour le téléphone d'Emma Shubert ?

— J'ai suggéré qu'il y avait cette piste à creuser, que tout pourrait être lié, mais je me suis gardée de le présenter en fait avéré.

Une femme mûre, accomplie, une paléontologue qui travaille en extérieur, sur des sites de fouilles où elle se rend en bateau, qui a des compétences en laboratoire, décrite par ses collègues comme motivée, infatigable, passionnée par les dinosaures, et activiste environnementale.

Lucy continue de décrire ses découvertes, qu'elle ne peut transmettre précisément au FBI :

— Le code d'accès machine, le CAM, est identique pour les e-mails expédiés par Emma Shubert, les applications et les données téléchargées avant sa disparition. Mais je ne l'ai pas révélé à Benton. Et nous retrouvons le même pour la séquence vidéo et le fichier JPG de l'oreille tranchée, et toujours le même pour ce compte Twitter, énumère-t-elle en faisant référence au faux compte de Peggy Stanton.

— Parlons de Twitter, Lucy.

Une façon détournée de l'interroger, sans entrer dans des détails dont il est préférable que je demeure ignorante.

— Rien de plus simple. En théorie ?

Quand ma nièce dit « en théorie », elle parle de ce qu'elle a effectivement fait. Je ne m'en mêle pas, ne pose pas de questions.

— Tu trouves quelqu'un qui travaille pour Twitter, Facebook, Google Plus, un des réseaux sociaux, explique-t-elle. Les listes d'employés existent, leurs diverses fonctions, leurs titres, et même des descriptions détaillées de leur niveau hiérarchique. Dégotter des infos n'est pas trop compliqué. Ensuite, je remonte la chaîne des gens en contact avec un salarié précis, dans un sens comme dans l'autre, j'expédie un lien sur lequel cliquer, et lorsqu'ils s'exécutent, sans le savoir ils me communiquent leur mot de passe. Puis je me connecte sous l'identité de cette personne.

Elle me raconte comment de saut de puce en saut de puce, elle usurpe une identité après l'autre. J'éprouve des difficultés à rester sereine tant son comportement lui paraît tout à fait acceptable.

— Au final, l'administratrice système se persuade qu'une collègue de haut niveau lui expédie un document qu'elle doit absolument consulter. Et clic.

Je suis rentrée sur son ordinateur, qui abrite un nombre incalculable d'informations propriétaires sensibles. Et à l'étape suivante, je me faufile dans le serveur.

— Le FBI peut-il disposer de ce même type d'information ? Un tant soit peu ?

Je songe à Valerie Hahn, ce qui me rappelle Douglas Burke, et mon humeur s'assombrit aussitôt.

— Je l'ignore. Les injonctions émises par le tribunal vont nettement moins vite que moi.

Je m'abstiens de tout commentaire.

— En revanche, concernant les tweets de Marino et de l'usurpateur, rien de plus simple que de se rendre sur leur page. Le monde entier peut lire leurs tweets. Seulement, moi, je sais d'où ils viennent. D'une véritable ordure, malheureusement, quelqu'un d'intelligent. Mais arrogant. Et c'est toujours l'arrogance qui te perd.

Je rapproche mon siège pour déchiffrer les tweets qu'elle fait défiler sur l'écran. Leur teneur me rend triste. L'imposteur a écrit à Marino la première fois le 25 août à presque minuit en se faisant passer pour une fan et s'amuse avec des sous-entendus.

Vous êtes renversant. Je mets dans le mille sans rien laisser, une fille honnête au jeu qui devrait vous convenir. Six tweets plus tard, elle lui racontait qu'elle était dans le milieu des antiquités et collectionnait les boutons militaires anciens, qu'elle portait avec fierté. Les échanges se dégradent ensuite en commentaires que Marino trouve choquants, pour ne pas dire épouvantables.

Vers la fin, elle lui tweete : *Je sais que vous aimeriez bien tripoter mes boutons, tous ces soldats morts sur ma poitrine enviable.*

Le 10 octobre, Marino la désabonne.

— Pourquoi ?

J'essaye d'imaginer quel peut-être le but de tout cela, et qui peut se dissimuler derrière.

— On a un problème avec Toby, mais lui, il est trop crétin, balance alors Lucy.

À en juger par son attitude quand il est apparu à la porte de son bureau avec les cartons, je savais qu'elle allait en arriver là.

— Ça ne peut vraiment pas être lui, ajoute-t-elle.

— Mais de toute évidence, il y a quelque chose ?

J'attends qu'elle me dise quoi, tout en me demandant pourquoi il est si difficile de trouver des gens de confiance.

— Fais attention à ce que tu dis devant Toby, ou à ce qu'il pourrait surprendre par mégarde.

Elle me révèle que sa méfiance a été éveillée ces dernières semaines, à peu près au moment où a débuté le procès de Channing Lott.

Elle a commencé à le croiser dans des endroits de l'immeuble où il n'avait rien à faire. À la réception du courrier, par exemple, où il a décidé de ramasser des colis, excellent prétexte pour faire halte au labo d'informatique, dans divers bureaux, et se faire admettre dans les salles d'autopsie, de réunion, les vestiaires, la salle de repos. Elle me raconte qu'elle l'a souvent vu consulter les registres au guichet de la sécurité, comme si les entrées et sorties de défunts hors de ses périodes de service, particulièrement des corps non identifiés, l'intéressaient prodigieusement.

— Rien de flagrant, pourtant, précise Lucy. Au début, j'ai cru que c'était à cause de Marino. Je me suis dit que Toby saisissait une opportunité professionnelle, puisque Marino ne s'embêtait plus avec le planning électronique, dormait sur place, s'était remis à boire… La vérité, c'est qu'il se concoctait des excuses pour entrer et sortir de bureaux où se déroulaient des réunions, où des gens discutaient et où des informations pouvaient être glanées.

Elle m'apprend qu'après la réception de cet e-mail troublant dimanche soir, elle a décidé de s'intéresser de près à Toby. Celui-ci ne peut accéder à aucune zone du Centre de sciences légales de Cambridge, y compris le service des enquêtes, sans son badge d'identification, qui porte une puce RFID. Nous disposons également d'un système de traçage des véhicules par satellite, me rappelle-t-elle, mais l'idée qu'elle enquêterait n'a pas effleuré Toby.

— Selon moi, il n'a pas pensé un instant que j'avais entrepris de tout rembobiner, vérifier les enregistrements des caméras et les systèmes de localisation des véhicules.

Je me souviens avoir observé Toby hier sur les écrans de surveillance, alors qu'il se trouvait dans la baie de déchargement.

Il paraissait se quereller au téléphone avec son interlocuteur, et quelque chose m'avait interpellée, paru anormal.

— Il s'est introduit dans des tas d'endroits où il n'a rien à faire, poursuit-elle. Ton bureau. Celui de Luke.

— Il ne peut pas déverrouiller ma porte.

Celle-ci n'est pas accessible par badge, et je ne me trimballe pas avec un passe de ce genre suspendu à un cordon autour du cou.

Le scan de mon pouce débloque n'importe quelle porte de ce bâtiment, et Lucy, Bryce et moi sommes les seuls à disposer de ce que j'appelle le passe-partout, mais biométrique.

— Ta porte ? Elle est en général grande ouverte si tu es dans l'immeuble, ou bien celle de Bryce. Il laisse toujours ouvertes sa porte et la porte de communication avec ton bureau. Toby se trouve des raisons pour distribuer des trucs, vérifier ci et ça, poser des questions, transmettre des infos, ou propose de prendre la commande de plats à emporter. Ou bien quand il pense que la voie est libre, il se promène un peu partout, me détrompe-t-elle.

Je me lève de mon siège et tends la main vers le téléphone, lorsque Lucy lâche que le jury s'est retiré il y a un moment. L'espace d'un instant, je crois qu'elle parle de Toby, que la question se pose de savoir ce qu'on va faire de lui, puis comprends qu'elle fait référence à autre chose.

— C'est partout sur Internet, poursuit-elle tandis que je compose le numéro de poste de la salle d'autopsie. Le jury de Channing Lott a quitté la salle pour délibérer, et les experts prédisent qu'il sera acquitté.

Je tombe sur Luke, à qui je demande de placer les vêtements de Howard Roth dans la salle d'identification et de m'envoyer par mail toutes les photos disponibles, en ajoutant que je vais descendre tout de suite.

— Je demande à Toby ? Il est là. Il peut… ?

Luke est occupé.

— Non. Je tiens à ce que vous le fassiez vous-même, et que vous fermiez la porte à clé. Personne n'accède à ses vêtements et aux objets qui l'accompagnaient.

— Un caleçon, des chaussettes, un tee-shirt, ses médicaments. La police détient le reste de ses affaires, son portefeuille, ses clés, je ne sais pas trop quoi d'autre.

Luke est en plein milieu d'une autopsie et préférerait ne pas être interrompu, mais tant pis.

— Merci. J'y jetterai un œil.

Une fois dans le couloir, Lucy referme la porte de son bureau en s'assurant qu'elle est verrouillée, et annonce :

— Ils n'ont même pas eu besoin de se creuser la tête… « non coupable ».

— Tes soupçons à l'égard de Toby expliquent que tu scrutais mon bureau hier matin, non ? Tu te comportes comme si tu craignais qu'on m'espionne ?

— Prenons l'escalier, décide-t-elle en se dirigeant vers un panneau de sortie éclairé. Quelqu'un t'espionne, mais sans utiliser de dispositif de surveillance, j'ai vérifié, précise-t-elle en ouvrant la porte métallique. Toby n'est pas assez futé pour planquer du matériel, en tout cas pas du genre que j'aurais du mal à repérer, mais j'ai vérifié. Et il a bien espionné.

— Pour quelle raison ?

— Comment crois-tu que l'hélicoptère de Channing Lott se soit retrouvé là où tu repêchais le corps hier ?

— Toby était le seul à savoir où nous nous rendions, Marino et moi. Et Bryce. Peut-être Luke, si Marino lui a dit quelque chose quand ils se sont croisés sur le parking, je me souviens.

Nous descendons, et l'écho de nos voix se répercute bruyamment dans la cage de béton.

— Je suis quasiment certaine de ne pas avoir donné de détails à Luke, dis-je en tentant de me remémorer mes paroles exactes.

Je me préparais à sortir, et il m'a fait sursauter, se tenant soudain si près de moi que nous nous touchions presque. Il m'a demandé où j'allais, et j'ai précisé que je partais repêcher un cadavre dans le port. Il m'a proposé ses services, en me rappelant qu'il était plongeur certifié. Je n'ai pas mentionné qu'il s'agissait d'une femme. Je suis quasiment certaine de ne pas l'avoir précisé. Toutefois, j'étais distraite par sa présence, une habitude depuis quelque temps, une habitude que j'ai l'intention d'abandonner.

— Toby savait plusieurs heures à l'avance que tu partais pour la base des garde-côtes, affirme Lucy. Il savait qu'il devait vous rejoindre avec le fourgon pour transporter le corps. Celui d'une femme, pris dans des lignes avec une tortue.

— Et il s'est débrouillé pour contacter les pilotes de Channing Lott ? j'en déduis, plus que dubitative.

— Il a contacté Jill Donoghue, qui a appelé les pilotes.

— Tu en es certaine, Lucy ?

— Sais-tu que Toby a posé sa candidature à un poste dans le luxueux cabinet d'avocats de Donoghue, et qu'il s'est rendu dans ses bureaux, au Prudential Center, dans des véhicules d'entreprise ? Je parie qu'il avait oublié que je peux vérifier les trajets grâce aux GPS, et consulter les e-mails de tous ceux qui sont assez bêtes pour utiliser leur boîte du Centre à des fins personnelles. Sans même avoir besoin de hacker.

— Mon Dieu !

— Exactement, assène-t-elle en ouvrant la porte du rez-de-chaussée.

31

Dans le couloir, nous tombons sur Toby, chargé de sacs de déchets rouge vif destinés à l'autoclave. Je préviens Lucy que je la rejoins en salle d'identification dans cinq minutes. Lui s'empresse de m'informer qu'il sort de la salle d'indices. À l'évidence, il n'a pas la conscience tranquille.

— Je suppose que vous êtes au courant de ce qui vient de se passer au tribunal ? lui dis-je.

Il n'y a personne aux alentours pour nous entendre, et Ron, le vigile, se tient à quelque distance de là, derrière sa vitre.

— Au tribunal ?

En blouse et gants de nitrile, ses tatouages et son crâne rasé lui donneraient l'air menaçant sans son regard fuyant.

— En effet, un acquittement qui pose d'inquiétantes questions sur les manquements aux règles de sécurité au Centre de sciences légales, je débite tandis qu'il joue les imbéciles. Vous comprenez, bien entendu, que les communications sur le serveur du Centre ne sont pas d'ordre privé, et que même effacées, elles persistent.

Son regard affolé se pose partout sauf sur moi.

— Hein ? Quelles communications ?

— En d'autres termes, les e-mails du Centre ne disparaissent pas, et ne sont pas considérés comme *purement personnels*. Ils ne ressortent pas de la vie privée d'un salarié, surtout lorsqu'ils peuvent constituer une preuve dans une enquête disciplinaire impliquant l'abus de bien social, ou la violation de confidentialité et des règles du Centre.

Je le fixe, mais il se refuse à me regarder. Je poursuis :

— Dans ce cas, les communications personnelles sont sujettes à divulgation, selon la loi d'accès aux registres publics.

— Je vois pas de quoi vous parlez, souffle-t-il, alors que son visage écarlate indique le contraire.

— Pourquoi ? je demande.

Il sait très bien ce que je veux dire.

— Pourquoi ce mec riche s'en est sorti ? bafouille-t-il, prétendant ne pas comprendre, l'air apeuré, les sourcils froncés.

— Je vous aurais fourni une bonne recommandation, Toby. Retenir quelqu'un n'est pas mon genre. Vous n'aviez qu'à me faire savoir que vous n'étiez pas heureux ici, que vous ne vous y sentiez pas apprécié à votre juste valeur, ou que vous souhaitiez sauter sur ce qui vous paraissait une meilleure opportunité.

Il a parfaitement saisi que j'évoquais son emploi au passé. Le regard toujours fuyant, il transfère les sacs rouges d'une main dans l'autre. J'ajoute :

— Au moins, maître Donoghue sait exactement à quoi s'attendre : vous vous comporterez un jour avec elle de la même façon qu'avec moi. En tout cas, la réflexion lui traversera l'esprit, si ce n'est déjà le cas.

— Moi, j'ai pas couché au bureau parce que j'étais pas foutu de prendre le volant pour rentrer chez moi.

Il tente de taper sur Marino, mais ce sera la dernière fois.

— Non, vous avez couché avec l'ennemi, c'est pire. Quelle que soit votre prochaine entreprise, je vous souhaite le meilleur. Il est préférable que vous ramassiez immédiatement vos affaires.

— D'accord.

Il ne soulèvera aucune objection. Peut-être est-il même soulagé.

— Il me faut votre badge, dis-je en tendant la main.

Il ôte le cordon autour de son cou.

— Tant que cette affaire est sous le coup d'une enquête, vous ne pouvez pas rester sur place, j'insiste afin de m'assurer qu'il a bien compris.

— De toute façon, j'allais démissionner.

Je l'accompagne jusqu'à la zone de traitement à l'arrivée, et demande son aide à Ron.

— Bien, m'dame, chef.

Il se lève de son bureau et sort dans le couloir. Je vois à son expression qu'il a compris ce qui venait de se passer. Peut-être était-il lui aussi conscient du comportement étrange de Toby. Je l'informe :

— Toby n'appartient plus au Centre de sciences légales. Vous pouvez vous assurer qu'il restitue le matériel nécessaire, et voie Bryce pour son entretien de départ ? Il s'occupera des détails habituels. Vous connaissez la procédure.

Je lui confie le badge et lui demande d'accompagner Toby jusqu'à la pièce réservée au traitement des déchets pour qu'il y dépose les sacs rouges destinés à l'autoclavage. Puis je m'en vais, tout en expédiant un message à Bryce pour le tenir au courant des derniers événements. Comme à l'accoutumée face à ce genre de circonstances, je me pose l'éternelle question : *qu'ai-je bien pu faire pour inspirer une telle déloyauté, un tel manque de respect ?*

Lorsque je l'avais reçu en entretien pour le poste il y a plusieurs années, Toby était l'assistant d'un médecin, sans aucune formation d'enquêteur médico-légal. Ce métier était son rêve, m'avait-il assuré, et je lui avais donné sa chance. Je l'avais envoyé suivre des formations médico-légales basiques et poussées dans des écoles de New York et Baltimore, lui enseignant un certain nombre de choses sur des scènes de crime. J'avais passé du temps à lui expliquer des autopsies et le métier d'assistant.

Quand je pénètre dans l'antichambre, Lucy, emmaillotée de blanc, perçoit mon humeur :

— Une seule explication : l'argent et la vue basse, décrète-t-elle. Les gens sont des connards.

Je prends des vêtements de protection sur les étagères.

— J'ai toujours l'impression qu'il s'agit de plus que ça. La sensation que je n'ai pas bien fait quelque chose.

— Tante Kay, ne cherche rien de personnel là-dedans.

— Alors, pourquoi est-ce ce que j'éprouve ?

— Tu ressens tout ce qui se produit ici, avec tout le monde, de façon personnelle, mais tes sentiments ne sont jamais réciproques, ne l'ont jamais été.

Savoir édulcorer ses opinions ne fait pas partie des talents de Lucy.

— Eh bien, si tu suggères que tous les gens qui travaillent pour moi aujourd'hui, ou qui ont travaillé pour moi dans le passé, ne se préoccupent de rien d'autre que de leurs propres ambitions et de leur propre personne, c'est sacrément déprimant, je résume.

— Rien n'est jamais aussi personnel pour eux que pour toi, parce que la plupart des gens ne cherchent que leur intérêt et se foutent pas mal des autres.

— Je ne crois pas que tout le monde soit comme ça.

— Je n'ai pas dit tout le monde. Par exemple, moi pas !

— Ça, sûrement pas. Je ne te paie même pas, je lance en récupérant un masque et des gants.

— Je suis trop chère pour toi.

— Trop chère pour tout le monde !

— Comparé à ce qu'il peut espérer en tant qu'enquêteur chez les Jill Donoghue de ce monde, il y a une limite à ce que peut gagner Toby dans le secteur public, raisonne Lucy, qui a raison, bien entendu. Il va se marier, il veut des enfants, et il s'est mis beaucoup trop de choses sur le dos avec son pick-up. Selon moi, ses ennuis ont commencé par ce biais. Il s'en est beaucoup plaint, visiblement, il doit beaucoup plus d'argent que n'en vaut son pick-up. Sans parler de ce qu'il a claqué en tatouages.

— Déprimant. Trahir son monde pour des tatouages et un pick-up.

— Le Rêve américain. Tout acheter à crédit et partir dans le soleil couchant avec des piercings et des tatouages qu'on finira par regretter.

— Aucune excuse à son comportement, je vitupère en ouvrant la porte de la salle à indices. Et honte à Jill Donoghue.

— Moi, je trouve ça plutôt génial, rétorque Lucy en me suivant.

— Luke a dû envoyer des photos, et j'en attends d'autres de la part de Machado. Tu peux vérifier ? je dévie, ne tenant pas à entendre évoquer les mérites de Jill Donoghue.

— Tous les coups sont permis. Une habile avocate qui utilise toutes les ressources à sa disposition, poursuit néanmoins Lucy, qui accède à mes messages en tapant sur un clavier antibactérien de ses mains gantées de bleu. Il se trouve que son client possède ses propres pilotes et un hélicoptère avec un équipement de tournage aérien.

— Je regrette simplement que le juge Conry ignore sa manœuvre, je persiste.

— Et qu'en aurait-il à faire ?

Bonne question. Le juge a bel et bien autorisé la diffusion à l'audience d'une séquence d'informations télévisées. Il aurait jugé irrecevable un enregistrement provenant de l'accusé, mais la source de cet enregistrement était alors inconnue, personne ne s'y intéressant à ce moment-là et il est trop tard maintenant.

— Il n'y avait rien d'illégal là-dedans, renchérit Lucy. Ni même d'inapproprié d'un point de vue juridique.

— On dirait que tu applaudis au subterfuge.

— J'aurais peut-être agi de même.

— Je n'en doute pas une seconde.

Je ne tiens pas à entrer dans ce qu'elle fait ou est susceptible d'accomplir.

Informes et sales, les vêtements de Howard Roth reposent tristement sur du papier blanc imperméable : un grand tee-shirt noir, un caleçon de coton à carreaux écossais rouges et des chaussettes blanches mouchetées d'un sang sombre, presque noir. Contre le mur du fond, sur une autre table, sont installés la niche à chien, les sacs de litière détrempée, le filin jaune et le vieux matériel de pêche, sans oublier le pare-battage jaune dont je m'aperçois qu'il est légèrement éraflé, un détail que je n'avais pas remarqué lorsqu'il était mouillé.

Lucy poursuit sur sa lancée, reconstituant ce qui a dû se produire, selon elle :

— Faire comprendre à Toby que tout ce qu'il pourrait surprendre au travail peut s'avérer utile, il n'y a pas de mal à ça. Du genre, il tient à ce que justice soit faite, n'est-ce pas ? Oh, et à propos, se sent-il bien au Centre de sciences légales et pense-t-il à son avenir, quelquefois ?

Je cherche un mètre, et elle développe sa vision du déroulement des événements :

— Hier matin, juste avant le début de l'audience, ou même déjà installée au banc de la défense, Donoghue discute avec son client, et reçoit un message électronique de Toby. Le corps d'une femme vient d'être découvert dans la baie. Peut-être même obtient-elle des détails tels que le vernis à ongles, les longs cheveux blonds ou blancs. Un foutu cadeau.

— Il s'agit d'une supposition de ta part, ou de faits ? je demande en ouvrant un tiroir où je déniche ce que je cherchais, un mètre identique à ceux de nos mallettes de scène de crime.

— Je sais ce que le pilote du Sikorsky a dit au contrôle aérien, me répond-elle. Je venais de décoller de Hanscom et écoutais Logan sur le canal 2, quand le S-76, dont j'ai découvert plus tard qu'il appartenait à Channing Lott, a contacté l'Approche par radio en indiquant qu'ils venaient de Beverly, et demandaient l'autorisation de filmer dans l'avant-port.

Je m'assure de la propreté du ruban de métal en l'aspergeant de désinfectant.

— Merde, il porte une sacrée entaille derrière la tête, remarque Lucy. Une fois le crâne rasé, elle apparaît vraiment bien.

Je jette un œil aux photos d'autopsie sur son écran, et demande :

— À quel moment as-tu entendu cet échange radio ?

— Environ deux heures après que tu as reçu l'appel à propos du corps dans la baie.

— Incontestablement un traumatisme contondant, et pas par instrument piquant ou tranchant. On voit où le tissu est déchiré, avec des brides cutanées entre les lèvres de la plaie, je poursuis en montrant les nerfs, les vaisseaux et autres tissus mous étirés tels des fils entre les berges de la plaie béante. Sa tête a heurté une surface qui n'avait pas de rebord distinct.

— Donc pas l'impact de l'arête d'une marche de ciment à la base du crâne ?

— J'en doute sérieusement.

— Je ne comprends pas comment cette partie peut heurter le sol ? souligne Lucy en se tâtant l'arrière de la tête, à la jonction du crâne et de la nuque.

— Bien d'accord. Très troublant, en effet.

Je me penche par-dessus son épaule et clique sur de nouvelles photos de l'autopsie.

— Une fracture ouverte comminutive, légèrement enfoncée. Hémorragie intracrânienne et intracérébrale, j'annonce.

La main posée sur l'épaule de Lucy, je suis toujours surprise par la puissance de sa musculature.

— Un hématome sous-dural sus-jacent à des contusions et hémorragies. Un coup violent à l'arrière de la tête, mais avec un gonflement très faible. Il est mort très vite, je continue.

Je m'approche du pare-battage, que j'entreprends de mesurer, et m'enquiers :

— Marino est au courant, pour Toby ?

— À mon avis, mieux vaut que leurs chemins ne se croisent plus dans les cent prochaines années.

Le pare-battage en vinyle résistant mesure un mètre cinquante sur quarante-cinq centimètres. Je lui demande si la taille lui évoque quelque chose, et j'entends ses doigts courir sur le clavier tandis qu'elle vérifie sur Internet.

— Dans le domaine maritime, ils font dans l'extra-large. Il s'agit en général de pare-battages pour yachts.

— Et il n'est pas gonflable, je souligne. Si des pare-battages extra-larges se trouvaient entreposés sur un bateau, il s'agirait donc d'un très gros navire. J'ai d'abord pensé que notre coupable en avait acheté un neuf. Comme la niche à chien et les sacs de litière. J'ai supposé qu'il avait opté pour des objets neufs dont on ne pouvait pas remonter la trace.

Je nettoie le mètre et le range dans son tiroir, puis retire mes gants, poursuivant :

— Mais on voit que ce pare-battage a frotté contre autre chose, il n'est pas neuf. Peut-être provient-il d'un bateau d'envergure ?

— Une personne friquée ? suggère Lucy. Channing Lott a un yacht de quarante-cinq mètres à quai à Boston. De temps en temps, le bateau mouille à Gloucester, une petite gloire locale.

— Pourquoi l'aéroport de Beverly ? je demande, songeant qu'existe peut-être une raison particulière d'avoir un hélicoptère là-bas.

— Lott possède un hangar à Beverly, et un peu partout, d'ailleurs. Beverly est pratique pour se rendre à Gloucester, là où se trouve son manoir en front de mer, d'où a disparu sa femme.

J'ouvre une grande mallette de plastique noir, dont je tire des lunettes et une lampe à ultraviolets portable, et Lucy baisse l'éclairage de la pièce. Je démarre avec les ondes bleues, que je passe sur le tee-shirt noir : une myriade de fibres et de débris fluorescents apparaissent, de couleurs et d'intensités variables. Les multicolores et les orange vif en forme de spirales sont probablement synthétiques et j'associe en général les plus épais à de la moquette.

Le devant et le dos des vêtements sont constellés de poussière et de détritus, morceaux de verre et de peinture, poils d'animaux et cheveux, provenant en grande partie du sol, à mon avis.

Je sens au toucher la raideur du sang séché, que je distingue à peine sur l'étoffe noire, les espaces sombres où le sang a probablement goutté de la tête lacérée de Howard Roth. À ma requête, Lucy rallume. Le sang se concentre à l'arrière du col et des épaules, comme s'il avait saigné de la tête en position allongée, et que le sang se soit infiltré sous lui. Je conçois pourquoi Luke en a conclu que la blessure résultait de la chute au pied des marches, mais je n'y crois pas.

Lucy poursuit à propos de Channing Lott :

— Ce qui est arrivé à sa femme rappelle fortement les autres affaires. L'idée t'a déjà traversé l'esprit, n'est-ce pas ?

— Je voudrais les photos du corps de Roth tel qu'il a été retrouvé. Vérifie si Machado les a envoyées.

— Elle est à peu près dans la même tranche d'âge, remarquable sous bien des aspects, une femme impressionnante, constate Lucy en scrutant l'écran de l'ordinateur. *A priori*, elle n'appartient pas à une catégorie à haut risque, bien au contraire. Les photos de la scène de crime sont arrivées, je les ouvre.

— Dans quelle position se trouve-t-il ? Sur le dos, le côté, face contre terre ?

J'ouvre un placard, à la recherche d'eau oxygénée à trois pour cent.

— Sur le dos et la hanche gauche, un peu tordu, en tas.

Je m'approche pour consulter l'écran. Au pied de l'escalier du sous-sol, le corps de Howard Roth est tourné d'un côté. Les genoux relevés, les bras pliés, il fixe le plafond. Le sang coagulé sèche derrière sa nuque, et s'étend en une tache qui disparaît sous ses épaules. Une fois qu'il a atterri dans cette position, je parierais qu'il n'a plus bougé.

— Qu'un échange d'e-mails avec l'individu qu'il a tenté de recruter constitue la seule raison pour laquelle Channing Lott est devenu suspect dans la disparition de sa femme me tracasse, lâche Lucy. Je suppose que tu es au courant ?

— Pas dans les détails, non.

Je retourne chercher dans le placard des flacons d'acétate de sodium et d'acide 5-sulfosalicylique.

— Je vais te tirer ça des infos en ligne, propose-t-elle en s'exécutant. Le 4 mars, un dimanche, un message électronique a été expédié sur la boîte personnelle de Channing Lott. Il a plus tard affirmé qu'il ne connaissait pas l'expéditeur, mais avait supposé qu'il s'agissait de quelqu'un des bureaux de sa compagnie de transport maritime. Au cours de son témoignage à la barre, il a affirmé qu'il lui était impossible de connaître le nom de tous les gens qui travaillent pour lui de par le monde.

Lucy répète la citation de l'article :

Je comprends que vous contacter directement par e-mail est tout à fait déplacé, mais je dois avoir confirmation de notre association et de l'échange subséquent avant d'aller plus loin dans l'exécution.

— Et qu'a répondu Channing Lott ? je demande tout en dissolvant l'acide sulfosalicylique dans l'eau oxygénée.

— Il a écrit : « Sommes-nous toujours convenus d'un prix de cent mille dollars ? »

— Évidemment, ça paraît compromettant.

Je vérifie que le réactif Leuco Crystal Violet est bien frais et blanc, et n'a pas viré au jaune.

Lucy continue son rapport :

— Lott prétend qu'il a cru que l'échange portait sur un prix offert par sa compagnie de transport. Il s'associe souvent avec d'autres transporteurs maritimes pour décerner des récompenses à des scientifiques qui travaillent sur des solutions viables de réduction des gaz à effet de serre.

Je verse le Leuco Crystal Violet, un colorant de triarylméthane cationique, et mélange le tout grâce à un agitateur magnétique.

— Et le montant du prix était de cent mille dollars, explique Lucy.

— Un argument bien digne de Jill Donoghue, je persifle en versant une partie de la solution dans un pulvérisateur.

— Sauf que le prix Mildred Vivian Cipriano existe depuis plus d'une décennie. Il n'a donc pas été fabriqué exprès pour expliquer les e-mails et servir la défense de Lott. Et comme l'expéditeur, quel qu'il soit, n'a jamais été arrêté ni même identifié, j'en conclus que le message envoyé à Lott était intraçable. Ça ne te rappelle rien ?

— Tu peux regarder dans ce placard et me donner le Nikon D-70 ? je demande en précisant l'objectif dont j'ai besoin. On va essayer l'infrarouge, voir s'il y a des empreintes ensanglantées susceptibles d'agrandissement, et qui n'apparaîtront pas autrement sur le coton noir.

Nous prenons des clichés avec des filtres différents, des distances et des vitesses d'obturation variées. Nous commençons sans rehausseur chimique : le devant et le dos du tee-shirt et du caleçon portent des zones indistinctes, sur lesquelles une chose entrée en contact avec l'étoffe a transféré un résidu ensanglanté. Je pulvérise ensuite le Leuco Crystal Violet, qui réagit à l'hémoglobine : j'obtiens des formes visibles et surprenantes.

Des empreintes de chaussure, la semelle, un talon, un orteil, étincellent en violet vif. Les contours sanglants se superposent, montrant que quelqu'un a donné des coups de pied et piétiné Howard Roth de façon répétée sur la poitrine, les côtes, l'abdomen, l'aine, alors qu'il se trouvait par terre sur le dos, probablement déjà dans le sous-sol. Il a saigné de la tête, mais aussi du nez et de la bouche, du sang mousseux résultant des côtes cassées perforant les poumons. J'essaye de me représenter la scène.

Un homme ivre, à peine vêtu, dont je doute vraiment qu'il ait été couché lorsque l'assassin l'a surpris. La majorité des gens ne portent pas de chaussettes au lit, surtout par temps chaud. Je passe de nouveau en revue les clichés des lieux et de l'autopsie, et je ne suis pas convaincue.

J'appelle Sil Machado, dont les premiers mots sont :

— Il est libre comme l'air. Et Donoghue chante sur tous les tons que c'est grâce à vous.

— Génial.

— Elle affirme que vous avez rappelé au jury, et *à juste titre*, que le décès de Mildred Lott est impossible à prouver, et donc encore moins la culpabilité de son mari.

— Où vous trouvez-vous ?

— Qu'est-ce qu'il vous faut ?

Une fois dans l'antichambre, je retire mes vêtements de protection en lui indiquant de me rejoindre chez Howard Roth. La porte donnant sur le couloir s'ouvre à cet instant, et Benton apparaît.

— Laissez-moi vingt minutes, Sil. Si vous arrivez le premier, restez à l'extérieur, c'est préférable, j'ajoute en croisant le regard de Benton. Il semble que Howard Roth ait eu un visiteur juste avant sa mort. Et le chèque trouvé dans la boîte à outils ? Vous l'avez fait expertiser ?

— Il est aux empreintes latentes, répond Machado. À propos, quand ils ont pratiqué le fumage sur la voiture, ils ont déniché une empreinte sur le rétroviseur. Qui n'appartient pas à Peggy Stanton.

32

Benton a pris le volant de mon SUV, et nous descendons vers l'ouest le long de la Charles River, dépassant l'immeuble Arts déco qui abritait le siège de Polaroid, la DeWolfe Boathouse au toit de cuivre patiné. Il est midi, les plaques de verglas ont fondu, et le soleil étincelle sur l'eau et la vieille enseigne Shell. Nous nous dirigeons vers Central Square, et je rappelle Ernie.

— De la peinture marine, m'annonce-t-il tout de suite. Pas très surprenant, puisque la tortue se trouvait dans l'eau quand elle a percuté ou a été percutée par on ne sait quoi. Une peinture antifouling chargée de cuivre pour retarder la croissance des moules, bernacles et autres organismes. Et du zinc, compatible avec un apprêt.

— Surtout avec la couleur. Le vert-jaune fait penser à un apprêt à base de zinc.

— Au microscope, on a plus d'une couleur. Trois, en réalité.

Nous traversons Massachusetts Avenue. L'hôtel de ville de Cambridge se dresse devant nous, de style roman, avec son clocher et ses murs de pierre ornés d'arches de granite. Ernie m'explique que les traces de peinture transférées à la bernacle et à l'extrémité brisée de la perche de bambou proviennent de la coque d'un bateau. Ou peut-être de l'hélice, de l'ancre ou de sa chaîne, peintes en noir il y a de cela de nombreuses années.

— On utilise souvent la peinture pour la carène sur les autres parties immergées du bateau, précise-t-il.

— La même peinture pour tout. Bref, du vite fait mal fait, je commente tandis que Benton tourne au YMCA.

— Une technique utilisée par nombre de gens, ironise-t-il. Et puis, il y a ceux qui s'en fichent royalement, sont carrément irresponsables et négligents. Celui qui a peint le bateau que vous cherchez rentre dans cette catégorie.

Voilà qui ne correspond pas à l'idée que je me fais de lui, un tueur ordonné et méticuleux, qui bâtit des intrigues et des plans dans l'univers diabolique de son imagination.

Ernie poursuit la description de ses découvertes sur un trait de peinture quasiment invisible à l'œil nu :

— L'apprêt à base de zinc a été passé par-dessus l'ancienne peinture. Un gars qui ne s'est pas fatigué à poncer d'abord.

Une embarcation que cet individu utilise pour ses actions malveillantes, pas pour son plaisir ou ses loisirs.

— Et par-dessus le tout, une couche de rouge foncé contenant du cuivre ou de l'oxyde de cuivre, utilisé d'habitude sur le bois. Je pense que le bateau que vous ciblez est recouvert d'une peinture rouge abîmée, écaillée, avec des zones d'apprêt visibles. Bref, très mal entretenu.

Un vieux rafiot qui n'est probablement pas immatriculé à son nom, ni mouillé non loin d'où il habite.

— Vous ne pensez pas que l'hélice aurait davantage abîmé la tortue ?

— En marche, oui. Mais elle ne tournait peut-être pas. Il a peut-être coupé le moteur pour faire son affaire.

Faire son affaire.

C'est-à-dire passer par-dessus bord la niche à chien, le pare-battage et le cadavre. Je tente d'imaginer la scène, et me vois mal soulever par-dessus un bastingage assez haut une caisse contenant soixante-quinze kilos de litière accompagnée d'un corps. J'envisage un bateau au tableau arrière ouvert, avec une plate-forme de plongée. Le tableau abaissé des embarcations destinées à la pêche au homard, qui permettent de mettre à l'eau plus facilement les casiers et les bouées, omniprésents à toute heure du jour et de la nuit, par tous les temps, et qui n'attirent guère l'attention.

Un vieux rafiot de bois repeint, au tableau ouvert, la niche, le pare-battage et le corps basculés au moment où passe une tortue luth gigantesque entortillée dans du matériel de pêche et une perche de bambou. La scène se déroule quasiment devant mes yeux, le choc, la rencontre. La tortue est en train de remonter à la surface pour respirer, traînant le matériel, et percute le fond de la coque, ricoche peut-être sur l'hélice. Elle est maintenant dangereusement ligotée dans un filin de nylon jaune, lestée, ralentie, et continue de tirer sur son fardeau jusqu'à ce que celui-ci l'entraîne presque complètement vers le fond.

Le tueur ne s'est sans doute pas aperçu de ce qui se passait, inconscient de la présence de la tortue. De plus, je suppute qu'il a attendu la nuit. Je me représente le bateau non loin de Logan Airport, d'où l'e-mail a été expédié dimanche à 18 h 29 depuis l'iPhone d'Emma Shubert. Je suis convaincue que l'individu a sans doute patienté des heures, de crainte d'éventuels témoins.

— Pourquoi dites-vous *un certain nombre d'années* ? Vous pouvez dater la première couche de peinture noire de la coque ? je demande à Ernie.

— J'ai trouvé des traces de TBT.

Il m'explique que la peinture contient du tributylétain, un biocide antifouling qui a décimé la faune aquatique, particulièrement les crustacés, et provoqué des mutations. Le TBT est un des produits chimiques les plus toxiques jamais relâché volontairement dans l'eau, et depuis la fin des années 1980, il est illégal dans les zones de trafic maritime élevé, tels les ports et les baies. L'interdiction ne concerne malheureusement pas les tankers de pétrole et les vaisseaux militaires.

— Donc, à moins que vous n'ayez affaire à un tanker ou un bateau de la marine, ce dont je doute fort, l'embarcation que vous ciblez pourrait être vieille d'au moins vingt ans, ajoute-t-il.

Benton cherche une place où se garer près de la Crown Victoria de Machado.

Située derrière une usine abandonnée sur Bigelow Street, dans un quartier où se mêlent demeures anciennes, appartements de l'université de Harvard et logements à prix abordables, la petite maison à charpente de bois de Howard Roth, envahie d'arbres et de buissons, n'a pas d'allée d'accès. Même si nous ne la voyons pas d'ici, je sais que Fayth House se trouve à quelques pâtés de maisons vers l'ouest, sur Lee Street. Il est facile de s'y rendre à pied, et je me demande toujours si Peggy Stanton n'était pas bénévole là-bas.

Je descends du SUV, et Ernie poursuit, dans mon écouteur sans fil :

— Le point à souligner pour ce qui vous intéresse ? La personne qui a repeint la coque pour se mettre en conformité se foutait pas mal de l'interdiction du TBT, et surtout du fait qu'elle était justifiée.

Je sors du coffre les mallettes de scène de crime.

— Ce type s'est contenté de balancer des couches d'apprêt et de peinture rouge sur la peinture d'origine noire, ce qui n'empêche pas le TBT de continuer de diffuser dans l'eau, ajoute-t-il.

Ce que m'a raconté Lucy me revient.

L'entreprise de Channing Lott offre cent mille dollars de prix à des solutions de préservation de l'environnement. Je vois mal ses tankers, ou n'importe quel bateau lui appartenant, et certainement pas le yacht qu'il mouille quelquefois dans le port de Boston, recouverts d'un dangereux biocide.

J'informe Benton de tout cela tandis que nous montons les marches en bois malmenées par les intempéries de la maison de trois pièces de Howard Roth.

— Il pourrait s'agir de n'importe quel objet nautique ou embarcation peint à l'origine avec cet antifouling, puis repeint, commente-t-il. Depuis une bouée jusqu'à un pilotis, en passant par un sous-marin.

— Je doute qu'un sous-marin soit repeint de rouge, j'argumente en remarquant un tuyau d'arrosage enroulé, relié à un robinet extérieur.

À quel usage le réservait-on ? Il n'y a pas d'herbe, rien à arroser, et Howard Roth ne possédait pas de voiture.

— On parle plutôt d'un fond de coque et peut-être une hélice sur lesquels on a recollé de l'apprêt, puis de la peinture rouge légale et sans danger pour l'environnement, j'enchaîne.

Nous enfilons des gants et des protège-chaussures, et j'ouvre une porte moustiquaire rouillée. Sil Machado nous attend sur la véranda encombrée de sacs poubelle noirs ouverts qui débordent de bouteilles et de canettes. Il y a des caddies remplis de sacs, et d'autres encore empilés sur un siège à bascule en lattes de métal. Comment Howard Roth transportait-il son maigre butin à recycler au centre de consigne ? Je pose la question à Machado.

— Le plus proche se trouve sur Webster Avenue, me répond-il en ouvrant la porte à l'aide d'une clé unique portant une étiquette à indices. Je suppose que son copain de Fayth House l'accompagnait en voiture. Jerry, le type de la maintenance qui l'a découvert.

Il nous fait entrer, mais demeure à l'extérieur. S'il n'y a pas de traces de sang visibles, j'ai l'intention de passer le pulvérisateur, et l'intérieur de la maison est minuscule. À travers la porte ouverte, Machado m'explique que l'ami de Roth, sans doute son seul ami, d'ailleurs, avait écopé d'une suspension de permis pour conduite en état d'ivresse.

— Quand j'ai répondu à l'appel dimanche après-midi, il m'a raconté qu'il aiderait Howie à trimbaler ce fatras dès qu'il aurait récupéré son permis.

Juste de l'autre côté de la porte, alors que nous sommes en train de couvrir nos vêtements, Benton interroge :

— À quel moment ? Quand allait-il recouvrer son permis et emmener Howard ?

— C'était sa première infraction, donc sa suspension n'était que d'un an. Il lui restait trois mois à tirer. Il m'a raconté qu'il avait dit à Howie d'arrêter d'accumuler tout ça, avant que le plancher cède, de mettre sa collecte entre parenthèses jusqu'à ce qu'il puisse l'accompagner. Mais Howie sortait quand même tous les jours pour fouiller les poubelles. Je ne sais pas très bien ce qu'on peut tirer de ces trucs-là. Deux dollars le sac, maximum ? Assez pour se payer un quart de la merde qu'il buvait.

Je m'accroupis devant une mallette ouverte, dont je sors l'appareil photo et le spray de LCV, parcourant les lieux du regard avant d'entreprendre quoi que ce soit. Le salon et la cuisine ne sont qu'une même pièce séparée par un comptoir de Formica. Une vieille télévision trône contre un mur, un fauteuil relax en vinyle marron positionné devant, à peu près le seul espace disponible pour s'asseoir.

Des sacs de canettes métalliques, de bouteilles de verre ou de plastique s'amoncellent sur un canapé, une petite table et ses chaises. Je comprends la réaction de Machado quand il a débarqué après la découverte du corps. Je ne connais que trop bien ces arrivées sur des lieux tellement submergés sous les objets que des gens mal en point ont collectionnés, engrangés ou tout simplement cessé de jeter. On a alors l'impression de passer au crible une décharge.

Debout près du comptoir de la cuisine, Benton absorbe le moindre détail.

— Il ne collectait pas seulement pour l'argent, déclare-t-il.

— Triste, je murmure. Il a peut-être commencé pour récolter quelques pièces, et puis c'est devenu compulsif.

— Une autre addiction.

— Addiction à la fouille de poubelles, je complète en remarquant que tous les stores des fenêtres sont baissés, et que derrière le tissu jauni, à travers la lumière, on distingue des silhouettes de bouteilles et de canettes.

Je demande à Machado si les stores se trouvaient dans cette position, tirés devant chaque fenêtre, lorsqu'il est arrivé la première fois. Il répond par l'affirmative à travers la porte, et je l'interroge alors sur les lampes et les plafonniers. La seule lumière allumée était celle du sous-sol, m'informe-t-il. D'ailleurs, à moins d'avoir grillé, elle doit toujours être allumée, ajoute-t-il.

— Quand vous aurez terminé, je vais passer tous les interrupteurs à la poudre d'empreintes, et effectuer des prélèvements, si nécessaire, étudier tout ce qui a pu être touché, explique-t-il.

— Bonne idée, j'approuve. Peut-on ouvrir les stores pour éclairer un peu l'intérieur ?

— Allez-y, Doc, j'ai des photos de l'ensemble. Pas de problème si vous avez besoin de déplacer ou modifier quoi que ce soit.

Sur les appuis de fenêtres sont alignées des bouteilles anciennes et des canettes à anneau de collection, Coca Cola, Sun Drop, Dr Pepper, ainsi que des pots d'une colle blanche liquide que je me souviens avoir connue dans mon enfance. Le genre d'objets jetés lorsqu'on débarrasse son grenier. J'imagine Howard Roth les recueillant pieusement dans une poubelle pour les exposer chez lui à l'instar de trophées, de trésors.

— Et la télévision ? Allumée ou pas, quand on a découvert son corps ? demande Benton tout en contemplant le couloir moquetté qui mène à l'arrière de la maison.

— Éteinte quand je suis arrivé, répond Machado.

Deux bouteilles d'un litre de bière Steel Reserve 211, et trois bouchons à vis par terre à côté du fauteuil relax attirent mon attention. Depuis combien de temps sont-ils là ?

— Et quand son copain est arrivé ? Comment s'appelle-t-il, déjà ? Jerry ? dit Benton en ouvrant la porte de la salle de bains.

— D'après lui ? La porte de la maison n'était pas fermée à clé, et comme Howie ne répondait pas, il est entré en le hélant. Vers 4 heures de l'après-midi, selon lui.

— Dimanche après-midi ?

Benton s'avance sur le seuil de la porte qui mène au sous-sol.

— Oui. Et moi, je me suis pointé vers 16 h 15.

— Ce type, Jerry, il aurait eu une raison de blesser qui que ce soit ? Ils auraient pu être en train de boire de la mauvaise bière ensemble, ils se seraient disputés, la situation aurait dégénéré ?

— Non, je pense pas, répond Machado depuis la porte. Mais j'ai ses empreintes, et un prélèvement ADN. Il s'est montré plus que coopératif, affirme que Howie ne fermait jamais sa porte, et qu'il avait l'habitude de rentrer comme ça.

La télécommande est posée sur le téléviseur, rangée bien exactement au milieu, et je suggère à Machado que nous pourrions la ramasser. Bien qu'un peu dubitatif, il accepte, et j'emballe l'objet en tant qu'indice, avant de le lui passer par la porte ouverte.

— Vous pensez que quelqu'un aurait pu y toucher ? me questionne-t-il tandis que Benton va explorer la chambre.

— Peut-être buvait-il une bière dans le fauteuil, en sous-vêtements et chaussettes, la télévision allumée, et il s'est endormi.

Je remarque que l'un des sacs poubelle fourrés sous le comptoir est fermé à l'aide d'un lien, contrairement à tous les autres.

— Si ça ne vous ennuie pas, j'aimerais vérifier l'intérieur des placards de la cuisine.

Sous l'évier s'alignent neuf boîtes de cent sacs poubelle du commerce ultra-résistants, assez chers. Je me demande où Roth les a trouvés.

— Je ne crois pas qu'il ait acheté ça.

Je tire d'une boîte ouverte des liens de plastique verts semblables à celui qui ferme le sac sous le comptoir.

Je suggère à Machado de vérifier auprès de Fayth House la marque de sacs poubelle industriels qu'ils ont en stock. Un carton de cette taille de sacs de cette qualité coûte jusqu'à trente ou quarante dollars, largement plus que ce que Roth récupérait en échange des recyclables qu'il entassait dedans.

Son copain Jerry, qui travaille à l'entretien de la maison de retraite, le fournissait peut-être, à moins que Roth ne se soit servi sur place, puisqu'il y bricolait encore de temps à autre. Je rappelle à Machado que nous devons découvrir si Peggy Stanton était bénévole à Fayth House. Je ramasse le carton de sacs ouverts, et explique :

— Une femme aussi prudente, qui avait une alarme et n'indiquait ni son adresse ni son numéro de téléphone sur ses chèques, n'aurait jamais laissé entrer n'importe qui chez elle. Il devait exister un lien entre eux ; si elle l'a embauché pour réaliser des travaux à l'intérieur de sa maison, ou même sur sa propriété, elle devait se sentir en sécurité avec lui.

— À moins que l'assassin de ce type n'ait flanqué le chèque exprès dans la boîte à outils pour construire son alibi, suggère Machado en me prenant des mains un nouveau sachet à indices.

— Pourquoi ?

Je retourne à la télévision.

— Ben, on trouvait le chèque, et on en déduisait que Howie a tué Peggy Stanton. Affaire résolue. Comme quand il a piégé Marino, non ? Ce salopard adore ce genre de trucs, non ?

Selon moi il se trompe complètement, mais je l'écoute développer son hypothèse tout en l'informant que je vais dénouer le sac sous le comptoir, le seul fermé. Peut-être Howard Roth conservait-il les autres ouverts parce qu'il rinçait toutes les bouteilles, canettes et pots, et les laissait sécher de cette manière ?

Je fais remarquer à Machado qu'il y a un tuyau d'arrosage dehors, et que la plupart des centres de consigne exigent que les recyclables soient vidés et lavés. Aucune odeur particulière ne flotte non plus dans l'air. S'il n'y voit pas d'inconvénient, je l'informe que je vais inventorier ce qui se trouve dans ce sac, avant de vérifier la présence de sang.

Machado continue d'exposer sa théorie bancale :

— Et donc, on trouve le chèque, et bingo ! Un raté a buté Peggy Stanton. Son homme à tout faire, qui s'est tué accidentellement alors qu'il était bourré, est le coupable. Le tueur a tout monté, et l'affaire est pliée.

— Et de l'avis du tueur, où allons-nous penser que Roth a conservé le corps de Peggy Stanton après qu'il l'a assassinée ? je m'enquiers tout en dénouant le lien. Où a-t-il pu le garder assez longtemps pour que le processus de momification soit entamé ? Sûrement pas dans cette maison, en plein été ? Et nous sommes censés croire que Howard Roth possédait ou disposait d'un bateau ?

— Le meurtrier n'a peut-être pas pensé qu'elle aurait l'air momifiée. Il a peut-être cru qu'après un moment dans la flotte, elle n'aurait plus l'air déshydratée.

— Les restes momifiés ne se reconstituent pas comme des fruits lyophilisés. On ne peut réhydrater un cadavre.

J'ouvre le sac, et la bouteille est là, juste au-dessus des autres récipients. Là où le monstre l'a placée.

— Mais vous croyez que le pékin moyen saurait ça ?

La bouteille d'un litre de Steel Reserve 211 est identique aux deux autres vides près du fauteuil relax, avec une étiquette de prix provenant d'un Shop Quik.

Je brandis la bouteille dans mes mains gantées, la tournant sous le rayon de soleil qui tombe d'une fenêtre :

— Ça, je ne vais pas m'en occuper ici. Je distingue des détails de crête, et du sang.

33

Je ne comprends pas pourquoi un tueur avec des fantasmes très élaborés, qui agit avec préméditation et semble si méticuleux, s'est donné aussi peu de mal pour dissimuler un indice compromettant. En vérité, cela me stupéfie, et je m'en ouvre à Benton.

— Il faut te focaliser sur ses priorités, explique-t-il en conduisant à travers Cambridge. Te mettre dans la tête de ce type, et comprendre ce à quoi il accorde de la valeur. La belle ordonnance, le soin, tout doit être exactement comme il le souhaite. Il restaure l'ordre après avoir tué. Il montre qu'il est un type bien, gentil, quelqu'un de civilisé. Je soupçonne que les fleurs chez Peggy Stanton proviennent de lui. Lorsqu'il a ramené sa voiture et a pénétré chez elle, il a déposé des fleurs pour montrer à quel point on peut lui faire confiance.

— On a trouvé trace d'une livraison ?

— Aucun des fleuristes du coin. La chose a été vérifiée, précise-t-il en jetant un coup d'œil à son téléphone, ce qu'il n'a pas cessé de faire depuis un moment. Selon moi, il n'y a jamais eu de carte de visite. Il est entré avec un bouquet printanier comme un fils attentionné venant voir sa mère. Pour lui, il est fondamental de réaffirmer après qu'il a tué l'opinion qu'il a de lui-même. Un type formidable, bien élevé. Un gentleman. Capable d'entretenir des relations sérieuses.

— Ce qu'il a infligé à Howard Roth n'avait rien de bien élevé, et il ne lui a pas apporté de fleurs !

Benton déchiffre rapidement un nouveau message, et je me demande si c'est Douglas Burke qui lui écrit toutes les trente secondes.

— Howard Roth n'avait à ses yeux aucune valeur. Juste un objet, au même titre que les ordures qu'il fouillait, et le tueur a supposé que toi non plus, tu ne lui accorderais aucune importance. Il a présumé que ce cas n'attirerait pas ton attention.

— Spécifiquement moi ?

— Qui que cela puisse être, j'en déduis qu'il ne te connaît pas personnellement. Je retire ce que j'ai dit plus tôt, quand je m'inquiétais de ce qu'il puisse vous côtoyer, toi et Marino. Il sait des choses sur toi, sur tes services, mais sans te connaître, toi, affirme Benton avec assurance. Il se trompe. Il commet des erreurs. Tu pourrais peut-être expédier un message à Bryce, lui dire que nous arrivons dans un quart d'heure.

Trois heures de l'après-midi approchent, et nous allons être en retard à une réunion que Benton a organisée dans ma salle de téléconférence. Douglas Burke a été invitée également, ce qui ne me ravit pas. Je pensais que Benton avait très clairement indiqué qu'ils ne pouvaient plus travailler ensemble.

— Il prémédite ses crimes de façon extrêmement précise. Il est obsédé par des manipulations qui ont pour but de piéger les gens, et il fait preuve de négligence sur le sang et les empreintes ? je résume.

Qu'il ait pu exister un lien personnel entre Benton et Burke me tourmente de nouveau. Nous rentrons au Centre de sciences légales par le même itinéraire qu'à l'aller, en suivant la rivière. L'eau est sombre, le ciel d'un bleu pâle embrumé.

— Il a des raisons de penser que ces indices ne peuvent pas l'incriminer. Il a dû croire qu'on ne retrouverait pas la bouteille. Point crucial : il était convaincu que tu ne chercherais pas, Kay. Tout ce qui a attiré ton attention, il a cru que tu t'en ficherais. Il ne te connaît pas le moins du monde, répète-t-il une nouvelle fois.

Douglas Burke doit patienter dans ma salle de réunion, et j'hésite sur la nature de la réaction que j'aurai en la voyant.

— Il y a des crêtes sur toute la bouteille. Je n'ai même pas eu besoin de poudre à empreintes ou de source de lumière alternative pour constater qu'il existe assez de minuties pour l'identification.

— Mais de qui ? Nous l'ignorons, rétorque Benton en consultant son téléphone posé sur ses genoux. Il pourrait s'agir des empreintes de Roth. C'est très probablement lui qui a acheté et bu la bière.

— L'important, c'est que le meurtrier n'a même pas pris la peine d'essuyer la bouteille, une grosse négligence. L'emporter et la jeter là où personne ne l'aurait jamais retrouvée aurait été plus intelligent, je répète.

— Se débarrasser de l'arme du crime dans un sac plein de bouteilles et de canettes ramassées par Roth démontre son mépris complet pour la victime, son indifférence totale, explique-t-il en consultant de nouveau son écran. Roth était à ses yeux quantité négligeable, rien qu'un désagrément, et il a pensé que tout le monde réagirait de la même façon parce que lui est incapable de ressentir autrement. Il est incapable de projeter sur toi, ou sur qui que ce soit, des valeurs qui lui sont étrangères.

— Sur moi en particulier ?

— Oui, sur toi, Kay. Il n'a aucune perception de toi, répète Benton avec insistance. Il ne sait pas ce que tu vas faire, ou ressentir, parce qu'il est dépourvu d'empathie. Par conséquent, il se trompe dans ses jugements sur les gens.

— Nous verrons si l'empreinte sur le rétroviseur de Peggy Stanton correspond à quoi que ce soit sur la bouteille, je réfléchis à haute voix, toujours en proie au tourment.

Mais je ne veux pas me torturer. Je veux faire confiance à Benton. Je veux croire la moindre de ses paroles.

Il fait défiler ses messages.

— Il a peut-être abandonné une empreinte sur le rétroviseur, mais nous n'avons aucune correspondance dans le système d'identification automatique par empreintes digitales, annonce-t-il. Il n'existe pas dans le système. Insoupçonnable. Il n'a jamais été arrêté, et ses empreintes n'ont aucune raison de se trouver dans un fichier. Il ne s'inquiète pas de devenir suspect, et tu as généré un problème auquel il ne s'attendait pas. Toute la question consiste à savoir s'il est à présent au courant.

— Je préférerais que tu ne regardes pas ce truc en conduisant, dis-je en lui retirant le téléphone. Puisque tu n'hésites pas en ma présence, je n'ose même pas imaginer ce qui se passe en mon absence !

— Aucune inquiétude à propos de qui que ce soit, affirme-t-il en tendant la main. Quand tu n'es pas là, je ne fais rien qui puisse t'inquiéter.

— Je croyais que tu lui avais parlé, j'attaque en lui rendant son téléphone.

— Elle se refuse à ficher la paix à Marino, raison essentielle de cette réunion.

— Elle laissera tomber quand elle apprendra les derniers développements, je suppose.

En tout cas, elle le devrait.

— Ça vire au grand ridicule, souligne Benton. Les empreintes de Marino, comme les tiennes ou les miennes, sont enregistrées à fin d'exclusion, et l'empreinte sur le rétroviseur de Peggy Stanton n'appartient pas à Marino. Quant à l'assassinat de Howard Roth, il se trouvait à Tampa à ce moment-là. Cette réunion va mettre un terme à cette stupidité !

— Il est probablement encore convaincu que nous croyons à un accident, je marmonne en faisant référence à l'individu que Burke devrait rechercher, pas à Marino.

Je pense au tueur, et ajoute :

— À moins qu'il ne nous ait suivis. Dans ce cas, il sait peut-être. S'il rôde dans les parages, s'il nous observe.

— J'en doute.

— Pourquoi ?

— Il n'est pas nerveux. C'est un homme assuré, qui ne conçoit pas de pouvoir commettre des erreurs. Il n'a jamais envisagé que tu pourrais pulvériser les lieux au réactif, que tu découvrirais le sang qu'il n'a pas pris la peine de nettoyer.

— Il n'aurait pas pu, de toute façon. Pas tout. Les taches de sang résultant d'un impact à vitesse moyenne, que j'associe au traumatisme contondant, n'étaient pas visibles à l'œil nu. Des éclaboussures allongées de tailles diverses constellaient le côté gauche du fauteuil, le bras de vinyle marron, et le mur de lambris brun foncé situé sur la gauche de l'endroit où se trouvait la tête de Howard Roth, lorsqu'il a été frappé avec assez de violence pour lacérer le cuir chevelu et fracturer le crâne.

Le panache ensanglanté qui m'est apparu en surbrillance violette déroulait un cruel récit : Roth était endormi ou dans un état de stupeur éthylique devant la télévision, lorsqu'un assassin a pénétré par la porte ouverte en permanence. Il a été frappé à l'arrière du crâne d'un coup de bouteille de bière que le meurtrier a ensuite placée dans un sac poubelle qu'il a refermé d'un lien torsadé.

Le velours de la moquette sombre tachée était imbibé de traces de sang et de traînées, depuis le salon jusqu'au sous-sol, mais le sang n'était visible que là où sa présence semblait logique dans le cadre d'une mort accidentelle. Des gouttes et des taches de sang constellaient les six marches de béton. Inconscient, Roth avait été poussé dans l'escalier, puis piétiné et frappé à l'endroit où il avait chu. L'assassin s'était assuré que Roth n'en réchapperait pas, supposant que personne n'irait envisager une seconde l'éventualité d'un homicide.

Tandis que nous repassons en sens inverse devant le boathouse et l'ancien bâtiment Polaroid, Benton souligne :

— Il a quand même fourni des efforts pour dissimuler son acte. Il aurait pu débarquer dans la nuit, le descendre d'un coup de feu, le poignarder, l'étrangler. Un crime flagrant, quoi. Il a donc bien anticipé un certain nombre d'éléments, mais pas tous, parce qu'il est incapable de se mettre dans la peau de quelqu'un de normal.

— Le fait que nous puissions nous soucier de la victime ne lui traverse pas l'esprit, je renchéris.

— Exact. Une coquille vide, creuse. Il a probablement vu Howard Roth dans les parages.

Benton soupçonne qu'il l'a repéré dans les rues de Cambridge, qu'il le connaît depuis des mois, qu'il a observé l'homme à tout faire frapper aux portes à la recherche de petits boulots, fouiller les poubelles, poussant quelquefois un caddie. Lorsqu'il traque sa prochaine victime, ce tueur est sensibilisé à tous ceux qui gravitent autour, affirme Benton. Il rôde, maraude, surveille les habitudes, calcule. Il pratique des répétitions qui nourrissent ses cruels fantasmes.

Ce qui ne signifie pas qu'il connaissait Howard Roth par son nom. Il a contrefait un chèque de cent dollars qu'il a probablement expédié par la poste, alors qu'il continuait de régler les factures de Peggy Stanton bien après sa mort. Il n'avait sans doute pas la moindre idée du fait que le Howard Roth à qui il avait établi un chèque était l'homme aux allures de sans-abri qu'il voyait fouiller les poubelles dans Cambridge.

— Je suis certain qu'il avait une raison de tuer Roth à ce moment précis, soutient Benton. Il s'agit d'un homicide d'opportunité, dépourvu de toute émotion.

— Il fallait de la passion pour asséner des coups de pied et piétiner Roth.

— Non, rien de personnel. Il ne ressentait rien.

— On pourrait interpréter cela comme un signe de colère. La rage se lit dans la plupart des cas de piétinement, j'argumente.

— Il avait simplement une tâche à accomplir : écraser un insecte. Je me demande si Roth était passé chez Peggy Stanton récemment, poursuit-il en consultant de nouveau son téléphone. Il voulait peut-être se faire payer, et il a mal choisi son moment.

— Exécrable moment en effet, si le tueur était en train de subtiliser le courrier de Peggy Stanton quand Roth a fait son apparition. Sauf que je ne pense pas qu'il ait fait ça en plein jour, je remarque alors que mon immeuble se dresse plus loin.

— Qui dit que Roth s'y est rendu de jour ? Il y a des épiceries et des supermarchés ouverts toute la nuit près de la résidence de Peggy Stanton, beaucoup dans Cambridge Street, un Shop Quik ouvert vingt-quatre heures sur vingt-quatre sept jours sur sept juste au coin de sa rue, rétorque Benton. Quand il manquait de bière, je suppose qu'il sortait quelle que soit l'heure, et il fréquentait peut-être son quartier parce qu'il essayait de récupérer son argent.

— En pleine nuit, dans une rue mal éclairée ? Même s'ils s'étaient retrouvés face à face, je doute que Roth ait réussi à bien voir le tueur.

— Ne voulant prendre aucun risque, celui-ci s'est convaincu d'avoir une raison, souligne mon mari. Assez pour le suivre chez lui dans l'intention de l'assassiner.

Nous quittons Memorial Drive, et je m'imagine Howard Roth sur le trajet du Shop Quik. S'il a vu quelqu'un ramasser le courrier de Peggy Stanton, il a pu lui parler, demander où elle se trouvait, quand elle allait revenir, et même peut-être expliquer la raison de son insistance. Un vétéran infirme, un alcoolique qui fouille les poubelles, un bricoleur décrit comme inoffensif. Même s'il avait dévisagé le tueur, pourquoi le tuer ?

L'assassin était-il familier de Howard Roth pour une autre raison ? Je me le demande. S'étaient-ils déjà vus ? Ils ne se connaissaient peut-être pas de nom, mais dans un contexte précis.

— La suite était très facile, conclut Benton alors que nous atteignons la barrière du Centre de sciences légales de Cambridge, et que mon téléphone sonne.

Bryce.

— Suivre chez lui un ivrogne qui ne ferme pas sa porte.

Benton lève la main pour actionner la télécommande fixée au pare-soleil.

Que veut donc Bryce, qui ne puisse attendre mon arrivée ? Il sait que je suis là, il peut nous voir sur l'écran de surveillance de son bureau, sur presque tous les moniteurs n'importe où dans l'immeuble. Je presse la touche « répondre ».

— Surveiller et attendre, continue Benton. Le laisser descendre quelques litres et sombrer dans l'inconscience dans son fauteuil. Roth n'a sans doute rien vu venir.

— Je me gare, dis-je à mon administrateur.

— Seigneur, j'ai de ces nouvelles !

Il est tellement excité que je baisse le volume sonore.

— Nous devons être attendus…

Il m'interrompt :

— Vous attendiez leur visite ? Oh, mon Dieu ! Je les ai fait patienter dans le hall.

— Quoi ?

— J'adore la chatte ! La petite Shaw est dans une forme féline éblouissante. D'accord, attendez, j'appelle Ron, je vais le joindre sur son portable, je suis désolé. Bon sang, ce serait bien si vous me teniez au courant de ce genre de trucs ! Ron ? Vous pouvez les accompagner là-haut immédiatement. Je ne savais pas qu'ils étaient attendus. Personne ne me dit rien ! Je vous fais toutes mes excuses, mais si seulement vous me l'aviez dit ! Je n'avais pas la moindre idée… (Bryce s'adresse de nouveau à moi, mais je n'arrive pas à en placer une.) En tout cas, Shaw a presque vingt sur vingt ! La peau un peu sèche, un peu d'anémie, le véto dit qu'il vaut mieux ne pas la laisser seule tout le temps, puisqu'elle était habituée à vivre presque en permanence avec sa maîtresse, jusqu'au terrible événement, sans compter qu'elle a été traumatisée. Et comme Ethan travaille à la maison trois jours par semaine, je crois qu'on devrait la garder, surtout avec la peur qu'on a eue avec Indy, qui va très bien… merci de prendre de ses nouvelles…

— Bryce !

Je l'interromps pour la troisième fois.

— Quoi !

— Pourquoi faites-vous attendre le FBI dans le hall ? Ou les faites-vous escorter par la sécurité ?

— Mais non… Oh, vous voulez dire les deux femmes agents ? Non, pas elles. Mon Dieu, je n'avais pas compris… Elles sont dans la salle d'opérations, et ce n'est pas d'elles que je parlais, oh, merde ! jure-t-il d'un ton bouleversé. Attendez, attendez, que je lui mette la main dessus. Ron ! Ne les accompagnez pas là-haut. Vous êtes avec eux, là ? Oh, merde.

34

Il a eu tort de ne pas prendre de rendez-vous et de débarquer sans s'annoncer au Centre. Cela étant, je ne vois pas comment lui dire que je refuse de lui parler. Je décide que Channing Lott et les gens qui l'accompagnent doivent être conduits en haut.

— Bryce, laissez-moi une minute pour me poser, finis-je par placer. Accompagnez-les dans la salle de repos, offrez-leur de l'eau, du café. Je ne peux leur accorder que quelques minutes. Expliquez-leur que je suis déjà en retard à une réunion. Dès que je suis prête, je vous envoie un message, et vous pourrez les mener à mon bureau.

J'appuie sur le bouton du sixième étage, et je sais que Benton va insister, et que je ne céderai pas.

— Kay, je devrais t'accompagner...

Je l'interromps en secouant la tête :

— Quoi qu'il ait en tête, ta présence serait tout aussi déplacée s'il était membre de n'importe quelle famille, un proche d'une personne décédée. Il est l'époux d'une femme dont je suis responsable.

— Son corps n'a pas été retrouvé. Tu n'es pas chargée de son cas.

— On m'a consultée à son propos, et il le sait. J'ai témoigné à son sujet dans son procès à lui, et à ses yeux, elle devient un de mes cas. Enfin quoi ! Il faut bien qu'elle soit sous la responsabilité de quelqu'un, puisqu'il est hautement improbable qu'elle soit encore en vie. Regardons les choses en face, elle n'est pas plus vivante qu'Emma Shubert.

— Aucun fait ne permet d'établir ce rapport, souffle-t-il d'un ton révélateur.

— Benton, je sais quand les gens ne vont plus jamais refaire surface. Ces femmes sont mortes, j'assène après l'avoir scruté attentivement.

Il demeure silencieux, lui aussi convaincu. Il connaît plus de choses qu'il ne l'admettra. Je songe à la réunion à laquelle je vais être très en retard, mais quoi qu'il se passe, cela attendra.

— Et si Channing Lott n'avait vraiment rien à voir avec la disparition de sa femme, et que des gens comme moi refusent de lui parler ?

— Des gens comme toi ?

— Je dois le faire, Benton.

— Kay, c'est dangereux.

— Nous devons respecter le jugement. Il a été blanchi de l'accusation d'avoir engagé un tueur à gages. Présumer qu'il n'éprouve pas de chagrin, qu'il n'est pas désespéré ni anéanti, serait dangereux.

Je m'exprime d'un ton ferme, indiquant que je ne compte pas négocier sur ce point.

— Le FBI n'assistera pas à cette entrevue. D'ailleurs, le FBI ne s'est déjà que trop mêlé du fonctionnement de mes services.

— Je ne cherche pas à me mêler de quoi que ce soit, j'essaye de te protéger.

Je le regarde et devine à quel point il est inquiet.

— Je le sais. Cependant, je ne peux pas t'y autoriser.

Benton comprend toujours quand il s'avère inutile de discuter. Je prête grande attention à ses opinions et à ses mises en garde, mais je dois assumer mes responsabilités de la façon appropriée. Si je n'étais pas sa femme, jamais il n'aurait osé cette suggestion. Au sein du Centre de sciences légales, n'existe pas de suspects, d'innocents ou de coupables. Seulement des morts ou des affligés. Celui qui porte le deuil est Channing Lott, et ne pas lui prêter attention constituerait une violation de mon serment.

— Il ne va pas me faire de mal, dis-je à Benton. Il ne va pas m'attaquer à l'intérieur de mon propre bureau.

— C'est ce qu'il veut qui m'inquiète, pas ce qu'il va faire.

— Je vous rejoins dans quelques minutes, tes collègues et toi. Pas de problème.

Nous atteignons mon étage. Je regarde Benton s'éloigner, grand et élancé dans son costume sombre, avec son épaisse chevelure argentée, sa démarche assurée et résolue, comme toujours. Toutefois, je perçois sa réticence. Il prend le chemin de la salle de téléconférence, baptisée salle d'opérations, et je pars de l'autre côté.

Je descends le couloir incurvé jusqu'à mon bureau, dont je déverrouille la porte. Je prends un moment pour m'inspecter dans le miroir au-dessus du lavabo, me laver le visage, me brosser les dents et les cheveux, et mettre du rouge à lèvres. J'ai choisi mon jour, pour porter un vieux pantalon de velours informe, un gilet évoquant une veste de pêcheur torsadée et des boots noires toutes simples.

Si j'avais su que j'allais rencontrer cet homme notoirement influent dont nombre de gens sont toujours persuadés qu'il a orchestré le meurtre de sa femme... L'espace d'un instant, j'envisage de me changer, d'enfiler une tenue d'enquêteur de terrain, un treillis, une chemise ornée du blason du Centre. Idiot, d'autant que je n'ai pas le temps.

J'expédie un message à Bryce, lui demandant de rappeler à nos invités surprise que l'entrevue sera brève, je suis en retard à une autre réunion. À dire vrai, je ne suis pas fâchée de faire patienter le FBI, surtout Douglas Burke ; elle, je ne serais pas fâchée de la faire poireauter un siècle. Toutefois, le cas échéant, le FBI m'offre un prétexte pour écourter cette rencontre. J'ignore les projets de Channing Lott, et pourquoi il est venu accompagné.

Dans le couloir, j'entends le moulin à paroles de Bryce. Il ne peut s'en empêcher. Papoter lui est aussi vital que l'air qu'il respire. Il ouvre ma porte en même temps qu'il frappe au battant, et Channing Lott paraît, dans un costume gris tourterelle sur une chemise grise sans cravate. Avec ses longs cheveux blancs tressés dans le dos, il est vraiment saisissant. Il me serre chaleureusement la main en me regardant droit dans les yeux, et l'espace d'un instant, je redoute presque qu'il me prenne dans ses bras. Je mets un moment à recouvrer mes esprits, et reconnais alors le couple qui l'accompagne.

— Asseyons-nous ici, je propose en désignant la table de réunion en acier brossé. Je vois que Bryce vous a offert à boire.

— Voici Shelly Duke, ma directrice financière, et Albert Galbraith, mon directeur des opérations.

Lott me les présente, et je me souviens de ces deux-là blottis l'un contre l'autre, contemplant le port à l'extérieur du tribunal lorsque j'ai passé la sécurité hier après-midi.

Des cadres bien payés, séduisants, habillés avec goût, âgés d'une bonne trentaine, voire d'une petite quarantaine, ni l'un ni l'autre aussi chaleureux ou amicaux que leur patron. Le regard bleu intense, les traits vibrants, celui-ci m'accorde toute son attention. Une fois assis, je lui demande ce que je peux faire pour lui.

— D'abord, le plus important, je tiens à vous remercier, docteur Scarpetta.

Ses paroles sont exactement celles que je craignais.

— Ce qu'on vous a infligé a sûrement été un mauvais moment pour vous.

Son allusion à ce qui s'est déroulé au tribunal rappelle à mon souvenir l'amende infligée par le juge, et la propre avocate de Lott tentant de me mettre en cause de toutes les façons possibles.

— Vous n'avez pas à me remercier, monsieur Lott, dis-je en repensant à son hélicoptère en train de me filmer. Je suis une fonctionnaire, qui fait son travail.

— Sans préjugés, souligne-t-il. Sans idées préconçues et sans préjugés. Vous avez simplement énoncé la vérité, et vous n'aviez pas à le faire.

— Prendre parti ou avoir une quelconque opinion ne relève pas de ma mission, à moins qu'il ne s'agisse de déterminer les raisons d'un décès.

L'identité de Peggy Stanton n'a pas encore été révélée, mais il affirme :

— Il ne s'agit pas de ma femme. Lorsqu'ils ont diffusé la séquence télévisée à l'audience, je l'ai tout de suite su, instantanément. Je voulais vous le dire en personne, au cas où cela aurait pu être envisagé.

Je me demande si Toby a laissé fuiter l'identité à Jill Donoghue, et si celle-ci est au courant de la présence de son client dans mon bureau. Lott débouche une bouteille d'eau et reprend :

— Aussi dégradé que soit son état, je peux vous affirmer sans l'ombre d'une hésitation qu'il ne s'agit pas de Millie. Elle ne pourrait absolument pas ressembler à ça. Et si on vous a fourni des détails sur son apparence physique, si vous avez parcouru ses dossiers médicaux, vous conviendrez que je ne me trompe pas.

Je suis bien certaine qu'il sait que j'ai eu accès à ces dossiers, et j'ai conscience que Mildred Lott mesure ou mesurait un mètre quatre-vingts. Peggy Stanton, dont Channing Lott doit ignorer le meurtre, à moins qu'il n'ait quelque chose à y voir, ou que son avocate lui en ait parlé, mesurait à peine un mètre soixante. Quand j'ai fait glisser son corps dans le brancard cuillère, scène visible à la télévision, il sautait aux yeux que le cadavre était d'assez petite taille. L'examen que j'ai pratiqué m'a montré que sa chevelure était blanche, et non blond platine, et qu'elle ne portait aucune cicatrice consécutive à des opérations de chirurgie esthétique récentes, abdominoplastie ou rhytidectomie.

— C'est la première chose à laquelle nous ayons pensé en voyant les infos, intervient Al Galbraith.

L'air troublé, semblant trouver le sujet répugnant, il tend la main vers son café et déclare d'un ton embarrassé, comme s'il se sentait obligé de dire quelque chose à propos de la femme de son patron :

— Quel que soit l'état, on ne raccourcit pas.

— Les modifications *post mortem* ne diminuent pas la taille, en effet, je réplique.

— Une femme vraiment imposante, explique Galbraith, et la pensée me traverse l'esprit qu'il ne l'aimait pas. Je crois que tous ceux qui ont rencontré Mme Lott ont été frappés par sa plastique sculpturale.

— Tout à fait, renchérit Shelly Duke. Une femme fantastique, renversante. Quand elle pénétrait dans une pièce, sa présence était irrésistible, elle dominait tout, dans le bon sens du terme, s'empresse-t-elle d'ajouter avec une tristesse peu convaincante.

Je réalise que ces deux-là ne sont pas ravis de leur visite dans mon bureau.

Lott les a obligés à venir. Rien d'étonnant à ce qu'ils soient perturbés de se retrouver assis ici avec moi, dans un établissement de sciences légales, à évoquer une femme à l'égard de laquelle leur ambivalence est perceptible. Je me demande si Jill Donoghue a organisé ce rendez-vous impromptu, sans parvenir à cerner sa raison. Elle a affirmé avec assurance que cette affaire éviterait la double incrimination, que son client ne pourrait être poursuivi sous une accusation identique ou similaire.

Depuis l'annonce de l'acquittement ce matin, Donoghue n'a cessé de répéter : *Ce cauchemar-ci est terminé, mais pas le pire*. Channing Lott doit maintenant gérer son propre statut de victime. De fait, c'est lui la véritable victime dans cette affaire, répète-t-elle, emprisonné pour un crime qu'il n'a pas commis, comme si la perte tragique de sa femme ne suffisait pas.

— Docteur Scarpetta, puis-je vous poser une question ?

Se tenant très droit, installé d'une façon qui me laisse comprendre la raison de la présence de ses deux cadres, il se concentre sur moi.

Il leur tourne le dos, et ne les consulte même pas du regard. Il ne s'agit pas pour lui d'amis intimes, mais de témoins. Ce que Lott a réussi dans la vie, il ne le doit certes pas à la naïveté ou à la bêtise. Pourtant, je m'inquiète de ses intentions, il s'assure que je ne lui créerai pas d'ennuis.

— Je ne vous promets pas de pouvoir vous répondre, mais allez-y.

Ce que m'ont raconté les enquêteurs de Gloucester, Lorey et Kefe, après la disparition de Mildred Lott, me revient.

— Je suppose que vous connaissez les détails. Millie se trouvait seule dans notre maison de Gloucester le 11 mars, un dimanche, déclare-t-il, et j'y vois une sorte de préambule.

Les enquêteurs m'ont décrit une femme futile, qui courtisait les riches et célèbres, avait plusieurs fois été invitée à la Maison-Blanche, et même rencontré la reine d'Angleterre. Lorsque je leur ai demandé s'ils connaissaient quelqu'un susceptible de lui vouloir du mal, ils ont plaisanté en me conseillant de consulter l'annuaire.

Posez le doigt à n'importe quelle page, sur n'importe quel nom, m'ont-ils expliqué, vous tomberez sur quelqu'un qu'elle a piétiné, exploité, sous-payé, ou traité comme un moins-que-rien. Je me souviens avoir pensé à ce moment-là combien il était répandu que les victimes ne soient pas sympathiques. Personne ne mérite d'être enlevé, violé, assassiné, cambriolé ou estropié, mais cela ne signifie pas que la personne ne méritait pas une forme de punition.

— Elle venait de rouvrir la maison de Gloucester, qui demeure fermée pendant les mois d'hiver les plus maussades.

Lott semble répéter ce qu'il a de toute évidence raconté un certain nombre de fois.

— Je lui avais parlé à une heure qui pour moi était le matin, et pour elle, 21 heures. Bien entendu, elle était extrêmement bouleversée. Je me trouvais en Asie pour affaires, et j'avais d'ailleurs décidé d'abréger mon voyage à cause de la chienne. Millie était anéantie.

— Elle n'est peut-être pas au courant, pour Jasmine ? intervient Shelly Duke. Leur chienne, précise-t-elle à mon intention.

— Notre shar-pei a disparu le 8 mars, explique Lott. Les jardiniers avaient de nouveau laissé le portail ouvert. Pas la première fois, et Jasmine avait filé. Cette fois-là, nous l'avions récupérée, affolée et perdue. La police locale la connaissait, un agent l'avait repérée, et nous l'avait ramenée. Mais la seconde fois, nous n'avons pas eu cette chance. La police a soupçonné qu'elle avait été volée : un chien de race peu répandu, un mini-shar-pei de prix. Millie était sens dessus dessous. Les mots me manquent pour décrire à quel point elle était bouleversée, explique-t-il en refoulant les larmes qui lui montent aux yeux.

— Votre chienne a disparu trois jours avant votre femme ?

— Oui, répond-il en s'éclaircissant la gorge.

— Jasmine a-t-elle jamais réapparu ?

— Deux jours après la disparition de Millie, Jasmine a été retrouvée errant à plusieurs kilomètres au nord de la maison, près de l'Annisquam River, raconte-t-il alors que je songe à la chatte de Peggy Stanton. Sur une aire de promenade pour chiens en liberté avec beaucoup de buissons et de rochers, au-dessus de Wheeler Street. Des gens qui promenaient leur chien l'ont retrouvée.

— Pensez-vous que tout au long de cette absence, elle ait été en liberté ?

— Impossible. Pas pendant presque une semaine, par un temps pluvieux, avec des nuits à cinq degrés, sans eau ni nourriture. Elle était en trop bonne forme pour avoir passé tout ce temps dehors. À mon avis, celui qui l'a enlevée a changé d'avis. Jasmine peut se montrer agressive, imprévisible, et n'aime pas les inconnus.

Quelqu'un sans aucune considération pour la vie humaine, mais qui ne ferait pas de mal à un animal.

— Tel est pris qui croyait prendre, fait Lott avec un rire amer.

La chronologie des événements me paraît significative.

Il est plus que probable que la chatte de Peggy Stanton s'est sauvée, ou a été mise dehors après la disparition et peut-être la mort de sa maîtresse, alors que la chienne de Mildred Lott a disparu avant elle.

Il poursuit, me décrivant la multitude d'hypothèses échafaudées, la plupart tirées par les cheveux, et dont certaines ont été évoquées par Donoghue à l'audience. Mildred Lott, ivre ou droguée, s'est aventurée à l'extérieur et est tombée dans l'océan, ou bien est délibérément entrée dans l'eau avec l'intention de se noyer. Elle entretenait une liaison, et s'est enfuie avec son amant pour échapper à la colère du mari. Elle avait accumulé des millions de dollars dans des comptes offshore, et vit aujourd'hui sous une fausse identité dans les Caraïbes, en Méditerranée, dans le sud de la France, à Marrakech. On l'aurait aperçue un peu partout, si on en croit Internet.

Il me presse de donner mon opinion :

— Votre avis m'intéresse. Quand une personne se noie, qu'il s'agisse d'un accident, d'un meurtre ou d'un suicide, le corps ne finit pas toujours par refaire surface ?

— Non, pas toujours. Par exemple, les gens perdus en mer, qui passent par-dessus bord, ou ceux pris dans de forts courants et happés. Tout dépend si le corps s'accroche à quelque chose...

— Et il n'en reste rien ?

— Il faut pouvoir retrouver ce qui reste. Dans certains cas, c'est exclu.

— Mais si ma femme est tombée dans l'océan, si elle a trébuché sur des rochers, qu'elle a chuté de notre dock, vous ne pensez pas qu'on l'aurait retrouvée ? insiste-t-il dans un courageux effort.

Ses yeux brillent d'un chagrin qui paraît authentique.

— Dans ce type de circonstances, en général, je répondrais par l'affirmative, je concède.

— Al, s'il vous plaît ? intime alors Lott sans regarder son collaborateur.

Al Galbraith ouvre sa serviette, dont il retire une enveloppe de papier kraft qu'il pousse dans ma direction à travers le plateau de la table.

Je ne l'ouvre pas, ne l'effleure pas. Je ne ferai pas un geste tant que j'ignore ce qu'elle contient, et s'il s'agit d'une chose que je dois voir.

— Une copie de l'enregistrement de la caméra de surveillance, m'explique Lott. Identique à celles confiées aux enquêteurs de Gloucester, au FBI, aux avocats. Ce que le jury a vu. Vingt-six secondes. Pas grand-chose mais ce sont les dernières images de Millie, la dernière chose qu'elle ait faite avant de s'évanouir dans la nature. Elle ouvre une porte derrière la maison, précisément treize minutes avant minuit ce dimanche soir, le 11 mars. Elle est prête à aller se coucher, et elle n'a aucune raison de sortir dans le jardin à cette heure-là, bon sang ! Il est impensable qu'elle ait fait sortir Jasmine, puisque Jasmine n'avait pas réapparu. Il faisait froid, le temps était couvert, le vent soufflait, et Millie est sortie alors que sa tenue ne s'y prêtait pas, l'air un peu paniquée.

Il se tourne alors pour regarder ses collaborateurs.

— Ce n'est pas encore le mot exact. Je peine à trouver le mot adéquat, qui décrive avec justesse son expression, son langage corporel.

Il paraît sincèrement embarrassé et peiné, et les interroge :

— Comment la décririez-vous ? Pressante, alarmée, bouleversée ?

— Ce n'est pas ce que je perçois, récite Galbraith d'un ton plat, et j'ai le sentiment qu'il a déjà répondu à cette question. Je dirais qu'elle semble avoir un but. Elle émerge de la maison. On penserait qu'elle se rend quelque part pour une raison précise. Quand je regarde cette vidéo, ce n'est pas le mot *panique* qui me vient à l'esprit, mais la séquence est très rapide et pas très claire, sinon qu'elle s'adresse à quelqu'un.

— « Pressante », je suis d'accord, oui, intervient Shelly Duke avec un hochement de tête. Mais pas bouleversée, et encore moins paniquée, ajoute-t-elle à l'adresse de Lott. Elle n'a pas l'air effrayée, de la façon dont on peut l'être quand on s'inquiète de la présence d'un rôdeur ou d'un éventuel cambrioleur dans les parages.

— Si elle avait eu peur que quelqu'un cherche à s'introduire dans la maison, elle n'aurait pas débranché l'alarme et ne serait pas sortie dans l'obscurité à cette heure. Pas alors qu'elle était seule, rétorque Lott, et je distingue un soupçon d'impatience et de contrariété derrière son charme.

Il s'agit du genre d'homme que les gens moins intelligents et décidés que lui, l'immense majorité donc, agacent.

— Millie faisait très attention à la sécurité, affirme-t-il en s'adressant à moi. Elle n'est pas sortie cette nuit-là parce qu'elle avait entendu un bruit ou était effrayée par quoi que ce soit. Sûrement pas. La dernière chose qu'elle aurait faite. Quand elle avait peur, elle appelait la police, sans hésiter à composer le numéro d'urgence. Je suis sûr que vous avez discuté avec la police de Gloucester, vous savez qu'ils la connaissaient très bien, de même que notre propriété. D'ailleurs, ils étaient venus à peine quelques jours auparavant, quand Jasmine avait disparu.

Je suis désolée, mais je suis attendue en réunion, je rappelle à Channing Lott. Je serai ravie de regarder l'enregistrement, mais il est peu probable que j'aie autre chose à ajouter aux observations faites par d'autres. Je repousse ma chaise, éprouvant soudain le sentiment qu'il cherche à se dédouaner, et je n'ai pas l'intention de me laisser manipuler.

Il ne fait pourtant pas mine de bouger.

— La question m'obsède sans répit. Qui était-ce ? À qui pouvait-elle bien parler ? La théorie la plus répandue, celle que l'accusation n'a pas cessé de marteler, est qu'elle s'adressait à moi. Qu'elle était sortie dans le jardin pour me parler.

— Et sur quoi se base cette théorie ? lui dis-je, alors que je devrais sans doute m'abstenir de l'interroger plus avant. Les images comportent une bande-son ?

— Non, et on ne distingue Millie que de côté. On ne déchiffre pas véritablement le mouvement de ses lèvres, ce qu'elle articule. Donc, pour vous répondre plus précisément, docteur Scarpetta, cette théorie, comme toutes celles qui me concernent, ne se base sur rien d'autre que la volonté acharnée de l'accusation, du gouvernement, de gagner leur procès.

Il semble en proie à la colère, injustement traité, et j'ai bien remarqué qu'il s'abstenait de prononcer le nom de Dan Steward.

— L'accusation a insinué que je n'étais pas absent, en voyage, vous avez pu l'entendre partout, poursuit-il. Que ma présence à Tokyo le soir de la disparition de Millie relevait de la ruse, en réalité de retour ici, de mèche avec la personne que j'avais censément embauchée pour l'éliminer. Le point que l'accusation a implacablement cherché à prouver, c'est que ma femme n'aurait jamais quitté la maison en pleine nuit à moins de faire toute confiance à la personne qu'elle avait entendue.

— Exact, renchérit Shelly, s'il s'était agi d'un inconnu, elle ne serait jamais sortie.

— Oui, de ce point de vue-là, nous connaissions tous Mme Lott, intervient à son tour Al Galbraith. Étant donné son standing, elle était très consciente des risques. Je ne voudrais pas utiliser le mot *paranoïaque*.

— Enlèvement contre rançon, m'explique Lott. La première idée qui lui soit venue à propos de la chienne.

— Que Jasmine avait été kidnappée avec, sous peu, une demande de rançon, approuve Shelly Duke, sa directrice financière. L'industrie du kidnapping se chiffre en milliards de dollars, et certaines personnes, surtout celles qui voyagent dans le monde entier, doivent être assurées pour ce type de risque, une triste réalité. Millie m'avait demandé à plusieurs reprises si l'on pouvait conclure le même type d'assurance pour Jasmine.

— Elle redoutait qu'on puisse venir aborder jusqu'à notre quai en pleine nuit, explique Lott, qui a l'art d'interrompre quelqu'un sans paraître lui couper la parole. Vous vous souvenez des pirates somaliens qui ont enlevé ce couple d'Anglais sur leur yacht ? Millie en avait déjà été très perturbée, mais quand des bandits ont assassiné un touriste et kidnappé sa femme dans cette luxueuse villégiature au Kenya, cela a viré à l'obsession. Notre propriété est enclose, bien clôturée, mais la vulnérabilité de notre quai en eau profonde la préoccupait, suffisamment pour qu'elle me demande de nous en débarrasser, ce à quoi je ne tiens pas du tout. J'y amarre parfois le *Cipriano*.

— Votre yacht ? je demande avant d'avoir pu m'en empêcher.

S'il s'avère qu'il est bien inculpé d'un autre crime, je viens de me garantir d'être appelée comme témoin, de nouveau pour la défense.

Tant pis pour Jill Donoghue ! Seule la vérité m'importe, et je lui pose une autre question :

— Votre yacht était-il mouillé à quai cette nuit-là ?

— Non. Il passait l'hiver à Saint-Tropez. En général, je ne le fais revenir dans le coin qu'au mois de mai.

J'ouvre la porte de communication avec le bureau de Bryce et tends l'enveloppe à celui-ci, en lui demandant d'en envoyer des copies par mail à Lucy et moi. Je l'informe qu'il peut raccompagner nos invités, et Channing Lott me tend sa carte, un papier à fort grammage de couleur crème sur lequel il a inscrit ses numéros de téléphone personnels.

— Même avec un pistolet sur la tempe, Millie n'aurait suivi personne, assure-t-il en faisant halte dans le couloir, les yeux rivés aux miens. Si quelqu'un avait tenté de l'enlever dans notre jardin, elle se serait battue de toutes ses forces. Il aurait été contraint de la tuer sur place.

35

Dans le cas de Peggy Stanton, les analyses toxicologiques évoquent la parabole de la fameuse aiguille dans une botte de foin, alors que l'aiguille n'est peut-être pas une aiguille, et le foin pas du foin. Impossible de tâtonner au jugé, de me raccrocher à des fétus de paille. Impossible d'exiger tous les tests imaginables sans finir à court d'échantillons, et sans épuiser la patience de Phillis Jobe.

— C'est une épreuve, certes, je concède par téléphone à la responsable du labo de toxicologie. Je demande beaucoup sans donner grand-chose.

Les sections congelées de foie, rein et cerveau sont en mauvais état, empireront, et chaque examen supplémentaire va les amenuiser. Je ne dispose ni d'urine, ni d'humeur vitrée, ni d'échantillon de sang.

Installée à mon bureau, portes fermées, j'explore les options avec une assurance dont j'étais auparavant dépourvue.

— À peu près aussi ardu que de tirer Excalibur du rocher, mais nous pouvons y arriver. Si nous tentons une approche très pratique, je crois que nous avons une chance.

Un nouvel aperçu de Mildred Lott, combiné à ce que je sais de Peggy Stanton, nous guide dans une direction plus évidente, la même pour chaque victime, je le soupçonne, qu'il y en ait deux, trois, ou plus encore !

Si la projection de Benton est exacte, et que le tueur assassine à chaque fois la même femme, peut-être sa mère, ou bien une autre figure féminine dominante, il choisit très probablement le même type de femme, au moins symboliquement, et la même façon de les maîtriser.

— Vous n'avez trouvé aucun point d'injection, au cours de l'autopsie ? me demande Phillis.

— Rien de visible. La peau n'était pas en bon état, mais nous l'avons examinée avec soin, gardant cette hypothèse à l'esprit, cherchant tout type de blessure. À cet instant, ce qui paraît probable, évident même, c'est qu'elle se trouvait chez elle pour la dernière fois le vendredi 27 avril tôt dans la soirée. Elle a nourri sa chatte, déconnecté puis reconnecté l'alarme vers 18 heures, avant de partir avec son sac et ses clés... sans doute au volant de sa Mercedes, et une rencontre en chemin l'a fait atterrir dans un endroit où elle a été retenue en otage avant d'être tuée. Peut-être le lieu où son corps a été congelé, ou conservé à très basse température, jusqu'à ce qu'il soit lesté et jeté dans la baie hier ou la veille au soir, au plus tard.

— Si c'est la même personne qui a tué Mildred Lott, je me demande pourquoi son corps n'a pas été retrouvé.

— Pas *encore* retrouvé.

Je connais l'avis de Benton sur la question : il pense que le tueur ne veut pas renoncer aux dépouilles. J'explique à Phillis :

— Ne pas les lâcher, poursuivre la relation malsaine qu'il entretient avec elles. Cette suite peut revêtir une grande importance dans ses fantasmes.

— De la nécrophilie ?

— Rien ne l'indique dans le cas de Peggy Stanton, mais je ne peux pas l'exclure complètement. Cependant, pour être honnête, j'en doute. Si Mildred Lott a été sa première victime, l'attachement du tueur à ce qu'elle symbolisait, son fantasme, est probablement plus fort dans son cas. Elle lui est peut-être plus proche, ce qui n'implique pas que l'intérêt qu'il lui porte soit ouvertement sexuel. Benton pense qu'il s'agit plutôt de volonté de pouvoir, de destruction, de dégradation.

— Elle a disparu environ six semaines avant Peggy Stanton. Pas d'autre cas de disparitions précédentes de femmes dont nous soyons au courant ?

— Des personnes disparaissent chaque jour. Rien de similaire, toutefois. Si Mildred Lott était sa première victime, les sentiments et les fantasmes du tueur à son égard sont plus puissants. À ses yeux, elle représente quelque chose de différent, une plus grosse récompense, je répète avec fougue, convaincue que la clé se trouve là.

— L'épouse d'un milliardaire, une personnalité mondaine, une sacrée récompense.

— Mais ce ne sont peut-être pas ces points-là qui la transforment en trophée. Sa richesse et son statut social n'ont peut-être rien à voir avec la raison pour laquelle il a jeté son dévolu sur elle. Ce qu'elle représentait et ce que cela a déclenché chez lui, voilà ce qui est plus probable, je pondère.

La présence du FBI dans ma salle de réunion et le retard que j'ai pris devraient me préoccuper. Néanmoins, j'ai d'autres sujets de réflexion. Le meurtre de Howard Roth était peut-être *opportun*, comme l'a exprimé Benton, mais il s'agissait également d'une erreur de jugement. Le résultat d'une impulsion, probablement sans nécessité, et je redoute qu'il ne s'agisse d'un signe avant-coureur. Quiconque croisera le chemin du tueur sera peut-être sa prochaine victime.

— Je persiste à penser qu'il éprouve pour Mildred Lott, sa première victime, un attachement plus fort. Ce qui pourrait expliquer pourquoi sa dépouille n'a pas été retrouvée. Peut-être l'a-t-il gardée.

— Si elle a rencontré son meurtrier dans un restaurant ou un endroit public, il a pu glisser une drogue dans sa nourriture ou sa boisson, suggère Phillis en parlant de Peggy Stanton. Ou alors, quelqu'un qu'elle a rencontré sur Internet, sur Craigslist, Facebook, Google Plus. Un de ces sites de rencontres sur lesquels je recommande constamment à mes enfants de ne pas aller surfer !

— J'en doute. Je ne vois pas Peggy Stanton, ni même Mildred Lott, d'ailleurs, échanger avec des inconnus sur Internet, et nous n'avons aucune trace de ce genre. Cherchons quand même par précaution du Rohypnol, de l'acide gamma-hydroxybutyrate, du chlorhydrate de kétamine, j'énumère les « drogues du viol », en dépit de ma conviction : le tueur utilise toujours le même mode opératoire, qui n'inclut pas de rendez-vous ou de rencontre avec la personne qu'il cible.

Mildred Lott était une femme dominatrice et assurée, mais prudente à l'extrême, très grande et qui fréquentait les salles de sport avec assiduité. Elle n'aurait pas facilité la tâche d'un kidnappeur, son mari s'est montré catégorique : elle aurait opposé une farouche résistance.

Après ce qu'il m'a confié sur sa femme, et ce que je sais de Peggy Stanton, je suis convaincue que le tueur trouve un moyen de réduire ses victimes à l'impuissance, et utilise sans doute la même méthode à chaque fois. Que ces femmes l'aient suivi de leur plein gré me paraît impossible. Il leur a tendu un piège avant de les kidnapper.

Je suggère des composés volatiles caractéristiques que nous retrouvons dans pas mal de cas :

— Poppers, protoxyde d'azote, toutes les vapeurs que les gens inhalent dans des sacs, hydrocarbures aliphatiques et aromatiques, les solvants qu'on trouve dans les marqueurs, produits adhésifs, colles, diluants à peinture, propane, butane, ou l'halogénure d'alkyle dans les nettoyants. Cependant, difficile de se servir de ce type de produits pour soumettre quelqu'un.

— Il existe un certain nombre de composés organiques volatiles qui permettent de faire sombrer une personne dans l'inconscience, pourvu qu'ils soient utilisés à des concentrations élevées, remarque la toxicologue. Le toluène, le tétrachlorure de carbone, le méthylchloroforme, le tétrachloroéthylène, le trichloréthylène.

Je considère le problème :

— Administré dans un but malveillant, quasiment n'importe quel produit peut servir à empoisonner ou rendre inconscient. Le but consiste à privilégier le côté pratique, accessible, ce qui peut venir à l'idée du criminel et dont il se servira avec facilité.

— Ce qui peut lui servir d'arme, en fait.

— Exactement. Or, si le but se résume à maîtriser très vite, on ne se contente pas d'inonder un tissu de solvant à peinture ou de produit de nettoyage à sec et de l'appliquer sur le nez et la bouche, par exemple. On veut s'assurer du résultat, un résultat rapide.

Elle énumère les trois anesthésiques les plus anciens :

— L'éther diéthylique, le protoxyde d'azote et le chloroforme. On peut facilement se procurer ce dernier, pourvu qu'on travaille dans l'industrie ou dans un labo où il sert de solvant. Malheureusement, on peut aussi le fabriquer chez soi. Il suffit d'acétone et de poudre de blanchiment au chlore, la recette se trouve sur Internet.

Elle fait allusion à une récente affaire retentissante survenue en Floride, le procès hautement médiatisé où Casey Anthony a été acquittée du meurtre de sa petite fille de 2 ans, Caylee. Des témoignages télévisés ont assuré que l'ordinateur familial des Anthony avait été utilisé pour faire des recherches sur la fabrication du chloroforme, et que des traces de celui-ci avaient été découvertes dans le coffre de la voiture de Casey Anthony. Au final, celle-ci n'a pas été condamnée, mais le tapage médiatique aurait pu faire germer une idée monstrueuse dans la tête d'un dément. On peut se fournir dans une quincaillerie, et trouver en ligne des renseignements pour produire dans son garage, sa cuisine ou son lieu de travail du chloroforme qui va servir à tuer ou à réduire à l'impuissance.

Phillis propose d'autres hypothèses :

— Il les assomme peut-être ? Il les boucle ensuite dans le coffre de sa voiture. Si elles reprenaient connaissance, elles seraient dans l'impossibilité de se défendre.

— Ou alors au fond d'un bateau, je marmonne.

Un détail me revient : Mildred Lott craignait tant qu'un kidnappeur, ou un voyou quelconque, vienne accoster derrière le manoir de Gloucester qu'elle s'était renseignée à propos des assurances et avait demandé la destruction du quai en eau profonde, son mari refusant à cause de son yacht. Qui d'autre que son mari et les membres importants de son staff était au courant de cette inquiétude obsessionnelle ? Se confier à la mauvaise personne peut se révéler dangereux.

Ne jamais se répandre sur ce que l'on craint, quelqu'un de diabolique pourrait donner corps à cette peur.

— Votre meilleure option, c'est le cerveau. Le chloroforme se lie aux protéines et aux lipides, il infiltre les neurones, je conseille à Phillis en me levant.

Les deux SUV captés peu avant par les caméras de surveillance, alors qu'ils attendaient l'ouverture de la barrière, attirent mon attention.

Le Yukon noir conduit par Channing Lott tourne vers l'est dans la rue en contrebas, regagnant peut-être le siège de son groupe au Marine Industrial Park de Boston. Je remarque qu'il est seul avec sa jeune et séduisante directrice financière, pendant que Galbraith, dans une Jeep à la calandre maillée, prend la direction opposée, vers Harvard.

— Oui, si la mort survient rapidement après son utilisation, souligne Phillis Jobe. Pas plus de deux ou trois heures plus tard, quatre maximum. Ensuite, on ne le retrouve pas nécessairement.

Mais pourquoi aurait-elle été gardée en vie ? Une agression pas nécessairement violente ? Je repense à la nourriture non digérée de Peggy Stanton. Je l'imagine dînant dehors par cette soirée d'avril, assommée ou empoignée alors qu'elle regagne sa voiture, puis conduite dans un lieu inconnu, peut-être dans sa propre voiture. Ce dont je suis certaine, c'est qu'à un moment donné, elle a repris assez conscience pour se briser les ongles et marcher dans des fibres de bois rougeâtres, celles incrustées sous ses pieds. Je revois l'intérieur de ses placards.

Les vêtements soigneusement suspendus ou pliés sur les étagères et dans les tiroirs, pantalons, tailleurs, pulls, chemisiers, convenables et démodés, et pas une seule paire de bas. Pourtant, son cadavre portait un collant déchiré. Je la vois reprendre connaissance en plein cauchemar, là où il la retenait prisonnière, dans un lieu où il est sûr de ne pas être découvert, où il a tout pouvoir sur elle.

Je me demande s'il l'a habillée, s'il lui a mis un collant, une jupe et une veste ornée de boutons militaires, si elle a repris connaissance dans des vêtements qui ne lui allaient pas. Ou bien l'a-t-il obligée à revêtir une sorte de travestissement qui recèle une signification pour lui, des habits qui ont un jour appartenu à la personne qu'il déteste ?

Peggy Stanton portait des contusions sur le haut du bras droit, évoquant des marques de doigt. Luke a spéculé qu'elles n'avaient peut-être pas été infligées à travers les vêtements, mais sur la peau nue. Le tueur l'aurait terrorisée et humiliée en la faisant mettre nue, avait-il suggéré, version de la torture qu'on inflige aux prisonniers de guerre. Je n'y crois pas.

Le tueur ne voulait pas la voir dénudée. Il désirait la vêtir pour le rôle qu'il lui avait sadiquement attribué, et des mois après sa mort, il a ajusté les vêtements, les bijoux, de façon à ce qu'ils ne tombent pas de son corps momifié lorsqu'il la jetterait par-dessus bord.

Je poursuis ma tournée des labos d'examen par téléphone, et communique mes déductions à Ernie Koppel.

— Je dois pouvoir exclure le fait qu'elle était habillée de la sorte lorsqu'elle est sortie de chez elle. J'aimerais pouvoir répondre à cela, si c'est possible. Je sais, Ernie, pas facile du tout !

— Et comment !

— Je mets tout le monde sous pression, vous savez.

— Sans blague ? acquiesce-t-il avec gentillesse.

Je l'interroge sur les fibres collectées à l'intérieur de la Mercedes de Peggy Stanton, en lui expliquant que je n'ai rien trouvé dans ses placards qui ressemble de près ou de loin à ce qu'elle portait lorsque nous l'avons repêchée.

— Avez-vous eu le temps de jeter un œil, lui dis-je, façon de lui enfoncer dans le crâne que je suis toujours pressée et tenace. Une chance pour que ces fibres aient pu provenir de ses vêtements ? Pour une raison inhabituelle, peut-être était-elle habillée ainsi quand elle est sortie le 27 avril, sans doute pour la dernière fois ?

Pour parler clair, je veux savoir si les fibres récoltées par terre, sur les sièges et dans le coffre sont susceptibles de provenir de la veste de cashmere bleu foncé à la Tallulah, de la jupe de laine grise et du chemisier de soie violet. Ernie m'affirme que non.

— Il s'agit de fibres synthétiques, de moquette, explique-t-il avant d'en venir à ce qu'il pensait être du paillis. À tort. J'ignore son utilisation, mais il ne s'agit pas de bois ou d'écorce broyée puis pulvérisée avec une teinture.

Il me raconte qu'il a utilisé la chromatographie en phase gazeuse couplée à la spectrométrie de masse, la CG-SM, pour analyser les débris de bois rougeâtres retrouvés sous le siège conducteur, pour obtenir un profil spécifique de polyalcool cyclique qui correspond au chêne américain.

— Qui se caractérise par une abondance de déoxy-inositols, notamment du proto-quercitol, détaille-t-il. Voilà un moyen très intéressant d'identifier l'origine botanique des bois naturels utilisés pour le vieillissement des vins et des alcools, pour en garantir l'authenticité, bien sûr. Par exemple, un négociant ou un viticulteur prétend qu'un vin rouge a été vieilli en fûts de chêne français. La CG-SM prouve que non, le vin a été vieilli en fûts de chêne américain, et que vous alliez payer une fortune pour un breuvage qui n'a rien d'un Premier Grand Cru de bordeaux ! Beaucoup de science derrière mais on comprend pourquoi quand un négociant essaye de vous refiler un vin nouveau en le faisant passer pour un grand millésime.

— Du bordeaux ? Quel rapport avec le vin ?

— Les fibres de bois dans la voiture, réplique-t-il.

— Vous pensez qu'elles proviennent de tonneaux de vin ? je m'étonne, cherchant une signification à sa révélation.

— Il s'agit de chêne commun, du chêne blanc utilisé en tonnellerie, et qui constitue aussi une source secondaire d'acide tannique, les tannins du vin. Dans le cas qui nous occupe, du chêne américain teinté lie-de-vin, avec des éléments de bois brûlé, résultant sans doute de la « chauffe » du tonneau, pour brûler l'intérieur et le cintrer, ainsi que des cristaux de sucre avec d'autres substances du genre vanilline et lactones.

— Des débris de bois qui ressemblent à du paillis mais n'en sont pas. Un établissement vinicole, ou un endroit qui se sert de tonneaux de vin. Mais pas le lieu de fabrication, car des fûts neufs ne seraient pas tachés, je réfléchis à haute voix.

— Non, effectivement.

— Alors, quoi ?

— Horriblement frustrant, reconnaît-il. Je peux vous dire que ce matériau provient probablement de tonneaux, mais je ne peux pas vous indiquer pourquoi il est déchiqueté, absolument pulvérisé, ni à quoi il sert.

Il m'apprend qu'il n'est pas inhabituel de réduire en pièces de vieux tonneaux, de les brûler, et de les jeter dans du whisky que l'on garde à vieillir.

— Mais ce truc-là est bien trop fin pour ça, aussi fin que de la poussière. Il ne provient pas non plus d'un rabotage ou d'un ponçage, selon moi. Peut-être dans un endroit où l'on recycle ou réutilise de vieux tonneaux ?

Je sais que les vieux fûts jugés indignes de servir au vieillissement du vin peuvent être transformés en meubles. Certaines pièces du mobilier de Peggy Stanton, la table de l'entrée, la table en chêne dans la cuisine, défilent dans ma mémoire. Non, il s'agissait d'antiquités, sûrement pas de recyclage artisanal, et il n'y avait pas trace d'une cave à vins, ni même du fait qu'elle ait pu en boire.

— Et les fibres de bois collectées sous ses pieds et ses ongles ? Identiques ?

— Du chêne teinté de rouge, en partie brûlé, répond-il. Sauf que je n'y ai pas trouvé de cristaux de sucre, ni les autres molécules.

— Dissous dans l'eau, sans doute. On peut supposer, sans grand risque de se tromper, que les éléments retrouvés sur son corps et ceux de la voiture provenaient de la même source. Ou plutôt, du même lieu.

— Partons là-dessus, convient-il. Je pensais contacter certaines des entreprises vinicoles dans les parages, voir s'ils ont une idée de la nature de ces débris de fûts...

Je l'interromps :

— Par ici ? Non, ne faites pas ça.

36

Il est presque 16 heures lorsque je pénètre dans la salle d'opérations, son petit surnom, où experts, enquêteurs, scientifiques et médecins militaires se réunissent en chair et en os ou par vidéoconférences. Derrière ces portes closes, nous menons la bataille contre l'ennemi, par l'intermédiaire de canaux vidéo et audio haute définition.

Je reconnais aussitôt l'intervenant. La voix profonde et autoritaire du général John Briggs parle d'un déplacement sur un avion militaire à Washington. Un C-130, précise-t-il, en faisant allusion à une de mes connaissances.

— Il vient de décoller de McChord, il atterrira dans environ une heure.

L'image de mon patron, le médecin expert de l'armée, emplit les écrans LCD intégrés qui pointillent le pourtour de la table de conférence informatique.

— Bien entendu, son rôle consiste à observer, pas à superviser, ajoute Briggs.

Sur les murs bleu foncé tapissés d'un revêtement acoustique s'affichent des photos de scène de crime qui me sont inconnues : un crâne, des ossements éparpillés et des cheveux humains.

Je m'assieds près de Benton, en face de Valerie Hahn, vêtue d'un ensemble kaki, l'air sérieux, qui me salue d'un hochement de tête. À côté d'elle, en noir, Douglas Burke, qui ne me jette même pas un coup d'œil. J'allume l'écran HD devant moi, et découvre le visage rude de Briggs. Il explique ce que s'apprête à faire par courtoisie, l'affaire ne relevant pas de notre juridiction, le bureau du médecin expert d'Edmonton, en Alberta.

— Nous pourrions contester cette histoire de juridiction, mais nous nous en abstiendrons, décrète Briggs, avec son art consommé de faire accroire qu'il détient le pouvoir. Nous n'allons pas nous lancer dans un combat de coqs contre un allié capable de mener une enquête médico-légale avec compétence. Il ne s'agit pas du massacre de Jonestown, ou de missionnaires américains assassinés au Soudan. Ce sera une opération de coopération totale avec nos amis canadiens.

L'étalage de médailles militaires et de drapeaux disposés sur les étagères derrière lui m'indique qu'il est installé dans son bureau du Havre des morts de la base aérienne de Dover. Déjà prêt pour la tâche qui l'attend, il est revêtu d'une tenue chirurgicale. Une cargaison de victimes militaires doit arriver par avion avant la fin de la journée, je l'ai appris aux infos. Un hélicoptère abattu. Encore un.

— Son rôle est d'observer, de servir de lien entre eux et nous, explique Briggs en parlant de l'anatomopathologiste consultant du bureau du médecin expert de l'armée à Seattle.

— Toutes mes excuses pour mon retard, j'interviens en m'adressant à mon écran.

Briggs paraît se concentrer sur moi, alors qu'il regarde tout le monde.

— Kay, laissez-moi vous mettre au courant.

Il m'informe alors de la mort d'Emma Shubert. Ses restes en décomposition ont été découverts à huit kilomètres à peine du site de camping de Pipestone Creek où elle a été vue pour la dernière fois le soir du 23 août. Le Dr Ramon Lopez se rend à Edmonton en avion, et le consultant du bureau du médecin expert de l'armée, le médecin expert en chef à la retraite de Seattle, un de mes amis, se mettra en contact avec moi dès qu'il disposera d'informations.

Briggs me raconte ce qu'il a de toute évidence déjà confié au reste de l'assistance :

— Des gamins à la recherche d'ossements de dinosaures. Apparemment, ils exploraient une zone boisée non loin de la Highway 43, quand ils ont remarqué plusieurs petits os. Ils ont d'abord cru avoir découvert un gisement d'ossements. Pas faux, en quelque sorte. Sauf que ces os-là n'étaient ni anciens ni pétrifiés. Il s'agissait de petits os humains, des pieds et des mains, sans doute éparpillés par les animaux. Puis un crâne, près d'un tas de cailloux d'où s'élevait une odeur putride.

— Quand était-ce ? je demande, tout en le priant de nouveau de m'excuser pour avoir raté le début de son récit.

— Hier en fin d'après-midi. La plus grande partie du corps reposait sous des pierres, à l'évidence entassées par une main humaine. Elle n'est donc pas entièrement réduite à l'état de squelette, comme vous pouvez le voir.

Briggs clique sur une palette de photos en gros plan dont les détails s'affichent crûment sur les écrans scellés au mur. Des os humains, osselets du carpe, du métacarpe, des phalanges, qui évoquent des galets blancs et gris dans le lit d'un ruisseau asséché enseveli sous les arbres, puis un crâne, coincé sous un arbuste comme s'il avait roulé jusque-là, ou qu'un animal l'y avait poussé.

Ensuite, en bordure des pierres empilées, une mèche de cheveux brun-gris emmêlés puis la tombe superficielle apparaissent, révélant les restes *in situ*, un corps recroquevillé sur le côté, en pantalon gris et veste bleue. Les insectes, les animaux sauvages se sont sans doute attaqués aux endroits qui n'étaient pas protégés, la tête, les mains, les pieds, les ont rongés, désarticulés, éparpillés.

— Des boots, des chaussures ? je m'informe.

— Pas sur l'inventaire que j'ai reçu, répond Briggs en tapant sur un clavier qui me demeure invisible, et en chaussant ses lunettes. Une veste imperméable bleue, une paire de pantalons gris, un pull, un soutien-gorge, un slip, une montre de métal argenté avec un bracelet en Velcro bleu, qui fonctionne toujours, aussi incroyable que cela puisse paraître.

— Pas de chaussures ni de chaussettes. Intéressant. À un moment donné, avant sa mort, Peggy Stanton s'est trouvée pieds nus, je remarque.

— Une entrave psychologique, intervient Benton, dont je me demande depuis quand il était au courant. Dominer la victime, la soumettre.

— Et rendre la fuite plus difficile, renchérit Burke en ne s'adressant qu'à lui.

Son regard halluciné m'évoque un animal sauvage, un animal enragé.

Le plus puissant anatomopathologiste des États-Unis reprend son débriefing à mon attention :

— L'été a été frais et pluvieux dans le nord-ouest de l'Alberta. Et le mois d'octobre très froid, bien sûr. En dépit des deux mois dehors, le corps est raisonnablement intact, en raison de ces températures assez voisines d'une réfrigération, d'autant que les vêtements et les pierres offraient une protection. Il nous restera peut-être suffisamment de tissus pour déterminer si elle a été poignardée, abattue par arme à feu, assommée ou peut-être même étranglée. Les diagrammes dentaires confirment l'identification. Nous attendons les résultats du profil ADN, mais il ne semble pas y avoir de doutes concernant son identité.

— Des blessures apparentes ? je demande.

— Pas que je sache. Elle n'a pas reçu de balle dans la tête, pas de fracture du crâne, poursuit-il en regardant un ordinateur sur son bureau, consultant de toute évidence un fichier électronique. À la radio, pas trace de projectiles, de fractures. Ils ne l'ont pas encore autopsiée, ils attendent le Dr Lopez.

— Les autorités canadiennes ont conscience que nous ne la considérons pas comme un cas isolé, m'apprend Benton.

Lorsque j'ai affirmé qu'Emma Shubert était morte, alors que nous nous trouvions tous les deux plus tôt dans l'ascenseur, il était déjà au courant. Benton est l'instigateur de cette réunion.

— Elles comprennent que sa disparition est reliée à au moins un homicide ici, voire deux ou trois, poursuit-il.

Les enquêteurs de Grande Prairie et la gendarmerie royale canadienne travaillant sur la disparition d'Emma Shubert ont à l'évidence aussitôt contacté le FBI lorsqu'ils ont déduit qu'il s'agissait de sa dépouille.

La paléontologue était citoyenne américaine. La police locale et la gendarmerie savaient également qu'un fichier JPG troublant et une séquence vidéo en rapport avec elle m'avaient été envoyés anonymement par e-mail il y a deux jours. Je soupçonne que Benton a été mis au courant et qu'il a contacté le général Briggs, qui, à son tour, a joint le médecin expert en chef d'Edmonton et le Dr Lopez. Le bureau du médecin expert de l'armée veut être tenu au courant de l'affaire Emma Shubert parce qu'au bout du compte, le ministère de la Défense voudra être informé. Si mes services sont impliqués dans une enquête sur des meurtres en série relevant de la juridiction fédérale et liés à un homicide au Canada, le général John Briggs doit suivre l'affaire. Il exigera le moindre détail, et des mises à jour régulières.

— Le timing. Suis-je la seule à trouver que ce timing est gros comme le nez au milieu de la figure ? intervient alors Burke, le regard vitreux.

Sans doute excitée par la pseudo-éphédrine, ou bien quelque chose de bien plus redoutable, elle est vêtue d'un tailleur avec une jupe très courte et d'un pull rouge à col en U, si ajusté qu'il paraît avoir été peint directement sur son buste. Exactement en face de Benton, elle se débrouille pour lui en mettre plein la vue, ainsi qu'à moi, et peut-être même à Briggs, suivant l'angle de sa caméra et ce qui s'affiche sur l'écran de celui-ci.

D'un ton catégorique et presque querelleur vis-à-vis de Briggs, elle claironne :

— Les deux cadavres retrouvés le même jour ? Le corps de Peggy Stanton repêché dans la baie du Massachusetts le jour où celui d'Emma Shubert refait surface au Canada ? Vous ne trouvez pas la coïncidence un peu énorme, John ?

— Il s'agit exactement de cela, d'une coïncidence, déclare Briggs de son ton calme et imperturbable. (Les attributs féminins de Burke ne lui ont certes pas échappé, avant qu'il les gomme de son esprit.) Quiconque a recouvert son corps de pierres au milieu des bois ne pouvait maîtriser le moment où des gamins à la recherche d'ossements de dinosaures allaient la découvrir, cela tombe sous le sens.

— Les deux meurtres sont différents, renchérit Benton sans s'adresser à Burke. Le tueur tenait à ce que le corps de Peggy Stanton soit découvert à ce moment précis. Il voulait choquer ceux qui allaient tenter de la repêcher. Son but pouvait être l'excitation résultant d'un spectacle hautement médiatisé. Son œuvre s'est étalée partout aux infos. En revanche, lorsqu'il a assassiné Emma Shubert, il n'avait aucune intention de choquer, parce qu'il ne tenait pas à ce qu'on la retrouve. Il a porté ou traîné son corps dans les bois, sans doute depuis l'autoroute, et l'a dissimulé sous des pierres.

À cet instant, je fais mention de Mildred Lott. Je décris le parallèle des animaux familiers disparus qui réapparaissent ensuite. Sa peur d'un kidnapping, son mari affirmant qu'il serait extrêmement difficile de l'enlever, puisqu'elle aurait préféré se faire tuer sur place plutôt que d'obéir à son agresseur. J'explique que tous ceux qui l'ont côtoyée l'ont trouvée condescendante et autoritaire.

Mildred Lott ne traitait les gens ni avec équité ni avec gentillesse. Peggy Stanton semblait s'être retirée dans l'espace confiné de son deuil intime et ne s'aventurait guère à l'extérieur, sinon pour des actions de bénévolat. Emma Shubert se focalisait sur un domaine bien précis, passionnée par les vestiges d'un passé préhistorique, et n'entretenait que très peu de rapports avec les autres. Je suggère :

— Ces trois femmes font des candidates au kidnapping et au meurtre très peu vraisemblables. Elles se préoccupaient de leurs affaires, chez elles, ou vaquaient à leurs occupations habituelles lorsqu'elles ont disparu. Toutes des femmes impressionnantes, pas nécessairement sociables, ni d'un abord facile, et n'accordant pas aisément leur confiance, sans doute très méfiantes même.

— Vous êtes sûre qu'il n'y a qu'un seul coupable, Kay.

Il ne s'agit pas d'une question, mais d'une affirmation, dans la bouche de Briggs.

— Je n'en serais pas le moins du monde étonnée et nous devons le garder en tête.

— Nous avons affaire à une seule et même personne. Et Emma Shubert a été victime d'une opportunité. Je ne crois pas qu'il ait planifié son meurtre, ou en tout cas, que celui-ci ait été préparé avec le même degré de préméditation que les deux autres. À mon avis, il évoluait en dehors de son habitat naturel, se trouvait dans la région de Grande Prairie pour une raison précise, renchérit Benton.

— Il faut découvrir ce qui le relie au nord-ouest de l'Alberta et à Cambridge, affirme Burke comme si elle répondait à une question que personne n'a posée.

— Qu'ils se soient connus ou pas, leurs routes se sont croisées, souligne Benton à l'adresse de Briggs d'un ton de certitude puisqu'il n'existe pas d'autre possibilité.

Emma Shubert a attiré l'attention du tueur, est devenue sa cible, probablement sans en avoir aucune conscience. Il l'a suivie, traquée, et lui a tendu un piège sur ce site de camping isolé au milieu des bois où elle a été aperçue pour la dernière fois.

— Il n'existe aucun éclairage, uniquement la lumière intérieure des petits mobil-homes éparpillés dans les bois, complète Benton. Ce soir-là, le ciel était très couvert, et il pleuvait.

37

Val Hahn, de la cellule de cybersurveillance du FBI, nous décrit les journées d'été à Grande Prairie : interminables, à cause de la latitude élevée, l'aube très précoce et la nuit ne tombant quelquefois pas avant 22 heures.

— Le soir du 23 août, explique-t-elle à l'image de Briggs devant nous, il tombait des cordes, et la température était assez basse pour que l'haleine forme des nuages de vapeur. Lorsque Emma a entrepris de regagner son mobil-home après avoir dîné avec ses collègues au réfectoire, il régnait sur le site une obscurité totale.

Elle ajoute qu'il y avait des nuées de moustiques, des alertes à propos des ours. D'ailleurs, un mémo par e-mail avait rappelé aux paléontologues de ne pas renoncer à transporter leurs poubelles jusqu'aux bennes, en dépit du mauvais temps. Elle nous plante le décor :

— *Ours affamé se fiche pas mal de se faire tremper*, disait l'e-mail. La nuit précédente, un ours s'était jeté sur les ordures abandonnées sur une table de pique-nique, tentant ensuite de s'introduire dans un mobil-home. Emma redoutait les ours, d'après ses collègues. Elle prêtait l'oreille au moindre bruit, au moindre mouvement susceptible de signaler l'approche d'un de ces plantigrades. Si elle avait entendu ou remarqué quoi que ce soit sortant de l'ordinaire, elle ne se serait jamais approchée de son mobil-home, n'aurait même pas poursuivi son chemin.

— Un individu furtif, déclare Douglas Burke, et l'on pourrait croire qu'elle a un suspect en tête. Un fantôme. Avec les compétences d'un tueur à gages.

Sans prêter attention à son intervention, Benton note :

— Le site et la météo convenaient à un délinquant violent invisible et silencieux dont l'objectif est d'attaquer par surprise. Là-bas, on se méfie d'un ours, pas d'un prédateur humain.

— Encore fallait-il qu'il connaisse le terrain, remarque Briggs, qui a rechaussé ses lunettes et regarde sur son bureau. L'endroit est vraiment situé à l'écart, à moins de connaître le coin. Ou alors un amateur de camping, il me semble.

— En effet, monsieur, partons du principe qu'il connaissait les lieux, approuve Valerie Hahn. Quand les conditions météo sont exécrables, les paléontologues travaillent et donc dînent très tard. L'assassin le savait-il ? Je le crois. Je pense qu'il devait être au courant de leurs habitudes.

Elle continue de nous offrir un aperçu de la vie quotidienne d'Emma Shubert, lorsque celle-ci passait ses étés dans la Peace Region, une dénomination qui paraît aujourd'hui bien ironique. En cas de vents trop violents ou de pluies torrentielles, ses collègues et elle demeuraient habituellement dans les mobil-homes du site de camping. Ceux qui travaillent sur les gisements d'ossements les considèrent comme des baraquements temporaires, exigus, meublés à l'économie, approvisionnés en électricité par des générateurs à essence. Les chercheurs se réunissaient tôt le matin pour le petit déjeuner au réfectoire, puis traversaient une passerelle sur la Pipestone Creek et progressaient à travers les bois et la boue jusqu'au site de fouilles des pachyrhinosaures.

Les chercheurs vont creuser tant qu'ils peuvent accéder au chantier de fouilles, même sous une pluie battante, décrit Hahn, et eux pouvaient se rendre en permanence au chantier local. Boueux et glissant, certes, mais au moins, pas à flanc de colline ou niché sur une rive abrupte de rivière uniquement abordables après une longue route en voiture ou un trajet en jetboat, avec du matériel de montagne. Ils vont fouiller, gratter le moindre sédiment, ébrécher le schiste argileux, déterrer ce qui ressemble à de vagues cailloux pour un œil non exercé, dans une région où l'on ne peut travailler à l'extérieur que quelques mois de l'année, avant le gel. Les paléontologues demeurent dans leurs labos de la fin de l'automne au début du printemps. Ils enseignent, et à l'instar d'Emma Shubert, nombre d'entre eux regagnent la région dont ils sont originaires.

— D'après nos recherches, et des entretiens auxquels nous avons eu accès, le 23 août, poursuit-elle, les paléontologues avaient travaillé dans un océan de boue sur le site de Pipestone Creek : un gisement d'ossements de pachyrhinosaures découvert il y a une vingtaine d'années. On pense qu'il s'agit d'un cimetière où des centaines de dinosaures se sont noyés, ont été balayés par une catastrophe naturelle. La pluie rendait impossible l'accès au versant vallonné du site Wapiti sur lequel Emma travaillait d'habitude. Même par beau temps, on ne peut y accéder qu'en grimpant avec des cordages, alors sous une pluie battante, pas la peine d'insister.

— Elle tenait à y travailler, souligne Benton. Un site assez récent, devenu un peu son territoire. Ainsi que l'a précisé Val, le site de Pipestone Creek est beaucoup plus ancien.

— D'après des conversations avec ses collègues, Emma Shubert trouvait celui-ci surexploité, détaille Valerie Hahn.

Briggs continue d'écouter tout en regardant autre chose, peut-être sa messagerie.

— Point crucial : la météo dictait le choix d'Emma. Lorsqu'elle se rendait au gisement de Wapiti, avec un trajet aller-retour d'une heure en jetboat ou voiture, elle ne séjournait en général pas sur le campement. Les paléontologues, dont Emma, se servent des mobil-homes par commodité, pour rester près du site de Pipestone Creek, quand ils y travaillent. La distance à pied entre les deux est raisonnable et le trajet facile. Le gisement de Wapiti, où Emma Shubert avait fait une importante découverte deux jours avant sa disparition, une dent de pachyrhinosaure, se situe à une trentaine de kilomètres au nord de Grande Prairie. Après son travail là-bas, Emma demeurait souvent en ville, dans un studio qu'elle louait à College Park, ajoute Benton.

— En d'autres termes, s'il n'avait pas plu, elle se serait peut-être rendue sur son site habituel, aurait dormi en ville, et serait encore vivante, remarque Briggs.

— Elle aurait creusé sur son chantier habituel, confirme Benton. Difficile de dire si elle aurait eu la vie sauve, presque impossible.

— Je ne serais pas surpris qu'elle ait été traquée, marmonne Briggs, les yeux baissés sur son bureau.

Bien que je ne parvienne pas à déterminer ce qui capte ainsi son regard, je le connais bien. Il règle plusieurs choses en même temps. Si le FBI partage les avancées de son enquête, il va écouter. Il écoutera le plus infime détail, pourvu qu'en même temps il puisse gérer ce qui se trouve sous ses yeux, et il y a toujours quelque chose.

— En tout cas, surveillée, convient Benton. Suffisamment pour que le tueur soit au courant de ses habitudes. À moins qu'il n'ait eu une veine d'enfer, et qu'elle se soit juste trouvée là dans ce trou perdu boueux, en pleine nuit, le soir où il a décidé de l'enlever.

— J'en viens à me demander s'il ne s'agirait pas d'un local, réfléchit Briggs en tendant la main vers un objet invisible.

— Ou bien qui a effectué de multiples allers-retours dans cette région, intervient Burke qui s'est forgé sa propre théorie.

À la regarder, je comprends qu'elle veut prouver quelque chose, sans doute à Benton dont le projet est de la faire transférer dans un autre Bureau, peut-être dans le Kentucky. L'a-t-il déjà évoqué avec elle ? À son attitude, dure, butée et séductrice tout à la fois, je conclus par l'affirmative. Elle continue de faire étalage de son corps et de ses opinions, et je sens la colère brûler en elle.

— Un homme qui connaissait le coin, des détails concernant Emma, et savait que les paléontologues ne travaillent pas sur le site Wapiti par mauvais temps.

Mais Benton l'ignore.

— Il y a aussi l'argilite, l'argile du lit des rivières. Les peuples autochtones en faisaient des pipes, et elle se solidifie sur les chaussures et les vêtements, aussi tenace que du ciment. Le jour où Emma a été aperçue pour la dernière fois, personne ne s'était nettoyé après la journée de travail, tous se rendant directement à pied au réfectoire. Quand elle est repartie vers son mobil-home, elle devait être très boueuse, vêtue d'une veste de pluie à capuche bleue qui paraît être celle retrouvée sur le corps.

— La nuit est si profonde que les gens utilisent des torches pour se déplacer sur le site de camping, précise Hahn. On n'y voit goutte, sauf à la pleine lune, pas le cas ce soir-là. Ses collègues ont décrit « une obscurité poisseuse et bruyante, comme une douche à plein volume ».

— Garer un véhicule dans les parages et s'emparer d'elle aurait été très facile, note Benton.

— Surtout une fois réduite à l'impuissance, je souligne.

— À moins qu'elle ne l'ait suivi de son plein gré ? suggère Briggs, qui paraît lire des dossiers et les parapher.

Benton lui répond :

— Sans que ses collègues le sachent, sans qu'elle l'ait mentionné à quiconque ? J'en doute. D'après des conversations qui nous ont été rapportées, d'après ses e-mails, ses messages téléphoniques, Emma se concentrait seulement sur sa profession. Aucun lien sentimental. Elle n'entretenait que des relations professionnelles quand elle travaillait sur les chantiers ou au labo. Lorsqu'elle a quitté le réfectoire ce soir-là, elle a déclaré être fatiguée, vouloir se coucher. Elle a salué les autres en espérant qu'ils auraient de la chance, et que la pluie se serait calmée le lendemain. Elle est repartie à pied seule à travers le campement.

— Des traces de pneus ou des empreintes de pas près de son mobil-home ? demande Briggs.

— Un océan de boue visqueuse inondé de profondes flaques de pluie, répond Benton.

— On pense donc que le tueur lui a fait ouvrir sa porte ? interroge Briggs en avalant une gorgée de sa tasse, du café sans aucun doute.

Si je me trouvais seule en conversation avec lui, je lui serinerais mon éternel conseil. Il ingurgite du café à longueur de journée, jusque tard dans la soirée, et se plaint de souffrir d'insomnies. Durant mon séjour de six mois de spécialisation en radiologie anatomopathologique au Havre des morts de Dover, j'avais réussi à le faire passer au décaféiné dans l'après-midi. Il avait consenti à faire de longues marches et à prendre des bains chauds. *Les vieilles habitudes sont dures à oublier, et les nouvelles ne persistent pas longtemps*, ne manquerait-il pas de me répéter, comme à l'accoutumée lorsque je lui fais la leçon.

— Nous pensons qu'il l'a interceptée avant qu'elle ait atteint son mobil-home, spécule Benton. Rien n'indique qu'elle se soit trouvée à l'intérieur. Aucune trace de bottes boueuses, de vêtements mouillés, et la porte était à peine entrebâillée. On dirait qu'elle a été surprise au moment où elle ouvrait celle-ci.

— On a retrouvé ses clés, sa torche ? s'informe Briggs en levant de nouveau les yeux vers nous.

Hahn répond que la police les a découvertes dans une flaque au pied des marches en aluminium du mobil-home, confortant l'idée qu'elle déverrouillait sa porte quand elle a été accostée.

Je m'adresse alors à mon commandant en chef :

— Du point de vue toxicologique, nous explorons la piste d'un composé organique volatil du genre chloroforme. Une substance inhalée incapacitant très vite, de façon à transporter ses victimes inconscientes où il le souhaite, quel que soit son but.

— Assurez-vous que nos amis d'Edmonton recherchent sa présence éventuelle et celle des autres substances que vous soupçonnez, me conseille Briggs en parlant hors champ, comme si quelqu'un se trouvait sur le seuil de sa porte.

— A-t-il d'abord embarqué Emma Shubert quelque part avant de la tuer ? Un point important, selon moi, remarque Burke.

— Risqué, s'il ne vit pas dans les parages. Un motel ? Et si elle reprenait connaissance, se mettait à hurler ? contre Briggs, l'air distrait.

— Le plus vraisemblable est qu'il l'a transportée dans sa propre voiture, ou bien un véhicule de location. Un van, un camping-car, un véhicule aménagé qu'il pouvait garer dans un endroit isolé, précise Benton.

— Nous vérifions tous les achats et locations à cette période et dans un rayon de plusieurs centaines de kilomètres, confie Burke à Briggs, qui écoute à peine. Tous les types de véhicules à remorque, depuis les caravanes Airstream jusqu'aux Fifth Wheel. Un véhicule avec lequel il pourrait circuler dans le camping sans attirer l'attention par une nuit pluvieuse.

— L'inconscience de sa victime lui facilite grandement les choses, me dit Benton. Inutile de l'assommer ou de la menacer d'une arme, jamais une garantie à cent pour cent, puisque la situation peut dégénérer. Il vaut mieux qu'elle s'évanouisse grâce à un produit chimique, la fourrer dans son véhicule, et repartir pour aller mettre en scène ses fantasmes, quels qu'ils soient.

— Qui semblent inclure le fait de lui trancher l'oreille, affirme Burke. Signe qu'il est en train de décompenser, qu'il perd la maîtrise de lui-même, que sa compulsion gagne en force. Si Emma Shubert est sa victime la plus récente, il est passé à la mutilation. Sa violence augmente. Il lui faut toujours davantage pour satisfaire ce qui bouillonne en lui.

Elle joue maintenant les profileurs, mais Benton s'abstient de tout commentaire.

— Je doute que nous puissions déterminer si elle a bien eu l'oreille tranchée, je remarque. Il ne reste que le crâne. À moins de trouver une marque de coupure sur l'os, impossible.

— Channing Lott entretient des liens professionnels et philanthropiques importants avec cette partie du Canada, intervient Burke, son débit de plus en plus précipité et son ton plus agressif. Son groupe international de transports assure en particulier l'acheminement par le rail de pétrole et de gaz de pétrole liquéfié, depuis Fort McMurray, l'épicentre des champs de pétrole en plein essor de l'Alberta, jusque dans divers ports.

Impassible, Benton la regarde maintenant.

— Il s'est rendu à de multiples reprises dans certaines des raffineries. Et l'année dernière, une de ses filiales a fait un don conséquent au musée des Dinosaures qui se construit à Grande Prairie, poursuit Burke en s'exprimant de plus en plus fort.

— Quelle filiale ? demande Hahn avec un froncement de sourcils, comme si Burke avait omis de transmettre cette information.

— Une entreprise du nom de Crystal Carbon-Two, précise Burke à Briggs.

De nouveau, celui-ci a les yeux baissés sur son bureau, et je devine toujours quand il en a terminé avec une discussion.

— Qui fabrique du matériel de nettoyage écolo, explique-t-elle alors. Destiné à la transformation des aliments, le décapage des peintures, le nettoyage des presses à imprimer et des machines de l'industrie du papier. Pas de produits ou d'émissions toxiques. Le nettoyage cryogénique, technique qui se répand également de plus en plus dans les raffineries de pétrole.

— Hier fut une mauvaise journée pour nos Marines, remarque Briggs, mais Burke n'a aucune intention de se laisser réduire au silence.

Elle nous informe que Channing Lott a commercialisé cet équipement dans le nord-ouest de l'Alberta, et que des plans de vol enregistrés à l'Administration fédérale de l'aviation montrent qu'il a effectué des trajets à Edmonton et Calgary dans son jet Gulfstream, une demi-douzaine de fois au cours des deux dernières années. Or Emma Shubert était une écologiste véhémente, et le résultat de ses fouilles dans les gisements d'ossements de dinosaures allait se retrouver dans le musée que Channing Lott contribuait à financer.

— Je viens de dénicher plusieurs articles, annonce Valerie Hahn. Des annonces à propos du don, cinq millions de dollars l'année dernière. Channing se trouvait bien à Grande Prairie.

Briggs hoche la tête à l'adresse de quelqu'un qui nous demeure invisible, et à qui il indique qu'il arrive.

Hahn continue sa lecture, déchiffrant le résultat de sa recherche sur Internet :

— Il y a un an en juillet, M. et Mme Channing Lott, invités d'honneur, ont assisté à un bal des Dinosaures. Ils ont été distingués lors d'un discours, et le don de Crystal Carbon-Two annoncé.

Le général Briggs en a assez entendu :

— J'ai beaucoup de cas sur les bras, une sacrée journée. Encore un foutu hélicoptère, le Chinook qui s'est écrasé hier dans l'est de l'Afghanistan. Le C-17 qui transporte les douze morts tombés au combat est en approche, se prépare à atterrir. Kay, j'ai demandé au Dr Lopez de vous appeler dès qu'il en sait davantage, me lance-t-il en se levant, et sa blouse de chirurgie vert sarcelle envahit les écrans LCD. Afin que vous constatiez s'il existe des points communs.

Puis il disparaît, sa webcam déconnectée.

— Des effets personnels ? Vêtements, bijoux, autre chose sur le corps ? En plus de la veste de pluie ? Et son téléphone ? je demande à Benton.

— Pas de téléphone, me répond-il.

Je m'abstiens de faire allusion à ce que Lucy peut avoir à dire de l'iPhone première génération d'Emma Shubert, de faux comptes de messagerie et de serveurs proxy.

— Je ne comprends pas ce que cela signifie, lâche Hahn en s'adressant à Benton, et je réalise qu'elle est au courant.

Peut-être Benton a-t-il trouvé un moyen discret de suggérer ce que Lucy a découvert presque instantanément, et de façon illégale. En tout cas, Hahn a déniché ce qu'il fallait. Elle sait que la séquence vidéo d'Emma Shubert lors de son dernier voyage en jetboat a été prise avec son propre iPhone. À mon avis, celle-ci a été enregistrée par un collègue, alors que l'équipe de paléontologues se rendait au gisement Wapiti par un rare matin ensoleillé. Une innocente séquence, sauvegardée et visionnée plus tard par un monstre. Il a sans doute passé en revue tous les fichiers du téléphone d'Emma Shubert. Il s'en est ensuite servi pour prendre la photo d'une oreille tranchée, dont nous sommes censés croire qu'elle appartenait à Emma.

Le téléphone utilisé pour m'expédier la vidéo et le JPG.

— Il a obtenu ce qu'il voulait, jette Douglas Burke en repoussant sa chaise, mais personne ne lui répond. Il est dehors, libre comme l'air, n'est-ce pas ? poursuit-elle d'un ton révolté. Channing Lott a tiré profit de ce qui se passe, et d'ailleurs, il est bien le seul à y trouver un bénéfice !

Elle se lève et marche sur la porte fermée de la salle de réunion, tellement en colère qu'elle paraît capable de frapper quelqu'un.

— Il mijotait en prison quand Peggy Stanton a disparu, énonce Benton en la regardant avec calme, tandis qu'elle le fixe d'un air de défi. Également en prison quand Emma Shubert a disparu. Il n'a tué personne derrière les barreaux.

Burke s'adresse à Benton. On croirait que Valerie Hahn et moi n'existons plus.

— Ces meurtres ont été mis en scène avec soin, pour que nous les traitions comme des crimes en série. Pourquoi ? Pour brouiller les pistes, dissimuler le but ultime, se débarrasser de sa femme sans risque.

— Il était enfermé. C'est un fait, répète Benton.

— Alors quelqu'un a exécuté ses ordres, rétorque Burke. Quelqu'un s'est assuré que le corps de Peggy Stanton refasse surface exactement au moment opportun, soit filmé, et il a été acquitté. Je dois avouer qu'il s'agit d'un coup de maître. C'est dingue ce que l'argent permet !

— Le tueur en question agit seul, persiste Benton. Oui, son mode opératoire est élaboré. Cependant pas pour que nous *pensions* qu'il s'agit de crimes en série. Ce *sont* des crimes en série.

— Vous savez quoi, Benton ? assène-t-elle en ouvrant la porte de la pièce. Vous n'avez pas toujours raison.

38

Une envie de pâtes ou de pizza m'a saisie, et j'ai demandé à Benton de s'arrêter pour en acheter quand il rentrera à la maison. Pas avant un moment, m'a-t-il prévenue alors que nous quittions le Centre de sciences légales de Cambridge.

Chacun seul de son côté. Soucieux et préoccupés. Partis pour là où chacun de nous doit se rendre. L'histoire de notre couple, parfois disjoint, parfois réuni. Je sais parfaitement lorsque personne d'autre que moi n'accorde d'attention à quelque chose.

Je suis sortie seule au volant du parking du Centre, en lançant à mon mari :

— À manger.

Je répète, « Oh que j'ai faim... Je meurs de faim ! », tout en partant régler ce qui n'intéresse personne. Je vérifie de nouveau mon rétroviseur, et la Ford LTD bleu foncé apparaît juste derrière moi.

Je longe les sinuosités de la Charles River, qui s'incurve, imitant un peu les couloirs de mon immeuble, qui me mène et me ramène là où tout commence ou finit, de nouveau devant la DeWolfe Boathouse, devant la cour de récréation de la Morse

School, en direction du quartier de Howard Roth, sur le chemin de Fayth House. La Ford bleu foncé colle à mon pare-chocs, et dans mon rétroviseur, je distingue le visage dissimulé par des lunettes de soleil.

Qui me suit avec insolence, m'observe, me défie.

— Du vin et de la nourriture, ai-je exigé de Benton au téléphone il y a peu, alors que j'ignorais ce qui allait se produire.

Incrédule, je n'en reviens pas. Outrée, et en même temps, ma propre surprise m'étonne. Seule et affamée dans ma voiture, une seule question planant sur mon humeur sombre, je lui ai dit :

— Nous mangerons ensemble, tous ensemble.

Mon cœur se serre et se pétrifie, et je scrute la voiture derrière moi. *Là, tu vas trop loin, tu as vraiment dépassé les bornes*, je songe. Je veux dîner avec Lucy, Benton, Marino. J'ai faim, la colère monte en moi. J'aimerais tant retrouver des gens que j'aime, j'en ai par-dessus la tête, c'en est trop. Je tourne à droite dans River Street, et Douglas Burke tourne à ma suite, ses lunettes noires toujours rivées sur moi.

Au carrefour de Blackstone et River Street, je pénètre sur le parking de la pharmacie Rite Aid. Je lui montre que je sais qu'elle me suit depuis dix minutes, qu'elle ne me harcèlera pas, et qu'elle ne me fait pas peur. Je baisse la vitre de mon SUV. Nous sommes côte à côte, tête bêche, portière contre portière, comme deux flics, deux camarades. C'est exactement l'inverse.

Nous sommes ennemies, et elle me le fait ouvertement savoir.

— Qu'y a-t-il, Douglas ?

Je n'ai jamais pu l'appeler Doug ou Dougie, ayant déjà du mal à prononcer son nom.

Le soleil disparaît peu à peu à l'horizon. Les vieux immeubles bas de Cambridge projettent d'interminables ombres, et cette fin d'après-midi annonce la saison la plus triste de l'année par ici, le brutal hiver de la Nouvelle-Angleterre. Les lunettes de Burke sont noires, ou vert foncé.

— Je ne voulais pas le dire devant eux. Par respect professionnel, je n'ai pas abordé le sujet en leur présence, annonce-t-elle.

— Devant *eux* ?

Elle n'a aucun respect pour qui que ce soit, et surtout pas à mon égard. Elle se contente de me fixer derrière ses verres opaques.

— Vous voulez dire devant Benton, je suppose ?

Les mots jaillissent de ses lèvres sans que je parvienne à les retenir.

— Je sais tout de votre nièce ! siffle-t-elle.

Je ne réponds rien.

— Récolter des informations, exploiter les vulnérabilités des sites Web… J'adore la façon dont les hackers décrivent leurs actions. Dans le cas de votre nièce, il s'agit tout bonnement d'une attaque en force d'un serveur, dans le but précis de faire obstruction à la justice, poursuit-elle d'un ton narquois, semblant convaincue de savoir ce qui va me blesser.

— Une « attaque en force » ? Allons, qui pratique véritablement ce genre de stratégie ? je rétorque en la regardant.

— Je surveille tout, annonce-t-elle d'un ton théâtral, pointant deux doigts sur ses yeux dissimulés avant de les tourner vers moi. Dites à Lucy qu'elle n'est pas si maligne que ça, et vous, vous conspirez avec elle, vous la suivez dans ses magouilles, tout ça pour quoi ? Découvrir les choses cinq minutes avant nous ? Avant le FBI ? Parce qu'elle est jalouse.

— Lucy n'est pas du genre jaloux. En revanche, vous si, je contre, raisonnable.

— Ce doit être terrible de se faire virer par ceux que vous côtoyez en permanence ?

— Terrible est le mot, j'insinue d'un ton plein de sous-entendus.

Douglas Burke côtoie constamment Benton, son entourage le lui rappelle en permanence, et elle est virée.

Elle ne sera plus sa partenaire d'enquête, il veut qu'elle soit transférée loin de lui. À cet instant, peut-être même suggère-t-il d'autres mesures. L'agent spécial Douglas Burke n'est plus apte au service. Elle ne devrait pas porter d'arme, ni pouvoir arrêter qui que ce soit. Aussi diplomatiquement que possible, je lui conseille de ne pas engager le combat avec Lucy. Débarquer sur la propriété de ma nièce sans prévenir ou la suivre de la façon dont elle vient de le faire avec moi ne serait guère prudent.

— Vous connaissez ses antécédents, vous me comprenez donc, dis-je à Burke, très probablement au fait de la moindre arme détenue par Lucy, armes de poing ou semi-automatiques enregistrées au Massachusetts, et pour lesquelles elle détient un permis de port d'arme.

— Vous me menacez ?

Elle ébauche un sourire, et je suis alors certaine qu'elle est profondément instable, déséquilibrée, et peut-être violente.

— Menacer n'est pas mon genre, je biaise, maintenant très inquiète.

— Je n'ai pas peur d'élucider cette affaire, sachez-le, déclare-t-elle. Contrairement à d'autres, on dirait. Je n'ai peur de rien, et je ne suis pas à vendre.

Je m'inquiète de sa sécurité, sans oublier celle des autres.

— Les relations politiques ou la fortune ne m'intimident pas, ne m'influencent pas, je n'entretiens pas de liens avec des juges fédéraux ou des procureurs. Je ne suis pas assez stupide pour croire qu'un type en prison ne peut pas recruter des petites mains à l'extérieur pour exécuter ses ordres. Le prix à payer est dérisoire. Six mois de prison, et en échange, vous vous débarrassez de la femme que vous avez fini par détester.

— Information que vous tenez d'une source sûre, bien entendu ? Vous savez qu'il la détestait ? D'où sortez-vous ça ?

Je m'interromps. Inutile de discuter avec quelqu'un qui a perdu toute logique.

— Mais pourquoi le protégez-vous ? Vous protégez votre nièce, normal, mais pourquoi Channing Lott ?

— Arrêtez, Douglas.

Impossible de lui faire entendre raison.

— Que vous a-t-il promis ?

— Arrêtez avant d'aller trop loin.

— Channing Lott vous a rendu visite. Fabuleux, non ? Que vous a-t-il raconté d'autre, Kay ? Il vous a parlé du chien disparu ? À quel point sa femme était effrayée, etc., etc., il a plaidé sa cause auprès de vous, pendant que votre nièce contourne les pare-feu, et que vous tentez de me faire quitter la ville, de me détruire ? Et vous croyez y parvenir ?

— Vous vous détruisez toute seule.

Je la préviens que si elle persiste à me suivre, à lancer des accusations incendiaires, elle va se heurter à un sérieux problème. C'est moi qui me sens menacée.

— Vous devriez rentrer au bureau local du FBI, je la presse.

Je crois deviner ses intentions. Le moindre mot de Benton à son sujet, sur son comportement vis-à-vis de Lucy, me revient, mais je ne suis pas dupe. Quelle que soit la drogue qui la met dans cet état, le problème n'est pas la pseudo-éphédrine. Douglas Burke veut prouver quelque chose. Elle est imperméable à tout le reste.

— Il sera tellement mieux avec moi, marmonne-t-elle en faisant référence à Benton.

La dernière affaire que doit résoudre Douglas Burke n'a rien à voir avec un hold-up ou des meurtres en série. Il s'agit du crime qui habite sa propre existence. J'ignore ce qui lui est arrivé, sans doute dans son enfance. Et je m'en fiche.

À travers la vitre baissée de son véhicule, elle me lance :

— Lui aussi le sait ! Que vous refusiez le meilleur pour lui, voilà la honte. Et me saboter auprès de lui ne rendra pas service à votre pitoyable mariage, Kay.

— Rentrez à votre bureau, et trouvez quelqu'un à qui parler, je conseille, en prenant garde de ne pas paraître provocante. Confiez-lui ce que vous venez de me dire, partagez l'info avec votre supérieur, avec Jim, je suggère de façon clinique, dépourvue d'affect, presque gentiment. Vous avez besoin de parler à quelqu'un.

Elle a besoin d'une aide qu'elle n'obtiendra pas, car je suis convaincue de ce qu'elle s'apprête à tenter. Je m'éloigne en reprenant le chemin du centre de Cambridge, et informe Benton.

Il ne répond pas à son téléphone, et je laisse un message vocal :

— Je crois qu'elle a l'intention d'aller affronter Channing Lott. Elle a perdu les pédales, il faut intervenir. Il faut l'arrêter immédiatement, la protéger d'elle-même.

Je m'arrête devant un Starbuck pour acheter un café, un double bien noir, comme si la caféine allait m'aider à reprendre mes esprits, à me calmer. Je demeure assise quelques minutes dans la voiture, et tente de nouveau de joindre Benton. Je lui expédie un SMS, afin de m'assurer qu'il aura le message : il doit intervenir sans délai, avant que Douglas Burke commette une action imprudente, dangereuse, voire irréparable. Elle est déséquilibrée, obsessionnelle, et armée. Je jette mon café dans la poubelle sans le terminer puis reprends ma route. Dois-je prévenir Lucy ? Non. J'ignore de quelle réaction ma nièce serait capable.

Lorsque j'atteins Fayth House, le soleil est tombé derrière l'horizon, la nuit m'enveloppe. Il s'agit d'un ensemble de brique rouge, assez récent et coquet, joliment entouré d'arbres et de plates-bandes. Un SUV couleur argent sort à l'instant où je rentre.

Peu de voitures patientent encore sur le parking, la plupart des résidents de la maison de retraite ne conduisent probablement pas. Je pénètre dans un agréable hall bleu, de la moquette aux meubles en passant par les fleurs artificielles en soie. Les affiches et les gravures d'art populaire américain accrochées aux murs me rappellent les chèques de Peggy Stanton.

Je demande à rencontrer un responsable à la réceptionniste, une femme corpulente aux cheveux noirs crépus et aux épaisses lunettes.

— Quel résident venez-vous voir ? s'enquiert-elle dans un sourire jovial.

J'ai conscience qu'il est tard, lui dis-je, mais c'est important. Y a-t-il une direction, un responsable administratif que je puisse rencontrer ?

— Je crois que Mme Hoyt est encore là, elle avait une réunion tardive.

Elle décroche son téléphone pour s'en assurer, et je remarque sur la table derrière elle un bouquet de fleurs fraîches, un arrangement de lys asiatiques bordeaux, lisianthus violets, roses orange et feuilles de chêne jaunes.

Une livraison sans carte. Quelqu'un, peut-être la réceptionniste, a collé sur le vase un papier à en-tête de Fayth House, avec un numéro de chambre que je ne distingue pas d'où je me tiens. Mais je déchiffre *C'est son anniv.* Écrit en gros et souligné.

— Cindy ? Quelqu'un demande à vous rencontrer. Quel est votre nom ? interroge la femme en se tournant vers moi.

Elle m'indique le chemin d'un bureau situé à l'extrémité d'un long couloir. Je passe devant une salle à manger gaiement décorée, où les résidents achèvent leur dîner. Une multitude de cannes, de déambulateurs sont abandonnés près des tables. Quelques pensionnaires sont en fauteuil roulant. L'institut de beauté est fermé, un vieil homme joue du piano dans une salle de musique, et un chariot de nettoyage est poussé à l'entrée de la bibliothèque. Je remarque dessus des boîtes de sacs poubelle, des boîtes de cent, de marque identique à ceux que j'ai trouvés chez Howard Roth.

Je pénètre dans les services administratifs et frappe à la porte ouverte d'un bureau. Mme Hoyt, une jeune femme à la grossesse très avancée, enfile son manteau. Je me présente, lui serre la main. Elle paraît intriguée.

— J'ai reconnu votre nom quand Betty vous a annoncée. Vous avez de la famille ici ? Je vous ai vue aux informations hier. L'énorme tortue, et cette pauvre femme. Que puis-je pour vous ? Vous avez de la famille ici ? répète-t-elle. Non, je le saurais.

Elle s'assied à son bureau, enveloppée dans son manteau.

— À moins que vous ne considériez Fayth House pour un de vos proches ?

Je tire un siège et lui explique que ma mère, qui vit à Miami, tient résolument à rester chez elle. Pourtant, il serait préférable qu'elle ne vive plus toute seule. Quelle charmante résidence, je commente avant d'en venir à ce qui m'amène :

— Je me demandais si vous connaissiez Howard Roth ? Il vivait à quelques pâtés de maisons d'ici, bricolait, effectuait de menus travaux par-ci par-là.

— En effet, répond-elle en ouvrant une bouteille d'eau et en se servant dans une tasse à café. Un homme très gentil, avec quelques problèmes, néanmoins… J'ai su ce qui était arrivé. Il est tombé dans les escaliers. Très triste, une existence tragique…

Elle me regarde sans comprendre le rapport que pourrait avoir ma présence avec Howard Roth.

Je l'interroge sur le personnel bénévole, lui demande si une femme de Cambridge du nom de Peggy Stanton en faisait partie.

— Je ne comprends pas ce qui a pu se passer, me répond-elle, elle a tout bonnement cessé de venir. Pourquoi ?

— Vous la connaissiez donc ?

Elle me regarde, ahurie. Bien entendu, elle n'a aucune raison de savoir que Peggy Stanton est morte. Je sens l'inquiétude la gagner.

— Ne me dites pas que… ?

L'espace d'un instant, je crains qu'elle fonde en larmes. Elle reprend :

— Mon Dieu, quelle femme adorable… Vous ne seriez pas là s'il ne s'était rien passé…

— Quand l'avez-vous vue pour la dernière fois ?

— Je ne m'en souviens pas avec précision, mais je puis vérifier, me propose-t-elle en tapant sur son clavier. Facile, il suffit de consulter le planning de nos bénévoles. Nous pouvons compter sur un groupe de gens vraiment fabuleux, qui améliorent grandement l'existence de nos résidents, qui leur apportent tant de joie et d'espoir, alors qu'ils sont si nombreux à ne plus rien avoir… Pardonnez-moi, je parle trop… Je me sens un peu agitée.

Elle me demande ce qui s'est passé, et je lui apprends que Peggy Stanton est décédée. L'information doit être divulguée aux médias à la première heure demain matin, mais son corps a été identifié avec certitude.

— Oh mon Dieu, c'est affreux ! Seigneur, seigneur, c'est terrible… Voilà, il me semblait bien que c'était au printemps, je ne me trompais pas. Mon Dieu, comme c'est triste. Quand ils vont apprendre la nouvelle, les résidents en éprouveront beaucoup de chagrin. Elle était très aimée, venait nous aider depuis de nombreuses années.

Peggy Stanton est passée pour la dernière fois à Fayth House le 27 avril, un vendredi, le jour où elle a disparu. Elle a dîné en compagnie d'un groupe avec lequel elle travaillait à un collage, m'explique l'administratrice.

— Une véritable passion pour elle, me raconte-t-elle. Enseigner les loisirs créatifs, le travail manuel. Peggy travaillait beaucoup sur l'amélioration de l'amour-propre, à réduire l'angoisse et la dépression chez les seniors. Or, quand on façonne quelque chose de ses propres mains, et qu'on le voit se transformer en œuvre d'art, il n'existe pas de meilleure thérapie, ajoute-t-elle.

Elle me brosse ensuite un portrait de Peggy Stanton, celui d'une femme magnifique brisée par une perte inimaginable, ravagée par une dévastation intime.

— On pourrait dire qu'elle était douée d'une sorte de pouvoir de guérison. Peut-être à cause de ce qu'elle avait enduré. Elle entamait avec eux un travail sur la poterie, m'explique-t-elle. Mais elle n'est pas revenue.

Elle l'avait crue partie pour la Floride, ou bien pour son cottage au bord du lac dans la région de Chicago.

— Je n'étais pas inquiète, simplement un peu déçue. Nous avions commencé à nous renseigner sur les fours, m'apprend-elle.

Le sous-sol de Peggy Stanton me revient en mémoire, les travaux récents et les objets inhabituels sur la table. Il ne s'agissait pas de pâtisserie, mais de poterie. Je lui demande si Peggy Stanton songeait à installer un four chez elle dans son sous-sol, et si elle aurait pu embaucher à l'occasion Howard Roth pour quelques travaux. C'est fort possible, sans en avoir de certitude, réfléchit-elle avant de me proposer une visite de Fayth House.

— Non, je ne vous ai déjà que trop retenue.

Je la remercie, au moment où sonne mon téléphone. Un SMS de Lucy.

Tout en quittant les lieux, je lis : *Qui est Jasmine ?*

La chienne de Mildred Lott, qui avait disparu et a été retrouvée plus tard. Je compose mon message dans l'obscurité en regagnant ma voiture. Un SUV qui ne s'y trouvait pas tout à l'heure est maintenant garé à côté.

Une Jeep Cherokee argentée, avec une calandre maillée argent, juste à côté de moi, sur un parking presque désert. Une sensation étrange m'envahit, un pressentiment sinistre.

Comment ça, disparue ? Alors pourquoi l'appelle-t-elle dans la nuit ?

Je monte dans la voiture, je t'appelle, je réponds.

La Jeep Cherokee que j'ai croisée quand je suis arrivée ? Identique aussi à celle que j'ai vue plus tôt sur le parking du Centre de sciences légales. Je pointe ma clé pour déverrouiller ma portière, déchirée par l'envie de m'enfuir en courant, et un autre SMS s'annonce en carillonnant :

Jasmine ! Jasmine ! Où es-tu ? Viens !

39

J'ai été enlevée.

Je suis avachie dans un bateau à la coque métallique, avec de la moquette. Il fonce à toute vitesse sur des flots démontés. Il fait froid, je suis enfermée, groggy, je me sens mal et le sommeil me gagne.

Ne t'endors pas.

Je vais être malade, le vertige, le mal de mer. Des haut-le-cœur incessants me secouent. M'a-t-on assommée ? Est-ce ainsi que je me suis retrouvée ici, dans la cale d'un vieux rafiot ? Sur le dos, entortillée dans un filet de pêche, j'ai la nausée, j'étouffe. L'estomac vide, je lutte contre les renvois secs de plus en plus pénibles. Ils ne doivent pas s'apercevoir que je suis consciente. Ignorant si je suis blessée, je me concentre sur chaque partie de mon corps. Je ne ressens aucune douleur, que le sang qui bat contre mes tempes.

— Vous êtes réveillée ? demande une voix forte, masculine.

Je connais cette voix. Je ne réponds pas, reprenant peu à peu mes esprits. Je me trouve dans une voiture. À l'arrière, dans l'aire de chargement. Les phares de la circulation l'illuminent de façon intermittente. Entourée de formes évoquant des caisses entassées derrière les sièges avant, je m'applique à me dissimuler dans l'obscurité.

Fais-lui croire que tu es morte.

— Vous devriez avoir repris connaissance, commente l'homme qui conduit le petit crossover que je trouvais parfait pour le Centre de sciences légales.

Je m'efforce de me souvenir de son nom, son manque total d'empathie, lorsque j'étais assise en face de lui, me revient. Vide, totalement dénué d'émotion, sans âme.

— Pas la peine de faire semblant ! reprend-il.

Joue la morte.

— Vos simagrées ne pourront pas vous sauver.

Je reconnais la texture des vêtements que j'ai enfilés ce matin. En tout cas, il me semble que c'était ce matin. Le pantalon de velours côtelé, le cardigan torsadé, et une doudoune parce qu'il faisait très froid.

Je frotte mes pieds l'un contre l'autre. Ils sont nus et glacés. Je pousse contre le filet, et tombe sur une résistance, un objet dur et carré. Je perçois l'écho de la circulation, et il fait nuit noire. Je ne me souviens pas de ce qui s'est passé, tout en commençant à l'entrevoir. Puis je songe que je rêve peut-être.

C'est un cauchemar. Réveille-toi ! Rien qu'un affreux cauchemar, mais tout va bien.

Ma tête m'élance, je prends une profonde inspiration et réprime une montée de bile. Je respire de nouveau à pleins poumons, à plusieurs reprises. Non, je suis bien réveillée, dans la réalité. Ne surtout pas paniquer. De mes pieds nus recouverts du filet, je pousse la forme dure et carrée, qui se déplace très légèrement. On dirait du plastique.

Une mallette de scène de crime.

D'une voix forte, il m'interpelle depuis le siège du conducteur, exige de savoir si j'ai repris conscience. Je ne réponds toujours pas, et je sais qui il est.

— Comme ça, vous n'avez plus à chercher ! me jette Al Galbraith.

Les fluctuations de sa voix m'indiquent qu'il continue de se tourner vers l'arrière, qu'il regarde dans ma direction.

Je m'abstiens de tout mouvement qu'il pourrait remarquer. La banquette arrière du SUV est rabattue, tout l'arrière est aménagé en aire de transport, et j'essaye de deviner ce qui est rangé là. J'ai du mal à réfléchir, à respirer. Mes mains sont libres. Il ne m'a pas ligotée, il a enroulé le filet autour de moi, assez serré. Je songe bizarrement à l'énorme tortue luth, à ce qu'on m'a raconté. Elles foncent dans une ligne verticale, s'entortillent dedans, puis se noient.

Pas de panique. Respire avec lenteur, profondément.

Il s'est emparé de mon téléphone et de mon sac. À moins qu'ils aient été balancés sur le parking de Fayth House, qu'il ne les ait abandonnés là-bas.

Non, il n'aurait jamais fait ça.

Mes mains sont plaquées contre ma poitrine. Je les remue, passe mes doigts à travers les mailles du filet. Je réalise brusquement qu'il s'agit du filet que nous utilisons pour sécuriser les chargements. À tâtons, j'effleure un nœud que je tente de desserrer, en vain. Mes doigts gourds et gelés ne m'obéissent pas. Je tremble, secouée de frissons. Je ne vais pas tarder à claquer des dents, et de toutes mes forces, je tente de me calmer.

— Vous devriez être réveillée. Je ne vous en ai pas donné tant que ça ! Je me suis toujours demandé si elles avaient pu la sentir approcher. La douce odeur de la mort.

Je ne me souviens de rien, mais je sais ce qu'il a fait. Il en garde sans doute un flacon dans sa voiture, sa Jeep Cherokee argent, à portée lorsque la pulsion s'empare de lui. Son kit meurtrier.

Espèce de salopard.

— Évidemment, tout le monde ne réagit pas de la même façon, remarque-t-il. Le danger se trouve là, et la beauté de la chose, aussi. Un peu trop, et le spectacle s'achève trop tôt... C'est ce qui est arrivé avec la dame, au Canada, j'ai dû continuer à l'endormir parce que je conduisais.

L'écho de la chaussée sous les roues et le changement de régime du moteur m'indiquent que nous traversons un tunnel.

— Elle avait la tête sur mes genoux, et je savais que si je ne gardais pas le chiffon sous la main, elle allait se débattre. À force, elle ne s'est plus réveillée. Du coup, je n'ai jamais eu l'occasion de lui dire ce qu'elle devait entendre. Quel gâchis, vraiment idiot. Elle n'a pas entendu un seul mot. Pas un.

Je tortille mes doigts à travers le filet, et sens le plastique rêche d'une autre mallette.

— Elle n'a rien vu venir. Les clés à la main, en train d'ouvrir sa porte sous une pluie battante, la dernière chose qu'elle ait faite ou ressentie, quel dommage… Après tout le mal que je m'étais donné ! Bon, il a bien fallu que j'en fasse quelque chose. Je ne voulais pas que ce soit un gaspillage total. Au moins j'ai rendu la situation intéressante. Tout est une question de timing, et je sais patienter. Mais il existe des impondérables. Vous voyez ce qui se passe quand les gens se mêlent de ce qui ne les regarde pas ?

Je ne parviens pas à distinguer de quelle mallette il s'agit.

— Comment avez-vous appris que c'était l'anniversaire de maman chérie ? Vous l'ignoriez peut-être. Vous êtes allée la voir ? Non, sans doute pas. Aucune importance, de toute façon. Elle ne peut plus parler.

Je tente de me souvenir de la façon dont les mallettes étaient disposées.

— Reconnaissez que la situation est devenue intéressante grâce à moi, grâce à ce que je vous ai expédié. Regardez les conséquences, souffle-t-il avec amertume. À moins que ce ne soit vous qui l'ayez flanqué là, il est préférable que votre patron ne soit pas en prison. Toutefois, le résultat n'était pas prévu. Ça, il faut que vous le sachiez, et vous en êtes partiellement responsable. Il n'a jamais été dans mes intentions qu'il s'en tire de cette façon. Qu'il crève ! Le moment convenait admirablement pour attirer l'attention de tout le monde, et il est bien dommage qu'il n'aille pas pourrir dans une cellule puante que, même avec tout son fric, il ne pourrait pas meubler à son goût.

Pour me caser dans la voiture, il a dû déplacer des objets à l'arrière.

— J'avoue qu'au début, j'ai ressenti un peu de dégoût. Je ne parle pas de la vieille carcasse avec laquelle on vous a vue partout aux infos. Celle-là, même en vie, c'était une vieille chose, une sainte-nitouche qui apprenait le collage et d'autres trucs bêtas à maman. Elle n'a pas fait preuve de la politesse appropriée, quand je venais. Elle, c'était bien avant la bonne femme des ossements, et je n'étais pas aussi audacieux, mais je n'en avais pas besoin. J'ai eu tout le temps nécessaire pour notre petite conversation, pour qu'elle comprenne à quel point elle se comportait mal. Je parle de l'autre, un gâchis, un foutu gâchis.

Je ne suis pas certaine de la nature des mallettes en plastique. Il y en a des orange et des noires, mais l'obscurité qui règne m'empêche de distinguer les couleurs.

— Ça m'a retourné l'estomac, le bruit de la lame en train de découper le cartilage. Et j'ai pensé, si ça, ça ne vous réveille pas, ma petite dame, c'est que vous êtes vraiment morte.

Il rit, pouffement étouffé et sans joie.

— Prêtez-moi l'oreille. Allez-y à l'oreille… Pensez à toutes ces expressions débiles avec le mot « oreille ». Vous n'écoutez pas. Si seulement vous aviez écouté… Pourquoi Dieu a-t-il doté d'oreilles des gens qui n'écoutent pas ?

Je ne veux pas me tromper de mallette.

— Eh bien, maintenant, vous êtes obligée d'écouter. Vous ne pouvez rien faire d'autre. Fabuleux, la façon dont tournent les choses !

Par pitié, que je ne me trompe pas de mallette.

— Vous n'êtes pas encore réveillée ! hurle-t-il. Presque tout le temps, vous ne sentirez rien. Enfin, un peu comme une odeur d'ozone. Vous vous souvenez de cette expression, « les gens qui aspirent tout l'air dans la pièce » ? Vous allez constater sa véracité !

L'objet que je cherche se trouve dans une mallette Pelican, l'une de celles que Marino appelle les 16-30, j'en suis presque certaine.

— Vous m'écoutez ? Réveillez-vous !

Je sens une poignée rabattable, peut-être un bon signe, quoique j'éprouve des difficultés à m'en souvenir.

— Moi qui ai été tellement bon avec toi, et voilà ce que je récolte ! Je t'apporte des fleurs, je tiens ta main, ta main répugnante !

Il continue de deviser, mais s'adresse maintenant à quelqu'un d'autre.

Je relève très, très lentement, un clapet de plastique, tâtonne le long de la mallette jusqu'à en trouver un autre, puis un autre.

— Obéissant, parfait, je t'ai mise dans le meilleur endroit possible, alors que j'aurais dû te cracher à la figure ! Tu sais ce que ça m'a coûté, toutes ces années, tout ça parce que tu m'as eu tard et que j'ai été élevé par une vieille rombière décatie ? Tout ça, Fayth House, c'est grâce à moi, personne d'autre, et tu n'es même pas fichue de me remercier, de te montrer agréable. Tu n'es qu'une vieille hypocrite, il serait temps de le reconnaître ! Et tu ne vas pas tarder à le faire. Dans très peu de temps, tu vas t'excuser.

Je vous en prie, faites qu'il n'y ait pas que des gants et des vêtements de protection là-dedans.

Je crois être tombée sur la bonne taille. Une mallette Pelican, qui ressemble à une grosse boîte à outils. Celles dans lesquelles nous rangeons les bâches et les vêtements jetables ressemblent davantage à des conteneurs pour rangement d'accessoires avec des crochets de fermeture métalliques. J'en suis presque sûre. Je m'efforce de réfléchir. Mon cœur bat la chamade.

— Tu n'es qu'une salope sans cœur, j'aurais pu te laisser crever. Ce que tu voulais, en fait, et c'est pourquoi je l'ai empêché. Le cerveau en compote, tu n'es plus rien d'autre qu'un légume assis dans son fauteuil, le regard vide. Plus moyen de parler, hein, plus de prétentieuse à la langue déliée, plus de sainte-nitouche vertueuse. Je t'ai laissée vivre parce que te contempler dans cet état me remplit d'aise. Pour la première fois, je prends plaisir à venir te rendre visite, à constater que tu te pisses dessus, fais sous toi au lit, de plus en plus laide, puante, de jour en jour plus révoltante ! C'est qui, le héros, maintenant ?

Je soulève le couvercle de quelques centimètres, et tâtonne à l'intérieur sans l'ouvrir entièrement. Il est lourd et je ne veux pas faire de bruit. Je sens de la mousse préformée.

— Je sais que tu es réveillée ! Donne-moi le code de ton téléphone ! il hurle soudain.

Je me fige.

Avec lenteur, tout doucement, je remue les doigts, touche des marqueurs, une agrafeuse. Des emballages de fournitures. J'ai trouvé la bonne mallette. Je sens les poignées arrondies d'une petite paire de ciseaux. Je m'en empare, et entreprends de couper le filet. Le SUV a ralenti. Au-dessus des vitres teintées, je vois défiler d'immenses lampadaires, des fenêtres brisées, des revêtements d'aluminium rouillés, et certains des bâtiments que nous dépassons sont condamnés.

Remuant aussi peu que possible, je dégage mes bras et ma tête du filet, puis mes pieds gelés, aussi lourds que de la pierre. Je glisse de nouveau la main dans la mallette, à la recherche du manche de métal.

— Réveille-toi !

Du plastique, du verre, je reconnais les flacons, les boîtes de comprimés, et le manche d'un scalpel en acier. Galbraith roule très lentement sur une chaussée défoncée, dans un quartier désert, au milieu de vieux entrepôts abandonnés.

— Je sais que tu es consciente. Je ne t'en ai pas filé tant que ça, répète-t-il. Je vais m'arrêter une minute, te faire sortir, et inutile de tenter quoi que ce soit. Une nouvelle petite sieste, et ensuite, je te montre quelque chose que tu n'as jamais vu. Ça va te fasciner.

Je trouve le sachet en aluminium qui contient les lames de scalpel.

— Le crime parfait. Et c'est moi qui ai trouvé le truc, pas toi.

J'ouvre très lentement le sachet.

— Un moyen indétectable de plonger quelqu'un dans un sommeil éternel. Absolument indétectable. Un procédé écologique. Tu vas faire l'expérience d'une mort écolo, grince-t-il dans un rire sarcastique. Elles sont toutes parties de cette façon. Sauf celle des dinosaures. Celle-là… quel dommage. Sur ce coup, je ne suis pas content de moi. Tu sais, ça aurait pu se passer autrement. C'est entièrement de ta faute. Débarquer là-bas, aller fourrer ton nez dans ce qui ne te regarde pas ? Tout est dans le timing, et pour toi, c'est fini.

Je verrouille une lame dans le manche, le métal cliquète doucement contre le métal. Pourvu qu'il n'ait rien entendu.

— Eh bien, c'est quoi ça ?

Il arrête brusquement la voiture, et sa portière s'ouvre.

— Qu'est-ce que tu fabriques ? jette-t-il en descendant du véhicule.

Il a dû m'entendre verrouiller la lame, et dans un accès de panique, je me demande quelle porte il ouvrira. Le hayon, ou une portière arrière ? Je vais devoir agir très vite, avant qu'il s'aperçoive que je ne suis plus prisonnière du filet.

— Qu'est-ce que tu fous ?

Je vais viser la tête, le cou, le visage, les yeux, mais ce ne sera pas facile. Nous sommes arrêtés dans un endroit très sombre, et la lumière intérieure de la voiture est éteinte. Il a dû la neutraliser pour me jeter dans le véhicule sans que personne puisse voir. L'alarme d'ouverture résonne et je réalise qu'il n'a pas coupé le moteur, et sa portière a dû rester ouverte. Le vrombissement du moteur a changé, comme s'il enfonçait la pédale d'accélérateur. Non, il s'agit d'autre chose, et il est sorti de la voiture. Je ne parviens pas à identifier les sons que je perçois, et je serre les doigts sur le scalpel de toutes mes forces.

Comme s'il s'agissait d'un couteau, pour poignarder, taillader.

— Vous êtes sur une propriété privée !

Je comprends brusquement qu'il ne s'adresse pas à moi.

Je me redresse en position assise, prête à me servir du scalpel. Je remarque de nombreux camions, des camions blancs de diverses tailles, qui portent un logo, et la mention Crystal Carbon-two. Au loin, je distingue des balises d'éclairage, et la tour de contrôle de l'aéroport de Logan.

Nous sommes exactement de l'autre côté du port, sur une péninsule du Marine Industrial Park, où le *Comfort*, navire-hôpital de la marine américaine, est en cale sèche. Sa cheminée blanche ornée de la croix rouge se détache fièrement sur le ciel noir. Je le vois lui, alors, dans les phares, pâle dans la lumière éblouissante, l'air mauvais, furieux. Il brandit un petit flacon, et un chiffon de la taille d'une couche. Il recule, s'éloigne du SUV, le flacon se brise avec fracas sur la chaussée, et le chiffon s'envole tel un fantôme tandis qu'il prend ses jambes à son cou.

J'ouvre la portière et descends en titubant, les pieds nus et engourdis. Brusquement, l'aire goudronnée sur laquelle nous sommes arrêtés s'éclaire des pulsations de gyrophares. Des véhicules de toutes sortes déboulent en rugissant. Il court en direction d'un vieil entrepôt en brique au bord de l'eau, et Marino et Lucy lui foncent dessus.

Il dégringole, s'étale de tout son long, on dirait qu'il a plongé sur l'asphalte, à moins que Lucy ne l'ait balayé d'un coup de pied, je ne sais pas. Mais Marino le bourre de coups de poing en hurlant, et une jeune femme apparaît, esprit qui se matérialiserait soudain. De nouveau, l'espace d'une seconde, je me demande si je ne rêve pas.

40

Elle est apparue dans l'obscurité et les éclairs de lumière, émergeant derrière mon SUV. Je vois qu'une Maserati noire est arrêtée là, le moteur rugissant. Elle me demande si je vais bien, je lui réponds par l'affirmative, songeant que je la connais.

— Il va finir par le tuer. Assez, Marino, ça suffit ! Cela dit, je le comprends, remarque-t-elle, le regard tourné vers l'entrepôt, tandis que je fixe ses traits. Vous êtes sûre que ça va ? On va vous installer dans une voiture, et je vais trouver quelque chose pour vos pieds.

Elle a coupé très court ses cheveux qui paraissent plus blonds que châtains, elle est toujours très jolie, mais plus âgée, une bonne trentaine, à peu près le même âge que Lucy. La dernière fois que je l'ai vue, elle avait à peine 20 ans. Elle m'entoure de son bras et m'accompagne jusqu'à la Crown Vic de Sil Machado, qui en sort en trombe. Je m'installe sur la banquette arrière, la portière grande ouverte, et me masse les pieds.

— J'espère qu'on m'expliquera un certain nombre de choses, dis-je à Janet.

La dernière fois que je l'ai vue, une quinzaine d'années auparavant, Lucy et elle partageaient un appartement à Washington, DC. Lucy travaillait alors au bureau des alcools, tabacs, armes et explosifs, et Janet au FBI. Je l'ai toujours appréciée. Elles formaient un bon couple, et rien ne s'est très bien déroulé pour Lucy depuis.

— Vous n'avez pas d'arme, et ne faites pas mine d'arrêter qui que ce soit. Désolée de larmoyer, je remarque. Peut-être que si je perdais la tête, elle cesserait de me faire mal.

— Je n'appartiens plus au FBI, et je ne suis même pas flic, m'explique-t-elle. Je suis devenue avocate. Vous savez, ces gens affreux ? Encore pire, je suis spécialisée en législation de l'environnement. On me déteste donc cordialement.

— Pourvu que vous n'adoptiez pas de porc… Lucy m'en a menacée. Et comme elle est toujours par monts et par vaux, c'est encore sur moi que ça va retomber.

— Vous ne sauriez pas ce qu'il a fait de vos chaussures ?

— Il doit y avoir une boîte de protège-chaussures derrière, j'indique en désignant du doigt le SUV dans lequel j'ai été retenue prisonnière. Ceux avec semelles de PVC, que je puisse marcher.

Je me souviens alors que tous les véhicules du Centre de sciences légales sont équipés d'un système de traçage par satellite :

— Vous m'avez suivie jusqu'ici ! Mais pourquoi ?

— Vous avez écrit à Lucy que vous alliez l'appeler dès que vous seriez montée dans la voiture. Et plus rien.

— Et cela a suffi pour qu'elle cherche à me localiser ?

— Oh, mais ce n'est pas la première fois, loin de là. Vous, moi, tout le monde, elle passe son temps à nous localiser. Elle a vu que vous vous trouviez à Fayth House, et qu'ensuite, vous preniez la direction de Boston au lieu de rentrer chez vous. De plus, vous aviez laissé des messages plutôt pressants à Benton.

Elle me raconte que, de toute façon, ils étaient très près de Fayth House. Elle raccompagnait Marino chez lui, et ils discutaient de la véritable raison pour laquelle Mildred Lott était sortie dans la nuit.

— Elle a cru entendre Jasmine dans le jardin. Elle appelait sa chienne !

Je sais que Lucy a travaillé sur une technique électronique de déchiffrage sur les lèvres avec des chercheurs anglais et allemands. Janet m'apprend que le software est maintenant assez au point pour interpréter les paroles, même lorsque les gens sont tournés à cent soixante degrés sur le côté. En d'autres termes, on peut à peine distinguer leurs lèvres remuer, mais l'ordinateur, lui, en est capable.

— Elle était tournée à l'opposé de la caméra, et regardait dans la direction d'où provenait le son qu'elle avait entendu, explique-t-elle. La caméra de surveillance l'a filmée sur le côté, et on a un peu l'impression qu'elle prononce le nom de son mari.

Je cherche des yeux Benton, me demandant s'il est là. Il a dû alerter le FBI, la police, et dans ce cas, je sais ce que cela signifie. Ce que je redoutais est arrivé, il l'a constaté. Douglas Burke a cherché à se mesurer à Channing Lott. Le siège de sa compagnie, un immense bâtiment blanc d'avant-guerre, aux centaines de fenêtres presque toutes plongées dans l'obscurité à cette heure, s'élève au loin, au-delà du navire-hôpital en cale sèche.

— Je conçois qu'un procureur ait pu penser ou se convaincre qu'il s'agissait du nom de son mari, poursuit Janet. Mais elle disait *Jasmine*, et non *Channing*. Elle appelait sa chienne, l'air heureuse, excitée et dans tous ses états, et nous savons maintenant pourquoi.

Mes pieds se désengourdissent, et me démangent à présent.

— Pas vraiment, non. Pourquoi a-t-elle pu penser que sa chienne était revenue ?

— Ou bien l'animal se trouvait avec lui, ou plus vraisemblablement, il a utilisé un enregistrement. S'il avait volé la chienne quelques jours plus tôt, il a enregistré ses aboiements.

Je continue de me masser les pieds tandis que Janet ouvre le hayon du SUV. Je lui crie :

— Dans une des grandes caisses orange !

La police est partout, on pousse Al Galbraith, menotté, à l'arrière d'une berline du FBI.

Je vois grouiller des policiers de Boston, des agents du FBI, et Machado, puis Benton en compagnie d'officiers en uniforme qui s'apprêtent à forcer l'entrée de l'entrepôt. Aucune trace de Douglas Burke. Trois coups sourds puissants, et le bélier léger enfonce la porte, qui cède et s'ouvre. La lumière est allumée au sein du gigantesque espace ouvert où je distingue des rangées de machines métalliques rutilantes sur roulettes, des rouleaux de tuyaux d'arrosage et des centaines de tonneaux de bois empilés contre le mur du fond.

Benton et les autres se rapprochent d'une porte de métal fermé. J'aperçois la teinte rougeâtre du sol, j'entends résonner des jets de vapeur. Les réflexions accusatrices de Burke à propos de Crystal Carbon-two me reviennent, sur le nettoyage industriel écolo. Par projection de dioxyde de carbone solide. La projection pneumatique à une vitesse supersonique de pellets de glace carbonique. Et le dioxyde de carbone est un des asphyxiants les plus simples et les mieux connus.

Incolore, inodore, il est une fois et demie plus lourd que l'air, et s'accumule en nappes, remplaçant l'oxygène. Dans un espace confiné, il suffit d'une concentration de quinze pour cent pour entraîner une perte de connaissance en moins d'une minute, suivie d'une asphyxie. Al Galbraith avait raison.

À moins d'une brûlure, l'autopsie ne révélera aucune trace, rien de rien. La glace sèche, ou carboglace dont la température frise les quatre-vingts degrés Celsius en dessous de zéro, provoque des engelures, si froide qu'elle brûle. Je repense aux zones dures et brunes sur les bras et les pieds de Peggy Stanton, à ses ongles brisés, son collant déchiré.

Il l'a enfermée derrière cette porte métallique, a mis en marche une machine. Elle a compris qu'elle devait l'éteindre si elle voulait survivre. Elle a tenté d'atteindre la tuyère par laquelle se répandait le jet de brouillard blanc, a donné des coups de pied dedans, et s'est brûlée. Je la vois parcourir la pièce, se jeter sur la porte, déchirer ce collant qui ne lui appartenait pas, tenter peut-être de se protéger les mains avec, pendant que la concentration en CO_2 augmentait.

J'enfile les protège-chaussures que m'a rapportés Janet, agacée de ne pas avoir mon téléphone. Je sors de la voiture et trotte maladroitement, avec la sensation que mes pieds ne m'appartiennent pas encore vraiment. Je me dirige vers l'entrepôt, là où sont garés tous les camions. L'écho d'un jet d'air comprimé s'élève derrière la porte de métal, sans doute fermée à clé, puisque la police prépare son bélier.

Des étagères grillagées supportant des accessoires, tuyaux, embouts, gants isolants, sont recouvertes d'une fine couche de poussière de fibres de bois rouge, qui s'étale également sur les surfaces en acier inoxydable des machines à projection, sur des tas de conteneurs et de glacières dans lesquels sont transportés les pellets de glace carbonique.

Je pose la main sur le bras de Benton, en le prévenant :

— Prenez énormément de précautions, on perd connaissance très vite, sans s'en rendre compte. Il faut s'assurer que tout le gaz carbonique a été évacué.

— Je sais.

Je lis dans son regard ce qu'il redoute, que Douglas Burke ne se trouve dans cette pièce.

— Elle est venue ici, me confirme-t-il.

— Il a dû repartir à Fayth House voir sa mère, laisser un bouquet pour son anniversaire. Elle est sans doute pensionnaire là-bas, et il m'a repérée au moment où j'arrivais.

— Tout le monde recule !

Le policier prend position, et fait basculer le bélier derrière lui.

— Vers 17 h 30, une secrétaire a informé Doug que Channing Lott était absent pour la journée, et l'a orientée vers son directeur administratif. Ici.

Le bélier heurte la porte avec violence.

— Peu de temps après notre rencontre, je remarque. Quand elle me suivait, et que je t'ai laissé des messages.

— Pourquoi te cramponnes-tu à ce scalpel ?

Je réalise qu'il n'est au courant de rien, n'a pas la moindre idée de l'épreuve que je viens de traverser.

— On m'a offert une petite promenade involontaire jusqu'ici.

Le bélier s'abat de nouveau contre le battant, le bois se fend en éclats.

Les serrures se libèrent du chambranle, la porte de métal s'ouvre à la volée, et le souffle devient assourdissant. La vapeur de dioxyde de carbone gelé condense l'humidité de l'air, et un nuage blanc glacé nous enveloppe.

Deux nuits plus tard

Lucy dissimulait bien plus d'un secret, dans sa maison de campagne, et je rappelle à Marino qu'un chien a besoin de soins constants.

— J'ai vu suffisamment d'animaux négligés, j'observe en faisant revenir de l'ail écrasé dans de l'huile d'olive. Un chien, c'est un peu comme un enfant.

J'aurais dû préparer la sauce en avance.

Cependant, il aurait fallu un peu de temps pour cuisiner des mets civilisés, or les deux jours qui viennent de s'écouler n'offraient ni sommeil, ni cuisine, ni même un repas décent. Je ne cesse de me demander comment les choses auraient tourné si Lucy n'avait pas insisté pour équiper tous les véhicules du Centre de sciences légales de Cambridge d'un système de localisation par satellite, si elle n'avait pas suivi mon SUV à la trace. Tout ce qui n'a pas fonctionné me hante encore en partie.

Je remue l'origan et le basilic frais dans la sauce, et lance à Marino :

— Les chiens ont besoin de beaucoup d'attention. Voilà pourquoi Bryce et Ethan ont toujours eu des chats.

— Vous rigolez, non ? Bordel, on sait bien pourquoi le Drôle de Couple a des chats. Les gays adorent les chats.

— En voilà un stéréotype ridicule, je rétorque en ajoutant une pincée de sucre brun et un peu de poivre rouge.

— Vous savez, le type dans la série *Drôle de Couple*, qui jouait Felix Unger, et aussi le médecin légiste dans Quincy. Vous vous souvenez à combien de temps ça remonte, ça ?

— Non, Jack Klugman jouait Quincy, pas Tony Randall. Marino. Ça représente vraiment du travail, un chien.

— Dingue, comme le temps passe, Doc ! J'me souviens que je regardais Quincy, encore assez ignorant pour ne pas voir à quel point c'était idiot... Cet épisode, où le cancer mutait, et tuait tout le monde ? Et le type qui se faisait greffer le bras qu'il avait perdu, et après, c'était l'autre qui pourrissait ? Seigneur, ça remonte au moins à trente ans, je boxais encore, je commençais tout juste au NYPD. J'avais même jamais rencontré de vrai légiste, et voilà que je travaille avec vous. On pense toujours que la vieillesse, ça n'arrive qu'aux autres. Et puis, d'un seul coup, on a 50 ans, et on se dit, *eh merde !*

Je retire le torchon humide qui recouvre le saladier, et vérifie la pâte. Marino est assis par terre contre le mur, ses grandes jambes allongées devant lui, dans ma cuisine, avec un chiot berger allemand dégingandé, sauvé par Lucy dans une porcherie que Janet et elle ont fait fermer l'autre jour. Noir et feu, avec de grands yeux bruns et les oreilles dressées, tout en pattes, il doit avoir 4 mois. Il s'est blotti sur les genoux de Marino, et mon lévrier Sock est installé sur le tapis à côté d'eux.

— Cambridge allait créer une brigade canine, mais en définitive, ils n'ont pas voté le budget, poursuit Marino en prenant sa bouteille de bière.

Il ne se ressemble pas, avec ce chiot. Il devient doux, et même sa voix a changé.

— Le problème, c'est de payer les heures supplémentaires au proprio du chien, mais dans mon cas, je peux le faire gratos. Pas de problème de syndicats, parce que je bosse pas pour eux. Tu veux devenir un chien à cadavre ? demande-t-il au chiot.

— Quelle ambition ! je remarque en séparant la pâte en trois boules distinctes.

— Comme ça, il pourrait venir travailler avec moi. Ça te plairait, ça, hein ? Venir tous les jours dans mon super bel immeuble ? bêtifie-t-il à l'adresse du chiot, qui lui lèche la main. Y aurait pas de problème, hein, Doc ? Je l'éduquerais, l'emmènerais sur les scènes de crime, lui apprendrais à donner l'alerte sur plein de trucs. Ce serait super cool, vous croyez pas ?

Tout cela n'a plus d'importance. Dormir au Centre sur un Aerobed, un chien au bureau, rien de tout cela ne semble revêtir une importance quelconque. Je me suis répété la scène tant de fois, et n'ai toujours pas réussi à répondre à la question fondamentale. L'aurais-je blessé suffisamment pour m'en tirer ? La question n'est pas de savoir si j'aurais essayé, je n'ai aucun doute là-dessus : j'allais lui taillader le visage. Néanmoins, une lame de scalpel courte et étroite peut se briser à la base du manche.

Je disposais d'une maigre chance, dont je n'ai finalement pas eu besoin, mais je ne peux m'empêcher de ressasser. Les outils de ma profession ne sauvent personne, nul besoin de me le rappeler. Pourtant, en même temps, au fond de moi-même, je sais bien que ce n'est pas tout à fait vrai... Il faut que je me sorte de cette humeur morose.

— Je deviens dingue, à essayer de lui trouver un nom, continue Marino. Quincy, peut-être ? Et si je t'appelais Quincy ? babille-t-il au chiot.

Je déteste être à ce point négative.

Quand j'aide à arrêter un tueur, je sauve une vie, et peut-être même plusieurs, voilà un argument que l'on peut m'opposer ; ce que je fais matin, midi et soir met un terme à davantage de violence, et Al Galbraith ne faisait que commencer... Benton assure qu'il venait de se lancer dans sa dérive meurtrière. Sa mère Mary Galbraith, résidente de Fayth House depuis des années, a souffert d'un AVC il y a environ dix mois, et n'a jamais récupéré ses fonctions cognitives. Cet accident paraît avoir constitué le déclencheur d'Al Galbraith, si tant est qu'il soit possible d'expliquer l'inexplicable.

Il est le cadet d'une famille de philanthropes de Pennsylvanie, qui touchait à l'agriculture, aux chevaux, aux vignobles. Diplômé de Yale, il ne s'est jamais marié, et haïssait sa mère à ce point de démesure. Une femme érudite, membre de la Société d'histoire de la guerre de Sécession, archiviste conseil du mouvement des Girl Scouts. L'envie irrépressible de Galbraith de la tuer ne pouvait se satisfaire de son seul meurtre.

— Quelle sorte de vin ? demande Lucy en apportant plusieurs bouteilles.

Janet s'est déjà servi un verre. Je m'essuie les mains sur mon tablier et examine les étiquettes.

— Aucun de ceux-là, je conclus en retournant à la pâte que je travaille, pétris, malaxe, l'étirant doucement en cercle, puis la faisant tournoyer sur mes jointures pour ne pas la trouer. Les pinots d'Oregon, cette belle caisse que tu m'as offerte pour mon anniversaire, le domaine Drouhin. Tu la trouveras à la cave.

Janet annonce qu'elle s'en charge. J'étire la pâte pour la première pizza, celle aux champignons, extra sauce, extra fromage, extra oignons, bacon fumé double, et jalapenos au vinaigre. La pizza de Marino. Je demande à Lucy d'extraire le Parmigiano-Reggiano fraîchement râpé et la mozzarella au lait entier du deuxième réfrigérateur, puis suggère à Marino de sortir les deux chiens dans le jardin.

— Tu vois ? j'explique à Lucy lorsqu'il est parti. J'ai dû le lui dire. Voilà ce qui m'inquiète. Il devrait y penser tout seul, à sortir son chiot.

— Tout va bien se passer, Tante Kay. Il adore ce chien.

— Aimer ne suffit pas toujours. Il faut aussi s'occuper des choses, je rétorque en m'attaquant à la deuxième pizza.

— Il va peut-être finir par le comprendre. Comment prendre soin d'un autre être, et de lui-même ; peut-être est-il temps, me répond Lucy en posant les bols de fromage sur le plan de travail. Il lui faut une raison pour se donner du mal. Peut-être a-t-on besoin de désirer une chose à un tel point qu'on est enfin disposé à se montrer moins égoïste.

— Je suis heureuse que tu en sois arrivée là.

Je lance la pâte et la dépose dans un moule huilé et enduit de farine. Lucy parle d'elle, de l'évolution de sa vie.

— Pourquoi n'as-tu pas éprouvé l'envie de te confier à moi ? Tu peux sortir les champignons et les oignons du premier réfrigérateur ? Il faut les faire revenir, qu'ils jettent un peu leur jus.

— Superstition, peur que ça me porte la poisse. Je devais d'abord vérifier si ça marchait. La plupart du temps, quand on se remet avec quelqu'un, ça ne fonctionne pas, explique-t-elle en sortant un couteau et une planche à découper. Je sais, tu as l'impression que je devrais absolument tout te dire, mais j'ai besoin d'être seule dans ma vie, d'éprouver mes sentiments toute seule.

— Faux ! je rétorque en plaçant la troisième pâte dans un moule. Si je pensais qu'on doit tout me révéler, mon mariage ne serait pas ce qu'il est.

Je n'ai pas vu Benton depuis la veille, où il se trouvait avec moi dans mes locaux. Je me suis occupée de l'autopsie de Douglas Burke parce qu'il me paraissait inapproprié de m'en décharger sur quelqu'un d'autre. Benton n'y a pas assisté directement, mais est demeuré dans la salle le temps nécessaire. Il désirait surtout savoir si elle s'était débattue, si elle avait lutté. Burke était armée d'un pistolet neuf millimètres, et Benton ne comprenait pas ce qui avait pu se produire, pourquoi elle ne s'était pas défendue.

Tout ce qu'elle a fait, c'est flinguer cette foutue porte, et très mal, a-t-il répété à de multiples reprises.

Elle visait la serrure, à en juger par les bosses et les divers impacts sur la porte et le chambranle.

Bon Dieu, pourquoi ne lui a-t-elle pas tiré dessus ? a-t-il répété une bonne douzaine de fois, et j'ai persisté à expliquer ce qui paraissait évident.

Complètement obnubilée par Channing Lott, convaincue de la justesse de son hypothèse, Burke n'a pas compris qui se tenait devant elle. Elle n'a compris qu'il s'agissait du tueur qu'une fois dans cette pièce aveugle où il l'avait conduite. Cette pièce qu'Al Galbraith avait transformée en chambre à gaz, une zone de stockage avec des chambres de congélation verrouillées et une ouverture dans un mur de brique adaptée à une tuyère. La machine à projeter les pellets de glace carbonique se trouvait de l'autre côté de ce mur, une énorme machinerie à la trémie assez importante pour expédier du CO_2 congelé pendant des heures, que Galbraith mettait en route de là.

Il avait réglé l'équipement au plus bas, car son but n'était pas d'ôter de la boue, de la moisissure, de la graisse, de la vieille peinture ou de la rouille. Il n'utilisait pas cette gigantesque machine pour nettoyer l'intérieur de tonneaux, mais pour tuer des êtres humains. Une machine fonctionnant à une pression de 5,51 bars, consommant vingt-sept kilos de pellets de glace carbonique à l'heure. La température de la pièce chutait en même temps que la concentration de dioxyde de carbone augmentait lentement, et le fracas de l'air comprimé devait être effroyable.

Douglas Burke n'a pas lutté, elle n'avait pas une chance. À mon avis, il l'a attirée par ruse à l'intérieur de cette pièce, et a refermé à clé derrière elle. Elle n'avait d'autre alternative que de décharger son arme sur la serrure, mais n'a pas réussi à ouvrir la porte, et n'a probablement disposé que de très peu de temps pour sa tentative.

Il m'est impossible de savoir combien de temps elle est demeurée en vie, mais lorsque nous sommes arrivés, elle commençait à geler, partiellement congelée dans cette pièce glacée sans ventilation, où une chaise avait été placée au milieu du sol en ciment recouvert de fibres rougeâtres. La chaise sur laquelle il avait installé Peggy Stanton pour pouvoir l'insulter, pense Benton. Sur laquelle il avait installé Mildred Lott, qu'il ne fréquentait pas socialement, et qui le traitait *comme un Lilliputien*, a confié Galbraith au FBI.

Il est presque 22 heures lorsque Benton arrive. Sock se lève et trotte paresseusement jusqu'à la porte, suivi de Quincy, qui bondit derrière lui. Je suis heureuse qu'ils soient amis. La lune brille au loin, toute petite au-dessus des toits de Cambridge, derrière notre maison. Les lumières de la cage d'escalier éclairent les vitraux français dont les scènes de nature brillent tels des joyaux dans le jardin où nous décidons de nous asseoir avec Benton. Le muret qui entoure le magnolia est glacé, et je réalise que l'hiver arrive.

— Nous ne sommes même pas à Halloween, et il fait déjà assez froid pour neiger, dis-je à Benton qui me serre contre lui dans l'obscurité.

Il m'a raconté sa journée, à quel point il pense que cette affaire ira à vau-l'eau. Je tente de lui remonter le moral :

— Ne sois pas si pessimiste. J'ai passé la soirée à penser la même chose. Pas la peine de faire la leçon à Marino, ni à Lucy. Ne sois pas dur avec toi-même, et ne conclus pas que, de toute façon, rien ne fera la différence.

— Si seulement il pouvait se suicider en prison, décrète Benton en sirotant son whisky sec. Voilà, je l'ai dit. Ça épargnerait un procès au gouvernement. Mais ce genre de salopard ne se suicide pas. Et c'est reparti pour un tour ! J'ai peine à croire que le cabinet de Jill Donoghue va le représenter... On retombera probablement sur le juge Conry, et tu te retrouveras de nouveau traînée dans cette histoire.

Toutefois, ce n'est pas Jill Donoghue qui me convoquera, cette fois-ci.

— Dans ce cas, c'est l'affaire de l'accusation, j'affirme à Benton. À eux de gagner.

— Dan Steward est un crétin.

Je lui rappelle à quel point les preuves sont irréfutables. Galbraith les a toutes tuées. Il a abandonné des empreintes partielles sur des cartons de sacs poubelle, sur une bouteille de bière et des sachets de friandises pour chat. Les fibres de bois qu'il a transportées depuis *la baraque à givrer*, comme l'a baptisée la police, se trouvaient aussi sur le corps de Peggy Stanton et dans sa voiture. L'empreinte sur le rétroviseur appartient à Galbraith, et on a retrouvé d'autres de ses empreintes sur les chèques contrefaits dont il s'est servi pour payer les factures de sa victime.

J'encourage Benton, lui rappelle qu'on a découvert les mêmes fibres de chêne américain taché de vin dans un vieux bateau de pêche au homard que Galbraith conservait à la marina. La police a trouvé les vêtements de Peggy Stanton et la chemise de nuit de Mildred Lott dans un tiroir dans sa maison du front de mer de Cohasset Harbor, où il avait entreposé les effets personnels de sa mère, du temps où elle était une personnalité redoutable. Même un crétin ne peut pas perdre une affaire pareille, me semble-t-il. Je souligne :

— Je suis sûre que nous allons retrouver de l'ADN. Les prélèvements de peinture du bateau de pêche correspondent à la trace de peinture sur la perche de bambou, et au résidu sur la bernacle que j'ai retirée de la tortue. Ce qui place le bateau à l'endroit où le corps de Peggy Stanton a été repêché, où il a heurté la tortue. De plus, il détenait son téléphone portable et ses chéquiers. Il avait le téléphone d'Emma Shubert, et un extenseur de couverture wifi dans son entrepôt, pour pouvoir se connecter au réseau de Logan Airport. Et puis, il y a le « détail » flagrant que constitue le corps de Mildred Lott.

Même Jill Donoghue aura du mal à expliquer pourquoi le corps de Mildred Lott a été retrouvé entièrement congelé, aussi dur que de la pierre, dans une des chambres froides d'Al Galbraith.

— Donoghue prétendra que Channing Lott avait quelque chose à voir là-dedans, qu'il était responsable, mais le plus rageant, c'est qu'il ne peut plus être inculpé, me rétorque Benton d'un ton sinistre, le menton posé sur ma tête.

Je sens son cœur battre à travers l'épaisseur de ma veste, et je lève la tête pour l'embrasser :

— Ma foi, voilà qui constituerait un bon argument. Heureusement que tu n'es pas avocat de la défense, dans cette affaire. Allons dîner.

Remerciements

Comme toujours, je remercie tous ceux qui ont si généreusement partagé leurs compétences pour cette aventure de Scarpetta. C'est à vous tous que je dois la magie.

Merci au Dr Marcella Fierro pour tous les éléments médico-légaux, et comme toujours, je remercie le Dr Nicholas Petraco, le gourou des recherches de traces.

Je suis redevable à Stephen Braga de m'avoir guidée dans le maquis des scènes d'audience et des dilemmes juridiques, et à l'enquêteur Danny Marshall, de la police de Cambridge, pour m'avoir permis de l'accompagner.

À Dan et Donna Ackroyd, des baisers, pour nous avoir défiées, Staci et moi, de les accompagner sur un chantier de fouilles d'ossements de dinosaures au nord-ouest du Canada, où j'ai trouvé une dent de soixante-dix millions d'années et l'idée de ce roman.

Et quelle expérience, que la garde côtière US (San Diego) et l'unité maritime des pompiers de Boston aient partagé avec moi leurs vedettes rapides !

Connie Merigo, directrice en charge des sauvetages du New England Aquarium, je vous serai éternellement reconnaissante de m'avoir tout enseigné des tortues marines, et de m'avoir permis de toucher et sentir une tortue luth.

Quant à ma compagne, le Dr Staci Gruber, ma muse en matière de technologie, en tout, je n'aurai jamais assez de remerciements pour elle.

Photocomposition Nord Compo Multimédia
7, rue de Fives, 59650 Villeneuve-d'Ascq

Achevé d'imprimer par GGP Media GmbH, Pößneck
en janvier 2014
pour le compte de France Loisirs,
Paris

N° d'éditeur : 75671
Dépôt légal : mars 2013
Imprimé en Allemagne